Dem Drachen ergeben

Die Stonefire-Drachen
Buch 7

Jessie Donovan

Mythical Lake Press, LLC

Impressum

Dies ist eine erfundene Geschichte. Namen, Figuren, Orte und Ereignisse sind entweder ein Fantasieprodukt der Autorin oder werden fiktiv verwendet. Jegliche Ähnlichkeit mit Personen, lebend oder tot, Geschäften, Ereignissen oder Orten ist rein zufällig.

Vom Drachen ergeben

Englisches Copyright 2016 Laura Hoak-Kagey

Deutsches Copyright 2023 Laura Hoak-Kagey

Deutsche Übersetzung von Anna Drago und Katrin Dolle

Mythical Lake Press, LLC

www.JessieDonovan.com

Cover-Art von Laura Hoak-Kagey von Mythical Lake Design

ISBN: 979-8891560024

Die Stonefire Drachen und Lochguard Highland Drachen Serien sind miteinander verflochten. Da so viele Leser nach der Lesereihenfolge fragen, habe ich sie in dieses Buch aufgenommen. (Diese Liste gilt ab April 2026.)

Kapitel Eins

Nikola Gray saß Logan Lamont gegenüber, einem Krankenpfleger vom Lochguard-Clan, und zwang sich, sich auf den schottischen Drachenmann zu konzentrieren, anstatt zum zehnten Mal auf ihr Handy zu sehen.

Es kamen immer wieder neue Informationen über Nikkis jüngste Mission, ihren Clan hoffentlich von dem Drachenjägerproblem zu befreien. Während sich der Termin für diese Operation näherte, erwartete sie fast, dass etwas passieren und sie verzögern würde. Und somit stand ein erstes Date nicht ganz oben auf ihrer Prioritätenliste. Viel lieber hätte sie mit ihrem Team Pläne besprochen.

Ihr innerer Drache knurrte. *Du hast mir Sex versprochen. Wenn du schon wieder Arbeit als Vorwand benutzt, könnte ich meine Drohung, die Kontrolle zu übernehmen und mit dem erstbesten*

Single zu schlafen, den ich finde, endlich wahr machen.

Nikki verdrehte innerlich die Augen. *Versuch's doch. Aber du weißt, dass Kai und Bram uns das Fell gerben werden, wenn du die Mission, die sie seit fast einem halben Jahr planen, vermasselst.*

Ich könnte es einfach riskieren. Es ist mehr als ein Jahr her, dass wir Sex hatten.

Und wir waren damit beschäftigt, den Clan zu beschützen.

Ihr Drache grunzte. *Dieses Argument zieht nicht mehr. Außerdem ist der schottische Mann gutaussehend und den ganzen Weg von Lochguard gekommen, um mit uns zu Abend zu essen. Er ist eindeutig interessiert. Mit ihm zu schlafen, bedeutet nicht, dass wir ihn paaren müssen. Wir sollten den Nachtisch auslassen und ihn einfach mit zu uns nehmen.*

Bevor Nikki antworten konnte, räusperte Logan sich. „Was geht dir durch den Kopf, Mädel?"

Nikki zwang sich zu lächeln und antwortete dem blonden Drachenmann: „Nicht mehr als sonst. Warum fragst du?"

Logan lenkte seine braunen Augen zur Seite und zurück zu ihr. „Weil die Gruppe da drüben immer wieder deinen Namen flüstert und herüberstarrt. Ich war mir nicht sicher, ob sie was wissen, das ich nicht weiß."

Aus dem Augenwinkel sah Nikki eine Gruppe älterer Drachenwandlerinnen. Sie verkniff sich einen

Fluch und antwortete: „Sie bewundern wahrscheinlich nur den sexy Schotten, der mir gegenübersitzt."

Logan setzte sich höher auf. „Ich wünschte, das
wäre wahr." Er beugte sich ein wenig vor. „Ist es das,
worüber du mit deinem Drachen gesprochen hast,
Nikki? Der sexy Schotte, der bei dir sitzt?"

Sie beäugte den schottischen Mann. Logan war
groß, mit gemeißelten Wangen und freundlichen
Augen; mehr als gutaussehend in jeder Hinsicht.
Ganz zu schweigen davon, dass er wirklich den
ganzen Weg von Schottland hergekommen war, um
mit ihr zu Abend zu essen, dank Dr. Sids Vorschlag.

Trotzdem gab es bisher weder Funken noch ein
Flackern von Feuer. Nikki erwartete kein Feuerwerk,
aber ein bisschen Hitze wäre schön.

Ihr Tier schnaubte. *Lad' ihn einfach zu uns ein.
Er wird uns wenigstens nicht wie was Besonderes
behandeln. Logan hat keine Ahnung, dass wir das
erste Kind sind, das von einem Opfer auf Stonefire-
Land geboren wurde.*

Und ich habe vor, es dabei zu belassen.

Nikki rutschte zentimeterweise vor und war im
Begriff, ihn zu bitten, mit zu ihr zu kommen, als eine
der älteren Drachenfrauen an ihren Tisch trat. *Oh
nein!* Das Letzte, was sie brauchte, war, dass sich
jemand aus dem Clan einmischte.

Hätte Nikki das Abendessen doch in Lochguard
planen können! Zu schade, dass ihre Pflichten als
Beschützerin sie momentan daran hinderten, Stonefire-Land für mehr als kurze Zeit zu verlassen.

Ihr Drache meldete sich erneut zu Wort. *Nimm seine Hand, und lass uns gehen, bevor die alte Schachtel was versucht.*

Nikki dachte über den Vorschlag ihres Drachen nach. Bevor sie eine Entscheidung treffen konnte, hielt Tabitha Seaward neben ihrem Tisch. „Möchtest du mich nicht deinem Freund vorstellen, Nikki?"

Nikki unterdrückte ein Seufzen und begegnete dem Blick der siebzigjährigen Frau. Zum Glück ergriff Logan das Wort, bevor Nikki etwas sagte, das sie bereuen würde. „Mein Name ist Logan Lamont, Miss ...?"

Tabithas Stirnrunzeln löste sich. „Ich bin schon seit Jahren keine Miss, Mr. Lamont. Aber mein Name ist Seaward."

Logan stand auf und neigte den Kopf. „Es ist mir eine Freude, Sie kennenzulernen, Mrs. Seaward."

Nikki sah zu, wie die alte Frau errötete und eine Hand in Logans Richtung wedelte. „Ach, hören Sie auf, Mr. Lamont. Ich wollte nur vorbeikommen und sicherstellen, dass Sie gut genug für unsere Nikki sind."

Logan warf einen Blick auf sie und zurück. „Aye? Und wie mache ich mich?"

Tabitha betrachtete ihn von Kopf bis Fuß. „Sie machen sich gut. Und wenn alles richtig läuft, kann sie endlich tun, was sie tun soll, und anfangen, Babys zu bekommen."

Nikki ballte ihre Fäuste unter dem Tisch und

runzelte die Stirn. „Ich denke, es ist Zeit für dich zu gehen, Tabitha."

Tabitha wedelte mit einer Hand. „Unsinn. Du bist 26 Jahre alt und ungebunden. Da es dir nicht gelingt, allein einen Mann zu finden, werde ich dir helfen, einen Gefährten an Land zu ziehen."

Man musste Logan anerkennen, dass er nicht aus dem Raum stürmte. „Pardon?"

Nikki stand auf und ließ Dominanz in ihre Stimme fließen. „Ich denke wirklich, du solltest gehen, Tabitha."

Tabitha schnaubte. „Schön. Aber je länger du es aufschiebst, Nikola, desto länger lässt du den ganzen Clan im Stich."

Tabitha warf ihren langen, grauen Zopf über die Schulter und stürmte davon.

Nikki atmete tief durch und begegnete wieder Logans Blick. Die Neugier brannte dort. Nikki entschied, was zum Teufel, der Schaden war ja schon angerichtet. Sie konnte ihm genauso gut die Wahrheit sagen. „Das tut mir leid. Die Ältesten erwarten von mir, dass ich mich fortpflanze und mein Leben dem Wachstum des Clans widme."

Logan hob eine Braue. „Und warum sollten sie das tun?"

„Weil ich das erste Kind war, das von einem Opfer im Stonefire-Clan geboren wurde, und sie mich als eine Art Symbol sehen", sagte sie.

„Warum? Warten sie darauf, Kinder zu bekommen, bis du es tust? Denn wenn ja, dann hat Mrs. Seaward wohl kein Glück."

Nikki schnaubte und setzte sich. „Das solltest du ihr nächstes Mal sagen." Nikki wurde ernst. „Aber weibliche Drachenwandler sind viel seltener. Lochguard übt doch sicher auch Druck auf die Frauen aus, sich so viel wie möglich fortzupflanzen."

„Manche, Aye. Aber wir haben jetzt auch Sonderlizenzen für Menschenfrauen, genau wie Stonefire, also verstehe ich nicht, warum die alten Omas dir weiterhin Ärger bereiten."

Als sie Logans Stirnrunzeln sah, wurde ihr bewusst, dass der schottische Drachenwandler Kinder, die von menschlichen Müttern geboren wurden, nicht als geringeres Geschenk betrachtete. Zu schade, dass viele der Ältesten glaubten, Paarungen mit zwei Drachen seien das Beste für ein Kind.

Ironisch, da Nikki halb Mensch und halb Drachenwandler war.

Ihr Tier seufzte. *Vergiss all das. Es geht nur um einen schnellen Fick, nicht darum, sich lebenslang zu paaren.*

Nikki schloss sich endlich ihrem Drachen an, verdrängte ihre Vergangenheit und lächelte. „Möchtest du —"

Nikkis Handy zwitscherte mit einem fröhlichen Song. Der Name ihres Vorgesetzten blitzte auf dem Display auf.

Ihr Drache brüllte aus Protest, als Nikki ihr Telefon nahm und antwortete: „Ja?"

Die Stimme ihres Bosses, Kai Sutherland, kam über die Leitung. „Hartley ist zwei Wochen zu früh hier. Es ist wichtig. Komm sofort zur Kommandozentrale!"

Kai zu sagen, dass sie nicht kommen könne, weil sie einen Fick brauchte, war keine akzeptable Entschuldigung. Sie war Beschützerin; Nikki hatte eine Pflicht zu erfüllen.

Also nickte sie vor sich hin und antwortete: „Natürlich. Ich werde sofort da sein." Sie schaltete ihr Handy aus und warf Logan einen entschuldigenden Blick zu. „Tut mir leid, aber die Pflicht ruft. Vielleicht können wir das irgendwann wiederholen."

Logan nahm ihre Hand und drückte sie. „Vielleicht kannst du nächstes Mal nach Lochguard kommen." Sie stand auf, und er folgte ihr. Logan zog ihre Hand an die Lippen und murmelte: „Schick mir eine SMS, wenn du zu Besuch kommen willst, und ich führe dich herum."

Seine warmen Lippen auf ihrer Haut ließen ihr einen Schauer über den Rücken laufen.

Der Schotte ließ ihre Hand los. Nikki berührte seinen Arm. „Werde ich. Und es tut mir wirklich leid."

Er deutete zur Tür. „Geh nur, Mädel. Ich verstehe, dass die Pflicht dein Leben unterbricht, wenn du es am wenigsten willst. Ich bin schließlich Krankenpfleger."

Sie zögerte eine Sekunde und betrachtete die Gestalt des großen Schotten, bevor sie aus dem Restaurant eilte.

Verdammter Rafe Hartley und sein schlechtes Timing. Warum kam er denn so früh? Ihre gesamte Mission erforderte präzises Timing. Es war ja nicht so, als könnten sie einen Tag vor dem Zeitplan beginnen. Vielleicht hatte einer seiner menschlichen Kontakte versagt, was noch schlimmer wäre.

Nikki kniff die Augen zusammen und beschleunigte ihr Tempo. Wenn Rafe ihr irgendeinen Mist auftischte, würde Nikki sich nicht zurückhalten. Je eher sie den Auftrag mit dem mürrischen Menschenmann beendete, desto eher konnte sie Logan wiedersehen.

Rafe Hartley lehnte sich an die Rückwand des größten Raumes in der Stonefire-Kommandozentrale und ballte seine Faust. „Wo ist sie?"

Die große, blonde Gestalt von Kai Sutherland, des obersten Beschützers des Stonefire-Clans und des Drachenmannes, der derzeit Rafes Schwester vögelte, hob lediglich seine Augenbrauen. „Sie wird schon kommen."

Dann drehte sich der großspurige Bastard seinem Team zu.

Mit einem Knurren ging Rafe zu Kai. Nur, weil er mehr als ein Jahrzehnt ausgebildet worden war, hielt er die geheimen Details aus seinem Protest heraus. „Darf ich dich daran erinnern, dass die letzten sechs Monate der Planung nichts bedeuten werden, wenn wir uns diese Gelegenheit durch die Finger flutschen lassen? Die Leute werden zunehmend misstrauisch und sprechen davon, in Aktion zu treten. Sie treffen sich morgen, um darüber zu diskutieren. Dann müssen wir zuschlagen. Wer weiß, wann unsere nächste Chance sein wird."

Kai begegnete seinem Blick. „Ich verstehe mehr als jeder andere, was auf dem Spiel steht." Der Drachenmann betrachtete Rafe eine Sekunde, bevor er sagte: „Was auch immer dich so mürrisch macht, du musst es verdrängen. Du bist ein Soldat. Mach deinen Job!"

Rafe trat einen Schritt auf Kai zu, aber bevor er dem Bastard ins Gesicht schlagen konnte, stürzte Nikki in den Raum.

Auch wenn Nikkis zart gebräunte Wangen etwas errötet waren, atmete die Drachenfrau gleichmäßig. Er verlangte zu erfahren: „Hast du dich überhaupt beeilt, hierherzukommen?"

Nikkis schwarze Brauen zogen sich über ihren goldbraunen Augen zusammen. „Fang nicht damit an, Rafe."

Wie schon vor vielen Monaten, als er sie zum ersten Mal auf Stonefire-Land getroffen hatte, wollte Rafe sie gleichzeitig provozieren und gegen die Wand drücken.

Nicht jetzt, Rafe. Es war nicht so, als hätte er je

die Chance. Drachenwandlerfrauen waren tabu, Ende der Geschichte. „Ich kann dich später verwarnen. Komm! Wir müssen unter vier Augen reden."

Nikki sah zu Kai, und der Bastard nickte. „Nur zu! Ich weiß schon, worum es geht."

Da nicht alle Beschützer mit Rafes und Nikkis Auftrag betraut waren, stürmte die Drachenfrau an Rafe vorbei. „Hier entlang."

„Ich kenne den verdammten Weg", brummte er.

Sein Verhalten brachte ihm eine obszöne Geste von Nikki ein.

Sobald sie den kleinen Besprechungsraum betraten, schlug Rafe die Tür zu und machte einen Schritt in Nikkis Richtung. „Wir müssen unseren Aufbruch in die frühen Morgenstunden verschieben."

Sie runzelte die Stirn. „Wovon zum Teufel sprichst du? Simon Bourne soll erst in zwei Wochen mit den Drachenjägern in seiner Basis außerhalb von Birmingham sprechen."

Simon Bourne war der Anführer der größten Gruppe von Drachenjägern. Oder, wie Rafe sie gerne nannte, die ewigen Schmerzen in seinem Arsch.

Er trat einen Schritt näher. „Ich weiß. Aber falls du Simon Bourne nicht sagen möchtest, er solle netterweise seine Rede von der Zerstörung eurer Art um weitere zwei Wochen verschieben, hat sich die Sache geändert."

Nikki verdrehte die Augen und verschränkte die

Arme vor der Brust. „Hör auf, ein Arsch zu sein, und sag mir, was ich wissen muss."

Eine Erinnerung an eine viel jüngere Nikki blitzte in seinem Kopf auf – ein Bild von ihr, wie sie vor ihm stand und eine Antwort auf seine Frage stammelte, bevor sie davoneilte. Er platzte heraus: „Manchmal wünschte ich, du wärst mehr wie dein altes Ich."

Nikki erstarrte. Ihre Antwort war gemessen, als sie sprach. „Wovon sprichst du?"

„Ach, die starke, stahlharte Drachenfrau schwankt."

Mit einem Knurren sprang Nikki auf ihn. Sie stürzten zu Boden, aber Nikki schaffte es, oben zu landen, mit seinem Kopf zwischen ihren Beinen. „Ich weiß, es ist zu viel verlangt, aber kannst du für eine Sekunde aufhören, ein Arschloch zu sein? Wenn nicht für mich, dann für die Zukunft deiner Schwester. Was immer mit Stonefire passiert, passiert auch Jane. Das schließt zukünftige Drachenjägerangriffe ein, es sei denn, wir können den Anführer ausschalten und sie vielleicht für immer aufhalten."

Seine Wut verblasste etwas bei der Erwähnung seiner jüngeren Schwester. „Janey weiß, wie sie auf sich selbst aufpassen muss."

„Oh, mein Gott. Wirklich? Seit ich dich kennengelernt habe, hast du darüber geredet, dass Jane Schutz braucht. Was stimmt nicht mit dir?"

Er starrte Nikki an. Nicht nur, dass ihre Brust

vor Wut wog, ihre Pupillen blitzten zu Schlitzen und zurück. Der Anblick hätte ihn verunsichern sollen. Doch seine Augen schossen zu den langen schwarzen Strähnen, die um ihre Wangen tanzten. Es war fast genau wie sein Traum von neulich Nacht, außer dass Nikki nackt gewesen war und ihn hart geritten hatte.

Bevor seine Gedanken weiter in diese Richtung wandern konnte, bockte er und befreite sich von Nikki. Er rollte herum und zog ihre Handgelenke über den Kopf, mit seinen Händen und einem Knie, das er gegen ihren Bauch drückte. „Du bist das, was mit mir nicht stimmt, Nikola. Hör auf, mich zu provozieren, und lass uns einfach weitermachen. Wir haben nicht viel Zeit."

Nikki sah in seine Augen, ihre Pupillen blitzten immer noch auf. Es lag ihm auf der Zunge, zu fragen, was ihr Drache wollte, aber Nikki sprach noch einmal, bevor er es konnte. „Schön. Aber es funktioniert in beide Richtungen, Rafe. Sollen wir einen vorübergehenden Waffenstillstand bis zum Abschluss der Mission schließen?"

Der Gedanke, dass Nikki mitspielte, gefiel ihm nicht, aber er verdrängte ihn und schüttelte den Kopf. „Abgemacht."

Er blieb einen weiteren Moment und prägte sich das weiche Gefühl ihrer Handgelenke unter seinen Fingern ein, bevor er sich zurückzog und aufstand. Er reichte ihr die Hand, und Nikki überraschte ihn, indem sie sie ergriff. Sobald sie auf den Füßen war, klopfte sie sich die Hände ab. „Also, willst du mir erzählen, wie du herausgefunden hast, dass Bourne den Termin verschoben hat? Ist die Quelle zuverlässig?"

„Wir haben Glück gehabt. Einer unserer Kontakte hat angefangen, mit seinem Schwanz zu denken, und hat's mit einer Jägerin getrieben. Seine Partnerin hat was erwähnt."

„So viel zu dem strengen Befehl, nicht mit dem Feind zu schlafen."

„Richtig, denn Frauen denken ja nie mit ihrer Pussy."

Nikki rieb sich die Nasenwurzel und atmete tief ein. „Wie genau hast du das herausgefunden?"

„Ich habe ihn bei unserem wöchentlichen Treffen gesprochen. Als er immer weiter log, er habe nichts zu melden, habe ich ihm einen Schlag auf den Kiefer verpasst. Danach wurde er gefügig."

Die meisten Frauen hätten sich von ihm zurückgezogen, als die Sprache auf Gewalt kam, aber Zustimmung blitzte in Nikkis Augen auf. „Gut. Vielleicht kann ich ihm, wenn das alles hier vorbei ist, selbst einen Besuch abstatten. Aber im Moment brauche ich Einzelheiten. Was hat der Schwanz gesagt?"

Rafe konnte nicht widerstehen zu antworten: „Schwänze reden nicht, Nikki. Sie stehen nur parat."

„Rafe", knurrte Nikki.

„Gut, gut. Der betreffende Mann hat bestätigt, dass Bourne seinen Drachenjäger-Kult in den Monaten, seit Stonefire und die anderen zurückgetreten sind, ausgebaut hat. Und zwar so sehr, dass sie sich nach Irland ausdehnen wollen – sowohl nach Norden als auch nach Süden."

„Das ist nicht wirklich neu. Wir wussten, dass er nach anderen Orten in Europa sucht."

„Ja, aber wir wussten nicht, dass Bourne selbst ein neues Team von Hand auswählen und auf den Weg nach Irland schicken würde", erklärte Rafe.

Nikki fluchte. „Wo zum Teufel findet Bourne all diese Idioten? Die öffentliche Meinung wendet sich seit einiger Zeit in unsere Richtung."

„Spielt das eine Rolle? Wenn es uns gelingt, Bourne zu fangen und ihn von den Jägern zu trennen, haben wir vielleicht endlich die Chance, Großbritannien von den Arschlöchern zu befreien." Rafe beugte sich vor. „Die Frage ist, ob du alle, die wir brauchen, bis morgen mobilisieren kannst."

Nikki kniff die Augen zusammen. „Natürlich kann ich das. Hör auf, mich zu unterschätzen, nur weil ich jünger bin als du."

„Gut. Dann treffe ich dich um 0300. Komm nicht zu spät!"

Er ging zur Tür, aber Nikki versperrte ihm den Weg. „Was denkst du eigentlich, wohin du da gehst?"

Rafe sollte die Drachenfrau einfach aus dem Weg schieben und das Gebäude verlassen.

Doch als er in ihre mandelförmigen Augen starrte, schoss ihm sein Sextraum von letzter Nacht durch seinen Kopf. Und das machte ihm

Sorgen. Wenn er sich Nikki weiterhin nackt und über sich vorstellte, wäre er nie in der Lage, sich zu konzentrieren. Was er brauchte, war ein schneller Fick, um seinen Kopf klar zu bekommen.

Die Drachenfrau würde wahrscheinlich nie ihren Clan verraten und mit einem Menschen schlafen. Rafe sagte jedoch: „Du warst in der Army. Du kennst einen der besten Wege, Stress vor einer Mission abzubauen. Ich gehe los, um einen Vogel zu finden, mit dem ich schlafen kann, es sei denn, du bietest dich an."

Nikkis Pupillen blitzten auf, und Rafe schwor, dass er Hitze in ihren Augen sah. Aber es war bald genug weg, um ihn daran zweifeln zu lassen, dass er es überhaupt gesehen hatte.

Nikki schüttelte den Kopf und antwortete: „Männer und ihre Schwänze! Ich frage mich allmählich, wie du überhaupt was erreichst."

Nikki wandte ihm den Rücken zu und machte einen Schritt in Richtung Tür. Rafe sollte die Drachenfrau gehen lassen. Seine Träume waren nichts anderes als die Anziehung, dievon etwas Verbotenem ausging.

Doch die Hitze in Nikkis Augen weckte seine Neugier. Instinktiv streckte er die Hand aus und ergriff sanft ihren Bizeps. Ihre Muskeln verspannten sich unter seiner Hand.

Trotz der Kleidungsschichten zwischen ihrer Haut und seiner, brannte seine Handfläche.

Nikki sah über ihre Schulter. „Lass mich los, Rafe!"

Ihre Pupillen blieben geschlitzt, als er sagte: „Willst du wirklich, dass ich das tue?"

Nikkis Drache brüllte in ihrem Kopf. *Er bietet sich an. Nutz die Gelegenheit!*

Was ist mit Logan?

Wer redet denn von ihm? Du sehnst dich seit Jahren nach Rafe Hartley. Ich will ihn jetzt. Küss ihn!

Während sie und Rafe einander weiter in die Augen starrten, strahlte Wärme von seiner Berührung auf ihre Brüste aus und ließ ihre Brustwarzen hart werden. Das Knistern setzte sich wie ein warmes Streicheln über ihren Bauch fort, bevor es schließlich zwischen ihren Oberschenkeln endete.

Seit Jahren träumte sie von der nackten, muskulösen Brust des Mannes unter ihren Fingern, ganz zu schweigen von der Festigkeit seiner Lippen gegen ihre. Oder wie er ihre Brustwarzen hart genug zupfen würde, um sie zum Schreien zu bringen.

Sie sollte wirklich Nein sagen.

Ihr Tier schnaubte. *Sei keine verdammte Idiotin! Küss ihn!*

Nikki zögerte. Angesichts der Hitze und der Heftigkeit zwischen ihnen nur mit Worten konnte sie sich gut vorstellen, was er mit einem Kuss anstellen würde.

Rafe zog an ihrem Arm, und sie erlaubte ihm, sie an sich zu drücken. Bei dem Gefühl seiner harten Muskeln gegen ihre eigenen schmolz sie ein wenig dahin. „Das sollten wir nicht", flüsterte sie.

Während Rafe über ihren Kieferknochen strich, war seine Stimme rau, als er antwortete: „Küss mich und entscheide dich dann, Nikki. Wirst du mich lassen?"

Ihr Drache meldete sich wieder zu Wort. *Sag ja, oder ich werde dich in unseren Hinterkopf werfen, die Kontrolle übernehmen und die Scheiße aus ihm küssen.*

Aus irgendeinem Grund schickte die Vorstellung, dass ihr Drache derjenige war, der Rafes Kuss erlebte, zuerst eine Welle von Eifersucht durch ihren Körper. *Nein.*

Nikki lehnte sich mehr gegen den Mann, von dem sie seit Jahren geträumt hatte, und neigte ihren Kopf nach oben. „Nur einen Kuss."

Rafes Atem kitzelte ihre Lippen, als er näher rückte. Ihr Drache brüllte, als der Duft des Menschen ihre Nase erfüllte. *Warum wartest du? Küss ihn!*

„Ich sehe, dass dein Drache wieder ungeduldig ist", flüsterte Rafe. „Kein Grund, ihn warten zu lassen."

Doch der verdammte Mann schob ihr nur das Haar hinters Ohr. Die Sekunden verstrichen. Sie wollte gerade schon die Stirn runzeln, als er schließlich sein Gesicht senkte und ihre Lippen nahm.

21

Elektrizität schoss durch ihren Körper, als seine festen Lippen sich gegen ihre bewegten. Sie war sich nicht sicher, ob es Mensch oder Drache war, der ihre Hände über seine Brust bis hinter seinen Nacken streichen ließ. Die Wärme seiner Haut unter ihren Fingern veranlasste Rafe, zu knurren und an ihrer Unterlippe zu knabbern. Als er den stechenden Schmerz leckte, stürzte Feuchtigkeit zwischen ihre Beine.

Nikki packte seinen Nacken, bis ihre Nägel sich eingruben, und öffnete einladend den Mund. Rafe zögerte nicht und stieß seine Zunge in ihren Mund. Mit jedem Zungenschlag spürte sie, wie Rafes Schwanz an ihrem Bauch härter wurde.

Egal, was zwischen ihnen vor all den Jahren passiert war, Rafe sehnte sich eindeutig nach ihr.

Ihr Tier meldete sich zu Wort. *Natürlich. Aber ich möchte mehr. Viel mehr.*

Als würde Rafe die Forderung ihres Drachen verstehen, packte er ihren Po und zog sie näher. Bevor sie sich zurückhalten konnte, rieb sich Nikki an seinem harten Schwanz, was Rafe nur dazu brachte, den Kuss zu vertiefen.

Mit seiner Hitze, seinem Geschmack und der Berührung wollten sowohl Drache als auch Frau seine nackte Haut gegen ihre spüren. Mehr noch, sie wollte seinen Schwanz hart und lang in sich spüren.

Ihr Drache summte. *Ja, ja. Er gehört uns. Reite ihn hart, solange es dauert!*

Bei den Worten ihres Drachen erstarrte Nikki. *Nein!*

Bevor ihr Tier etwas sagen konnte, sah Rafe ihr in die Augen. „Was ist los?"

Ihr Drache befahl, *Küss ihn noch einmal! Und wieder. Er gehört uns. Er wird uns ein Kind geben.*

Mit jeder Kontrolle, die sie besaß, schuf Nikki eine unsichtbare Wand für ihr Tier. Als ihr Drache krallte und brüllte, wusste Nikki, dass sie nicht lange halten würde. Sie hoffte nur, dass die Zeit reichte.

Sie drückte gegen Rafes Brust und sagte: „Du musst gehen. Jetzt!"

Er runzelte die Stirn. „Was ist denn los? Vor zwei Sekunden hast du dich noch an mir gerieben."

Da ihr Drache an ihrem Verstand kratzte, wusste Nikki, dass es nur eine Frage von Sekunden, vielleicht eine Minute war, bis sie die Kontrolle verlor. „Wenn du nicht Vater werden willst, dann lass mich in Ruhe und hol Kai!"

Rafe bekam große Augen. „Heilige Scheiße!"

„Ja. Geh! Ich kann mich nicht mehr lange zurückhalten."

Rafe zögerte. „Wird es dir gut gehen?"

„Das ist egal", brachte sie zwischen den Zähnen hervor. „Du hast fünf Sekunden, bevor ich dir mein Knie in die Hoden ramme, um meinen Drachen ein bisschen hinzuhalten. Fünf, vier, drei ..."

Rafe trat von Nikki zurück und ging zur Tür. „Ich ..." Seine Stimme versiegte.

„Warum zum Teufel bist du noch hier? Geh einfach!"

Nach einem letzten Blick verließ Rafe den Raum und schloss die Tür.

Nikki umklammerte ihren Kopf mit den Händen und sank auf den Boden, als ihr Drache sich aus dem mentalen Gefängnis befreite. *Warum hast du ihn gehen lassen? Er gehört uns. Wir müssen ihn finden und ficken.*

Halt die Klappe, Drache! Das wird nicht geschehen.

Dann werde ich übernehmen. Du verpasst all den heißen, schweißtreibenden Sex. Ich werde ihn allein beanspruchen.

In der Hoffnung, ihren Drachen auszublenden, summte Nikki eine zufällige Popmelodie. Natürlich tat es nichts, um das unaufhörliche Brüllen ihres Tiers zu lindern.

Es brauchte jede Kraft, die sie hatte, aber Nikki schaffte es, ihr Tier davon abzubringen, die Kontrolle zu übernehmen, bis Kai schließlich in den Raum platzte. „Nikki?"

Sie hob den Kopf und sah dem obersten Beschützer in die Augen. In dem Moment, als sie die Sorgen in seinem Blick sah, füllten Tränen ihre Augen. „Es tut mir leid, Kai. Ich war schwach und habe ihn geküsst. Ich hätte niemals einen Menschen küssen dürfen."

Mit gerunzelter Stirn hockte Kai sich hin. „Entschuldige dich nicht, verdammt nochmal. Drachen sind hartnäckige Bastarde. Die einzige Frage ist, was willst du jetzt tun?"

„Du weißt besser als jeder andere, wie es ist, seinen wahren Gefährten zu finden und ihn nicht haben zu können. Was soll ich denn tun, Kai?"

Kais Pupillen blitzten. „Du bleibst hier. Ich werde mit Hartley reden."

Nikki öffnete den Mund, um darauf etwas zu erwidern, doch Kai war schon weg.

Nikki legte ihren Kopf auf die Knie, atmete tief ein, hielt ihn fest und atmete aus. Dank Instinkt und dem Wunsch ihres Drachen, sich zu vermehren, hatte Nikki alles verloren, wofür sie die letzten sechs Jahre gearbeitet hatte.

Ihr Tier brüllte und sandte eine Welle nach der anderen von Verlangen und Lust. *Warum sitzt du hier? Finde ihn! Er muss von uns beansprucht werden.*

Nein!

Ihr Drache schob sich in den Vordergrund ihrer Gedanken. Nikki schob ihn zurück, wusste aber, dass es alles für nichts sein würde. In wenigen Sekunden würde sie an nichts anderes denken, als Rafe Hartley zu finden und Sex mit ihm zu haben, bis sie schwanger war.

Selbst wenn sie Rafe nie wieder sah, würde es Monate dauern, bis sie den Paarungsrausch und ihren Drachen unter Kontrolle brachte. Ihre Hoffnungen und Träume, sich dem Clan zu beweisen, waren gerade in eine Million Stücke zerbrochen.

Kapitel Zwei

Rafe ging durch den kleinen Raum, in den Kai ihn geschoben hatte.

Fuck, fuck, fuck! Nikki hatte es nicht direkt ausgesprochen, aber Rafe hatte genug von seiner Schwester Jane erfahren, um von Drachen und ihren wahren Gefährten zu wissen.

Und wenn er die Situation nicht falsch gelesen hatte, war er Nikkis.

Er hörte auf herumzulaufen und fuhr sich mit der Hand durchs kurze Haar. Was würden die Drachenwandler mit ihm machen? Soweit er wusste, war es für menschliche Männer und Drachenwandlerinnen illegal, sich zu vereinen. Sicher, die Leute taten es heimlich. Aber ein Kind in neun Monaten wäre eine verdammte rote Flagge dessen, was er getan hatte.

Da war auch noch die Frage ihrer Mission. Auch wenn er es nie laut zugab, war Nikki der Kleber, der die Stonefire-Seite der Dinge zusammenhielt. Ohne sie konnte die Mission scheitern.

Er versuchte, sich einen Weg zu überlegen, um ihre Operation zu retten, aber das Bild von Nikkis Gesicht, mutlos und mit Augen voller Niederlage, blitzte ihm immer wieder in den Sinn.

Und Rafe gefiel das nicht.

Nikki sollte versuchen, ihm ins Gesicht zu schlagen, oder mit ihm darüber streiten, wie sie ihren Feind am besten entführen konnten. Sie sollte auf keinen Fall Schmerzen haben und gegen den Paarungsinstinkt ihres Drachen kämpfen.

Doch was zum Teufel konnte er tun?

Die Tür öffnete sich, und gab den Blick auf die durchdringenden blauen Augen des Anführers des Stonefire-Clans, Bram Moore-Llewellyn frei.

Rafe behielt seinen „Oh Scheiße"-Gedanken für sich und wartete ab. Rafes Schwester lobte die Stonefire-Drachen in höchsten Tönen; er würde jetzt aus erster Hand erfahren, aus welchem Holz sie geschnitzt waren.

Bram betrat den Raum. Kai war direkt hinter ihm, aber Bram blickte über seine Schulter. „Warte im Flur, Kai!"

„Aber Bram –"

Brams stählerne Stimme erklang im Raum. „Raus!"

Kai sah Rafe in die Augen. Der oberste Beschützer kniff die Augen zusammen und schloss die Tür.

Rafe freute sich nicht darauf, später mit seinem Schwager zu reden.

„Setz dich!", befahl Bram.

Rafe schüttelte den Kopf. „Nein. Ich möchte erst wissen, ob Nikki in Ordnung ist."

Bram hob eine Augenbraue und verschränkte die Arme vor der Brust. „Ich bin überrascht, dass dir das wichtig ist."

„Natürlich ist mir das verdammt nochmal wichtig. Wir arbeiten seit fast einem halben Jahr zusammen. Sag mir, wie es ihr geht, oder ich werde mich hier rauskämpfen, um nachzusehen."

In Brams Augen leuchtete Belustigung auf. „Aye? Ich würde gerne sehen, wie du das versuchst." Rafe machte einen Schritt in Richtung des Anführers, und Bram seufzte. „Ihr geht's so gut, wie man erwarten kann. Verstehst du, was gerade passiert ist?"

„Ich glaube schon. Ihr Drache sieht mich als ihren Gefährten."

„Aye. Was bedeutet, dass du zwei Möglichkeiten hast: von hier weggehen und nie zurückkehren, oder dich damit einverstanden erklären, Nikki ein Kind zu machen und dann zu gehen."

Rafe ballte die Fäuste. „Warum nimmst du an, dass ich mein Kind einfach zurücklassen würde?"

Bram deutete auf ihn und antwortete: „Deine Geschichte spricht nicht von langfristigen Beziehungen. Verdammt, ich glaube, die längste war ein Monat."

Rafe ignorierte die Bemerkung über seine Vergangenheit. „Vergiss meine verdammte Beziehungsgeschichte. Weiß Nikki, dass du versuchst, sie zum Decken zu verwenden?"

Im Bruchteil einer Sekunde stürzte Bram sich auf Rafe und drückte ihn gegen die Wand. „Nikki ist wie eine jüngere Schwester für mich. Behandle sie vorsichtig, Mensch. Ich habe diese kluge, entschlossene andere Seite von dir noch nicht gesehen, von der sie hartnäckig behauptet, sie existiere. Alles, was ich sehe, ist ein Arschloch."

„Sagt der Drachenmann, der bereit ist, eines seiner Clanmitglieder anzubieten, ohne sie zu fragen, was sie will."

Bram sah ihm eine Sekunde in die Augen, und Rafe hielt den Atem an. Der Anführer des Stonefire-Clans musste nur eine Kralle ausfahren und würde ihm die Kehle aufschlitzen. Rafe hoffte, dass seine Schwester recht hatte und der Stonefire-Clan anständig war.

Bis jetzt war Nikki das einzige Clanmitglied, von dem er wusste, dass es anständig war. Sie hatte sich ihm gegenüber mehr als bewiesen.

Die Frau verdiente definitiv keine willkürliche Schwangerschaft, die ihr aufgezwungen wurde.

Rafe riskierte es und flüsterte: „Frag zuerst, was Nikki will. Dann werde ich meine Wahl treffen."

Die Pupillen des Drachenmanns blieben für ein paar Herzschläge geschlitzt. Als sie wieder rund waren, ließ Bram ihn los und trat zwei Schritte

zurück. „Du bleibst hier. Wir sind noch nicht ansatz-
weise fertig mit Reden."

Der Anführer des Stonefire-Clans verließ den
Raum, und Rafe fiel in einen der Stühle. Warum
zum Teufel hatte er nicht die Option gewählt zu fliehen? Er war die letzte Person, die zu diesem Zeitpunkt Vater werden wollte.

Und dennoch, die Vorstellung, dass Nikki leiden
würde, für wer weiß wie lange, verdrehte sein Herz.
Sie glaubte nicht, dass er sich daran erinnerte, aber
Rafe hatte sie schon einmal verletzt. Er wollte das
nicht noch einmal tun.

Aber, verdammt, ein Kind? Könnte er damit
umgehen?

Ein Bild von einem kleinen Drachenwandler-
Mädchen, das durch ein Feld rannte, poppte in
seinem Kopf auf. Das Mädchen hatte Rafes grüne
Augen und Nikkis Wangenknochen. Sie blieb direkt
vor ihm stehen und wackelte mit dem Finger. Die
Vierjährige hatte keine Angst, sich ihm entgegenzu-
stellen.

Lächelnd gab Rafe zu, dass das nicht das
Schlimmste auf der Welt wäre.

Er hörte auf, mit dem Finger gegen seinen Oberschenkel zu trommeln. *Verdammt!* Irgendwas musste
mit ihm nicht stimmen.

Als er darauf wartete, dass Bram zurückkam und
mit ihm sprach, fragte sich Rafe, was er tun würde,
wenn Nikki ihn um ein Kind bat.

Nikki lag auf ihrer Seite, ihr Körper zu einer Kugel zusammengerollt, die Hände über ihren Ohren.

Aber das konnte die Worte ihres Drachen nicht blockieren. *Finde ihn! Fick ihn! Jetzt!*

Nikkis Stärke ließ nach, aber sie legte in ihre Antwort so viel Dominanz, wie sie aufbringen konnte. *Nein! Das ist nicht das, was ich will. Es ist nicht das, was wir wollen. Die Sicherheit des Clans hat oberste Priorität.*

Ihr Tier antwortete knurrend, *Die anderen kümmern sich um den Clan. Ich möchte jetzt Rafe Hartleys Schwanz in uns haben. Er wird uns ein Kind geben.*

Als sie sich immer weiter im Kreis drehten, wurde Nikkis Entschlossenheit schwächer. Wenn sie nicht vorsichtig wäre, würde ihr Drache die Kontrolle übernehmen und tun, was immer er wollte; Nikkis Zustimmung würde keine Rolle spielen.

Sie biss ihre Zähne aufeinander und versuchte, das Brüllen in ihrem Kopf auszublenden, um eine Lösung zu finden. Das machte ihr Tier nur noch wütender. *Nein! Genug ist genug. Ich will die Kontrolle.*

Ihr Drache krallte in die schwache Wand um ihn herum. Ein Schlag riss ein großes Loch hinein. Gerade als sich ihr Drache daranmachte, es erneut zu versuchen, wurde etwas Kaltes und Nasses über Nikkis Körper geschüttet.

Nikki spie Eiswasser. Der Schock brachte ihren Drachen vorübergehend zum Schweigen. Sie flickte ihre mentale Wand so gut es ging zusammen, wischte sich das Wasser aus den Augen, und die große Gestalt von Dr. Cassidy Jackson, die Chefärztin des Stonefire-Clans, kam in den Fokus. „Dr. Sid?"

Sid warf den Eimer in ihren Händen zur Seite und zog eine Spritze aus ihrer Tasche. „Das einzig Gute daran, dass ich einen stillen Drachen habe, ist, dass ich mich nicht mit dem Scheiß-Paarungsrausch rumärgern muss." Sid tippte mit dem Finger gegen die Spritze, drückte den Kolben und fuhr fort: „Wir haben nicht viel Zeit, also lass mich die Optionen erläutern. Die Droge in meiner Hand wird deinen Drachen für ein paar Tage zum Schweigen bringen, aber du wirst auch nicht in der Lage sein zu wandeln, und es ist nur vorübergehend. In den nächsten Monaten musst du lernen, deinen Drachen allein zu kontrollieren."

Nikki verzog das Gesicht. „Welche andere Option habe ich?"

„Deine andere Möglichkeit ist, dich mit Rafe Hartley zu vereinen und den Rausch seinen Lauf nehmen zu lassen."

Ihr Tier brüllte aus seinem Gefängnis. Nikki ignorierte es und blinzelte. „Was?"

Sid hob eine Braue. „Du bist schlau, Nikki, und ich muss es nicht wiederholen."

„Ich —" Nikki setzte sich langsam auf und zog die Beine an die Brust. „Rafe hat dem zugestimmt?"

„Bram scheint zu glauben, dass er das wird."

Fassungslos konnte Nikki kaum eine Antwort herausbekommen. „Das ist nicht nur illegal, sondern wir gehen uns auch gegenseitig furchtbar auf die Nerven. Warum sollte er auch nur daran denken?"

Sid ging in die Hocke, um ihr in die Augen zu sehen. „Du bist diejenige, die ihn geküsst hat. Sag du es mir."

Bei der Erwähnung des Kusses schnurrte Nikkis Drache und fing wieder an zu kratzen. Die Barriere würde noch eine Minute halten, wenn überhaupt.

„Es geht doch nichts über eine spontane lebensverändernde Entscheidung", bemerkte Nikki.

„Das Leben ist nicht immer fair, Nikola. Du kannst nur das Beste mit dem tun, was du bekommen hast."

Nikki fühlte sich, als wäre sie etwa 5 cm groß. Schließlich hatte Sid ihren Drachen verloren. Das war eine Million Mal schlimmer.

Was ist zu tun, was ist zu tun? Dann formte sich eine Idee. Sie konnte ihr Kind immer noch zur Adoption freigeben. Mehr als genug Drachenfamilien sehnten sich nach mehr Kindern. Sie könnten ihrem Kind eine bessere Zukunft geben, als sie als alleinerziehende Mutter und Beschützerin hinbekommen könnte.

Nicht nur das, sobald Nikkis Tier geschwängert war, würde es sich beruhigen, und sie konnte ihre Arbeit fortsetzen. Verdammt, sie könnte vielleicht sogar helfen, Simon Bourne zu fangen.

Klar, sie sollte Rafe um seinen Input bitten. In Anbetracht dessen, was sie von dem Menschen wusste, schien er nicht gerade väterliches Material zu sein. Er hätte wahrscheinlich keine Einwände gegen ihren Plan.

Nachdem sie die Entscheidung getroffen hatte, nickte Nikki vor sich hin. „Ich lasse den Rausch seinen Lauf nehmen und gebe das Kind später zur Adoption frei."

Sid sah ihr in die Augen. „Ich werde dich nur noch einmal bitten, zu bestätigen, dass du das willst. Ist es das?"

Als ihr Drache ein weiteres Loch in ihr unsichtbares Gefängnis riss, nickte Nikki. „Ja. Solange Rafe nicht dazu gezwungen wird."

Sid erhob sich und ging zur Tür. „Gut, dann lasse ich Bram das wissen. Bis alles geregelt ist, tut mir leid, wirst du leiden müssen. Dich unter Drogen zu setzen, wird nur das Unvermeidliche herauszögern, und ich glaube, du willst, dass dieses ganze Chaos so schnell wie möglich beseitigt wird."

Sid verriegelte die Tür hinter sich, und Nikki schloss die Augen. Der Paarungsrausch trat selten mehr als einmal auf. Wenn sie die aktuelle Situation einfach überleben könnte, dann könnte sie ihre Arbeit als Beschützerin von Stonefire so lange fortsetzen, wie sie wollte. Die älteren Drachenwandler würden auch vielleicht endlich aufhören, sie zu quälen.

Ihr Tier brach aus und knurrte. Nikki klatschte

sich die Hände über die Ohren und wünschte sich, das ganze Chaos wäre bald vorbei.

Rafe trommelte mit den Fingern auf den Tisch. Es war fast eine verdammte Stunde vergangen. Lag Bram denn überhaupt nichts an Nikkis Wohlergehen?

Ganz zu schweigen davon, dass er für seine Antwort im Kreis gelaufen war. Wenn das so weiterging, sollte Rafe vielleicht einfach eine verdammte Münze werfen.

Zumindest hatte er ein paar Anrufe tätigen können. Die Mission würde bis auf Weiteres unterbrochen. Sechs Monate verdammte Recherche verschwendet, ganz zu schweigen von dem Urlaub, den er für die nächsten zwei Wochen gewährt bekommen hatte. Rafe hoffte nur, dass er Simon Bourne bei der nächsten Gelegenheit ausschalten könnte.

Gerade als er überlegte, wieder aufzustehen, öffnete sich die Tür. Kai betrat den Raum, gefolgt von der großen, dunkelhaarigen Frau, die Kais Gefährtin und Rafes Schwester Jane war.

Jane ergriff zuerst das Wort. „Ich hätte wissen müssen, dass das passieren würde. Ihr beide streitet seit Monaten ziemlich leidenschaftlich."

Rafe stand auf und kniff die Augen zusammen. „Du musst dich hier nicht einmischen, Jane."

Kai knurrte. „Schnauz' deine Schwester nicht so an!"

Rafe machte einen Schritt auf den Drachen zu, aber Jane stellte sich zwischen sie. Sie legte eine Hand an Kais Brust, und der Drachenmann rührte sich nicht.

Janes blaue Augen trafen auf Rafes grüne. „Nikki hat um den Rausch gebeten, und wir brauchen eine Entscheidung."

Erleichterung mit einer kleinen Spur Angst flutete seinen Körper. Zumindest hatte er die Chance, Nikki wiederzusehen. „Das hat sie?"

„Ja", antwortete Jane. „Und bevor du deine Antwort gibst, achte darauf, mit deinem Gehirn zu denken und nicht mit deinem Schwanz."

„Jane", sagte Rafe mit zusammengekniffenen Augen.

Sie zuckte die Schultern. „Hey, du bist derjenige mit den weiblichen Eroberungen. Du warst stolz darauf." Sie pikste in seine Brust. „Aber das hier ist was anderes. Ich mag Nikki. Wenn du ihr wehtust, werde ich dich selbst kastrieren, während du schläfst."

Wenn sie nur die Wahrheit über meine Vergangenheit mit Nikki wüsste. Er schob es zur Seite, und runzelte die Stirn. „Deine Drohungen haben noch nie funktioniert. Warum denkst du, dass sie es jetzt werden?"

Kai legte von hinten einen Arm um Jane. „Egal, was du von den Drohungen deiner Schwester hältst, wisse eines, Mensch: Du verletzt Nikki in irgendeiner Weise, und ich kümmere mich selbst um deine Bestrafung."

Rafe hob seinen Mittelfinger. „Fick dich, Kai."

Kais Pupillen blitzten. Jane lehnte ihren Rücken gegen seine Brust, und die Pupillen des Drachen wurden wieder rund. Die Stimme seiner Schwester war leiser, als sie sagte: „Denk einfach daran, dass, wenn du Ja sagst, es am Ende ein Kind gibt."

Rafe seufzte. „Ich weiß, Janey. Ich weiß."

Jane trat vor, und Kai ließ seinen Arm fallen. Jane legte eine Hand auf Rafes Schulter und bemerkte: „Es ist außerdem illegal. Das Ministerium für Drachenangelegenheiten darf nicht herausfinden, was du getan hast."

„Was eine verdammt dumme Regel ist, wenn man bedenkt, dass Menschenfrauen sich mit männlichen Drachenwandlern paaren dürfen", sagte er.

„Ich mache die Regeln nicht, Rafe." Sie sah ihm in die Augen. „Also, was möchtest du machen?"

Das Bild des kleinen Mädchens, das durch das Feld lief und lachte, kam wieder. Nach fast achtzehn Jahren in der Army wollte ein kleiner Teil von Rafe eine eigene Familie schützen, anstatt nur sein Land.

Nicht, dass er nicht mit Stolz diente; er konnte sich nichts anderes vorstellen. Aber sein Ruhestand stand kurz bevor, und es gäbe eine riesige Leere, die gefüllt werden musste. Ein kleines Mädchen könnte genau das sein, was er brauchte, um sein Leben zu erhellen und ihm einen Sinn zu geben.

Und tief im Innern gab er zu, dass es ihm nichts ausmachte, lange Jahre mit Nikola Gray zu streiten und sich mit ihr zu messen.

Natürlich hing alles davon ab, ob das Ministerium für Drachenangelegenheiten, das MDA, ihm erlauben würde, sein Kind zu beanspruchen oder nicht. Rafe musste nur daran arbeiten, dieses Ziel Wirklichkeit werden zu lassen.

Rafe räusperte sich und richtete sich auf. „Ich werde beim Rausch mitmachen."

Jane lächelte. „Ich denke, das ist die richtige Wahl, Rafe. Das tue ich wirklich. Und nicht nur, weil ich mich darauf freue, Tante zu werden."

Er antwortete: „Richtig, das ist nett und alles, aber was passiert als Nächstes? Nikki muss Schmerzen haben, und ich will sie nicht warten lassen."

Kai musterte ihn eine Sekunde, bevor er einsprang. „Nikki wurde in ein privates Cottage verlegt und wartet auf deine Entscheidung. Ich werde dich dorthin bringen."

„Wirst du mich den ganzen Weg lang anschreien?", fragte Rafe gedehnt.

Mit einem Grunzen flammten Kais Augen wütend auf. „Wie wäre es, wenn wir unsere gegenseitige Abneigung vorerst vergessen und uns auf Nikki konzentrieren?"

Rafe nickte. „Das kann ich machen. Aber nur eine Sache: Was ist mit der Mission?"

„Wir arbeiten daran. Wenn ihr beide raus seid, wird sich die Entführung verzögern", antwortete Kai.

„Ist das klug? Wir warten seit Monaten auf diese Chance."

Kais Ausdruck schwankte nicht. „Das wird es sein müssen." Der Drachenmann deutete zur Tür. „Gehen wir. Der Paarungsrausch ist ziemlich einfach. Aber ich werde deine Fragen auf dem Weg beantworten."

Kai küsste Jane und verließ den Raum ohne ein weiteres Wort. Rafe begegnete dem Blick seiner Schwester. „Sollte ich mir Sorgen machen?"

„Nur wenn du nicht gerne umwerfenden, lebensverändernden Sex hast, nach dem, was mir die anderen erzählt haben. Allerdings könnte dein Penis nach einer Weile schmerzen."

Er fühlte sich wie ein Bastard, weil er den Rausch erregt hatte; denn Jane und Kai waren Gefährten, aber keine wahren, was bedeutete, dass seine Schwester nie ihren eigenen Rausch mit Kai erlebt hatte.

Er räusperte sich. „Richtig, dann gehe ich jetzt, bevor du noch anfängst, mir Sextipps zu geben."

Er drehte sich um, um zu gehen, aber Janes Stimme driftete in seine Ohren. „Zeig einfach keine Angst, und lass dich nicht von Nikkis Drachen einschüchtern."

Rafe hob eine Hand als Antwort und ging schneller. Nun, da er seine Entscheidung getroffen hatte, wollte er nicht mehr trödeln. Nikki brauchte ihn.

Nikki, nackt auf einem weichen Bett zusammengerollt, beobachtete alles aus der Ferne. Mit ihrem Drachen, der den vorderen Teil ihres Geistes dominierte, konnte Nikki sehen und hören, was vor sich ging, aber ihre Reaktionen nicht beeinflussen.

Eine ihrer Hände strich zwischen ihre Oberschenkel. Jedes Streicheln sandte Hitze durch ihren Körper.

Ihr Drache meldete sich zu Wort. *Wo ist er? Sie sagten, er würde kommen.*

Nicht sicher. Nur vielleicht.

Ich werde noch ein paar Minuten warten, und dann werde ich ihn jagen.

Trotz der Ungeheuerlichkeit dessen, was bald geschehen könnte, war das Bild einer nackten, von ihrem Drachen besessenen Nikki, die durch die Ländereien des Clans lief, um Rafe zu jagen, amüsant. Zumindest, bis die imaginäre Vision von Rafe sie angewidert ansah und wegging.

Ganz so, wie er es vor vier Jahren getan hatte.

In Erinnerung an den Vorfall begann Nikki, an ihrer Entscheidung zu zweifeln. Rafes Kind zu tragen, würde ihr Leben nur komplizierter machen, vor allem, wenn sie nach dem Rausch mit ihm zusammenarbeiten musste.

Ihr Drache war kurz davor, darauf zu antworten, als sich unten eine Tür öffnete und mit einem Geräusch zufiel. Ihr Tier knurrte. *Wenn er das nicht ist, werde ich mich wandeln, denjenigen mit unseren Krallen aufnehmen, hochfliegen und ihn in den nahegelegenen See fallen lassen.*

Wage es ja nicht! Bram würde uns töten.

Ihr Drache schnaubte. *Wegen Bram mache ich mir keine Sorgen. Wenn ich die Gelegenheit bekäme, könnte ich es auch mit ihm aufnehmen.*

Der Rausch und das Verlangen, sich zu paaren, musste wohl mehr tun, als ihren Drachen unleidlich sein zu lassen.

Ein dumpfes Geräusch und dann ein weiteres in gleichmäßigem Rhythmus signalisierten, dass jemand die Treppe heraufkam.

Wäre es Rafe?

Nicht, dass sie sich Hoffnungen machen sollte. Rafe hatte sie vielleicht küssen wollen, aber das bedeutete nicht, dass er mit ihr schlafen und sie schwängern wollte. Das war ein ziemlich großer Auftrag für jeden Mann, besonders für einen Menschen. Rafe konnte im Gefängnis landen, wenn er nicht aufpasste.

Die Schritte hielten direkt vor der Tür. Ihr Drache setzte sich auf und wandte sich der Tür zu. *Ich rieche ihn.*

Konnte es wahr sein? War Rafe gekommen?

Etwas Leichtes fiel auf der anderen Seite der Tür zu Boden. Als sich der Türknauf drehte, pochte Nikkis Herz.

Rafe Hartley stand in der Tür und trug eine tiefsitzende Jeans und sonst nichts. Sowohl Frau als auch Drache tranken den Anblick seiner gemeißelten Bauch- und sonstigen definierten Muskeln. Zwei Erkennungsmarken hingen von Ketten um seinen Hals.

Sie wollten beide nach ihm greifen und ihre Hände durch den dünnen Fleck dunklen Haars auf seiner Brust laufen lassen.

Ihr Tier ließ sie aufstehen. *Ich werde ihn beanspruchen.*

Ihre vom Drachen besessene menschliche Gestalt stürmte zu Rafe, aber in der Sekunde, bevor sie Kontakt aufnehmen und ihn zu Boden stürzen konnten, bewegte sich Rafe zur Seite. Er packte ihre Handgelenke, zog ihren Rücken gegen seine Vorderseite, und seine Hitze sickerte in ihre Haut.

Eine Stimme, die von ihrem Tier getönt war, und nicht ganz ihre eigene zischte: „Du gehörst mir. Lass mich los und dich behaupten."

Rafes Atem war heiß an ihrer Wange. „Das werde ich, aber nicht ohne Nikki. Bring sie zurück."

„Wir sind ein und dasselbe." Ihr Drache zog an ihren Handgelenken, aber Rafe hielt sie fest.

„Nikki. Jetzt! Ansonsten wird es eine lange Nacht werden, in der ich dich fessle und dich wie ein Falke beobachte."

„Das würdest du nicht wagen."

„Versuch es, Drache."

Nikki sprach mit ihrem Tier. *Wenn du ihn früher beanspruchen willst, dann tu, was er sagt. Du hast gesehen, wie stur er sein kann. Ich würde nicht zweifeln, dass er uns tagelang gefesselt halten kann, wenn er es wollte. Selbst wenn du dich in einen Drachen verwandelst, würde er immer noch einen Weg finden, dich in Schach zu halten.*

Nein, ich sollte diejenige sein, die ihn beansprucht. Er ist unser Gefährte, und du lässt ihn einfach gehen.

Ich verspreche, dass ich es nicht werde, und ich verspreche nichts leichtfertig.

Ihr Drache hielt eine Sekunde inne. Sie war sich dieser Tatsache mehr als bewusst. *Du hast eine Chance. Das war's. Danach werde ich den Menschen überlisten und ihn hart reiten.*

Ihr Tier senkte langsam das Gefängnis, in dem Nikki sich derzeit aufhielt. Als die Mauern unten waren, beeilte Nikki sich, die Kontrolle zu übernehmen. Ihr Drache ließ sich hinten nieder, um zuzusehen, und Nikki sagte: „Ich wusste immer, dass du pervers bist und Frauen fesseln willst."

„Nikki?"

Sie wandte den Kopf, um ihm in die Augen zu sehen. „Die einzig Wahre. Nun, wie wäre es, wenn du mich losließest?"

„Wie weiß ich, dass dein Drache keine Tricks spielt?"

„Weil er dich nur ficken will und ich ungefähr fünf Sekunden davon entfernt bin, dich in den Schwanz zu treten."

Rafe schnaubte. „Das würde den Zweck, weswegen ich hier bin, irgendwie zunichtemachen. Und ist nicht gerade eine sehr nette Art, mir dafür zu danken, dass ich dem überhaupt zugestimmt habe."

Während ihr Drache ungeduldig mit dem Schwanz schlug, ignorierte Nikki ihr Tier und fragte: „Warum hast du das getan?"

Rafes ließ lockerer, als er flüsterte: „Weil es mir nicht gefallen hat, dich mit Schmerzen zu sehen." Sie atmete ein, aber bevor sie antworten konnte, fügte er schnell hinzu: „Und ich brauche dich, wenn wir unsere Mission jemals abschließen wollen."

Alle zarten Gefühle angesichts seiner ersten Worte schmolzen mit der letzten. „Natürlich, die Mission."

Rafe ließ ihre Handgelenke los und nahm seine schöne Wärme mit sich. „Sag mir, was ich tun soll, Nikki."

Sie drehte sich um und legte eine Hand auf ihre Hüfte. Es brauchte alles, was sie hatte, um nicht auf Rafes Prüfung ihres nackten Körpers zu reagieren. „Zunächst kannst du den echten Rafe zurückbringen. Dieser unsichere, nette Typ macht mir Angst."

Rafe kniff die Augen zusammen und machte einen Schritt auf sie zu. „Entschuldige, dass ich darüber nachdenke, wie schwierig das für dich ist.

Wenn du willst, dass ich dich beleidige, dann kann ich das auf jeden Fall tun."

Sie pikste in seine Brust. „Sei kein Arschloch. Sei einfach du selbst."

Rafe griff nach ihr und zog sie an sich. Trotz ihrer Bemühungen schrie sie auf bei der Hitze seiner Haut an ihrer.

Ihr Drache summte. *Ja. Das gefällt mir schon besser. Wir müssen nur seine Jeans runterreißen.*

Männliche Zufriedenheit flackerte in seinen Augen auf, als er murmelte: „Wenn ich ich selbst sein will, dann werde ich das hier tun."

Er senkte den Kopf und küsste sie.

Kapitel Drei

Während Rafes Lippen Nikkis berührten, bewegte er eine Hand zu ihrem straffen, nackten Po. Sie schrie überrascht auf, als er ihre Pobacke drückte, und er schob seine Zunge in ihren Mund.

Sie nackt und mit Feuer in den Augen zu sehen, hatte ihn schon hart gemacht. Doch als er seine Zunge gegen Nikkis rieb und sie ihm die Nägel in den Rücken drückte, verwandelte sich sein Schwanz in Granit.

Abwechselnd knabberte er an ihrer Unterlippe, liebkoste die Innenseite ihres Mundes und schob sie rückwärts gegen eine Wand. Er unterbrach den Kuss und lehnte sich noch mehr gegen Nikkis kleine Statur; zumindest klein für einen Drachenwandler, dank ihrer menschlichen Mutter, die asiatischer Abstammung war.

Ihre Pupillen blitzten zwischen runden und

geschlitzten hin und her. „Warum hast du aufgehört?"

Er bewegte eine Hand zwischen sie und umfasste ihre kleine Brust. Ihr harter, kleiner Nippel stand spitz an seiner Handfläche. „Weil ich nur daran denken kann, dich aufs Bett zu werfen und dich zu ficken. Ich muss wissen, dass du dir sicher bist."

Sie kratzte seinen Rücken hinunter, bevor auch sie seine Pobacke durch seine Jeans ergriff. Verdammt, er konnte es kaum erwarten, dass ihre Nägel seine Haut markierten.

„Hat dir jemand gedroht, das zu tun?", fragte Nikki.

Er strich mit seiner Hand über ihre Brustwarze. „Nein."

Ihre Stimme war atemlos, als sie fragte: „Und weißt du, dass es am Ende ein Kind geben wird? Ich erwarte nichts von dir, wenn das erledigt ist. Es ist nur Sex zwischen zwei Personen, die einander attraktiv finden."

Diese Worte lösten etwas tief in Rafe aus. Es gefiel ihm nicht.

Später. Darauf werde ich später eingehen. Er knabberte an ihrer Lippe und antwortete: „Das ist es, was mir gesagt wurde."

Bevor sie antworten konnte, schloss Nikki die Augen und biss die Zähne aufeinander; er spürte auch, wie sich die anderen Muskeln in ihrem Körper anspannten. „Was ist los?"

„Mein ... Drache. Sie ist ungeduldig."

„Das ist mein Stichwort."

Er nahm wieder ihre Lippen, trat einen Schritt zurück und legte seine Arme um Nikkis schmale Taille. Dann ließ er seine Hände über ihre weiche, warme Haut auf ihren Po gleiten und hob sie hoch. Nikki schmolz in den Kuss und wickelte ihre Beine um seine Taille.

Als er ihren Mund verschlang, leckte und knabberte, zog er sie enger an sich und bewegte sich zum Bett. Rafe beugte sich vor, bis Nikkis Rücken die Matratze berührte, und unterbrach den Kuss. „Showtime."

Nikki kämpfte gegen ein Lächeln und verlor. „Du könntest das ein bisschen ernster nehmen."

Er biss ihr seitlich in den Hals und leckte das Brennen mit seiner Zunge weg. Die Salzigkeit ihrer Haut blieb in seinem Mund. „Warum? Ich würde dich lieber lächeln sehen als stirnrunzelnd."

Nikki wurde still, und Unbehagen kroch ihm den Hals hinauf. Er sah ihr noch einmal in die Augen und bemerkte nur noch Hitze und Lust. „Wenn du willst, dass ich lächle und nicht mein Drache, dann zieh' deine verdammte Jeans endlich aus. Ich habe deine Erektion gespürt, also lass Mr. Happy seine Arbeit tun."

„Nenn meinen Schwanz noch einmal Mr. Happy, und du wirst sehen, was passiert."

Einer von Nikkis Mundwinkeln zuckte nach

oben. „Mr. Happy, Rafe Hartleys ach so viel besprochener Penis."

Mit einem Knurren drückte er ihr die Hände über den Kopf und rieb seine Scham gegen ihre Klitoris. Nikki schrie auf, und er tat es wieder. „Wenn ich mit dir fertig bin, wirst du meinen Schwanz als Mr. Unbelievable bezeichnen. Und jetzt lass deine Beine los."

Nikki gehorchte. Er hielt ihre Arme weiter fest, küsste an ihrer Brust hinunter und nahm ihre Brustwarze in den Mund. Als er kräftig daran saugte, bog sie den Rücken durch. „Rafe."

Er ließ sie mit einem Ploppgeräusch los und hauchte auf ihr feuchtes Fleisch. „Gewöhn dich an meinen Namen auf deinen Lippen, Nikki, denn du wirst ihn noch viele Male sagen, bevor ich fertig bin."

„Wenn du dich nicht verdammt nochmal beeilst, wird sich mein Drache nicht um deine Spielchen kümmern, geschweige denn um deinen Namen." Sie spreizte ihre Oberschenkel noch weiter. „Zieh deine Jeans aus, und fick mich endlich!"

Er schmiegte sich an ihre Brust. „Sag mir noch einmal, was ich tun soll, Nikki."

„Rafe." Ihr Ton klang warnend. Er sah auf und hob die Brauen. Nikki verdrehte endlich die Augen. „Fick mich, Rafe! Oh, Baby. Ich warte."

„Wir müssen an deinem Enthusiasmus arbeiten." Er stand auf und ließ ihre Arme frei. In Rekordzeit zog er seine Jeans aus. Da er nie etwas drunter trug, musste er sich keine Sorgen um Unterwäsche machen und sein Schwanz ragte lang und hart vor ihm hervor.

Er packte ihn mit der Hand und streichelte ihn auf und ab. Nikkis Blick folgte der Bewegung. Sie leckte sich die Lippen, und aus seinem Schwanz kam ein Tropfen Vorsamen.

Als ihr Blick ihn endlich wieder traf, fragte sie: „Und? Wirst du nur einfach dastehen oder mich endlich ficken?"

Er positionierte sich schnell zwischen ihren Oberschenkeln. Als er mit der Kuppe seines Schwanzes durch ihre nassen, geschwollenen Schamlippen strich, murmelte er: „Wie meine Dame es befiehlt."

Dann stieß er in ihre Pussy.

Nikki schrie auf, als Rafes harter Schwanz sie füllte. Verdammt, er fühlte sich besser an, als sie es sich je vorgestellt hatte.

Ihr Drache summte. *Ja, ja! Fast! Heb unsere Hüften und klatsche ihm vielleicht auf den Po. Das bringt ihn in Schwung.*

Das kannst du später machen. Ich bin dran.

Nicht mehr lange. Bring ihn dazu, sich zu beeilen, oder du weißt, was passieren wird.

„Nikki."

Ihr Blick war abgedriftet, aber auf den

Befehlston in Rafes Stimme sah sie in seine grünen Augen.

Augen, von denen sie seit Jahren geträumt hatte.

Vergiss deine albernen Fantasien, Nikki. Er tut das nicht für eine Freundin, ein Kind und ein Happy End, sagte sie sich.

Rafe zog ihn langsam heraus und stieß hart wieder hinein. Sie vergaß alles außer dem Gefühl zwischen ihren Beinen.

Nikki krallte die Laken in ihren Fingern. „Nochmal!"

„Bist du dir sicher? Sobald ich anfange, weiß ich nicht, ob ich aufhören kann. Du bist so klein und eng und packst mich so, wie ich es mag."

„Ja, weil ich ja auch die absolute Kontrolle über die Größe und Enge meiner Vagina habe."

Er fuhr mit seiner Hand über ihren Bauch, ihren Brustkorb und schließlich ihre Brüste und murmelte: „Ich bin derjenige, der dir hilft. Kannst du nicht ein bisschen mehr mit mir kooperieren?"

Ihr Tier zischte. *Beweg unsere Hüfte. Jetzt!*

Sie legte ihre Hände über seine und bog ihren Rücken. „Du solltest dich besser bewegen, oder ich werde ernsthaft die Gerüchte über deine Eroberungen bezweifeln."

Rafe beugte sich hinab, bis sein Atem ihre Lippen kitzelte. „Im Moment will ich nur dich."

Sie wusste, dass er ihr sagte, was sie hören wollte, aber sie zitterte bei seinem Tonfall. „Dann küss mich und mach dich an die Arbeit."

Mit einem Knurren nahm er ihre Handgelenke. Er zog ihre Hände über den Kopf, küsste sie und bewegte seine Hüften. Jeder lange, harte Stoß machte es schwieriger, an etwas anderes als Rafe in ihr zu denken.

Als er sein Tempo beschleunigte, kreiste Nikki ihre Hüften, um ihm entgegenzukommen.

So lange hatte sie sich gefragt, wie es sich anfühlen würde, Sex mit Rafe Hartley zu haben. Und, verdammt, die Art, wie er sie liebkoste, war besser als jeder Drachenwandler, mit dem sie jemals geschlafen hatte.

Ihr Tier meldete sich wieder zu Wort. *Denk nicht an irgendjemand anderen. Rafe gehört uns. Konzentrier dich auf ihn.*

Und genau in dem Moment unterbrach Rafe den Kuss und nahm ihre Handgelenke in eine Hand, während die andere ihren Körper hinunterglitt. Er säuselte: „Du wirst bald meinen Namen schreien."

Sie öffnete den Mund, um ihn herauszufordern, aber seine Finger strichen über ihre sensible Klitoris. Er tat es noch einmal und erhöhte den Druck bei jedem Durchgang.

Er drückte auf ihr Nervenbündel, und Nikki stöhnte laut. Welle um Welle der Lust durchströmte ihren Körper, als sie seinen Schwanz ergriff und losließ.

Rafe grunzte und hielt bald in ihr inne. Obwohl er ein Mensch war, brachte seine Erlösung ihr einen weiteren Orgasmus.

Ihr Drache knurrte. *Mehr. Wir brauchen viel mehr. Nur dann werden wir ihn beanspruchen.*

Irgendwie schaffte Nikki es zu antworten. *Nur Sex.*

Nikki bemerkte kaum, wie ihr Tier still wurde, als Rafe auf ihr zusammenbrach, sein harter Schwanz immer noch in ihr. Seine Stimme war belegt, als er sagte: „Verdammte Hölle! Mein Schwanz ist immer noch hart und will bald wieder loslegen. Hast du magische Drachen-Sex-Kräfte?"

Nachdem sie endlich ihre Handgelenke freibekommen hatte, packte sie seinen Rücken und kratzte ihre Nägel über seine Wirbelsäule. „Das wüsstest du wohl gern."

„Nikki." Er knabberte an ihrem Schlüsselbein.

Sie versetzte ihm einen Klaps auf den Po und zuckte die Achseln. „Ich weiß nicht. Nur sehr wenige weibliche Drachenwandler schlafen mit menschlichen Männern. Aber ich bin mir sicher, dass irgendwas dir mehr Energie gibt, denn der Rausch wird eine Woche oder mehr dauern."

Sie erwartete fast, dass Rafe sich entschuldigen und die Flucht ergreifen würde.

Er hob jedoch lediglich den Kopf und schmiegte sich an ihre Wange. Die Stoppeln sandten Schauer durch ihren Körper.

Rafe sagte: „Dann sollten wir uns besser ranhalten."

Bevor Nikki antworten konnte, brüllte ihr Tier. *Jetzt bin ich dran!*

Machtlos, der sexverrückten Wucht ihres Drachen Einhalt zu gebieten, wurde Nikki in den Hintergrund ihres gemeinsamen Geistes gedrängt. Sie versuchte, auszubrechen, aber kein Kratzen konnte sie befreien.

Da ihr Drache jetzt ihren Körper unter Kontrolle hatte, rollte sie Rafe unter sich und zischte: „Keine schönen Worte mehr. Ich brauche deinen Samen."

Rafe stöhnte unter ihnen, als sie ihre Hüften bewegte. Nikki hämmerte wieder gegen die Wand. *Er gehört mir. Ich sollte diejenige sein, die ihn reitet.*

Nein, sagte ihr Drache. *Dein Weg würde Jahre dauern. Meiner dauert Tage. Wir brauchen sein Kind. Er oder sie wird stark, hartnäckig und leidenschaftlich sein. Kein anderer Mann wird das tun.*

Rafes Stimme unterbrach ihre Unterhaltung. „Nikki?"

„Nicht Nikki. Drache. Du gehörst mir, Mensch. Ich hoffe, du bist bereit."

Als ihr Drache die Hände auf Rafes Brust legte und sie sich schneller bewegte, stöhnte Rafe.

Nikki wusste, dass es töricht war, da ihr Drache recht hatte – das Tier würde die Schwangerschaft schneller erreichen. Doch als sie hilflos zusah und nicht handeln konnte, setzte sich Nikki hin und zog hinten in ihrem Verstand die Knie an die Brust. Ihr Drache würde irgendwann müde werden, dann hatte sie wieder eine Chance bei Rafe.

Sie wollte verdammt sein, wenn ihre tierische Hälfte die Einzige war, die mit Rafe schlief. Schließlich träumte Nikki schon seit Jahren davon. Die sicherlich einzige Chance, mit dem Menschen zu schlafen, wollte sie auf keinen Fall vergeuden. Wahrer Gefährte oder nicht, Drachenwandlerfrauen durften sich nicht mit menschlichen Männern paaren.

Dann kam ein Orgasmus, und Nikki war verloren in der blendenden Lust. Rafe folgte kurz darauf, und sie kamen erneut.

Sie konnte ihre menschliche Gestalt vielleicht nicht bewegen, aber zumindest konnte sie das Gesicht ihres Menschen beobachten; es war eines der seltenen Male, dass er Emotionen jenseits von Wut oder Irritation zeigte. Sie hätte seinen derzeitigen Gesichtsausdruck fast als Zärtlichkeit gemischt mit Wärme beschrieben.

Rafe war wunderschön, mit seinen grünen Augen und den dunklen, welligen Haaren. Für den Bruchteil einer Sekunde fragte sie sich, wie ihr Kind wohl aussehen würde.

Nein! Nikki durfte so nicht denken. Das Kind würde sie einer Familie geben, die sich um ihn oder sie kümmern könnte. Nikkis Zukunft war bei den Beschützern. Sie musste sich das nur in der nächsten Woche merken und durfte ihre Entschlossenheit nicht verlieren.

Kapitel Vier

Acht Tage später wurde Rafe von der seltenen Februarsonne aus einem Schlummer geweckt. Er hatte den Überblick über all die Tage und Stunden verloren.

Ungefähr das Einzige, woran er sich erinnerte, war, jeden Teil von Nikkis Körper erforscht und beansprucht zu haben.

Apropos, er sah hinüber auf die linke Seite des Bettes. Nikkis nackter Rücken zeigte in seine Richtung. Der Drang, ihre Schultern zu streicheln, war stark, aber sein Schwanz tat weh wie die Hölle. Wenn es keine Brandspuren von all der Reibung daran gäbe, wäre er ziemlich überrascht.

Dennoch überkam ihn ein hohles Gefühl in der Brust, als er dachte, dass der Rausch nun beendet sei und Rafe nie wieder die Chance bekäme, mit Nikkis empfindlichen Brustwarzen zu spielen oder ihren festen Po zu packen. Alles an Nikki, von ihrem langen, schlanken Körper bis zu ihren kleinen Brüsten und schmalen Hüften, war verdammt perfekt. Er würde nichts an ihr ändern.

Nun, das war eine Lüge. Wenn er nur von Zeit zu Zeit einen Weg finden könnte, ihren inneren Drachen zu verbannen, wäre er dabei.

Nikkis Stimme drang durch die Luft. „Bist du wach?"

Er dachte, was zur Hölle, und streichelte ihr den Rücken. „Ja. Ist das Nikki-Nikki oder Drache-Nikki?"

„Nikki-Nikki."

Ihre Stimme war müde, nicht, dass er ihr einen Vorwurf hätte machen können. „Gut. Wie wäre es dann mit was zu essen vor der nächsten Runde?"

„Es muss keine nächste Runde geben."

Rafes Hand hielt inne. „Sag das nochmal."

Mit einem Seufzen drehte sich Nikki auf den Rücken und begegnete seinem Blick. „Wenn mein Drache recht hat, ist es vollbracht."

Er blinzelte eine Sekunde, bevor er langsam lächelte. „Du bist schwanger."

Sie wandte den Blick ab. „Ja. Du kannst gehen."

Er blinzelte verwirrt. Mit einem Knurren bewegte er sich, um ihren Körper mit seinem zu bedecken. „Sieh mich an, Nikola Gray, und erkläre dich selbst."

Nikki hielt ihren Blick zur Seite. „Mach es nicht schwieriger, als es sein muss. Du bist müde. Ich bin müde, und mein Drache ist zufrieden. Ich weiß zu schätzen, was du getan hast, aber es ist an der Zeit, in unser jeweiliges Leben zurückzukehren."

„Was zum Teufel, Nikki? Das war's? Du benutzt mich und wirfst mich zur Seite?"

Sie begegnete endlich seinem Blick und runzelte die Stirn. „Was willst du sonst noch von mir, Rafe? Wir wissen beide, dass du nicht der Typ für Hochzeitsglocken und Babywindeln bist. Je länger wir unseren Abschied herauszögern, desto schwieriger wird es."

Er packte ihr Kinn mit den Fingern und beugte sich zu ihrem Gesicht. „Wenn du denkst, ich bin der Typ von Bastard, der eine Frau einfach schwängert und geht, dann bist du verdammt nochmal nicht bei Verstand. Es mag illegal sein, dass ich hier wohne, aber wir werden uns was überlegen. Ich will verdammt sein, wenn ich meine Tochter ohne Vater aufwachsen lasse."

Überraschung blitzte in Nikkis Augen auf, aber sie war in der nächsten Sekunde verschwunden. „Bist du verrückt?" Sie drückte gegen seine Brust. „Außerdem ist das nicht deine Entscheidung."

„Oh, das ist es verdammt nochmal schon. Wenn ich dich festbinden und bis zur Entbindung gefangen halten muss, das schwöre ich, ich werde es tun."

„Richtig, denn die Army wird ja nicht nach dir suchen. Und was ist mit Bram? Ganz zu schweigen von, hm, ich weiß nicht, vielleicht mich zu fragen, was ich will?"

„Okay, also sag mir, Nikki Gray. Was willst du?"

Sie sah in seine Augen, bevor sie seufzte. „Ich weiß nicht."

Während Rafe noch nach der besten Reaktion auf ihre Antwort suchte, klopfte jemand an die Tür. Er knurrte: „Was zum Teufel? Warum sollte irgendwer denken, dass es in Ordnung ist, anzuklopfen, wenn wir hier Sex haben?"

„Weil wir es nicht haben, und ich habe Bram schon geschrieben, dass wir fertig sind. Er könnte es irgendwem gesagt haben."

Das Klopfen wurde lauter, bevor eine unbekannte männliche Stimme dröhnte: „Mach auf, Nikola Gray. Du hast was zu erklären."

Er sah Nikkis blasses Gesicht an und fragte: „Wer zum Teufel ist das?"

Nikki schluckte hörbar. „Mein Vater."

Nikki erstarrte, als sie die Stimme ihres Vaters hörte. Sie hatte Bram eine SMS geschrieben, dass der Rausch vollendet sei, aber sie hatte nicht erwartet, dass ihr Clanführer es ihrem Vater so bald mitteilte.

Zu sagen, dass Hector Gray einen ausgeprägten Beschützerinstinkt besaß, wenn es um sein einziges Kind ging, wäre eine Untertreibung.

Die Stimme ihres Vaters dröhnte erneut. „Das ist deine letzte Warnung, Nikki. Ich möchte diesen Mann kennenlernen, der der Vater meines ersten Enkelkindes sein wird. Er sollte besser würdig sein."

Rafe knurrte: „Verdammt fantastisch! Noch so ein gruseliger Drachenmann mit übersteigertem Beschützerinstinkt."

Nikki versetzte ihm einen Klaps auf seinen Arm. „Hör auf. Er könnte dich hören."

Rafe ließ sie nicht aus den Augen. „Nun, bringen wir es hinter uns. Vielleicht kann dein Vater dich wenigstens zur Vernunft bringen. Denn wenn du glaubst, dass ich dich ficke und gehe, dann bist du verrückt. Je eher dir das klar wird, desto besser."

Sie öffnete den Mund, um zu antworten, aber die Tür schwang auf und krachte gegen die Wand. Die große, größtenteils grauhaarige Gestalt ihres Vaters stand in der Tür. Hector kniff die Augen zusammen und zeigte auf Rafe. „Du! Runter von meiner Tochter! Du hast schon genug getan."

Rafe setzte sich langsam auf und signalisierte Hector, dass er den Drachen nicht als Bedrohung empfand. „Wenn Sie sich Sorgen um Ihre Tochter machen, dann geben Sie ihr die Möglichkeit, zu duschen, sich anzuziehen und zu essen, bevor sie mit Ihnen spricht."

Fantastisch! Wenn das so weiterginge, würde Rafe dafür sorgen, dass er getötet wurde.

Hector kniff seine blauen Augen zusammen. „Sag mir nicht, wie ich meine Tochter erziehen soll."

Rafe schnaubte. „Sie ist eine erwachsene Drachenfrau. Und angesichts der Anstrengungen, die sie während unserer Zeit in Afghanistan unternommen hat, um ihre menschlichen Landsleute zu schützen, hat sie sich den Respekt mehr als verdient."

Auf Rafes Worte hin versuchte Nikki nicht zu erröten. Rafe machte kein Kompliment, es sei denn, er meinte es.

Nicht, dass sein Kompliment hier das Wichtigste war. Als ihr Vater einen Schritt zu ihnen machte, klammerte Nikki das Laken vor sich und setzte sich auf. Sie sagte: „Dad, damit überschreitest du die Grenze, über die wir gesprochen haben. Wie wäre es, wenn du unten wartest, und wir werden bald da sein?" Sie hielt inne und kam zu dem Schluss, Schuldgefühle zu benutzen. „Geschrei kann nicht gut für das Baby sein."

Bei der Erwähnung des Kindes wurden Hectors Augen weicher. „Geht's dir gut, Liebes? Soll ich einen Arzt holen?"

Nikki widerstand einem Seufzer. „Nein, ich brauche keinen Arzt. Was ich brauche, ist eine Dusche. Ich bin in spätestens zehn Minuten unten, okay?"

Rafe meldete sich zu Wort. „Und ich auch."

Nicht, wenn Nikki in der Sache was zu sagen hätte.

Ihr Vater sah sie beide an und nickte schließlich. „Ihr habt zehn Minuten. Delphine ist schon unten und kocht wie verrückt." Hector durchbohrte Rafe mit einem Blick. „Und es gibt mehrere Wachen um das Haus herum. Also denk nicht einmal daran, zu fliehen."

Rafe nahm ihren Nacken besitzergreifend. „Würde mir nicht im Traum einfallen."

Sie verdrehte die Augen. „Kann ich jetzt diese Dusche nehmen? Oder müsst ihr beide noch finster starren, grunzen und versuchen, einander ein wenig mehr einzuschüchtern?"

Hector ergriff den Türknauf der beschädigten Tür und antwortete: „Zehn Minuten. Danach komme ich wieder hier hoch und werde dich nach unten tragen, wenn ich muss, Nikki."

Die Tür schrappte wegen des kaputten Scharniers über den Boden. Als sie schließlich zufiel, knuffte Nikki Rafe in die Niere. „Warum machst du meinem Vater falsche Hoffnung? Weißt du denn nichts von seiner Geschichte? Meine Mutter hat ihn am Tag nach meiner Geburt verlassen; wenn mir fast dasselbe passiert, würde ihn das umbringen."

Der Schlag lockte aus Rafe nicht mehr als ein Grunzen. „Wer ist Delphine?"

Sie antwortete schnell: „Meine Stiefmutter. Aber das ist nicht wichtig. Was wichtig ist, ist, dass du mir sagst, was zum Teufel in deinem Kopf vor sich geht. Wenn du versuchst, meine Meinung darüber zu ändern, das Kind zur Adoption freizugeben, mach dir nicht die Mühe. Das ist meine Entscheidung."

„Wovon sprichst du?", verlangte Rafe zu erfahren.

„Tu nicht so, als wüsstest du es nicht. Ich habe es Dr. Sid erzählt. Wenn nicht sie, dann muss jemand anders dir das gesagt haben."

Sein Tonfall war neutral, als er antwortete: „Niemand hat es erwähnt."

Nikkis Herz setzte einen Schlag aus. „Als du also dem Rausch zugestimmt hast ..."

„Habe ich zugestimmt, Vater zu werden", schloss er.

„Aber warum? Alles, was du je getan hast, ist, mich zu beschimpfen oder zu irritieren. Das ergibt keinen Sinn."

Rafe beugte sich vor, bis sein Gesicht ein paar Zentimeter von ihrem entfernt war. „Weil es manchmal nur eine feine Linie gibt zwischen mögen und hassen."

Als seine Lippen um Haaresbreite von ihren entfernt waren, war Nikki ach so versucht, ihn zu küssen.

Nein! „Ich kann damit jetzt nicht umgehen." Nikki krabbelte vom Bett. Nachdem sie eine Sekunde geschwankt hatte, gewann sie ihre Balance zurück. „Ich werde jetzt duschen. Allein. Du kannst die andere den Flur hinunter benutzen. Wenn du fertig bist, versuche ich, wieder deinen Arsch hier rauszuwerfen."

„Du kannst es ja versuchen", bemerkte Rafe, während Nikki ins Badezimmer rannte und die Tür zuschlug. Als sie sich dagegen lehnte, schloss sie die Augen und fragte sich, was zum Teufel sie tun sollte. Ihr erster Instinkt war, Rafe wegzudrängen.

Aber ihr Herz und ihre früheren Gefühle für ihn wollten mehr versuchen.

Die schläfrige Stimme ihres Drachen füllte ihren Kopf. *Akzeptiere einfach, dass er uns gehört. Es wird das Leben leichter machen.*

Richtig, denn Rafe wird ja auch einfach zulassen, dass ich mich in den Kampf stürze, mit einem Kleinkind zu Hause. Er ist so schlimm wie ein Drachenwandler; er wird mich zu Hause unter Kontrolle halten und erwarten, dass ich das Haus putze und Windeln wechsle.

Ihr Tier gähnte. *Vielleicht, vielleicht auch nicht. Du wirst es erst wissen, wenn du es mit ihm versuchst.*

Nikkis Herz trommelte in ihrer Brust. Sie und Rafe. Könnte es jemals funktionieren? Nikki wollte nicht zulassen, dass ein Mann ihr Leben dominierte. Sie war Beschützerin und würde immer eine Beschützerin sein. Das war die einzige Möglichkeit für sie, ihrem Clan zu helfen.

Darüber hinaus war da noch das Problem ihrer Vergangenheit mit Rafe. Er erinnerte sich offenbar nicht daran, was vor vier Jahren zwischen ihnen geschehen war. Nikki war sich nicht sicher, ob sie das einfach unter den Teppich kehren und versuchen könnte, von vorn anzufangen. Und wenn sie es erwähnte und die Erinnerung zurückbrachte, könnte Rafe sowieso gehen.

Seine Worte von vorhin wiederholten sich in ihrem Kopf: *Ich will verdammt sein, wenn ich meine Tochter ohne Vater aufwachsen lasse."*

Nikki legte eine Hand über ihren Unterleib und

versuchte, sich ein Leben vorzustellen, in dem sie eine Tochter oder vielleicht einen Sohn mit Rafe erzog. Selbst wenn man die ganze illegale Kleinigkeit der Paarung vergaß, war es höchstwahrscheinlich, dass sie und Rafe sich innerhalb weniger Wochen gegenseitig umbringen würden.

Erinnerungen daran, wie Rafes Zunge ihren Körper liebkost hatte, auch zwischen ihren Oberschenkeln, erhitzten ihre Haut. Wenn sie stritten, hatte sie keinen Zweifel daran, dass der Versöhnungssex außergewöhnlich sein würde.

Natürlich gab es viel mehr im Leben als nur Sex.

Nikki öffnete die Augen, ging zur Dusche und drehte das heiße Wasser an. Als sie unter den Sprühnebel trat, konzentrierte sie sich auf die dringlichere Angelegenheit ihres Vaters. Angesichts dessen, was ihre biologische Mutter getan hatte, wollte Hector sicher nicht, dass Nikkis Kind an Fremde weggegeben würde.

Bevor sie jedoch ihren Vater von ihrem Adoptionsplan überzeugte, musste Nikki erst sich selbst erneut davon überzeugen, warum sie es überhaupt tun wollte.

Rafe lehnte sich an die Wand im Flur und widerstand dem Drang, seine Hand durch sein immer noch feuchtes Haar zu schieben. Es hatte offensichtlich einige Missverständnisse gegeben, aber vor vielen Tagen hatte der Rausch zugeschlagen. Die Frage war, ob Kai es absichtlich für sich behalten hatte oder nicht.

Wenn Rafe über die Adoption informiert gewesen wäre, hätte er vielleicht damit einverstanden sein können.

Okay, das war eine verdammte Lüge. Rafe würde nie ein eigenes Kind aufgeben. Einer seiner Arschloch-Onkel hatte eine Frau in Australien geschwängert und sie verrotten lassen. Rafe würde nie dasselbe tun.

In dieser Sekunde entschied er, dass Nikki, wenn sie das Baby wirklich nicht wollte, es allein großziehen würde. Der schwierige Teil wäre, das MDA zu überzeugen, ihm zu erlauben, das zu tun. Wahrscheinlich müsste er auch den Gefährten seiner verdammten Schwester um Hilfe bei den Drachendingen bitten.

Unabhängig davon würde jedes Kind von ihm ein Zuhause haben und geliebt werden.

Nikkis Tür öffnete sich und schrammte über den Boden. Sein Mund fiel auf, als er ihr gegenüberstand.

Er konnte sich nicht erinnern, wann er sie das letzte Mal in etwas anderem als der Beschützeruniform gesehen hatte. Nikki trug ein schlichtes langärmliges kastanienbraunes Tunika-Oberteil, das sich an ihre schmale Figur schmiegte, dazu goldschwarze Leggings, die ihre straffen Beine betonten. Ihr Haar war feucht und sanft gewellt. Er bemerkte kaum die Ringe unter ihren Augen. Alles, was er sah, war der Mangel an Vertrauen in ihrem Blick.

Rafe knurrte. „Du bist verdammt schön, Nikki. Steh dazu."

Feuer blitzte in ihren Augen. „Himmel, danke für deine Erlaubnis. Ohne hätte ich mich nie hübsch fühlen können."

Er nahm ihren Bizeps in die Hand und zog sie an sich. „Kannst du nicht einfach ein Kompliment annehmen, Frau?"

Sie hob ihr Kinn. „Vielleicht. Aber ich habe das Gefühl, dass du nur versuchst, mir Honig um den Bart zu schmieren, damit ich dich vor meinem Vater beschütze."

So, wie sie die Zähne aufeinanderbiss, meinte Nikki es ernst.

Rafe lachte bellend, und Nikki runzelte die Stirn. „Was ist denn so lustig?"

„Nach fast achtzehn Jahren in der Army sollte der Umgang mit deinem Vater einfach genug sein."

„Du weißt schon, dass er sich in einen ziemlich großen roten Drachen verwandeln kann, nicht wahr?", fragte sie gedehnt.

Er betrachtete ihr Gesicht. „Ich würde fast sagen, dass du dir Sorgen um mich machst."

Sie trat zurück und Rafe ließ sie los. Nikki ging um ihn herum und achtete darauf, ihn nicht zu berühren. „Nicht, dass es wichtig wäre. Ich werde dich eh rausschmeißen, bevor ich mit ihm rede."

Von wegen! Rafe zog Nikki gegen seine Brust. Er

ignorierte ihre zusammengekniffenen Augen und antwortete: „Ich verlasse mein Kind nicht, bis ich weiß, dass ich ein Teil ihrer Zukunft sein werde."

„Und wenn es ein Junge ist, wirst du einfach weglaufen? Gut zu wissen."

Er biss die Zähne aufeinander, um nicht zu schreien, und senkte sein Gesicht näher an ihres. „Hör auf, jedes Mal abzulenken, wenn ich versuche, eine ernsthafte Diskussion zu führen. Du kannst das nicht unter den Teppich kehren, Nikki. Du bist dir mehr als bewusst, wie stur ich sein kann. Ich bleibe."

„Dann hoffe ich ausnahmsweise, dass das MDA uns einen Überraschungsbesuch abstattet. Dann hab' ich dich aus den Füßen."

„Das meinst du nicht. Und ich werde es beweisen."

Er schloss den Abstand zwischen ihren Lippen und küsste sie.

Kapitel Fünf

Sobald Rafes Lippen ihre berührten, öffnete Nikki instinktiv ihren Mund. Sie mochte wütend auf ihn sein, weil er sich weigerte zu gehen, aber sie konnte einem letzten Abschiedskuss mit dem attraktivsten Mann, den sie je getroffen hatte, nicht widerstehen. Danach konnte sie ihn für immer rausschmeißen.

Rafe drehte sie um und drückte sie mit dem Rücken gegen die Wand. Seine Lippen waren langsam und sanft. Das Verlangen vom Rausch war verschwunden, und an seiner Stelle war Zärtlichkeit. Vielleicht meinte Rafe wirklich, was er darüber gesagt hatte, dass er bleiben und sich um ihr Kind kümmern wolle.

Nikkis Entschlossenheit, ihn hinauszuwerfen, ließ nach.

Als er schließlich den Kuss unterbrach, berührte er ihr Gesicht. Sein heißer Atem kitzelte ihre

Lippen, als er flüsterte: „Das schien nicht wie ein Kuss von einer Frau zu sein, die mich nie wieder sehen will."

Die Zufriedenheit in Rafes Blick zerstörte den glücklichen Moment. „Ist alles ein Wettbewerb für dich? Das ist ein weiterer Grund, warum du gehen solltest, sonst bringen wir uns noch gegenseitig um. Ich verliere nicht gerne und du auch nicht."

Er streichelte ihre Wange, und Nikki hielt sich davon ab, sich in seine Berührung zu lehnen. „Das Leben wird interessant sein, besonders wenn wir Punkte zählen."

Ihr Tier ergriff das Wort. *Interessant ist gut. Sehr gut. Vor allem, wenn es zahlreiche Wettkämpfe beinhaltet. Ich frage mich, was er tun wird, wenn wir ihn herausfordern, der beste Sex zu sein, den wir je hatten.*

Halt die Klappe, Drache. Es gibt mehr im Leben als Sex.

Vielleicht. Aber es ist ein guter Anfang. Zum Beispiel wird es mich glücklich machen.

Rafes Stimme unterbrach das innere Gespräch mit ihrem Tier. „Also, jubelt dein Drache für mich, oder ist er auf deiner Seite?"

Sie hob eine Braue. „Das wüsstest du wohl gern."

Er grinste, und Nikki atmete ein. Verdammt, er sah so gut aus, wenn er lächelte.

„Dann jubelt er mir also zu, nicht wahr?", fragte er.

Sag ihm Ja, das tue ich.

Nein.

Du wirst es später bereuen, wenn du ihn wegschiebst.

Als Nikki versuchte, darüber nachzudenken, wie sie das beantworten sollte, hallte die Stimme ihres Vaters durch das Haus. „Nikola Helen Gray, du hast sechzig Sekunden, bevor ich hochkomme und meine Drohung wahrmache."

Rafe flüsterte: „Ich bin versucht, dich hier oben zu halten, damit ich sehen kann, wie er dich über seine Schulter wirft."

Sie streckte ihre Zunge heraus und duckte sich von Rafe weg. „Ich mache mir mehr Sorgen darüber, was er dir antun würde. Glaub mir, wenn Delphines Essen kalt wird, bevor wir da sind, wird er stundenlang schreien. Meine Stiefmutter war seine zweite Chance, und er wird alles tun, um sie glücklich zu machen. Ein oder zwei Personen zu schlagen, ist nichts, wenn es Delphine zufrieden macht."

Rafe schloss den Abstand zwischen ihnen und legte eine Hand an Nikkis unteren Rücken. Sie sollte wirklich gehen, aber die Hitze seiner Handfläche fühlte sich wunderbar an.

Sein Gesichtsausdruck wurde ernst. „Keine Sorge, das Essen wird nicht kalt werden. Du musst essen, und wenn ich dich zwangsernähren muss, werde ich es tun."

Sie sah ihn von der Seite an und fragte: „Bist du sicher, dass du nicht zum Teil Drachenwandler bist? Denn du verhältst dich wie einer."

„Ich bin mir sicher. Ich bin so menschlich, wie man nur sein kann." Er drückte sanft gegen ihren Rücken. „Komm! Bringen wir es hinter uns. Es sei denn, du willst deinen Vater mehr verärgern, als er ohnehin schon ist."

„Ach, auf mich wird er nicht wütend bleiben. Du andererseits solltest besser auf deine Eier aufpassen."

Nikki hatte noch nie den Drang gespürt, einem Mann zuzuzwinkern, aber bevor sie sich zurückhalten konnte, tat sie es und ging davon.

„Kleines Biest", murmelte er.

Sie rannte die Treppe hinunter und wartete unten auf Rafe. Als er stirnrunzelnd hinterherkam, spürte Nikki eine Verspieltheit in sich erblühen, die sie, seit sie ein Teenager war, nicht gefühlt hatte. Vielleicht waren nicht alle Wettkämpfe schlecht.

Als ihr bei dem Gedanken eiskalt wurde, verbannte sie ihn. Es gab keine Möglichkeit, dass das mit ihr und Rafe jemals funktionieren würde, aus mehr Gründen, als sie zählen konnte.

Stattdessen wandte sie sich von der Treppe ab und atmete tief durch. *Richtig, Nikki. Konzentrier dich auf das, was wichtiger ist. Du brauchst Dad auf deiner Seite, bevor Rafe ihn für sich gewinnen kann.*

Ihr Drache kicherte nur im Hinterkopf, was nie ein gutes Zeichen war.

Manchmal wünschte Nikki, sie könnte ihren inneren Drachen vor sich materialisieren und das verdammte Tier zur Vernunft bringen.

Rafes Stimme unterbrach ihre Gedanken. „Wir

stehen vor der Tür. Willst du mich also rausschmeißen, oder reden wir zusammen mit deinem Vater?
Ich stimme für Letzteres."

Ihr Tier meldete sich zu Wort. *Ich will ihn.*

*Ich weiß, dass Gesetze und Regeln für dich nicht
viel bedeuten, aber wie hört es sich an, im Gefängnis
landen zu können? Wir werden dann nie in der Lage
sein, unsere Flügel zu strecken und in den Himmel
zu schweben.*

Ihr Drache grunzte. *Rafe ist unser Gefährte.
Bram wird einen Weg finden. Er hat es für die
menschlichen Frauen getan.*

*Ja, aber die menschlichen Frauen sollen der
Bevölkerung helfen zu wachsen und geben der Regierung Fläschchen mit Drachenblut. Drachenfrauen
pflanzen sich so oder so fort.*

Du machst dir viel zu viele Sorgen.

Ihr Tier streckte sich und schlief ein.

Rafe streckte sich ebenfalls und kitzelte ihre
Seite. Sie schlug seine Hand weg und flüsterte: „Hör
auf!" Er hob seine Augenbrauen, und sie seufzte.
„Gut, du kannst kommen. Es wird Spaß machen
zuzusehen, wie er dich anschreit."

Nikki wartete nicht darauf, dass er antwortete,
sondern ging in die Wärme der Küche. Während ihr
Vater nirgendwo zu finden war, sah Delphine ihr in
die Augen und lächelte. „Nikki!"

Die große Frau mit dem gelockten, dunkelbraunen Haar und der hellbraunen Haut stürzte zu
ihr und umarmte Nikki. Sie war in allem ihre

Mutter, außer ihrem Blut, und ihre Stimme brach vor Emotionen. „Ich hatte mich schon gefragt, ob dieser Tag jemals kommen würde, wo du doch so auf Sicherheitsmissionen und alles konzentriert warst."

Nikki sagte gedehnt: „Ja, denn es ist ja auch so eine große Leistung, geschwängert zu werden."

Ihre Mutter zog sich zurück und nahm Nikkis Gesicht in die Hände. „Hüte deine Zunge, junge Dame." Delphines Ausdruck wurde weicher. „Ich sprach davon, dass ich Großmutter werde. Ich habe so viele Pläne für das Kleine. Und vergessen wir nicht all die Feierlichkeiten, bevor er oder sie geboren wird."

„Feierlichkeiten vorher?", wiederholte Nikki, bevor sie sich zurückhalten konnte.

„Natürlich", antwortete Delphine. „Melanie hat für Evie diese Babyparty organisiert. Auch wenn Drachenwandler solche Dinge nicht tun, war es ein Spaß, alle zu treffen und Evies Reaktion auf die Geschenke zu beobachten."

Wenn Nikki jemals in Erwägung gezogen hatte, sich in einem See zu ertrinken, dann war es die Gegenwart. Sie hatte Evias Babyparty kaum überlebt, ohne ihren Kopf gegen eine Wand zu schlagen, um wach zu bleiben.

Delphine fuhr fort: „Oh, und dann gibt es noch die Feier der Geburt mit dem Clan. Und natürlich die Paarungszeremonie."

Nikki unterbrach sie: „Warte, Mum. Von wessen Paarungszeremonie sprechen wir hier?"

„Na, der von dir und diesem gutaussehenden jungen Menschen da drüben." Delphine nickte hinter sie.

Nikki sah über ihre Schulter und traf Rafes Blick, der voller Belustigung war. *Bastard!* Er würde später bezahlen. „Selbst wenn da nicht das winzige Problem wäre, dass es illegal ist, werden wir nicht gepaart werden."

Delphine gab einen Laut von sich, und Nikki schluckte ein Seufzen herunter. Als sie ihrer Mutter in die Augen blickte, runzelte Delphine die Stirn. „Natürlich werdet ihr. Mein Enkelkind braucht beide seine oder ihre Eltern. Und dein Vater wird dafür sorgen, dass es passiert. So stur wie er ist, finde er schon einen Weg, das hinzubekommen. Hector wird den Leiter des MDA selbst herausfordern, wenn es bedeutet, dass sein kleines Mädchen dadurch glücklich wird."

„Apropos glücklich –"

Delphine unterbrach sie. „Aber genug davon vorerst. Wie wäre es, wenn du mich deinem gutaussehenden Menschen vorstellst? Stimmt es, dass er Jane Hartleys Bruder ist?"

Nikki kniff sich die Nasenwurzel und wartete eine Sekunde lang, um zu sehen, ob ihre Stiefmutter ihr zu sprechen erlauben würde; es war die einzige Möglichkeit, ein Wort bei Delphine Gray dazwischenzubekommen.

Als drei Sekunden schweigend vergingen, stürzte Nikki sich auf die Chance. „Mum, darf ich dir Rafe

Hartley vorstellen? Rafe, das ist meine Mum, Delphine Gray."

Rafe öffnete seinen Mund, um zu sprechen, aber Delphine stürzte zu ihm und umarmte ihn. Nikki biss sich auf die Lippe, um nicht über Rafes erschrockenen Ausdruck zu lachen.

Delphine beendete die Umarmung, nahm Rafes Kinn in die Hand und drehte sein Gesicht in die eine und dann in die andere Richtung. „So ein gutaussehender Typ." Sie bewegte ihre freie Hand zu Rafes Bizeps und drückte ihn. „Und auch noch stark. Du bist gut für unsere Nikki."

Hector Grays Stimme dröhnte hinter ihr. „Das werden wir sehen."

Mit ihren beiden Eltern im Raum lehnte sich Nikki an einen Tresen und verschränkte die Arme vor der Brust. Sie wollte sehen, wie Rafe mit den Drachenwandlern umging.

Nicht, dass es wichtig sein sollte, ob er mit ihren Eltern umgehen konnte. Schließlich wollte Nikki ihn später wegschicken.

Dennoch freute sie sich darauf, dass jemand anderes als sie im Mittelpunkt der Überfürsorglichkeit und Neugier ihrer Eltern stand.

Rafe hatte kaum Zeit, sich von Delphines Umarmung und dem Drücken zu erholen, als Nikkis Vater in der Hintertür erschien. Der

Drachenmann durchbohrte ihn mit einem finsteren Blick und knurrte, also beschloss Rafe, darauf zu pfeifen, nett zu tun und entgegenkommend zu sein. Drachen mochten Stärke; es war Zeit, dass er sie zeigte.

Vorsichtig ging Rafe um Delphine herum, richtete sich auf und verschränkte die Arme vor der Brust. „Sie behandeln Ihre Tochter also immer noch wie ein Kind, wie ich sehe."

Hector stürmte auf ihn zu, aber Rafe wich nicht von der Stelle. Fast achtzehn Jahre in der Army hatten ihm ein oder zwei Dinge über den Umgang mit anderen Alphamännern beigebracht.

Als Hector schließlich zwanzig Zentimeter vor ihm stehenblieb und sein Gesicht zu Rafes beugte, zog der nur eine Augenbraue hoch. „Wollen Sie mir Angst einjagen?"

Hector kniff die Augen zusammen. Seine Stimme war wie Stahl, als er sagte: „Pass auf, Mensch. Du hast meine Tochter ohne meine Erlaubnis beansprucht. Nur, weil ich nicht will, dass mein Enkelkind ohne Vater aufwächst, prügele ich jetzt nicht die Scheiße aus dir raus."

Rafe schüttelte den Kopf. „Nikki braucht Ihre Erlaubnis nicht. Sie ist 26 Jahre alt und hat eine verdammte Kriegszone überlebt. Lassen Sie sie ihre eigenen Entscheidungen treffen."

Rafe erwartete fast, dass Hector ihn schlagen würde, aber der Drachenmann schwieg. Nach ein paar Sekunden nickte Hector endlich. „Wenn du so für Nikki eintrittst, dann denke ich, dass du für dein eigenes Kind weiter gehen wirst."

Rafe blinzelte. „Wovon zum Teufel sprechen Sie?"

Hector schlug Rafe auf die Schulter, machte einen Schritt zurück und sah Delphine an. „Was meinst du, Süße?"

Lächelnd antwortete Delphine: „Er ist von außen hart, aber innen ist er weicher, als er zugeben will."

„Was —"

Hector unterbrach ihn. „Gut, denn das macht das Nächste einfacher."

Nikki meldete sich zu Wort. „Was hast du gemacht, Dad?"

Hector sah über seine Schulter. „Einen Deal mit Bram."

Rafe beobachtete Hector mit Misstrauen. „Ohne mit einem von uns zu reden?"

„Nikki macht das nichts", erwiderte Hector und zuckte mit den Schultern. „Und wenn man bedenkt, dass ich dich ins Gefängnis hätte werfen lassen können, hast du keine Wahl."

Nikki ging zu ihnen und hob ihr Kinn, um dem Blick ihres Vaters zu begegnen. „Ich wiederhole: Was hast du getan?"

„Bram bittet Rafes kommandierenden Offizier, ihn hier bleiben zu lassen, um deine Pläne bezüglich der Drachenjäger besser zu konkretisieren", antwortete Hector.

Etwas von Rafes Spannung löste sich. „Mir wäre es lieber, Sie hätten gefragt, aber wenn Bram es hinbekommt, dann verschafft uns das ein bisschen Zeit, um eine langfristige Lösung zu finden."

„Rafe", brachte Nikki zwischen den Zähnen hervor. „Habe ich mich vorher nicht klar ausgedrückt? Ich behalte das Kind nicht."

„Was?", polterte Hector.

Rafe stürzte sich auf seine Chance. „Das ist in Ordnung, Nikola Helen Gray, denn ich werde das Kind mit dir oder ohne dich großziehen."

Nikki blieb der Mund offenstehen. „Inwiefern?"

Als er sich ihr näherte, fuhr er mit entschlossenem Ton fort. „Ich will Vater werden, Nikki. Auch wenn es bedeutet, sie allein zu erziehen, werde ich es tun."

„Bist du verrückt? Es ist unmöglich, dass das MDA einem Menschen erlaubt, einen Drachenwandler großzuziehen."

„Mit Janes Hilfe bin ich sicher, dass ich es schaffen kann."

Nikki stemmte die Hände in die Hüfte. „Und du hast all diese großen Pläne ohne mich gemacht? Benutze deinen Kopf, Rafe. Die Menschen in Großbritannien mögen derzeit denken, dass Drachenwandler interessant sind, aber es könnte sich alles im Handumdrehen ändern. Der Leiter des MDA wird nächste Woche gewählt, und ich kann dir jetzt schon sagen, dass Jonathan Christie deinem halbherzigen Plan verdammt nochmal nicht zustimmen wird."

Rafe war sich bewusst, dass Hector und Delphine sie beobachteten, und griff nach Nikkis Handgelenk. „Wir müssen das unter vier Augen besprechen."

Er erwartete halb, dass Hector ihn anschreien und aufhalten würde, aber der Drachenmann hielt Rafe nicht davon ab, mit Nikki im Schlepptau zu gehen.

Sobald sie im Wohnzimmer waren, ließ er ihr Handgelenk los und legte seine Hände an ihre Hüften. Nikkis Augen blitzten vor Wut auf. „Du bist total verrückt, Rafe! Weißt du, was mit Menschen passiert ist, die in der Vergangenheit versucht haben, Drachenwandler allein aufzuziehen? Die Drachen sind durchgedreht und haben die Menschen gefressen."

„Vielleicht, aber ich kann Hilfe von dem Bastard-Gefährten meiner Schwester verlangen. Wahrscheinlich auch von deinen Eltern."

Vor Frustration knurrend, stieß Nikki ihre Hände gegen seine Brust. Rafe gelang es kaum, sein Gleichgewicht zu halten. Sie tat es erneut, und er stolperte zurück.

Er landete auf seinem Po, und Nikki trat ihm vors Schienbein. „Verdammt, Rafe Hartley. Ich dachte, dass ausgerechnet du wüsstest, wie wichtig es ist, ein Beschützer zu sein. Und jetzt verrätst du mich, indem du Entscheidungen ohne mich triffst, Entscheidungen, die meine Zukunft ohne meinen Beitrag gestaltet werden. Mein Vater wird mir jetzt nie erlauben, das Kind aufzugeben." Ihre Stimme brach. „Du bist nicht besser als die älteren Drachenwandler, zwingst mich in ein Leben, für das ich nicht bereit bin."

Sie wandte sich zum Gehen. Rafe packte ihren Knöchel und zog, bis sie am Boden lag. Er ließ sich auf ihrem Körper nieder und sagte: „Ich verrate dich nicht, Frau, verdammt nochmal. Ich weiß, wie wichtig es dir ist, Beschützerin zu sein. Verdammt, du arbeitest härter als fast jeder, den ich je getroffen habe."

„Warum wedelst du dann mit einer Zukunft vor meiner Nase, die ich nicht haben kann? Es ist schwer genug, dich nach all den Jahren zu haben und dich gehen lassen zu müssen. Aber jetzt versuchst du, den Schmerz in die Länge zu ziehen, indem du mit der naiven Idee bleibst, dass wir ein Kind zusammen großziehen. Kannst du nicht einfach gehen?"

„Es ist keine naive Idee", antwortete er mit stählerner Stimme. „Und was meinst du damit, mich nach all den Jahren zu haben und mich gehen lassen zu müssen?"

„Lass mich einfach los, Rafe. Du erinnerst dich offensichtlich nicht."

„Wenn du meinst, was vor vier Jahren passiert ist, dann doch, das tue ich."

Kapitel Sechs

Nikkis Herz trommelte in ihrer Brust. *Auf keinen verdammten Fall!*

Sie sammelte sich und versuchte, Rafe von sich zu stoßen, aber er rührte sich nicht. Dummer, muskelbepackter Mensch!

Nikki brachte schließlich eine Antwort hervor. „Lüg' mich nicht an, Rafe. Wir arbeiten seit fast sechs Monaten zusammen, und du hast nicht einmal die Vergangenheit erwähnt."

„Entschuldige, dass ich keine schmerzhaften Erinnerungen zurückbringen wollte. Glaub mir, Nikki, ich erinnere mich, was ich dir vor all den Jahren angetan habe. Jedes Mal, wenn ich dich sehe, kommt es zurückgerauscht."

Sie suchte in seinen Augen nach Betrug. Wenn Rafe nicht ein guter Lügner war, spürte sie, dass er die Wahrheit sagte. Nikki musste mehr wissen. „Warum hast du das getan?"

Jessie Donovan

Rafe seufzte. „Ich war übermütig und habe versucht, einige meiner Kollegen zu beeindrucken."

„Das ist keine richtige Antwort. Sag mir, woran du dich erinnerst, damit ich weiß, dass du das nicht gerade einfach aus deinem Ärmel schüttelst."

Rafe ließ ihren Körper langsam los und setzte sich auf. Nikki folgte ihm und rutschte einige Zentimeter zurück. Die Entfernung würde sie daran hindern, Rafe zu schlagen, wenn er anfing, Müll zu erzählen.

„Du warst gerade erst nach dem Training angekommen", begann Rafe. „Es war mein zweiter Auftrag mit Drachenwandlern. Der davor war schlimm ausgegangen, als mein langjähriger Freund ums Leben kam, weil ein Drache es versäumt hatte, ein gepanzertes Fahrzeug zu entfernen.

Als ich einen zweiten Auftrag erhielt, trauerte ich noch. Ich habe den Drachenwandlern in unserer Einheit die Schuld gegeben, dass sie das Manöver vermasselt haben. Das Letzte, was ich brauchte, war, von Drachen umgeben zu sein, besonders von einem, der auf mich stand."

Nikki beugte sich vor und legte die Ellbogen auf ihre Oberschenkel. „Warum hast du mir von deinem Freund nicht vorher erzählt? Das wäre viel netter gewesen, als mich vor deinen Männern lächerlich zu machen."

Sie erinnerte sich, wie sie Rafe auf dem Weg zum Abendessen abgefangen hatte. Sie hatte ihn beiseite gezogen und den Eindruck gehabt, sie wären allein. Nachdem sie ihre Gefühle ausgespuckt hatte, wusste sie Rafes Antwort bis heute: *Drachenwandler sind nutzlose Kreaturen, die versagen, wenn sie am dringendsten gebraucht werden. Warum sollte ich mich mit einem abgeben, geschweige denn ihn berühren?*

Rafe war darauf gegangen und hatte sich seinen Freunden auf der anderen Seite der unausge-packten Kisten angeschlossen. Die Zustimmung und der Abscheu in all ihren Augen hatten Nikki weglaufen lassen, um allein in einer Ecke zu weinen.

Die nächsten zwei Jahre waren die Hölle gewe-sen, aber sie hatte einen Weg gefunden, ihre Blicke und Flüstereien zu ignorieren und mit den Menschen zu arbeiten. Sie hatte Rafe Hartley nie wieder aufgesucht.

Natürlich hatte sie von ihm geträumt. Mehr, als sie jemals jemandem gegenüber zugeben würde. Da Rafe ihr wahrer Gefährte war, ergab das jetzt alles mehr Sinn.

Das Schicksal war ein verdammtes Miststück.

Oder nicht?

Rafes Stimme füllte den Raum, und Nikki kehrte zurück in die Gegenwart. „Ich musste noch lernen, wie man einem Drachenwandler vertraut. Als du und dein Team dann das Leben meiner Einheit gerettet habt, hat sich mein Weltbild geändert." Seine Stimme senkte sich zu einem Flüstern. „Der Schaden war zu diesem Zeitpunkt bereits angerichtet. Aber ich habe mir geschworen, dir nie wieder weh zu tun."

Nikki wollte Rafes Worten glauben, aber es gab zu viel, was sie nicht wusste.

Sie sah in seine Augen und fragte: „Also, stattdessen willigst du ein, mich zu schwängern, und willst das Kind allein großziehen? Du hättest ehrlich zu mir sein sollen, vom ersten Tag an, an dem du Stonefire betreten hast. Wie kann ich dir vertrauen, wenn du mir ein so großes Geheimnis vorenthalten hast?"

Rafe hob eine Braue. „Und du hattest keine Geheimnisse vor mir?"

„Ich wollte nicht, dass meine Adoptionspläne ein Geheimnis sind. Dr. Sid sollte es dir sagen. Ich weiß, dass du das nicht verstehen kannst, aber wenn ein innerer Drache in einen Paarungsrausch gerät, geht die ganze Energie des Drachenwandlers entweder in den Versuch, das Tier einzudämmen oder den Gefährten zu bespringen."

Rafe rutschte ein paar Zentimeter auf sie zu. „Dann sag mir wenigstens, warum du das Kind aufgeben willst."

Nikki musste Rafe überhaupt nichts erzählen. Nach allen Gesetzen, die Drachen und Menschen in Großbritannien betrafen, war das Kind ihr und nur ihr Kind. Rafe hatte keinen Rechtsanspruch.

Ihr Drache erwachte schließlich aus dem Schlaf. *Sprich mit ihm. Das wird alles besser machen.*

Er hat sich nicht einmal dafür entschuldigt, dass

er in Afghanistan ein Arschloch war. Warum sollte ich ihm was sagen?

Weil er seine Freiheit und vielleicht sogar sein Leben riskiert hat, indem er hiergeblieben ist. Taten sprechen lauter als Worte.

Nikki betrachtete Rafes grüne Augen und hasste es zuzugeben, dass ihr Tier da einen guten Punkt hatte.

Trotzdem wollte sie etwas wissen, bevor sie Rafes Frage beantwortete. „Sag mir zuerst noch eine Sache. Warum möchtest du so unbedingt ein Kind?"

Er hob die Brauen. „Ist das wirklich so überraschend?"

„Rafe, sei ernst. Wenn du die Wahrheit von mir willst, dann will ich zuerst die Wahrheit von dir. Betrachte es als eine Art Entschuldigung dafür, dass du als junger Mensch auf meinem Herzen herumgetrampelt hast."

Bedauern blitzte in seinen Augen auf. „Es tut mir wirklich leid, Nikki. Ich war dumm und unprofessionell. Aus Gründen, die ich noch nie verstanden habe, hat die Tatsache, dich verletzt zu haben, mehr auf meinem Gewissen gelastet als jede andere Handlung. Und ich war bis jetzt nicht gerade ein verdammter Heiliger."

Ihr Drache war selbstgefällig. *Er hat sich entschuldigt. Ich könnte das sogar als unterwürfig bezeichnen.*

Nikki ignorierte ihr Tier und wiederholte: „Warum willst du so dringend ein Kind?"

Seufzend fuhr sich Rafe mit einer Hand durchs Haar. „Ich habe auch nie gedacht, dass ich eins möchte. Ich bin 34 Jahre alt und habe den Großteil meines Erwachsenenlebens allein verbracht.

Aber als Bram dann fragte, ob ich beim Rausch mitmachen wollte oder nicht, sah ich immer wieder das Bild eines vierjährigen kleinen Mädchens vor mir. Sie war du und ich zusammen. So hartnäckig und mutig. In einem Sekundenbruchteil eröffnete sich mir eine Sehnsucht in meinem Herzen, die ich nie erkannt hatte." Sein Blick verstärkte sich. „Ich wollte eine Familie, um die ich mich kümmern und die ich beschützen kann."

Mit einem Knurren meldete ihr Tier sich zu Wort: *Er sagt die Wahrheit. Ich fühle es.*

Richtig, weil du ein verdammter Lügendetektor bist.

Das ist eines meiner Talente.

Nikki widersetzte sich einem Augenverdrehen und blieb eine Sekunde still. Rafe beugte sich vor und berührte sanft ihren Handrücken. Auch wenn sie wegen ihrer Zukunft hin- und hergerissen war, waren Rafes Streicheleinheiten wie Feuer auf ihrer Haut.

Die einzige Frage war, ob es jemals mehr geben könnte als bloße Anziehung.

Ihr Drache ergriff das Wort. *Das wirst du niemals wissen, wenn du nicht mit ihm sprichst.*

Nachdem sie Rafes Blick wieder begegnet war, beantwortete sie schließlich seine Frage von vorhin.

„Der Grund, warum ich das Baby zur Adoption freigeben möchte, ist, dass ich nicht die Art von Frau
bin, die ihre Karriere aufgeben kann, um zu Hause
zu bleiben und Windeln zu wechseln."

Ihr Drache meldete sich: *Das ist nicht der einzige
Grund.*

Halt die Klappe! Er muss den Rest nicht wissen.

Rafe unterbrach die Antwort ihres Drachen.
„Wer sagt, dass du es tun musst? Es gibt viele Frauen,
die Kinder haben und ihre Karriere fortsetzen."

„Vielleicht können Menschen damit durchkom-
men", brummte Nikki. „Aber die älteren Drachenwandler missbilligen das. Sie sehen Melanie und
Evie anders an, weil sie Menschen sind und bei der
Geburt sterben könnten. Von mir hingegen würden
sie, wenn ich ein Kind bekäme und es behalten
würde, erwarten, dass ich mich der Geburt von zehn
Kindern widme. Sie würden nicht aufhören, mich zu
quälen, bis ich es wie erwartet mache. Adoption
könnte die einzige Möglichkeit sein, meine Ruhe vor
ihnen zu haben."

„Scheiß drauf!", spie Rafe. „In den letzten sechs
Monaten hast du nichts anderes getan, als zu beweisen, dass du dich um dich selbst kümmern kannst.
Manchmal sogar ein bisschen zu sehr. Warum bist
du in diesem einen Bereich deines Lebens so bereit,
dich den Erwartungen anderer zu fügen?"

Ihr Drache bemerkte: *Er hat recht. Das weißt du.*

Aber er kennt nicht die ganze Wahrheit.

Dann sag es ihm.

Nikki betrachtete Rafes Blick und überlegte, ob sie es ihm erzählen sollte. Aber tief im Innern wusste sie, dass sie, wenn sie es Rafe erzählte, auf etwas hoffen würde, das sie nicht haben könnte: eine Zukunft mit einem Menschenmann.

„Muss ich dich wieder auf den Boden drücken, um eine klare Antwort zu bekommen?", fragte Rafe.

Und wie aufs Stichwort ruinierte Rafe alle zärtlichen Gedanken, die sie über ihn haben mochte.

Nikki kniff die Augen zusammen. „Ich würde gerne sehen, wie du das versuchst."

„Da ich lieber nicht möchte, dass dein Vater herkommt, mich sieht und mir den Hals umdreht, werde ich meine Ninja-Fähigkeiten für später aufbewahren. Für den Moment sag mir einfach verdammt nochmal, warum du dir solche Sorgen um die alten Zeitgenossen im Clan machst?"

Ach, zum Teufel. Ich schulde das dem Daddy meines Babys, nehme ich an. „Nikola Gray ist für die Umstände ihrer Geburt berühmter als ihre Taten. Ich bin zu einem verdammten Symbol geworden, und ich kann es anscheinend nicht abschütteln. Nicht einmal mein Leben dem Schutz des Clans zu widmen, hat das verändert. Viele der älteren Clanmitglieder glauben, wenn das erste Kind eines Opfers so viele Kinder wie möglich hat, wird Stonefire sich neu bevölkern und stärker werden als je zuvor."

Rafe blinzelte. „Das ist lächerlich."

„Ich stimme dir zu. Aber was, wenn du was für

die Mitglieder deines Teams tun würdest, um ihnen Hoffnung für die Zukunft zu geben? Würdest du es auch so beiläufig abtun? Nein, natürlich nicht. Den Rausch durchmachen heißt, ich füge dem Clan etwas hinzu, dann kann ich signalisieren, dass ich keine Gebärmaschine sein werde, indem ich das Kind einem Paar gebe, das eines will. Danach kann ich mich darauf konzentrieren, endlich zu beweisen, dass ich viel mehr bin als ein wandelnder Uterus, indem ich weiter als Beschützerin arbeite."

Rafe wollte Nikki gleichzeitig an seine Seite ziehen und jeden Drachenwandler schlagen, der es wagte, Nikki zu geißeln, weil sie mehr als die Mutter von x Kindern sein wollte.

Ihr Widerwillen begann, viel mehr Sinn zu ergeben.

„Nikki." Als sie seinen Blick wieder traf, fuhr er fort: „Du bist eine kluge, starke und hartnäckige Frau. Warum zum Teufel erlaubst du anderen, dir unter die Haut zu gehen? Es sollte dir egal sein, was sie denken, Symbol oder nicht. Es gibt mehr als einen Weg, deinem Clan Hoffnung zu geben. Verdammt, du könntest vielleicht sogar den Status quo für andere Drachenwandlerinnen ändern, sodass sie die Wahl haben, zu arbeiten oder nicht, während sie gleichzeitig Mutter sind."

„Für dich ist es einfach, das zu sagen. Du bist

nicht den Großteil deines Lebens in einer kleinen, in sich geschlossenen Gemeinschaft aufgewachsen. Streitereien mit einigen prominenten Personen in Stonefire zu beginnen, könnte mein Leben zur Hölle machen."

„Ich sage immer noch: Scheiß auf sie und lebe dein Leben, wie du willst." Rafe setzte sich jetzt direkt vor Nikki, wobei ihre Beine nur Zentimeter voneinander entfernt waren. „Sag mir hier und jetzt, was du wolltest, wenn niemand sonst auf der Welt was zu sagen hätte."

Sie sah ihn von der Seite an. „Das ist schwierig, wenn man bedenkt, dass du mir in den Nacken atmest."

„Lenk nicht mit Sarkasmus ab", knurrte er. „Was will Nikki Gray für ihre Zukunft?"

„Ich weiß nicht", sagte sie schulterzuckend. „Abgesehen davon, mich als Beschützerin zu beweisen, habe ich nie darüber nachgedacht."

„Nun, dann denk jetzt darüber nach", befahl er.

In Nikkis Augen blitzte Feuer auf. „Zum einen möchte ich nicht, dass du mir ständig Befehle gibst."

Einer seiner Mundwinkel zuckte hoch. „Nicht einmal ein kleines bisschen?"

„Rafe!"

Er hob seine Hände und lächelte. „Okay, okay. Wir können später über deinen vollkommenen Gehorsam gegenüber allen Dingen sprechen, die Rafe betreffen." Sie warf ihm einen vernichtenden Blick zu, und er schmunzelte. „Ist es falsch, dass ich es mag, wenn du wütend bist und gerötete Wangen und stechende Augen hast?"

Seufzend schob Nikki sich eine Strähne hinters Ohr. „Ich werde diesen letzten Teil ignorieren und einfach sagen, dass ich eines Tages oberste Beschützerin sein möchte. Aber ich möchte mich auch um meinen Dad und Delphine kümmern. Sie sind überfürsorglich und manchmal schwierig, aber sie sind meine Familie."

„Familie ist dir also wichtig?", fragte Rafe.

„Ja", antwortete sie. „Sehr wichtig. Das ist eine ziemlich häufige Eigenschaft unter Drachenwandlern der Nicht-Arschloch-Sorte."

Er legte seine Hand über ihre und drückte. „Das ist mir auch wichtig. Vielleicht kannst du also verstehen, warum ich unser Baby behalten will, Nikki."

Er beobachtete, wie ihre Pupillen blitzten, und wünschte sich wirklich, dass er hören könnte, was die verdammte Drachenhälfte sagte.

Aber Rafe wollte Nikki nicht bedrängen oder unter Druck setzen. Also wartete er schweigend und hielt ihre Hand in seiner.

Als ihre Pupillen rund blieben, neigte Nikki den Kopf. „Dann habe ich einen Vorschlag."

„Das klingt aber plötzlich ziemlich formell." Auf Nikkis finsteren Blick hin seufzte er. „Gut, was ist das für ein Vorschlag? Wenn er beinhaltet, mich zu fesseln, dann könnte ich dafür bereit sein."

„Das hier ist ernst, Rafe. Kannst du mal zwei Sekunden ruhig bleiben?" Er öffnete den Mund, dann schloss er ihn schnell und nickte. Nikki verdrehte zum wiederholten Mal die Augen und fuhr fort: „Ich habe fast neun Monate, bevor ich entscheiden muss, was ich tun soll. In dieser Zeit möchte ich weiterhin an der Simon Bourne-Mission arbeiten. Wenn du mir keinen Ärger machst und mich meinen Job machen lässt, dann werden wir näher am Termin eine weitere Diskussion darüber führen, wie wir das Kind zusammen behalten und großziehen werden. Vorausgesetzt natürlich, wir haben uns nicht gegenseitig umgebracht. Wenn du jedoch anfängst, den männlichen Alphamannscheiß abzuziehen, und mich wie eine zarte Blume behandelst, werde ich einen Weg finden, dich aus Stonefire rausschmeißen zu lassen, und die Entscheidung treffen, was ich mit dem Baby tun werde.“

Er hob die Brauen. „Das bedeutet also, dass ich nicht besonders nett zu dir sein muss und du deine Schwangerschaft nicht als Entschuldigung dafür verwenden kannst, mürrisch oder müde zu sein?“

„Genau“, antwortete sie mit einem Nicken.

Rafe hatte während seiner Zeit in der Army mehr als genug von schwangeren Ehefrauen gehört. Ein kleiner Teil von ihm freute sich darauf, Nikki zu provozieren, und dass sie nicht die Entschuldigung „Ich bin schwanger“ vorbringen konnte.

Andererseits kümmerte sich Rafe gerne um die Seinen. Jane verstand mehr als jeder andere seinen Wunsch zu schützen. Nikki nie umsorgen zu können, würde ihn verrückt machen.

Er räusperte sich und sagte: „Ich möchte einen Kompromiss vorschlagen." Auf Nikkis Stirnrunzeln hin spie er den Rest schnell aus. „Ich werde dich so behandeln, wie ich es immer tue, es sei denn, du hast tatsächlich Schmerzen oder befindest dich in einer Situation, die dem Kind schaden könnte. Ich werde nicht zusehen, wie du versuchst, dich drei Tage lang für eine Trainingsübung wachzuhalten. Du musst auf dich aufpassen."

„Es klingt jetzt schon, als würdest du Grenzen setzen."

Er hob eine Hand. „Schau, ich bin hier ehrlich. Ich kann nichts anderes tun. Wenn ich dich bitte, dich nie wieder in einen Drachen zu wandeln und zu fliegen, könntest du es tun? Nein. Es ist ein tief verwurzelter Teil dessen, was du bist. Mir geht's so mit dem Beschützen; ich werde nicht zusehen, wie jemand absichtlich sich selbst Schaden zufügt. Ich werde nicht versuchen, dich zu ändern, aber du musst mich auch akzeptieren."

Während er auf Nikkis Antwort wartete, atmete Rafe bewusst gleichmäßig, um nicht herumzuzappeln. Er war es gewohnt, Befehle zu erteilen und sie befolgt werden zu lassen. Es war viel zu lange her, dass er hatte warten müssen, bis jemand anderes über seine Zukunft entschied. Ja, die Army konnte ihn in Sekundenbruchteilen überall hinschicken, aber das hier war anders. Nikkis Entscheidung würde nicht nur ihn, sondern auch ihr Kind betreffen.

Er hoffte nur, dass sie dem Kompromiss zustimmte und ihm eine Chance gab. Seit Rafe akzeptiert hatte, dass er bald Vater werden würde, konnte er sich nichts anderes vorstellen. Er wollte eine Familie. Würde Nikki ihm eine Chance geben?

Er runzelte darauf fast die Stirn, fing sich aber rechtzeitig und wartete weiter auf Nikkis Antwort.

Nikki versuchte sich zu überlegen, was zu tun war. Ein kleiner Teil von ihr wollte gern jeden Tag neben Rafe aufwachen und alles über ihn erfahren. Zum einen wollte sie mehr über seinen Freund wissen, der in Afghanistan im Kampf ums Leben gekommen war.

Und dennoch wusste sie aus erster Hand, dass Rafe ein dominanter, beschützender Mann war. Wenn sie zustimmte, er dürfe er selbst bleiben, würde sie es vielleicht bedauern. Vor allem, wenn sie sich näherkamen und sie begann, sich wieder in ihn zu verlieben, nur damit er sich umdrehte und ihr das Herz brach.

Ihr Tier knurrte. *Hör auf, zu viel darüber nachzudenken. Gib ihm eine Chance. Echte Gefährten können die beste Chance für das Glück eines Drachen sein.*

„Können" ist hier das ausschlaggebende Wort.

Er wird auch unsere gelegentlichen Alpträume verstehen.

Nikki träumte oft von ihrer Zeit als Gefangene der Drachenjäger. Es war fast ein Jahr seit ihrer Gefangenschaft vergangen, aber die Erinnerung daran, an einen Stuhl gefesselt und „gezwungen" zu sein zu reden, blieb bis heute.

War Rafe in der Vergangenheit gefangen genommen worden? Vielleicht konnte er es besser verstehen als die meisten anderen.

Rafe sprach wieder, und seine Stimme war weich. „Ich will dich nicht drängen, aber deine Eltern warten ohne Zweifel auf uns. Ganz zu schweigen von Bram und wahrscheinlich meiner Schwester, die jeden Moment vorbeikommen können. Ich möchte ihnen erst dann gegenübertreten, wenn ich weiß, wie du vorgehen willst."

„Du würdest hierbleiben, bis ich eine Entscheidung getroffen habe?"

Er nickte und drückte ihre Hand. „Das würde ich. Ich mag ein hartnäckiger Bastard sein, aber ich bin geduldig. Wenn ich das nicht wäre, würde ich keine monatelangen Abläufe planen."

Gib ihm eine Chance, wiederholte ihr Drache.

Als sie Rafes große Hand anstarrte, die ihre umhüllte, traf Nikki ihre Entscheidung. „Okay, wir machen den Kompromiss – du versuchst nicht, mich von meiner Arbeit fernzuhalten, solange es nicht meine Gesundheit oder die Gesundheit des Babys gefährdet." Der Triumph blitzte in Rafes Augen auf, und Nikki kniff ihre zusammen. „Sei jetzt arrogant, und es ist mir egal, wer im nächsten Zimmer ist, ich werde Mr. Happy sehr unglücklich machen."

„Hör auf, meinen Schwanz so zu nennen."

„Auf keinen Fall. Es macht zu viel Spaß, dich zu necken."

„Ist das so?" Rafe stürzte sich auf sie und rollte, bis sie mit dem Rücken am Boden lag und sein Körper ihren umfing. „Du bist jetzt meine Gefangene, also können wir vielleicht den Namen neu verhandeln."

Nikki streckte den Arm aus und tat etwas, das sie hatte machen wollen, seit der Rausch zugeschlagen hatte, und kitzelte ihn.

Rafe schrie auf, erholte sich jedoch schnell. Er versuchte, ihre Handgelenke zu fangen, aber Nikki nutzte den Sekundenbruchteil, um ihren Arm um seinen Hals zu legen und die Positionen zu vertauschen. Zur Sicherheit drehte sie ihn herum und klemmte ihren Arm um seinen Hals.

Als Rafes bäuchlings am Boden lag, grub sie ihm das Knie in den Rücken. „Ich denke, du meinst, du bist mein Gefangener, und wir behalten den Namen."

Ein tiefes, sattes Lachen erfüllte den Raum. Es dauerte eine Sekunde, bis Nikki erkannte, dass es Rafe war.

Sie hatte ihn nie zuvor wirklich lachen gehört. Schnauben, ja, aber nicht das jetzige männliche Lachen, das sie zum Lächeln brachte. „Du kannst also lachen."

Eine weibliche Stimme, die Nikki nur allzu gut kannte – Delphines – sage: „Ihr beide seid entzückend. Willst du mir wirklich noch einmal sagen, dass ihr nicht gepaart werden wollt? Denn nach dem, was ich hier sehe, passt ihr beide gut zusammen."

Rafes Lachen starb. Er berührte ihren Arm um seinen Hals, und Nikki ließ zögerlich los. Seine Stimme war ernst und belegt wie immer, als er antwortete: „Wie wäre es, wenn wir nicht übers Paaren sprechen? Oder irgendwelche anderen Feiern? Wir sind beide erschöpft, und Nikki sollte was essen."

Wie aufs Stichwort knurrte Nikkis Magen. So viel zum Thema Rafes Annahme zu leugnen. „Was hast du für uns, Mum?"

Delphine deutete zur Küche. „Kommt, kommt! Ich habe mehrere deiner Lieblingsgerichte: Curry, Fish and Chips und Shepherd's Pie, um nur einige zu nennen." Ihre Mutter betrachtete Nikki von Kopf bis Fuß. „Und du könntest ein paar Polster gebrauchen. Wenn die Mutter nur aus Muskeln besteht, kann das für das Kind sicher nicht gut sein."

Rafe stand auf und bot ihr seine Hand. Zu hungrig, um ihn herauszufordern, nahm Nikki sie und stand bald an seiner Seite. „Wie wäre es, wenn wir erst mal mit einem Abendessen beginnen?"

„Gut, gut. Kommt schon. Du weißt, dass dein Vater nicht gerne wartet."

Als Delphine in der Küche verschwand, blickte

Nikki zu Rafe auf. „Wir müssen entscheiden, was wir ihnen sagen sollen."

„Wie wäre es, wenn wir zuerst herausfinden, ob Bram die Erlaubnis hat, dass ich bleiben darf? Und dann können wir von da aus weitermachen."

Stille folgte, und Nikki trat von einem Fuß auf den anderen. Es gab so viel, was sie Rafe fragen wollte, aber sie hatten nur ein paar Sekunden allein. Und sie wollte ihn vor ihrer Familie nichts fragen.

Rafe legte eine Hand an ihren Rücken und schob sie sanft. „Komm schon. Wenn wir nicht bald gehen, wird dein Vater sicher rauskommen und mich anschreien. Und je eher wir essen, desto eher können wir uns hinausschleichen und reden."

„Werde ich es bereuen zu sagen, dass ich deine Art zu denken mag?", fragte sie mit einem Lächeln.

„Vermutlich."

Nikki lachte und erlaubte Rafe, sie zurück in die Küche zu führen. Vielleicht würden sie einander doch nicht umbringen.

Als sie jedoch durch die Tür traten, starb Nikkis Lachen. Neben ihrem Vater und ihrer Stiefmutter standen Bram, Kai und Jane in der Küche. Alle Männer im Raum zeigten prüfende Blicke.

Sie hoffte nur, dass die Hölle nicht kurz davor war, loszubrechen.

Kapitel Sieben

Rafe zog Nikki instinktiv nahe an seine Seite, als er so viele männliche Drachenwandler in der Küche sah. Jedes Augenpaar zuckte zu seiner Hand an Nikkis Taille, bevor sie in sein Gesicht blickten.

Rafe richtete sich auf. „Was immer ihr zu sagen habt, kann warten, bis Nikki was zu essen hat."

„Das wette ich", sagte Jane, und Lachen tanzte in ihren Augen.

Nikki schob ihn weg und setzte sich auf den nächstbesten Stuhl. Während sie auf einem Chip knabberte, zeigte sie auf ihn. „Ich habe Essen und bringe niemanden in Lebensgefahr. Du kannst jetzt aufhören, mich zu beschützen."

Rafe öffnete den Mund, doch Jane kam ihm zuvor. „Ihr beide könnt euch das Streiten für später aufsparen. Bram hat was Wichtiges zu sagen."

Bram schüttelte den Kopf und sagte: „Ich

schwöre, dass alle starken Frauen in diesem Clan bald meinen Platz einnehmen werden."

„Warte nur, bis wir Evie erzählen, was du gerade gesagt hast", sagte Nikki mit halb vollem Mund.

Rafe blieb hinter Nikkis Stuhl und verschränkte die Arme vor der Brust. „Richtig, also, was ist dann so wichtig?"

„Pass auf, Hartley!", bellte Bram. „Wenn du für einen bestimmten Zeitraum auf meinem Land leben willst, musst du akzeptieren, dass ich hier der Anführer bin. Fall aus der Reihe, und – ob nun Vater von Nikkis Kind oder nicht – ich werde dich entsprechend bestrafen."

Hoffnung rauschte durch seinen Körper, aber Rafe achtete darauf, sein Gesicht ausdruckslos zu halten. „Ich bleibe also?"

„Ja", antwortete Bram. „Aber du könntest es dir anders überlegen, wenn du den Rest hörst."

„Wie wäre es, wenn wir aufhören, um das Thema herumzueiern und du mir von meinem Schicksal berichtest?"

Bram winkte ihm und Nikki zu. „Ihr beide werdet an der Bourne-Mission sowie an einigen anderen Nebenprojekten arbeiten. Zumindest, solange Nikki ihre Aufgaben noch erfüllen kann. Ich bin nicht bereit, eine Schwangere im neunten Monat mitten in der Nacht durch den Wald laufen zu lassen."

Rafe nickte. „Da sind wir uns einig."

„Gut. Ich bin froh, dass wir uns über etwas einig sind, Mensch."

Jane meldete sich zu Wort. „Verdammte Hölle, ihr beide werdet Nikki noch verrückt machen, oder?"

Rafe ignorierte seine Schwester. „Ist das dann alles? Wir arbeiten an Missionen?"

„Größtenteils", antwortete Bram. „Wenn ihr Simon Bourne jedoch in den nächsten sechs Monaten nicht gefangen nehmt, wirst du aus der Army geworfen und dem MDA übergeben."

Er straffte seine Schultern. „Dann werde ich einfach dafür sorgen, nicht zu versagen."

Nikki schluckte ihren letzten Biss Fisch herunter und sah ihn finster an. „Du weißt schon, nur weil du sagst, dass es getan wird, bedeutet nicht, dass es tatsächlich passiert."

Rafe sah ihr in die Augen. „Natürlich wird es das. Ich schwöre hier und jetzt, für mein Kind da zu sein. Sobald ich ein Gelübde abgelegt habe, ziehe ich es durch, koste es, was es wolle."

Jane zeigte mit einem Finger auf Rafe. „Nicht ganz wahr. Du hast als Kind geschworen, ein Superheld zu werden. Das ist nie passiert."

„Janey", knurrte er warnend.

Nikki berührte seinen Arm, und er sah ihr in die Augen. „Ich werde auch schwören. Wir beide sollten es gemeinsam schaffen."

Er kannte Nikki gut genug, dass die Entschlossenheit in ihren Augen ihm alles sagte, was er wissen musste. Er fragte sich jedoch, ob ihr Schwur auch bedeutete, dass er von ihr aus bleiben konnte.

Er musste es einfach herausfinden, wenn sie allein waren. „Gut, dann ist das erledigt. Wir werden Bourne haben, bevor du überhaupt anfängst zu watscheln."

„Rafe —", begann Jane.

Nikki unterbrach sie. „Ich werde nicht watscheln."

Bram machte einen Schritt nach vorn. „Genug. Es gibt noch eine Bedingung." Sobald Rafe Bram in die Augen blickte, fuhr der Clanführer fort: „Ein menschlicher Mann, der auf Stonefire-Land lebt und noch dazu vom Militär ist, wird viele Clanmitglieder beunruhigen. Am besten wohnst du bei Nikki. Sie kann dich vor dem Clan beschützen."

Nikkis Dad, Hector, nickte. „Gut. Ich kann ihn unter meinem Dach im Auge behalten."

Bram schüttelte den Kopf. „Nein, Hector. Nikki und Rafe werden gemeinsam eines der kleinen, leeren Cottages nehmen."

Hectors Augen blitzten. „Auf gar keinen Fall erlaube ich meiner Tochter, in wilder Ehe mit einem Menschenmann zusammenzuleben. Ich weiß nichts über ihn. Er hat nicht einmal um meine Erlaubnis gebeten, bevor er dem Paarungsrausch zugestimmt hat."

„Dad!", rief Nikki. „Genug. Ich liebe dich, aber Rafe hatte vorhin recht – ich bin jetzt erwachsen. Ich werde so oft wie möglich zu Besuch kommen, aber es wird für Rafe und mich leichter sein, uns auf unsere Aufgaben zu konzentrieren, wenn wir einen Platz für uns haben. Außerdem willst du doch nicht, dass er ins Gefängnis geworfen wird, wenn wir scheitern, und dein Enkelkind ohne Vater aufwächst, oder?"

Rafe fragte sich, welches Spiel Nikki spielte. Vor nicht zehn Minuten hatte sie sich kaum bereit erklärt, darüber nachzudenken, ob sie das Baby behalten könnte.

Dennoch, was immer es war, der Blick ihres Vaters wurde resigniert. „Ich will nur das Beste für mein kleines Mädchen. Ich habe dich einmal fast verloren und möchte nicht, dass das wieder passiert."

Nikki stand auf und ging zu ihrem Vater. Sie umarmte ihn und sagte: „Mir wird es gutgehen, Dad. Keine Sorge. Ich gehe nirgendwohin."

Alle anderen Drachenwandler im Raum traten von einem Fuß auf den anderen oder rieben sich den Nacken. Sogar Delphine sah Hector und Nikki mit feuchten Augen an.

Rafe hasste es, im Dunkeln zu tappen. Eine seiner ersten Aufgaben war es, Nikki über ihre Vergangenheit auszufragen. Wenn es etwas gab, das wieder geschehen und ihr schaden konnte, musste er es wissen.

Bram räusperte sich und brach die Stille. „Gut, wenn das dann geklärt ist, werde ich dem MDA und der britischen Army mitteilen, dass du ihre Bedingungen akzeptiert hast. Kai und Jane können euch euer neues Haus zeigen, da es neben ihrem liegt."

Rafe blinzelte. „Was?"

Kai begegnete seinem Blick, und die Mundwinkel des Drachenmanns zogen sich nach oben. „So
ist es einfacher, euch im Auge zu behalten."

„Sicher gibt es doch noch ein anderes leeres
Cottage."

„Das hier wurde gerade von einem Beschützer
geräumt, der zu einem Austausch nach Lochguard in
Schottland gegangen ist. Es ist die beste – und
einzige – Option, die ihr habt." Bram drehte sich zur
Hintertür um. „Haltet mich über alles auf dem
Laufenden."

Sobald Bram gegangen war, durchbohrte Hector
Rafe mit seinem blauäugigen Blick. „Tu meiner
Tochter weh, und ich werde dich persönlich aus
einer sehr großen Höhe fallen lassen."

Bevor Nikki antworten konnte, sprang Rafe ein.
„Nikki zu verletzen ist das Letzte, was ich vorhabe."

Nikkis Gesichtsausdruck wurde ernst. Ohne
Zweifel war ihr die Vergangenheit durch den Kopf
geschossen.

Sie drehte sich um, um den Arm ihres Vaters zu
tätscheln. „Es wird uns gut gehen, Dad. Ich kann auf
mich selbst aufpassen." Sie wandte sich Kai und Jane
zu. „Bring mich und Rafe zu unserem neuen
Cottage. Ich weiß, dass du viel zu tun hast, Kai. Ich
möchte dich nicht aufhalten."

Kai nickte. „Gut, dann folgt mir."

Kai und Jane verließen das Cottage ohne ein
weiteres Wort.

Nikki umarmte ihren Dad. „Mach dir um mich keine Sorgen. Ich werde so viel wie möglich vorbeikommen, das verspreche ich."

Hector grunzte. „Mir gefällt es trotzdem nicht. Der Mensch wird dich nicht so beschützen können, wie ich es kann."

Rafe trat einen Schritt vor. „Ich werde Nikki und das Baby mit meinem Leben beschützen, also hören Sie auf, bei jeder Gelegenheit an mir zu zweifeln."

Er und Hector starrten einander an, bis Delphine endlich die angespannte Stille brach. „Er wird es gut machen, Hector. Du hast sie nicht zusammen gesehen wie ich. Er passt zu Nikki."

„Wenn du meinst, Liebes."

„Das tue ich."

Nikki nickte zur Tür. „Dann bin ich weg. Ich liebe euch beide."

Rafe wollte nicht trödeln und trat so schnell wie möglich an Nikkis Seite. Er sah nacheinander zu ihren Eltern, bevor Nikki seine Hand nahm und ihn aus der Tür zog. Es sah so aus, als hätte er zumindest Delphine auf seiner Seite. Das konnte sich später als nützlich herausstellen.

Nikki hielt Rafes Hand, als sie lautlos Kai und Jane in der Ferne hinterherstürmte.

Nicht, weil sie nicht viel zu sagen hatte. Nein, es war, weil sie es satthatte, dass sich die Männer in ihrem Leben einmischten, knurrten und rundherum so taten, als ob sie nicht ihre eigenen Entscheidungen treffen konnte. Das nächste Mal, wenn sie mit Rafe sprach, wäre es allein. So konnte sie ihn wenn nötig festhalten, um ihn zum Zuhören zu zwingen. Verdammt, sie war sich auch nicht zu schade, ihn an einen Stuhl zu fesseln und ihm Klebeband über den Mund zu kleben.

Leider hatte Rafe nicht die gleiche Idee. Er beugte sich hinunter und flüsterte: „Du hast das alles ziemlich schnell akzeptiert. Ich hatte eine längere Diskussion erwartet."

Sie hob eine Braue. „Soll das ein Scherz sein? Ich wollte schon seit Jahren ausziehen, hatte aber nie wirklich genug Argumente, um mich gegen die Sorgen meines Vaters durchzusetzen. Jetzt habe ich das."

„Ich bin froh, dass dein Vater meine Talente anerkennt."

Sie schüttelte den Kopf. „Nicht deinetwegen. Dass wir neben Kai wohnen hat den Ausschlag gegeben."

„Warte einen Moment, lass mich das klarstellen. Wenn es also nur ein Haus mit mir gewesen wäre und niemand sonst um uns herum, hättest du zuge-lassen, dass dein Vater dir sagt, was du tun sollst?"

„Sicher hast auch du gelernt, deine Schlachten sorgfältig zu wählen. Außerdem kann ich außer Toast und Speck nicht viel kochen. Delphines Kochkünste haben die Überfürsorglichkeit meines Vaters über die Jahre mehr als wettgemacht."

„Wir essen also dreimal täglich Toast und Speck?", fragte Rafe gedehnt.

Sie sah ihn an. „Ich kann schon auch Sandwiches machen. Du hingegen kannst gerne deine eigenen Mahlzeiten zubereiten."

„Klingt nach einem guten Plan. Oh, vielleicht sollte ich nicht erwähnen, dass ich ein besserer Koch bin als jeder andere in meiner Familie?"

„Quatsch!"

„Ich habe deinen Plan durchschaut, Nikki. Du bezeichnest es als Bullshit, was eine Herausforderung für mich ist, und dann erwartest du, dass ich es akzeptiere. Dabei warst du diejenige, die vorgeschlagen hat, dass jeder sein eigenes Essen macht."

„Ah, aber ich habe nichts dazu gesagt, wer das Essen für das Baby macht. Ich esse für uns beide. Also musst du das ganze Kochen übernehmen."

„Dann musst du dir das Privileg verdienen."

Sie blieb abrupt stehen, sah ihn an und blinzelte, als sie die Belustigung in seinen Augen bemerkte. „Neckt mich Rafe Hartley etwa?"

Er zwinkerte, und Nikkis Herz stolperte. „Gewöhn dich daran, denn ich habe vor, das öfter zu tun."

„Wer bist du, und was hast du mit dem streitsüchtigen Bastard gemacht, den ich kenne?"

Er streichelte ihre Wange und bemerkte: „Es gibt

eine Zeit und einen Ort zum Streiten. Zum Beispiel direkt vor dem Schlafengehen."

Erinnerungen an die letzte Woche gingen ihr durch den Kopf, was dazu führte, dass sich Hitze in ihrem Körper ausbreitete. Auf Rafes Schmunzeln hin räusperte sie sich. „Ich habe nie was davon gesagt, das Bett mit dir zu teilen."

Rafe beugte sich näher, sein Atem war heiß auf ihrer Wange. „Ich habe reichlich Zeit, dich zu überzeugen, sobald wir uns eingelebt haben und allein sind." Er nahm ihre Hand. „Komm schon, oder ich trage dich."

Sie riss ihre Hand weg, drehte sich um und rannte ohne Antwort voraus. Sie mochte noch erschöpft sein, aber das war nichts, womit Nikki nicht vorher schon zu tun gehabt hatte. Und sicher war es noch zu früh in ihrer Schwangerschaft, um sich wirklich über zu große körperliche Anstrengung Sorgen machen zu müssen.

Oder nicht? Ehrlich gesagt wusste sie nichts über Babys und Schwangerschaft.

Ihr Tier meldete sich zu Wort. *Ich bin sicher, dass Dr. Sid uns bald besuchen wird. Dann kannst du sie fragen.*

Du wirkst ziemlich entspannt, wenn man bedenkt, dass du auch nicht das winzigste bisschen über Babys weißt.

Bevor ihr Drache antworten konnte, stürzte Rafe an ihr vorbei und hielt direkt vor ihr an. „Du hast es so gewollt."

Er hob sie hoch und drückte sie an seine Brust. Nikki quietschte. „Setz mich augenblicklich ab!"

„Oder du tust was?"

Nikki streckte eine Kralle aus ihrem Fingernagel und tippte damit gegen seine Kehle. „Ich weiß, wie man kratzt, um dich bluten zu lassen, ohne dich zu töten."

Er schnaubte und sah ihr in die Augen. „Was? Und deinen Partner für die Bourne-Mission außer Gefecht setzen? Ich glaube nicht." Sie kratzte über seine Haut, aber Rafe zuckte nicht einmal. Ein Grinsen breitete sich über seinem Gesicht aus. „Ist das alles, was du hast, Frau?"

Nikki zog ihre Kralle zurück und schwang mit einem krachenden Geräusch ihren Handballen in Rafes Nase. Er schwor und ließ sie fallen, um seine blutende Nase zu drücken.

Nikki landete auf ihren Füßen und bewegte sich ein paar Meter von ihm weg. „Wir haben uns darauf geeinigt, dass du deinen Alpha-Scheiß lässt, es sei denn, meine Gesundheit oder mein Leben ist in Gefahr. Betrachte das als eine Warnung."

„Nein, ich glaube, das war eher eine Kriegser-klärung."

Die Kühle in Rafes Tonfall ließ eine Ranke der Sorge in ihrem Bauch sprießen. „Fang nicht damit an, Rafe. Wir haben eine Vereinbarung."

„Oh, ich weiß das. Aber du bist gelaufen, obwohl du ganz offensichtlich erschöpft bist, was bedeutet, dass ich im Recht bin. Ich sage nur, Rache ist Blutwurst."

Nikki stemmte eine Hand in die Hüfte. „Ich schlage vor, wir bitten Kai, das zu entscheiden. Der Verlierer muss eine Sache tun, egal, was der Gewinner verlangt."

Einer von Rafes Mundwinkeln zuckte nach oben. „Ach, das wird Spaß machen." Er streckte seine freie Hand aus. „Schlag ein!"

Vorsichtig machte Nikki ein paar Schritte und legte ihre Hand in Rafes. Eine Sekunde später zog er sie an sich, um zu flüstern: „Ich freue mich auf das Einlösen."

Die Hitze in seinen Augen, kombiniert mit der Heiserkeit seiner Stimme, ließ sie zittern. Sie fragte sich, was Rafe verlangen würde.

Das getrocknete Blut in seinen Nasenlöchern schmälerte nicht die Schönheit seiner grünen Augen oder seines gemeißelten Kiefers. Ohne den Paarungsrausch könnte es Spaß machen, sich mit Rafe auszuziehen. Und da er ein Mann war, würde sein Wunsch zweifellos beinhalten, dass beide nackt waren.

Nein! Nikki hatte recht. Der lustige Teil wäre, zu entscheiden, was Rafe tun sollte. Vielleicht würde sie ihn nackt durch die Haupteinkaufsgegend des Clans laufen lassen. Das würde dazu beitragen, sein toughes Army-Image beim Clan zu schwächen.

Nikki ließ seine Hand los, sah sich um und stellte fest, dass Kai und Jane sie beobachteten. „Dann fragen wir Kai", erklärte sie, bevor sie auf das Paar zumarschierte.

Sie konnte es kaum erwarten, Rafes Gesicht zu sehen, wenn Kai sich für Nikki entschied. Da Kai Rafe nicht leiden konnte, zweifelte sie keine Sekunde, dass das Urteil sie zum Sieger erklären würde.

Sobald sie nahe genug war, kam Jane zu ihr und klopfte ihr auf die Schulter. „Du bist brillant, Nikki Gray. Wenn jemand sich meinem Bruder stellen kann, bist du es. Hast du ihm die Nase gebrochen? Ihr wart zu weit weg, um es zu sehen."

Lächelnd blickte Nikki hinter sie und zurück. „Er hat es verdient, das ist alles, was ich sagen werde." Sie sah Kai an und fügte hinzu: „Wir haben was, worüber du entscheiden musst, Kai."

Kai hob nur fragend seine Augenbrauen. Da Rafe nun nah genug war, um es zu hören, kam er Nikki mit der Erklärung zuvor. „Nikki ist erschöpft nach dem Rausch, gerade schwanger geworden und hat sich entschieden, euch hinterherzurennen. Um das Problem zu lösen, habe ich sie hochgehoben und getragen. Sie hat behauptet, ich habe Grenzen überschritten und lasse den Alpha raushängen, obwohl ich nur ihre Gesundheit im Sinn hatte."

Nikki runzelte die Stirn. „Wir waren uns einig, dass du den Alpha-Scheiß stecken lässt, es sei denn, mein Leben oder meine Gesundheit sind in Gefahr."

Jane grinste. „Ihr beide habt also schon eine Vereinbarung?"

„Nicht so, Jane", sagte Nikki. „Es ist nur etwas, das verhindert, uns gegenseitig umzubringen."

Rafe öffnete den Mund, um etwas zu sagen, als Kais Stimme ihn unterbrach. „In dieser Hinsicht bin ich auf Rafes Seite."

Nikki blinzelte. „Was?"

„Du hast mich gehört. Du hast dich gegenüber allen, die in diesem Clan wichtig sind, mehr als bewährt. Es ist in Ordnung, sich einen Tag freizunehmen, um sich vom Rausch zu erholen. Tatsächlich befehle ich dir, dir auch morgen freizunehmen." Kai zeigte auf das Cottage zu seiner Rechten. „Das ist euer Haus. Jane und ich werden nach dir sehen, wenn du dich ausgeruht hast. Dr. Sid sollte auch in ein paar Stunden vorbeikommen." Kais Blick ging zu Rafes. „Ich mag dich vielleicht nicht, aber wenn du Nikki ans Bett binden musst, um sie zum Schlafen zu zwingen, dann tue es. Sie wird nie zugeben, dass sie müde ist, und ich werde nicht zulassen, dass sie das Baby wegen ihrer Sturheit verliert."

„Verräter", knurrte Nikki.

Kai zuckte mit der Schulter. „Deine Gesundheit ist wichtiger als mich gut mit dir zu stellen." Er legte einen Arm um Janes Taille. „Komm. Lassen wir sie jetzt."

Ich kann nicht glauben, dass er das getan hat, sagte Nikki zu ihrem Drachen.

Warum nicht? Er kennt uns zu gut. Ich will auch schlafen. Also hör auf, mich zu belästigen.

Undankbares Biest!

Ich weiß, du würdest mich vermissen, wenn ich weg wäre. Ihr Drache gähnte. *Gute Nacht!*

Als ihr Tier still war, atmete Nikki tief durch, bevor sie sich Rafe zuwandte. Wie erwartet, füllte Selbstgefälligkeit seine Augen. „Du hast diesmal vielleicht gewonnen, aber ich werde nicht wieder so unachtsam sein."

Rafe ging zu ihr und flüsterte: „Also, bist du nicht neugierig, worum ich dich bitten will?"

Doch. „Nein, natürlich nicht."

Schmunzelnd nahm Rafe ihre Hand. „Gut, dann macht es dir nichts aus, zu warten."

„Was?"

„Komm! Ich werde nichts mehr sagen, bis du dich auf das Sofa setzt und eine Tasse Tee in den Händen hast."

Nikki stieß noch ein paar Flüche aus, erlaubte aber Rafe, sie zur Tür zu führen. Das Cottage war ein altes, zweistöckiges Steinhaus, wie die meisten Gebäude auf Stonefire-Land. Es gab sogar eine kleine Mauer um den vorderen und hinteren Garten herum.

Sie würde es niemals jemandem gegenüber zugeben, aber Nikki liebte es, mit Erde zu arbeiten. Aber wenn sie versuchte, Pflanzen zu züchten, verwelkten sie immer und starben irgendwie. Das hielt sie dennoch nicht davon ab, es zu versuchen oder sich sonstwie zu amüsieren. Immerhin konnte sie in Ruhe am neuen Cottage basteln und musste sich keine Sorgen machen, Delphine zu verärgern.

Als sie Rafe ansah, fragte sie sich, ob er auch noch einen grünen Daumen hatte, wenn er angeblich schon ein brillanter Koch war. Wenn er im Garten arbeiten und kochen konnte und nicht nur ein erfahrener Soldat war, würde Nikki in ein Kissen schreien müssen. Kein Mensch sollte so viele Talente haben.

Rafe hielt auf der Veranda und sah sie an. „Bekomme ich die Ehre, oder du?"

„Dass du um meine Erlaubnis bittest, macht mich nervös."

„Was? Ich kann nett sein, wenn ich es versuche."

Seufzend winkte Nikki zur Tür. „Öffne einfach endlich das verdammte Ding. Je eher wir drin sind, desto eher kann ich mir ein Zimmer aussuchen."

Rafes Blick wurde erhitzt. „Wähle das Zimmer aus, das dir gefällt, aber denk daran, dass dein Zimmer auch mir gehört."

„Rafe –"

„Ich werde nicht aufgeben. Ich bin für unser Kind hier, aber auch für dich, Nikola Gray. Ich kann dich nicht beschützen, wenn du mich auf Distanz hältst."

Für den Bruchteil einer Sekunde erwachte Hoffnung in Nikkis Brust. Aber Rafes Pflichtgefühl schlug sie in Stücke. „Ich kann mich selbst schützen."

Nikki wartete nicht auf ihn, schob Rafe beiseite und betrat das Haus.

Kapitel Acht

Verdammte sture Frau! Egal, was Rafe tat, sie fasste es falsch auf.

Während er ihr ins Cottage folgte, versuchte er, einen neuen Angriffsplan zu entwickeln.

Vom Kopf her verstand er, dass Nikki eine toughe Frau war, die in gefährlichen Situationen auf sich selbst aufpassen konnte. Aber in seinem Bauch machte der Gedanke, Nikki und ihr Baby nicht sichern zu können, ihn krank.

Im Laufe der Jahre hatte er denselben Kampf mit seiner Schwester geführt. Aber zumindest Jane hatte Rafe wirklich manchmal gebraucht. Mit Nikki war es jedoch eine ganz andere Geschichte. Und nicht nur, weil er sie in der Vergangenheit verletzt hatte, obwohl das schwer auf seinem Gewissen lastete. Sie hatte die Ärsche seiner Einheit einige Male gerettet, als sie in der Army gedient hatte.

Nikola Gray war wirklich eine einzigartige und fähige Frau.

Während besagte Frau sich schweigend im Haus umsah, warf Rafe nur einen flüchtigen Blick darauf. Das Innere des Cottages war schlicht, mit einem Sofa im Wohnzimmer, einem kleinen Tisch in einer Essecke und einer Küche hinten. Nachdem er die möglichen Fluchtwege durch die Türen und Fenster im Cottage begutachtet hatte, deutete er auf die Treppe. „Sollen wir uns die Schlafzimmer ansehen?"

Nikkis Blick verschloss sich. „Ich werde das tun, aber du bleibst hier unten." Er öffnete den Mund, um etwas einzuwenden, aber Nikki fuhr fort: „Ich möchte nur ein paar Minuten allein nachdenken und dann schlafen gehen. Ich weiß, dass es eine Menge Dinge gibt, über die wir reden müssen, und wir werden das tun. Aber zuerst möchte ich mich ausruhen."

Erstaunt über ihr wahrheitsgemäßes Eingeständnis nickte Rafe. „Okay. Aber wenn du versuchst, durch eines der Fenster zu entkommen, höre ich es und halte dich auf."

Nikki seufzte, und Rafe bemerkte zum ersten Mal die Schatten unter ihren Augen. *Verdammt!* So viel zum Thema, sich um die Mutter seines Kindes zu kümmern.

„Verstanden", sagte Nikki. „Weck mich, wenn Sid kommt."

Als sie an ihm vorbeiging, streckte er einen Arm aus, um ihr Handgelenk zu packen. Nikki zerrte daran, aber er ließ nicht los. „Sag mir zuerst, was dein Lieblingsessen ist."

„Wenn ich es mache, dann Eier, Speck und Toast."

„Und wenn nicht?"

Eine Sekunde lang musterte sie seine Augen, bevor sie fragte „Warum? Wirst du doch für mich kochen? Ich dachte, wir kochen jeweils für uns selbst."

„Beantworte einfach die verdammte Frage, Nikki!"

Sie hob ihr Kinn und sagte: „Lasagne mit viel Knoblauchbrot."

„Abgemacht." Rafe ließ ihr Handgelenk frei. „Und jetzt geh schlafen."

„Schon wieder dieser Befehlston."

„Ja. Es geht hier um deine Gesundheit, also kann ich so sehr Alpha sein, wie ich mag."

Nikki kämpfte gegen ein Lächeln und verlor. „Schön. Wenn es bedeutet, dass ich dafür Lasagne bekomme, dann höre ich auf dich." Sie zögerte einen Moment und fügte dann hinzu: „Ich hoffe, du bist noch hier, wenn ich aufwache. Es gibt so vieles, was ich fragen möchte."

Rafe hätte sie leicht aufziehen können, aber ausnahmsweise sparte er es sich. „Ich bin hier, keine Sorge. Schlaf ein wenig, bevor ich dich noch ins Bett trage."

Röte kroch Nikkis Wangen hoch, und Rafe verkniff sich ein Lächeln. Bei all ihrem Geschimpfe und Getobe stellte sie sich ihn doch in ihrem Bett vor.

Nicht, dass sie nicht beide eine Pause davon brauchten. Rafes Schwanz erholte sich immer noch von einer Woche des übermäßigen Gebrauchs. Dies war der Hauptgrund, warum er Nikki erlaubte, allein zu schlafen – um der Versuchung zu entgehen.

Nikki öffnete schon den Mund, um etwas zu sagen, schloss ihn dann aber. Ohne ein weiteres Wort verschwand sie die Treppe hinauf.

Rafe stieß einen Atemzug aus und fuhr sich mit der Hand durchs Haar. Er mochte keine Unannehmlichkeit zwischen ihnen. Hoffentlich war es nur wegen Nikkis Erschöpfung.

Gut. Der beste Weg, um unangenehme Stille oder Unbehagen zu beseitigen, war, die beste verdammte Mahlzeit zuzubereiten, die er konnte, und Nikki dann zu einem Wortgefecht zu provozieren. Rafe war nicht gut darin, romantischen Mist auszuspucken, aber er hatte auch nicht das Gefühl, dass Nikki die Art von Frau war, die das brauchte.

Er schätzte, er könnte sie am ehesten dazu zu bringen, sich ihm gegenüber zu öffnen, wenn er ehrlich war und sie als gleichwertig behandelte. Obwohl es auch nicht schaden konnte, ihren Magen zu erobern.

Er griff in seine Tasche und zog sein Handy heraus. Nachdem er seiner Schwester eine SMS geschickt hatte, sie solle ihn anrufen, ging Rafe in die Küche, um zu sehen, womit er arbeiten konnte.

Nikki starrte an die Decke des größten Schlafzimmers und zählte die hier und da zu sehenden Spinnweben auf der weißen Oberfläche. Wer auch immer hier gelebt hatte, hatte nicht viel von Putzen gehalten.

Natürlich hatte die Sauberkeit des Zimmers nichts damit zu tun, warum sie in den letzten Stunden wach gelegen hatte. Jeder Muskel in ihrem Körper tat weh, aber ihr Verstand wollte einfach nicht die Klappe halten. Er wanderte immer wieder zu dem Mann unten, der leise zum menschlichen Radiosender sang.

Rafe hatte wahrscheinlich vergessen, dass sie über ein scharfes Drachenwandlergehör verfügte. Trotzdem lernte jeder Drachenmann oder jede Frau schon als Kind, Dinge zu blockieren. Wenn Nikki wirklich hätte schlafen wollen, hätte sie es getan; sie hatte in der Army gelernt zu schlafen, wann und wo immer es möglich war. Aber sobald sie Rafes schöne Stimme gehört hatte, war sie damit zufrieden gewesen, ihm nur zu lauschen.

Wer hätte gedacht, dass der toughe Alphasoldat solche Emotionen mit seiner Stimme ausdrücken konnte?

Ihr Drache, der vor Kurzem aus dem Nickerchen erwacht war, meldete sich. *Ich glaube, da steht jemand wieder auf einen bestimmten Menschen.*

Vielleicht. Nicht, dass es langfristig funktionieren kann.

Wenn du weiter so denkst, wird es das auch nicht. Außerdem hat er sich mit dem köstlichen Duft von Knoblauch und Kräutern, der die Treppen hinaufweht, eine Chance verdient.

Sie schnaubte innerlich. *Du bist schlimmer als ich, wenn es um Essen geht.*

Umstritten. Warum hier oben warten? Geh nach unten und sprich mit ihm.

Und was soll ich sagen? Rafe und ich sprechen nicht gerade über das Wetter oder was gestern Abend im Fernsehen war.

Sprich mit ihm über Afghanistan. Wenn du es nicht bald tust, werde ich verrückt werden von deinen Gedanken. Er ist unser wahrer Gefährte. Hab' keine Angst vor ihm!

Für dich ist es leicht, das zu sagen, wenn man bedenkt, was er zuvor getan hat.

Ihr Tier schlug mit dem Schwanz. *Wir waren alle jünger. Er hatte gerade einen seiner Freunde verloren. Genau wie als Charlie getötet wurde und du ausgeflippt bist. Rafe hat dasselbe getan.*

Es war mehrere Monate her, dass Nikki an ihre ehemalige Beschützerfreundin gedacht hatte. Sie waren beide vor fast einem Jahr von den Drachenjägern gefangen genommen worden, als sie Brams Gefährtin Evie Marshall beschützen sollten.

Während Nikki inhaftiert und ein gefoltert

worden war, war Charlie in Drachengestalt ausgeblutet und ermordet worden.

Charlie war der erste weibliche Beschützer des
Stonefire-Clans gewesen, und Nikki hatte zu ihr
aufgesehen. Auch nach all diesen Monaten vermisste
Nikki die Anwesenheit der älteren Frau. Zu sagen,
dass sie sich Charlies Tod zu Herzen genommen
hatte, sagte zu wenig. Der Verlust in Verbindung mit
Nikkis Alpträumen hatte es für mehrere Monate
schwer gemacht, ihr fröhliches Ich zu sein. Sogar
Jane Hartley hatte bemerkt, wie Nikkis fröhliche
Fassade bröckelte, wenn eine Erinnerung sie traf.

Und jetzt, da sie die Wahrheit kannte, warum
Rafe so gehandelt hatte, ergab sein Verhalten
verdammt nochmal mehr Sinn. Sie war schon auf
halbem Weg, ihm zu verzeihen; obwohl sie die ganze
Wahrheit brauchte, bevor sie das vollständig tun
konnte.

Nikki seufzte. *Du bist zu vernünftig für dein
eigenes Wohl, Drache.*

*Ich bin klug, das ist alles. Daran musst du dich erin-
nern.* Ihr Tier streckte sich in ihrem Kopf. *Und jetzt
sprich mit Rafe. Du hast im letzten Jahr meistens schweigend gelitten, und ich wette, Rafe hat das fast vier Jahre
lang getan. Vielleicht könnt ihr euch gegenseitig heilen.*

*Ja, weil Rafe und ich ja auch immer über unsere
Gefühle diskutieren.*

Ihr Drache schnaubte. *Du könntest es versuchen.*

Nikki fragte sich, ob sie das könnte. Sie und Rafe

hatten sich immer gestritten und gerieten unentwegt aneinander. Es war schwer zu glauben, dass er auch eine andere Seite hatte.

Dann erinnerte sie sich an seine Darbietung einer beliebten Popballade. Rafe mochte so tun, als würde er nicht an Gefühle denken, aber jeder Mann, der so leidenschaftlich singen konnte, musste sie irgendwo begraben haben.

Als sie darüber nachdachte aufzustehen, um mit ihm zu sprechen, ließ ein Klopfen an der Eingangstür Rafes Gesang verklingen. Nikki wollte nicht, dass er sie wach daliegen sah, und stand auf. Oben auf der Treppe hörte sie Dr. Sids Stimme. „Ich höre, wie Nikki sich bewegt. Sie ist wach."

Bevor Rafe antworten konnte, eilte Nikki die Treppe hinunter. „Ja, das bin ich. Danke, dass du mich verraten hast, Sid."

Sid sah ihr in die Augen und hob die Brauen. „Hast du versucht, dich zu verstecken?"

„Nein. Obwohl ich glaube, dass du und ich uns unterhalten müssen", antwortete Nikki. „Du hast doch allen von meinen ursprünglichen Adoptions-plänen erzählt, oder?"

Sid zögerte nicht. „Nein."

„Warum nicht?", verlangte Nikki zu wissen.

Sid zuckte mit den Schultern und stellte ihre Arzttasche ab. „Weil ich, wenn du dich entscheidest, es durchzuziehen, diejenige sein werde, die ihn oder sie adoptiert."

„Was?", fragten Rafe und Nikki einstimmig.

Sid hob die Brauen. „Ist das wirklich so überraschend?"

Während sie einen Schritt auf die andere Drachenfrau zuging, flüsterte Nikki: „Aber was, wenn du in den Rausch fällst?"

Traurigkeit blitzte in Sids Augen auf, aber sie war in der nächsten Sekunde verschwunden. „Nicht, dass es wichtig wäre. Mr. Hartley ist überzeugt, dass ihr beide das Baby großzieht." Sid sah zwischen ihnen hin und her. „Das hatte ich erwartet."

„Wenn du sagst, dass du das denkst, weil wir immer so leidenschaftlich gestritten haben, dann Ärztin hin oder her, werde ich dich aus meinem Haus werfen", knurrte Nikki.

Einer von Sids Mundwinkeln zuckte nach oben. „Nur weil ich Ärztin bin, bedeutet das nicht, dass ich schwach bin."

Rafe trat zwischen sie. „Vergiss die Vergangenheit. Ich weiß nicht das kleinste bisschen über die Schwangerschaft eines Drachenwandlers, und ich denke irgendwie, Nikki geht's genauso. Setzen wir uns alle zum Abendessen und unterhalten uns darüber."

Nikki wollte lieber eine Schüssel Würmer essen, als einzugestehen, dass Rafe da einen guten Punkt hatte.

Sid schüttelte den Kopf. „Ich kann nicht so lange hierbleiben. Die kleine Eleanor hat leichtes Fieber, und Bram ruft mich alle zwanzig Minuten an."

Eleanor war Brams und Evies zwei Monate alte

Tochter. Und Bram schützte seine Tochter nicht weniger als Nikkis Dad sie.

Nikki zeigte zur Küche. „Geh und koch fertig, Rafe. Ich werde mit Dr. Sid sprechen."

Rafe verschränkte die Arme vor der Brust. „Nikki, ich verdiene es, auch alles zu hören."

Sie hob die Brauen. „Ich bin mir sicher, dass du gerne was über Schmierblutungen oder Krämpfe hören würdest."

„Schmierblutungen?", wiederholte Rafe.

Sid antwortete: „Vaginale Blutung."

Rafe zuckte mit den Schultern. „Ich hatte Freunde, die in meinen Armen verblutet sind. Blut erschreckt mich nicht."

Okay, Nikkis Plan war nach hinten losgegangen. „Mach einfach das Abendessen zu Ende. Ich möchte unter vier Augen mit Sid reden."

Rafe begegnete ihrem Blick und blieb still. Sid war diejenige, die sich äußerte. „Gehen Sie, Rafe. Lassen Sie mich zuerst mit Nikki sprechen, und dann kann ich Ihre Fragen später beantworten. Noch besser, ich habe eine Broschüre." Sid holte ein Flugblatt aus ihrer Tasche. „Ich habe keine darüber, was einen erwartet, wenn man ein Menschenmann ist, der kurz davorsteht, ein Drachenwandler-Kind zu bekommen. Aber es ist gut genug. Viel Spaß!"

Mit einem Seufzen blätterte Rafe durch die Broschüre. „Manchmal vermisse ich es, die Leitung meiner eigenen Einheit zu haben. Hier scheint mir niemand zuzuhören."

Rafe murrte weiter auf dem Weg zur Küche. Nikki zog Sid in die entfernteste Ecke und flüsterte: „Ich kann nicht glauben, dass du nicht allen von meinen Plänen erzählt hast. Das hat mir seit dem Ende des Rauschs massive Kopfschmerzen bereitet."

„Wie ich schon sagte, wenn nicht du, dann würde ich das Kind großziehen. Aber ich hatte das Gefühl, dass Hartley hierbleiben will, also ist der Punkt abgehakt."

„Du bist meine Ärztin, keine Kupplerin, Sid."

Sid hob ihre Augenbrauen und zeigte auf die Couch. „Setz dich, damit ich dir Blut abnehmen kann." Nikki versuchte zu antworten, aber Sid schüttelte den Kopf. „Wir sind mit der Diskussion über die Vergangenheit fertig. Konzentrier dich auf die Zukunft, Nikki." Sie deutete wieder auf die Couch. „Jetzt setz dich. Mit Evies Sorge um ihre Tochter und Melanie, die alles unter der Sonne für die Ein-Jahres-Untersuchung ihrer Zwillinge wissen will, bin ich beschäftigt und habe viel zu tun. Du hast fünf Minuten."

Nach Sids stählernem Blick zu urteilen, wusste Nikki, dass sie nichts aus der Ärztin herausbekommen würde, was nicht mit der medizinischen Seite der Dinge zu tun hatte. Mit einem Seufzen stapfte Nikki zur Couch.

Rafe lehnte sich gegen die Küchenzeile und las den Titel der Broschüre: *Symptome, Gefahren und Phasen einer Schwangerschaft.* Der Titel war harmlos genug, aber die Karikatur einer schwangeren Frau mit einem kleinen lächelnden Baby in sich war etwas seltsam.

Er öffnete die Broschüre, und es folgten Zeichnungen mit den Stadien der Schwangerschaft. Als er zu den letzten Wochen kam, morphte die Frau, die ihren schweren Babybauch hielt, in Nikki.

Er warf einen Blick in Richtung Wohnzimmer. Es war nicht leicht, sich Nikki anders vorzustellen als straff und schlank. Der Bauch würde sie zweifellos aus dem Gleichgewicht werfen und ihre Reaktionszeiten verlangsamen. Dazu dann noch die Entbindung und die anschließende Genesung, und er begann zum ersten Mal zu verstehen, wie viel Nikki für ihr Kind aufgeben würde.

In diesem Moment beschloss Rafe, so hart wie möglich an der Simon-Bourne-Mission zu arbeiten, bevor Nikki nicht mehr in der Lage war, den Jägerbastard zu besiegen. Angesichts der Tatsache, dass die Drachenjäger Mitglieder ihres Clans verletzt und sogar getötet hatten, konnte die Befriedigung, Bourne gefangenzunehmen, ihr dabei helfen, alles zu überwinden.

Richtig. Rafe würde Nikki dieses Geschenk machen, wenn sonst nichts.

Dr. Sid erhob sich und sah auf ihn hinab. „Ich werde einige Bluttests durchführen, aber Nikki scheint im Moment gesund zu sein. Wenn Sie das Gefühl haben, irgendwas stimmt nicht, rufen Sie mich an." Sid sah zu Nikki. „Besonders, da Nikki einen Herzinfarkt haben könnte und immer noch sagen würde, dass es ihr gut geht."

Er warf die Broschüre auf den Tresen und stellte sich hinter Nikki. „Mach' ich, Doc."

Sid nickte. „Dann treffen wir uns in ein paar Tagen wieder. Ich kann dann noch mehr Fragen beantworten."

Rafe wartete, bis Sid weg war, bevor er sich räusperte. „Komm. Das Abendessen ist fertig, und ich habe eine Überraschung für dich."

„Wenn du sagst, dass es dein Schwanz ist, werde ich dich treten", knurrte Nikki.

„Ich habe immer noch meine Fantasie, die ich ausspielen darf, denk daran. Dazu darfst du nicht Nein sagen."

„Schön." Nikki stand auf. „Bringen wir es hinter uns. Ich bin sicher, dass es das am wenigsten unangenehme Abendessen des Jahrhunderts sein wird."

Er wurde wütend angesichts ihres Tons. Er nahm ihre Schultern und zog sie an sich. „Ich werde nicht zulassen, dass du versuchst, Abstand zwischen uns zu bringen, Nikola Gray. Ich weiß, dass keiner von uns das erwartet hat, aber es ist passiert. Es tut mir leid, dass ich dir schon einmal wehgetan habe, und ich werde es wiedergutmachen. Aber wenn du mir nie eine Chance gibst, wird unsere Tochter mit zwei Eltern aufwachsen, die nur streiten."

„Es könnte ein Sohn sein. Außerdem könnte das MDA dich ins Gefängnis werfen."

„Nikki."

„Knurr mich nicht an, Rafe Hartley. Du bist nicht nur männlich, sondern auch menschlich. Du hast keine Ahnung, wie es ist, dem verdammten Instinkt und den Hormonen deines Drachen ausgeliefert zu sein. Meine Wahl war, monatelang unter Schmerzen zu leiden oder dem Rausch seinen Lauf zu lassen, also entschuldige mich, wenn ich ein wenig jammere. Es ist noch nicht einmal einen Tag her, seit ich erfahren habe, dass ich schwanger bin. Ich brauche Zeit, um das alles zu verarbeiten."

„Lass dir Zeit dabei, aber hör auf, mich dabei niederzutreten."

„Was? Braucht der Mensch schöne Worte, um sich besser zu fühlen?"

Rafe kniff die Augen zusammen und beugte sich vor bis er nur drei Zentimeter von Nikkis Lippen entfernt war. „Es ist mehr als das. Ich möchte dich kennenlernen, Nikki, aber ich kann es nicht einmal versuchen, wenn du mich weiter wegdrückst."

Nikki blinzelte. „Warum jetzt? Wir hatten die letzten sechs Monate, um uns kennenzulernen. Braucht es ein Baby, um dein Herz zu öffnen?"

„Nein. Aber der Teil, nicht ins Gefängnis wandern zu müssen, schon." Nikki versuchte, sich von ihm zu lösen, doch Rafe hielt sie fest. „Erzähl mir den wahren Grund, warum du dich so wehrst. Weil ich spüre, dass es einen gibt."

Nikkis Pupillen blitzten zu Schlitzen und zurück. Er fragte sich, was ihr verdammter Drache jetzt schon wieder sagte.

Ein paar Sekunden später antwortete Nikki leise: „Ich habe mal auf dich gestanden, Rafe. Und ich weiß, dass du dich entschuldigt hast. Vom Kopf her weiß ich das. Aber zwischen unserer Vergangenheit, der ganzen Baby-Sache und dass ich wahrscheinlich nicht in der Lage sein werde, den Mann zur Strecke zu bringen, der für Charlies Tod verantwortlich ist, weiß ich nicht mehr, wer ich sein soll. Wenn ich mich selbst nicht kenne, wie kann ich dann verdammt nochmal versuchen, dich reinzulassen, um mich besser kennenzulernen?"

„Wer hat was davon gesagt, dass du Bourne nicht besiegen kannst?"

„Richtig, denn du lässt mich ja auch durch den Wald schleichen und dabei helfen, ihn zur Strecke zu bringen, während ich dein Baby trage."

„Verdammt richtig, das werde ich. Wir werden einen Weg finden, Bourne zur Strecke zu bringen, solange du mir noch helfen kannst. Ich schwöre es beim Leben unseres Kindes."

Als Nikki in seine Augen sah, hielt Rafe den Atem an. Er hatte das Gefühl, dass dieser Moment wichtig war. Wenn Nikki seinen Schwur als nichts als dummes Geschwätz abtat, hatte er vielleicht nie eine Chance bei ihr. Trotz ihrer aufgeschlossenen Persönlichkeit hielt Nikki ihr wahres Ich verborgen.

Und verdammt, er wollte sie besser kennen.

Nikki war an einem Punkt in ihrem Leben angekommen, an dem es kein Zurück mehr gab.

Solange sie denken konnte, hatte die Mehrheit des Clans sie als Symbol der Hoffnung gesehen und auf einen Sockel gestellt, den sie weder wollte noch verdiente. Geboren zu werden war ihre größte Leistung gewesen. Nikkis einziges Ziel war es, sich das Lob und den Respekt ihres Clans durch ihr eigenes Handeln zu verdienen.

Sie hatte gedacht, dass ihre eigenen Wünsche mit dem Paarungsrausch enden würden. Und doch bot Rafe ihr die Chance, die Frau zu sein, die nicht nur ein Kind hatte, um dem Clan Hoffnung zu geben, sondern die auch in den Arsch treten und Vergeltung für Charlies Tod finden konnte.

Die einzige Frage war: Konnte sie wieder sowohl seinem Schwur als auch ihrem Herzen vertrauen? Denn wenn sie sich Rafe öffnete, war Nikki ziemlich sicher, dass sie wieder auf ihn stehen würde. Und nicht nur, weil er sie normal behandelte, sondern auch, weil sie, je mehr sie über ihn erfuhr, desto mehr wissen wollte.

Ihr Drache meldete sich zu Wort. *Du wirst es nie wissen, wenn du ihn wegschiebst. Ich will ihn. Du nicht? Wie viele männliche Drachenwandler würden das Gleiche bieten?*

Mehr noch, wie viele würden es mir erlauben,

während der Schwangerschaft weiterhin zu beschützen?

Genau. Wir mögen ihn beide. Lass ihn rein.

Nikki legte behutsam eine Hand an Rafes Brust. Sie spürte, wie sein Herz schneller pochte als normal. Konnte es sein, dass Rafe wegen ihrer Antwort nervös war?

Seine Reaktion brachte Nikki dazu, eine Entscheidung zu treffen. Sie strich vorsichtig über sein Hemd und sagte schließlich: „Ich werde versuchen, ehrlicher zu sein. Aber wenn du anfängst, dich wie ein Arschloch zu benehmen, werde ich darauf zurückkommen."

„Ehrlichkeit ist ein guter erster Schritt. Aber sag mir, Nikki," – er sah in ihre Augen – „ist Ehrlichkeit alles, was du willst?"

Ihre Herzfrequenz stieg an, als jahrelange Träume zurückgerauscht kamen. Welche mit ihr und Rafe nackt, kuschelnd oder sogar sie fliegend in Drachengestalt, mit ihm in einem Korb unter ihr.

Ihr Drache meldete sich wieder. *Wenn du ehrlich zu ihm sein willst, dann sei absolut ehrlich. Er ist unser Gefährte. Wir sollten ihn auf alle Arten beanspruchen, nicht nur mit Sex. Oder durch die Geburt seines Kindes.*

Bis letzte Woche hatte Nikki nicht zweimal daran gedacht, sich einen Gefährten zu suchen. Verdammt, sie hatte kaum ein erstes Date überstanden.

Logan. Sie hatte ihn ganz vergessen. Das Date

war einigermaßen nett gewesen, aber als sie in Rafes grünäugigem Blick ertrank, wusste sie, dass sie mehr als nett wollte.

Ganz einfach, sie wollte das Feuer und die Leidenschaft, die Rafe Hartley war.

„Ich – ich will mehr als Ehrlichkeit." Sie atmete tief ein und spie die Wahrheit aus, bevor sie ihre Meinung ändern konnte. „Aber ich habe Angst, Rafe."

„Sag mir warum."

Sie schluckte und antwortete: „Mein Dad fand seine wahre Gefährtin und bekam sogar ein Kind mit ihr. Und doch hat sie uns beide so schnell wie möglich verlassen. Ich liebe Delphine, aber mein Vater hat sie erst kennengelernt, als ich sechs Jahre alt war und sie eine Freundin in Stonefire besuchte. Davor hatten wir eine schwere Zeit." Sie hielt inne. Rafe streichelte ihre Wange, und sie fand die Kraft, weiterzumachen. „Selbst wenn sich das Gesetz ändert, damit du bleiben könntest, könntest du es dir später anders überlegen und gehen. Ein menschlicher Gefährte für einen Drachenwandler zu sein, ist nie einfach, und manchmal kostet es seinen Tribut. Ich möchte keinem Kind die Qual zumuten, dass es einen Elternteil verliert, wie es mir ergangen ist."

Rafe lächelte. „Du möchtest das Baby also behalten?"

„Ja. Nein. Verdammt, ich weiß nicht. Aber darum geht's hier nicht. Vielleicht möchtest du jetzt bleiben, aber vielleicht möchtest du später abhauen."

„Du musst mehr Vertrauen in mich haben, Nikki. Habe ich jemals aufgegeben, als wir beide vor vier Jahren zusammen gedient haben?"

Sie zögerte nicht. „Nein."

„Wenn ich eine Kriegszone überlebe, kann ich verdammt nochmal auch ein paar Widerstände oder Beleidigungen überleben, die mir in den Weg geworfen werden. Wenn man meiner Schwester glauben darf, wird ganz Großbritannien Stonefire lieben, sobald ihre Videoserie in ein paar Wochen startet." Er strich mit dem Daumen über ihre Wange und murmelte: „Also, willst du dem hier eine Chance geben? Weil ich weiß, dass ich das will."

Sie hatte diese Worte so lange hören wollen. Die einzige Frage war, ob sie den Sprung wagen konnte, Rafe eine zweite Chance zu geben.

Ihr Tier knurrte. *Natürlich können wir das. Hör auf, alles zu überanalysieren, und folge deinem Bauchgefühl. Ansonsten sollte ich vielleicht derjenige sein, der mit unserem Menschen spricht.*

Wenn du aufhören könntest, in meinem Kopf zu plappern, könnte ich ihm antworten.

Ihr Drache schnaubte. *Nimm mich ruhig als Ausrede, wenn du willst. Spuck einfach endlich die Wahrheit aus.*

Sie lehnte sich gegen Rafe und flüsterte: „Ich will es versuchen."

„Lass mich deiner Antwort glauben, Nikki." Er trat einen Schritt weiter vor. „Küss mich nicht wegen des Instinkts deines Drachen, sondern einfach, weil du es willst." Er senkte die Stimme. „Ich weiß, dass ich das will."

Nikki hatte genug davon, alles zu überdenken, während ihr Herz in ihren Ohren pochte. Sie hob ihr Gesicht und legte ihre Lippen auf seine. Als Rafe sanft an ihrer Unterlippe knabberte und das Brennen mit seiner Zunge linderte, schmolz sie gegen ihn.

Wenn es etwas gab, woran sie nie zweifeln würde, dann war das Rafes Fähigkeit, ihre Knie mit nichts anderem als einem Kuss weich werden zu lassen.

Rafe zog sich endlich mit einem Grinsen zurück, seine grünen Augen waren zufrieden.

Verdammt, er sah so gut aus, wenn er lächelte!

Als Rafe sprach, musste sich Nikki auf seine Antwort konzentrieren. „Wenn du jemals das Gefühl hast, dich zurückziehen und mich niedermähen zu müssen, um dich zu schützen, dann bitte einfach um einen Kuss. Das wird dich daran erinnern, warum wir es versuchen sollten."

„Ach so? Das muss mich zum besten Küsser in ganz England machen."

Er legte seine Hand auf ihren Po und drückte. „Ich dachte eher, das wäre ich."

Nikki kicherte, und ihr Drache meldete sich: *Das ist schon besser. Sei nett zu ihm.*

Rafe streichelte ihre Wange, und sie begegnete wieder seinem Blick, als er fragte: „Was sagt dein Drache?"

„Er möchte, dass ich nett zu dir bin."

Belustigung tanzte in seinen Augen. „Und was hast du erwidert?"

„Ich habe noch nichts gesagt, weil ein neugieriger Mann mich unterbrochen hat", neckte sie.

„Nun, dann." Er zog sie enger an seinen Körper und schmiegte sich mit seiner eigenen an ihre Wange. „Sag ihm, dass ich dich nur fast immer nett möchte, weil dein Feuer und deine Leidenschaft mein Interesse geweckt haben." Er lehnte sich zurück, um ihrem Blick zu begegnen. „Verlier das niemals, Nikki. Ich meine es so. Oder ich werde dich endlos necken müssen, um es wieder herauszuholen."

„Immer du und das Herumkommandieren."

„Ich habe versucht, dir ein Kompliment zu machen, Frau!"

Sie lächelte breit. „Ich weiß. Aber es macht zu viel Spaß, dich zu necken."

Mit einem Knurren küsste Rafe sie wieder, und sie vergaß alles außer seinen festen, warmen Lippen. Sie musste seine Haut spüren und strich mit einer Hand über seinen Nacken und grub ihre Nägel hinein.

Nur weil sie noch Schmerzen hatte und erschöpft war, riss sie ihm nicht die Kleider herunter und besprang ihn.

Ihr Drache summte. *Vielleicht morgen. Dann kann er sich Zeit lassen.*

Und wessen Schuld ist das mit dem groben, überstürzten Sex?

139

Ihr Tier schnaubte. *Ich bin auf Instinkt gelaufen.*

Als Nikki kurz davor war zu antworten, säuselte Rafe gegen ihre Lippen: „Hör auf, so viel zu denken."

„Wie kannst du –"

„Du bist dann so distanziert. Sag deinem verdammten Drachen, dass ich an der Reihe bin. Er kann dich später haben."

Zu Nikkis Überraschung verblasste ihr Tier in den Hinterkopf und ließ sich nieder.

Ihr Drache war offensichtlich für Team Rafe.

Nikki lehnte sich zurück und neigte ihren Kopf. „Hast du mir Lasagne mit haufenweise Knoblauchbrot gemacht?"

Einer seiner Mundwinkel zuckte hoch. „Vielleicht."

„Wenn du es getan hast, dann bin ich so lange die Deine, wie es dauert, es zu essen."

„Und danach?"

„Das hängt von deinen Kochkünsten ab."

Rafes Lachen hallte im Cottage wider, und ein Teil des Zweifels verschwand. Vielleicht, nur vielleicht könnte das mit ihr und Rafe funktionieren. Eine wirkliche Prüfung wäre es, gemeinsam an dem Bourne-Fall zu arbeiten.

Aber das war etwas für einen anderen Tag. Nikki verdrängte ihre Sorge und konzentrierte sich auf den Moment. Denn ausnahmsweise war sie nur eine normale Drachenfrau, die eine Auszeit mit einem

Mann genoss. Das Baby, die Mission und sogar das, was der Clan von ihr dachte, konnten warten.

Und mit all dem von ihren Schultern, zumindest vorübergehend, fühlte sich Nikki so leicht wie lange nicht.

Rafe drehte sie um, sodass sie an seiner Seite war, und legte dann einen Arm um ihre Taille. Er deutete mit dem Kopf. „Dann kommt, wehrte Dame. Ein Festmahl wartet auf Euch."

Zwischen Augenrollen und Lachen hin- und hergerissen, lehnte sich Nikki einfach an Rafes Schulter und ging in die Küche.

Kapitel Neun

Am nächsten Morgen, als Nikki aufwachte und ihre Arme streckte, hätte sie gegen Rafes warmen Körper stoßen sollen. Sie öffnete die Augen und sah, dass seine Seite des Bettes leer war.

Nachdem er Pluspunkte für seine Lasagne und sein Knoblauchbrot gewonnen hatte, hatte Nikki zugestimmt, Rafe im selben Bett schlafen zu lassen. Aber nur zum Schlafen. Zu ihrer Überraschung hatte Rafe sich damit zufriedengegeben.

Er hatte es zwar nicht ausgesprochen, aber der Rausch hatte seinen Tribut von ihrem Menschen gefordert.

Sie blinzelte. Seit wann hielt sie Rafe für ihren Menschen?

Die verschlafene Stimme ihres Drachen füllte ihren Kopf. *Aber er gehört uns.*

*Ein Gespräch, ein Abendessen und ein gemein-
sames Bett stellen kaum einen Anspruch dar.*

*Da er uns genug vertraut, um zuerst einzuschla-
fen, würde ich sagen, dass es ihm nichts ausmacht,
beansprucht zu werden.*

Mit einem Seufzen ignorierte Nikki ihren
Drachen und setzte sich langsam auf, nicht bereit,
den Schmerz in ihren Muskeln anzuerkennen. Wenn
sie nach einem Rausch so viele Schmerzen hatte,
während sie in bester körperlicher Verfassung war,
fragte sie sich, wie die Menschenfrauen das jemals
überlebten.

Sie stand auf, streckte sich wieder und lauschte
auf Geräusche. Sie war enttäuscht, Rafe nicht singen
zu hören. Vielleicht würde sie den Mut aufbringen,
ihn zu bitten, es nochmal zu tun.

Sie runzelte die Stirn und fragte sich, wann sie
angefangen hatte, so verdammt zögerlich zu sein. Sie
musste das wirklich in Ordnung bringen.

Sie schaffte es die Treppe hinunter und fand
Rafe am Küchentisch sitzen. Auf dem Tisch lagen
Stapel von Papieren, und ein Laptop stand vor Rafe.
Er blickte auf und lächelte sie an. „Also haben sich
die Langschläfer endlich entschieden aufzustehen,
was?"

„Ich schlafe jetzt für zwei Personen. Solange ich
also nicht mehr als sechzehn Stunden am Tag
schlafe, kannst du nichts sagen."

Er schnaubte. „Richtig, denn so funktioniert

Schwangerschaft. Und was hattest du mir noch gesagt? Ich soll dich nicht anders behandeln?"

„Ich spüre plötzlich den Drang, dir was an den Kopf zu werden. Oder vielleicht wäre es besser, dich zu schlagen. Wie geht's deiner Nase? Ist sie bereit für eine zweite Runde?"

Er schmunzelte und deutete auf den Stuhl neben sich. „Sparen wir uns das für einen späteren Zeitpunkt. Du willst das wahrscheinlich stattdessen hören."

„Was denn?", fragte sie und rutschte auf den Stuhl.

Er drehte den Laptop, damit sie den Bildschirm sehen konnte. „Eine Aufnahme von Simon Bournes jüngster Rede vor den ehemaligen Drachenjägern aus Carlisle. Mein Undercover-Mann, der mit seinem Schwanz denkt, versucht, seinen Fehler zu kompensieren."

Rafe drückte auf Play, und die tiefe Stimme von Simon Bourne füllte den Raum: „*Nach reiflicher Überlegung bist du derjenige, der für die Rekrutierung aus Belfast und Londonderry zuständig sein wird. Mit genug Männern können wir den Glenlough-Clan ausschalten. Die Allianz zwischen Lochguard und Stonefire hat Angriffe erschwert. Wir müssen uns um Glenlough kümmern, bevor sie auch noch eine Allianz gründen.*"

Eine andere männliche Stimme fragte: „*Warum bist du persönlich gekommen, Simon?*"

„*Weil es Maulwürfe in unseren Reihen gibt. Ich*

möchte, dass dies schnell und mit möglichst vielen Drachen geschieht. Wir treffen uns morgen wieder. Ich erwarte, dass jeder von euch Ideen mitbringt, wie wir das schaffen sollen, ohne dass es viel Aufmerksamkeit erregt."

Zustimmendes Murmeln beendete die Aufnahme.

Nikki sah Rafe in die Augen. „Wie zum Teufel hat dein Mann das bekommen? Ich kann mir nicht vorstellen, dass er in diesem Raum war."

„War er nicht. Die Frau, die er vögelt aber. Er hat ihr ein Abhörgerät in die Tasche gesteckt."

„Kannst du ihm aber vertrauen? Sex hat schon viele Männer in die Irre geführt", erklärte Nikki.

„Er hat eine Schwäche für Frauen, aber er und ich haben jahrelang zusammen gedient. Er würde mich nie im Stich lassen. Ich habe ihm nicht einmal, sondern zweimal das Leben gerettet."

„Richtig, dann lassen wir mal alle Zweifel für eine Sekunde außer Acht, das ist riesig, Rafe! Weiß Killian O'Shea, was passieren wird?", fragte Nikki.

Killian war der Anführer des Glenlough-Clans, der im Glenveagh-Nationalpark im Nordwesten Irlands ansässig war.

Rafe schüttelte den Kopf. „Ich bezweifle das sehr. Das britische MDA kennt Bournes Bewegungen ziemlich gut. Die irischen Clans haben sich jedoch nicht an die britischen MDA-Büros gewandt, seit die irische Republik ihre Unabhängigkeit erlangt und ihr eigenes Ministerium für Drachenangelegenheiten gegründet hat. Und angesichts dessen, was ich über Bürokratie weiß, haben die beiden MDA-Büros nicht viel miteinander geteilt."

„Aber manchmal tauschen die Militäre Informationen aus. Vielleicht könnte jemand, den du in der Army kennst, die Iren kontaktieren und Killian vorwarnen."

„Guter Punkt. Ich werde mich umhören müssen."

„In der Zwischenzeit könnte ich eine Idee haben." Rafe zog seine Augenbrauen hoch, und sie überlegte, ob sie Clangeheimnisse preisgeben sollte. Dann erinnerte sie sich, dass Bram Rafe gebeten hatte, bei Stonefire zu bleiben; hätte er nicht gewollt, dass Rafe mit Clankenntnissen vertraut wäre, hätte er das nicht getan. Sie sprach weiter: „Brams Bruder Bennett lebt derzeit in Glenlough. Wir könnten Bennett erreichen und durch ihn mit Killian reden."

„Von dem wenigen, was ich weiß, ist Killian kein Fan der britischen Drachenclans. Die Teilung Irlands hat fast zu einem Krieg zwischen seinem Clan und dem im heutigen Nordirland geführt. Während dieser Zeit haben die britischen Clans den nordirischen bei dem Konflikt unterstützt."

„Und? Wir haben bis zum letzten Jahr nicht einmal mit Lochguard geredet, und jetzt sieh uns an – Clanmitgliederaustausch, Clanpaarungen und gemeinsame Kämpfe. Ich bin sicher, wenn wir die Aufnahme mit ihm teilen, könnte er sich öffnen."

„Du bist ein bisschen optimistischer als ich", murmelte Rafe.

Sie streckte ihre Zunge heraus. „Nur, weil du ein alter Mann bist."

„Alter Mann, wie?" Er streckte den Arm aus und kitzelte ihre Seite. Als Nikki versuchte, ihr Lachen zu unterdrücken, hob er sie hoch und setzte sie auf seinen Schoß. „Nachdem wir mit Bram gesprochen haben und ich meine Kontakte anspreche, wird dir dieser alte Mann ein oder zwei Dinge zeigen."

„Rafe."

Er tätschelte ihr Kinn. „Hast du deine Meinung seit gestern Abend geändert?"

„Nein. Aber es gibt eine Million Dinge zu tun. Wenn wir unsere Karten richtig spielen, könnten wir sogar diejenigen sein, die nach County Donegal gehen, um uns mit Killian zu treffen." Rafe schwieg, und Nikki konnte sich kaum das Schlucken verkneifen. „Du wirst jetzt aber nicht deinen Schwur brechen, oder? Selbst wenn wir Simon Bourne genau genommen nicht mit dieser Mission fangen, werde ich nicht darauf verzichten. Kontakt zu einem neuen Clan aufzunehmen, ist etwas, von dem ich geträumt habe."

Rafe tätschelte ihre Hüfte, und einer seiner Mundwinkel zuckte nach oben. „So viel Spaß es auch machen würde, deinen Drachen zu fesseln und zu beobachten, wie du dich losreißen kannst, nein, ich habe meine Meinung nicht geändert. Ich erlaube dir zu gehen."

Sie hob die Brauen. „Du erlaubst es mir?"

„Du weißt, was ich meine. Wie wäre es jetzt, wenn du deinen berühmten Speck und Toast machst? Bram schläft entweder oder ist mit seiner kranken Tochter beschäftigt. Du solltest Zeit dafür haben."

„Aber Kai sollte wach sein. Ich rufe ihn an."

Rafe stöhnte. „Musst du das tun?"

„Hast du ihm das schon geschickt?"

„Nein. Ich wollte es erst dir zeigen."

Nikkis Herz erwärmte sich bei seinen Worten.

Nicht, dass sie ihn so leicht vom Haken lassen würde. Sie tätschelte seine Brust. „Dann muss ich es natürlich mit Kai teilen. Vielleicht, wenn du ihn nicht zu sehr verärgert hast, könntet ihr tatsächlich miteinander auskommen. Ihr zwei habt mehr gemeinsam, als ihr denkt."

„Ungefähr so viel, wie eine Katze und ein Oktopus Dinge gemeinsam haben."

Nikki verdrehte die Augen und versuchte aufzustehen, aber Rafe hielt sie fester. „Rafe, ich muss. Kai ist mein Boss, und er ist sehr schlau. Er wird wahrscheinlich Vorschläge haben, die uns bessere Erfolgschancen geben werden."

„Es mag mir vielleicht nicht gefallen, aber ich verstehe das. Doch ich lasse dich nicht aufstehen, bis du mir einen Gutenmorgenkuss gegeben hast. Willst du mich nicht küssen, Nikki?"

„Ich bin überrascht, dass du fragst." Er warf ihr einen Blick zu, und Nikki lachte. „Hey, wenn du für alles um meine Erlaubnis fragst, werden wir viel Zeit verschwenden."

Sein Blick erhitzte sich. „Wenn ich dich also über diesen Tisch beugen und dich sofort nehmen will, brauche ich deine Erlaubnis nicht?"

Das Bild von Rafe, der sie hart von hinten nahm, sandte einen Hitzesturm durch ihren Körper.

Rafe sprach noch einmal, bevor sie es konnte. „Nach deinem Erröten zu urteilen, nehme ich das als Nein, brauche ich nicht."

Sie kniff ihre Augen zusammen. „Halt einfach die Klappe und küss mich."

Rafe nahm ihre Lippen in einem schnellen, heißen Kuss, bevor sie flüsterte: „Letzte Chance, Nein zu sagen, du willst es nicht, Nikki."

Kai würde es ihr sicher nicht übelnehmen, wenn sie sich zwanzig Minuten nahm, um mit ihrem Menschen zu spielen. Schließlich sollte sie sich den ganzen Tag freinehmen.

Ihr Tier summte zustimmend, aber Nikki ignorierte es. „Du musst mich erst kriegen."

Nikki rutschte zwischen Rafes Beinen unter den Tisch und zur anderen Seite. Sie wollte gerade schon aufstehen, als Rafe ihren Weg versperrte. „Da ist aber jemand heute langsam."

Sie streckte sich aus, packte seinen Knöchel und zog. Rafe stolperte, konnte aber sein Gleichgewicht nicht finden und stürzte zu Boden. Sie versuchte, an ihm vorbeizukommen, aber er griff nach ihrem Arm und hielt ihr Handgelenk fest. Es war nicht schmerzhaft, aber wenn sie sich bewegte, würde es brechen.

Rafe grunzte. „Ich habe dich erwischt, also gehörst du jetzt mir."

Er hielt sie weiter am Handgelenk fest, manövrierte sich aber über sie.

Wenn Nikki es wirklich wollte, konnte sie eine Kralle ausstrecken und sein Bein zerschneiden. Doch als ihr Herz pochte und die Hitze ihren Körper wegen Rafes Nähe flutete, wollte Nikki eigentlich nicht entkommen. Sie wollte, dass er seinen Vorschlag umsetzte.

In der nächsten Sekunde ließ Rafe ihr Handgelenk los, hob sie an der Taille hoch und legte ihre obere Hälfte auf den Tisch. Nikkis empfindliche Brüste prallten gegen die harte Fläche. Auch wenn sich der Druck auf ihre Brustwarzen gut anfühlte, hätte es ihr mehr gefallen, wenn die harte Oberfläche Rafes Brust gewesen wäre.

Rafe stand einfach hinter ihr und streichelte ihren Rücken. Jedes Streicheln schoss direkt zwischen ihre Beine, wodurch sie feuchter wurde.

Ohne nachzudenken, spreizte sie einladend ihre Beine. Sie trug ein Nachthemd ohne Höschen. Rafe musste nur seinen Schwanz rausnehmen und zustoßen.

Doch als jede Sekunde verging, fragte sie sich, ob er seine Drohung durchziehen würde. Vielleicht hatte er immer noch zu große Schmerzen.

Gerade als sie kurz davor war, ihren Kopf zu

drehen und etwas zu sagen, strich Rafes harter Schwanz über ihre Scham. Nikki stöhnte, und Rafe sagte: „Manchmal macht die Vorfreude das Ganze so viel besser."

Sie hatte das Gefühl, dass seine Worte zweideutig waren, aber in der nächsten Sekunde tauchte er in sie ein, und sie vergaß alles andere.

Rafe hielt inne, als er bis zum Anschlag in Nikkis Pussy war. Der Anblick ihres zerzausten Haars, ihres hochgeschobenen Nachthemdes und ihres in die Höhe gereckten Pos war einer, an den er sich noch lange erinnern wollte.

Dann bewegte sich die kleine Sexhexe. Er packte ihren Nacken und drückte. „Da ist aber jemand ungeduldig."

Sie tat es wieder und begegnete seinem Blick mit einem Lächeln. Verdammt, sie war so verdammt schön, wenn sie lächelte.

„Rafe", sagte sie. „Mich am Nacken zu halten ist eher sinnlos, da ich wegrutschen kann, wenn ich will." Sie ließ ihren Po gegen ihn kreisen, und er unterdrückte ein Stöhnen. „Wirst du jemals dein Versprechen erfüllen, mich auf diesem Tisch zu nehmen?"

Er fuhr mit der Hand von ihrem Nacken zu ihrer Schulter und dann den Rücken hinunter und hielt inne, um ihre Hüfte zu drücken. Er starrte sie nur an und wollte Nikki überraschen.

Gerade als sie ihren Mund öffnete, um noch etwas zu sagen, zog er sich zurück und bewegte sich wieder vorwärts. Er wiederholte es; diesmal rutschte der Tisch mit seinem Stoß nach vorn.

„Rafe.“

Während er seine Hüften hin- und herbewegte und dabei immer schneller wurde, verlangte er: „Sag nochmal meinen Namen.“

Sie hielt inne, und er bewegte sich noch schneller. Nikki stöhnte: „Rafe!“

Meine.

Er nahm ihre Hüften in die Hand, schob sie in einen besseren Winkel und behielt sein schnelles Tempo bei. Nikkis leises Stöhnen und Murmeln machten ihn nur entschlossener. Er wollte sie für alle anderen Männer ruinieren.

Das Geräusch von Haut, die auf Haut klatschte, hallte durch den Raum. Der Druck baute sich an der Basis seiner Wirbelsäule auf, aber er biss die Zähne aufeinander. Das hier war ihr erstes Mal seit dem Ende des Rauschs, und er wollte, dass Nikki zuerst kam.

Er hielt ihre Hüften mit einer Hand angehoben und bewegte die andere zur Vorderseite ihres Körpers. Er strich zärtlich über ihre Klitoris, bevor er Druck mehr ausübte. Nikki schrie. Als ihre Pussy sich zusammenzog und seinen Schwanz losließ, ließ auch Rafe los und kam hart. Ähnlich wie während des Paarungsrauschs schrie Nikki wieder, und ihre Spasmen dauerten fast eine Minute an.

Als sie den letzten Tropfen aus seinem Schwanz gewrungen hatte, begegnete Rafe Nikkis zufriedenem Blick. Ihre dunkelbraunen Augen stellten etwas mit seinem Herzen an.

Er wollte sie jeden Morgen auf diese Weise begrüßen – eine kleine Mühe, gefolgt von köstlichem „Guten-Morgen"-Sex.

Der Gedanke, dass er und Nikki eine Routine haben könnten, schickte eine Welle der Sehnsucht durch seinen Körper, und er wollte nichts anderes, als sie an sich zu halten.

Er zog sich heraus, hob sie sanft vom Tisch und drückte sie gegen seine Brust.

Er legte seine Hand auf ihr Herz. Es pochte schnell, ähnlich wie sein eigenes. Dann schob er seine Hand behutsam auf ihren Unterleib, um ihr Kind zu begrüßen.

Nikki verkrampfte sich. Rafe hielt den Atem an und wartete, was seine Drachenfrau tun würde.

Nach ein paar Sekunden seufzte sie und lehnte ihren Kopf gegen seine Schulter. „Es ist noch nicht ganz bei mir angekommen, weißt du. Die ganze Sache mit der Schwangerschaft."

„Wenn dir schlecht ist, kümmere ich mich um dich."

Sie begegnete seinem Blick. „Rafe, ich kann auf mich selbst aufpassen."

„Natürlich kannst du das. Das ist eines der

Dinge, die ich am meisten an dir bewundere. Aber ich habe nicht vor, ein Arschloch zu sein und zu lachen, während du dich auf der Toilette übergibst."

Er wartete ab, ob sie wieder protestieren würde. Aber sie schmolz nur vollständig gegen seinen Körper. Er küsste ihre Stirn, als sie bemerkte: „Das ist wieder typisch für dich, von Erbrechen zu reden und es zu was fast Romantischem zu machen."

„Es ist mehr für mich als für dich. Schließlich teilen wir das Badezimmer."

Sie versetzte ihm einen Klaps auf den Arm, der um ihre Mitte lag. „Und das war's mit dem romantischen Aspekt."

Lachend schmiegte er sich seitlich an ihren Kopf. „Du bist diejenige, die nicht anders behandelt werden wollte." Ich muss auf egoistische Gründe zurückgreifen, um meinen Teil des Abkommens einzuhalten." Er senkte die Stimme. „Aber es ist eigentlich alles für dich, Nikola Gray."

„Okay, dass du nett zu mir bist, ist ein bisschen seltsam." Zorn flammte auf, doch bevor er eine Antwort geben konnte, fuhr Nikki fort: „Aber auf eine seltsame Weise gefällt es mir zu wissen, dass du da sein wirst, um mir zu helfen."

„Gut. Denn ich brauche auch deine Hilfe. Du bist verdammt brillant darin, mit deinem Clan alles zu arrangieren, und gemeinsam werden wir das Glenlough-Problem in kürzester Zeit lösen."

„Ich kann immer noch nicht glauben, dass du dein Wort für all das hältst. Drachenwandlermänner können ganz schöne Neandertaler werden, wenn es um Gefährten und Babys geht."

„Sagst du also, dass menschliche Männer besser sind?"

Sie runzelte die Stirn. „Nicht wirklich."

Er grinste. „Ich glaube doch. Das werde ich bei der ersten Gelegenheit den Drachenmännern unter die Nase reiben müssen."

Nikki trat beiseite, und er ließ sie. Sie legte eine Hand an ihre Hüfte und sagte: „Willst du dich umbringen lassen? Weil Vater meines Kindes oder nicht, ich werde sie nicht davon abhalten, wenn sie dich in ihre Krallen nehmen und dich in einen der Seen werfen. Wenn du auf einen Felsen triffst, spaltet er dir den Kopf in zwei Teile."

„Aber ohne mich wirst du niemanden haben, der deine Partei ergreift, wenn du was anderes tun willst, als nur dasitzen und ein Baby wachsen lassen. Gib es zu, du brauchst mich lebend."

Seufzend verdrehte sie die Augen. „Ich schätze, du bist für mich lebendig nützlicher als im Koma."

Anstatt zu antworten, streckte er den Arm aus und zog sie zu sich. Er kitzelte ihre Seite, und sie schrie vor Lachen. „Hör auf, Rafe!"

„Gib zu, dass du mich brauchst, dann höre ich auf."

Nikki widersetzte sich, und er benutzte beide Hände für seinen Angriff. Schließlich sagte sie atemlos: „In Ordnung, in Ordnung. Du bist der beste

Partner für diese Mission, okay? Und jetzt hör auf, mich zu kitzeln!"

Rafe ließ es und gab ihr einen schnellen, sanften Kuss. „Gut, wenn das also geklärt ist, sollten wir uns wohl an deinen Bastard-Boss wenden."

„Hey, mein Bastard-Boss wird bald dein Schwager. Vielleicht werde ich Jane gegenüber erwähnen, dass du und er Bindungszeit braucht."

„Zieh mich bloß nicht damit auf."

Nikki kicherte, und er lächelte unwillkürlich bei dem Geräusch. Manchmal musste er sich daran erinnern, dass sie noch eine junge Drachenfrau war; sie brauchte mehr als Krieg und Konflikte in ihrem Leben.

Und Rafe wollte derjenige sein, der ihr das gab.

Bevor er zu viel darüber nachdenken konnte, füllte Nikkis Stimme den Raum. „Egal, was du denkst, wir müssen es Kai sagen. Je eher wir das tun, desto eher können wir ihn und Bram davon überzeugen, uns nach Irland fahren zu lassen."

„Stimmt. Aber ich glaube wirklich, du brauchst eine Dusche."

Sie hob eine Braue. „Willst du etwa sagen, dass ich stinke?"

Er schmiegte sich an ihren Hals und sagte: „Du denkst immer das Schlimmste von mir, wie ich sehe." Er knabberte an ihrem Hals und fuhr fort: „Ich möchte, dass du mit mir duschst, Nikki. So kann ich deinen Körper einseifen, bevor ich dich abrubbele. Vielleicht werde ich sogar dem Bereich zwischen deinen Beinen besondere Aufmerksamkeit schenken."

Ihr Atem stockte, und Zufriedenheit durchströmte seinen Körper.

Nikki räusperte sich und antwortete: „Ich nehme an, es würde Wasser sparen, zusammen zu duschen." Er knurrte, aber in ihren Augen tanzte Belustigung. „Um wirklich Zeit zu sparen, sollten wir uns gegenseitig einseifen."

Nikki rannte die Treppe hinauf. Rafe folgte ihr. Dafür wollte er sicherstellen, dass er sie sehr langsam zwischen ihren Beinen wusch, bis sie um mehr flehte.

Kapitel Zehn

Eine Stunde später wanderten Nikkis Gedanken zu ihrer Dusche mit Rafe. Sich Zeit zu nehmen, das schlanke, harte Muskelgewebe seines Körpers zu genießen, war brillant gewesen. Es war schwer zu glauben, dass er nur ein Mensch war.

Moment, das war nicht richtig. Rafe war nicht „nur" etwas.

Die Stimme des betreffenden Mannes füllte ihr Ohr. „Wenn du nicht aufhörst zu lächeln, werden Kai und Jane dich unaufhörlich befragen, bis du die Details preisgibst. Und ich weiß ja nicht, wie es dir geht, aber ich will sie nicht in meinen verdammten Privatangelegenheiten haben."

Sie lächelte. „Das wird mich nicht stören, aber ich möchte lieber keinen Streit zwischen dir und Kai heraufbeschwören."

„Ich würde gewinnen", erklärte Rafe.

Sie schüttelte den Kopf und zog ihn die letzten paar Meter zu Kais Tür und klopfte. Jane öffnete grinsend die Tür. Nachdem sie sie kurz betrachtet hatte, bedeutete sie ihnen, einzutreten. „Kommt, kommt! Je eher ihr uns sagt, was so wichtig ist, desto eher kann ich euch nach Details löchern." Jane sah zu Nikki. „Ich hoffe, Rafe hat sich nicht wie ein Arsch verhalten."

Nikki kam Rafe zuvor. „Nein, obwohl sein Arsch ganz hübsch ist."

Rafe drückte sanft gegen ihren Rücken. „Hör auf, mit meiner Schwester über meinen Arsch zu plaudern."

Nikki hob die Augenbrauen und begegnete Rafes Blick. „Aber es macht so viel Spaß."

Rafe starrte finster drein, und Jane lachte, bevor sie sagte: „Schön zu sehen, dass ihr beide euch neckt, anstatt immer zu streiten."

Was Jane nicht laut aussprach, verriet sie mit ihren Augen: *Ihr beide scheint miteinander auszukommen, aber wie gut?*

Nikkis Drache meldete sich zu Wort. *Sag ihr einfach, dass er uns gehört. Das Leben wird dann einfacher sein.*

Whoa, Drache. Mal ganz langsam! Rafe und ich verstehen uns, aber ich kenne ihn immer noch kaum.

Dann beeil dich und sprich mit Kai. Wenn wir mit Rafe auf eine Mission gehen, haben wir Zeit, ihn kennenzulernen. Dann kannst du mir verdammt nochmal zustimmen, dass wir ihn als unseren Gefährten beanspruchen sollten.

Bei dem Wort „Gefährte" blinzelte Nikki. *Wenn es nach dir ginge, wären wir schon verpaart. Aber ich brauche Zeit, Drache. Du weißt, was mit unserer Mutter passiert ist. Das werde ich nicht riskieren.*

Nimm dir nur nicht zu lange Zeit, sonst könnte ihn jemand anderes stehlen.

Bevor sie darüber nachdenken konnte, wie sie darauf antworten sollte, dröhnte Kais Stimme den Flur entlang. „Beeilt euch! Ich habe viel zu tun und kann nicht den ganzen Tag warten."

Nikki packte Rafes Hand und zerrte ihn den Flur hinunter. Da sie schon eine Million Mal in Kais Home-Office gewesen war, betrat sie das richtige Zimmer. Kai saß an seinem Schreibtisch, einen Computer vor sich und stand auf, als er sie sah. Das Letzte, was sie wollte, war, Nervosität oder eine Schwäche zu zeigen. Denn dann würde Kai sie nie gehen lassen.

Kai verschränkte die Arme vor der Brust, und seine Augen zuckten zu ihren Händen und dann zurück zu Nikkis Blick. „Sag mir, was so wichtig ist, dass ich den freien Tag mit meiner Gefährtin unterbrechen musste."

Jane trat an Kais Seite und lehnte sich an ihn. „Sei nicht so griesgrämig. Sie trägt deine Nichte oder deinen Neffen, denk daran."

Nikki wünschte wirklich, Sid hätte allen von ihren ursprünglichen Plänen erzählt. Selbst wenn sie mittlerweile offener für die Idee war, ihr Baby zu behalten, wäre es jedes Mal, wenn jemand es erwähnte, umso schwieriger, zu sagen, dass sie es abgeben würde.

Wenn wir das *tun*, sagte ihr Drache. *Ich will sie behalten.*

Verdammt, ihr Tier stellte sich jetzt auf Rafes Seite und wollte nicht nur das Baby, sondern auch das Geschlecht behalten.

Nikki ignorierte ihren Drachen und richtete sich auf, während sie zu Kai sagte: „Rafe hat wichtige Informationen erhalten."

Sie sah Rafe an, und er fuhr fort: „Simon Bourne will den Glenlough-Clan angreifen und zur Strecke bringen."

„Den irischen Clan?", fragte Kai.

Rafe nickte und holte einen USB-Stick aus der Tasche. „Ich habe einen Mann, der verdeckt ermittelt, und nur durch Glück war er in der Lage, ein Abhörgerät bei einer der zu dem Treffen eingeladenen Personen zu verstecken. Ich habe hier die Aufzeichnung für dich." Er hielt ihm den Stick hin, und Kai nahm ihn. „Es scheint, dass die Allianz zwischen Stonefire und Lochguard bemerkt wurde. Bourne denkt jetzt zweimal über unsere Clans nach und konzentriert sich auf diejenigen, die er für leichtere Ziele hält."

„Also will er Glenlough angreifen", sagte Nikki. „Soweit wir wissen, haben sie keine Allianzen mit den anderen beiden Clans in Irland. Das macht sie zu einem viel leichteren Ziel."

Kai sah von Nikki zu Rafe und wieder zurück. „Und? Ihr verschweigt mir noch was."

Rafe antwortete: „Brams Bruder Bennett wohnt derzeit wegen der Mutter seiner Gefährtin in Glenlough. Durch ihn können wir Killian erreichen. Nikki und ich möchten die Verantwortlichen für diese Operation sein."

Kai hob die Brauen. „Was ist mit Simon Bourne? Das ist der einzige Grund, warum du hierbleiben darfst, Hartley."

„Das stimmt nicht", antwortete Rafe. „Meine Befehle lauten, Bourne zu einer Priorität zu machen, aber auch dabei zu helfen, die Drachenjäger im Allgemeinen zu besiegen. Das hier fällt also in meinen Zuständigkeitsbereich. Es könnte sogar das MDA und die Army davon überzeugen, mir mehr Zeit zu geben, Bourne zu fangen."

Kais Blick ging zu Nikki. „Bist du überhaupt fit genug dafür?"

Nikki straffte die Schultern und hob ihr Kinn. „Sobald alles an seinem Platz ist und wir gehen, werden sowohl Rafe als auch ich ausgeruht und einsatzbereit sein."

„In ein paar Wochen fühlst du dich vielleicht nicht mehr so", erinnerte sie Kai.

Sie knurrte: „Ich habe Missionen mit Fieber, verstauchten Knöcheln und sogar einem gebrochenen Finger abgeschlossen. Nur weil ich schwanger bin, bedeutet das nicht, dass ich zusammenbreche."

Kai sah Rafe in die Augen. „Bist du damit einverstanden?"

Nikki trat einen Schritt nach vorn, aber Rafe hielt ihre Hand immer noch mit seiner. „Natürlich. Nikki ist einer der besten Beschützer bei Stonefire."

Ihr Drache meldete sich zu Wort. *Siehst du? Er hält seinen Schwur. Wir sollten ihn behalten.*

Wir werden sehen, wie er sich in Aktion verhält, bevor wir konkrete Schlussfolgerungen ziehen.

Kais Stimme unterbrach die Antwort ihres Tiers. „Ich werde es Bram weitergeben, aber ansonsten, gut, solange ihr mir einen vernünftigen Plan vorlegen könnt. Aber ihr werdet Aaron und ein paar andere Beschützer mitnehmen, wenn Bennett uns mit Killian in Kontakt bringen kann."

Jane meldete sich zu Wort: „Was ist mit mir? Ich sollte gehen. Das würde eine fantastische Geschichte abgeben."

„Nein", antworteten Rafe und Kai gleichzeitig.

Nachdem Rafe Kai zustimmend zugenickt hatte, sah er zu seiner Schwester. „Du bist nicht geschult, wenn irgendwas schiefgeht. Und die Realität ist, dass die Dinge sehr schiefgehen könnten, wenn die Jäger angreifen, bevor wir uns eine Allianz sichern."

Nikki gefiel es nicht, wie sich die Männer gegen Jane zusammenschlossen, und ergriff das Wort. „Ich bin mir jedoch sicher, dass Jane, sobald wir eine Allianz geschlossen haben, den irischen Clan besuchen und ihre neueste Geschichte finden kann."

Kai runzelte die Stirn. „Moment mal, ich habe nicht gesagt, dass sie gehen kann."

Jane hob die Brauen. „Ach, wirklich? Wenn du da bist, um mich zu beschützen, sollte ich wohl meinen, dass ich sicher genug bin. Es sei denn, du gibst zu, dass du kein guter Beschützer bist."

„Es geht nicht um mich, du verdammte Frau. Es geht um deine Sicherheit."

Jane tippte sich ans Kinn. „Dann kann ich vielleicht einen Weg finden, verdeckt zu ermitteln. Das hat in der Vergangenheit gut für mich funktioniert."

Kai schüttelte den Kopf. „Genau, wie das eine Mal, als ich deinen Arsch vor diesen Männern in der Kneipe retten musste."

Rafe räusperte sich, und alle Augen wanderten zu ihm. „Wie wäre es, wenn wir später noch einmal auf Janes Bitte eingehen? Denn wenn du es einfach nur ablehnst, wird sie sich selbst in Schwierigkeiten bringen."

„Das ist nicht schmeichelhaft, Rafe", sagte Jane mit einem Stirnrunzeln.

„Die Wahrheit tut manchmal weh. Außerdem ist es besser als niemals."

Kai blinzelte. „Seit wann bist du so kompromisslos, wenn es um Jane geht?"

Nikki versuchte, über Kais Überraschung nicht zu lachen, und es gelang ihr, wenn auch nur knapp.

Rafe zuckte mit den Schultern. „Vielleicht kenne

ich meine Schwester besser als du. Verbring' ein bisschen Zeit damit, mit ihr zu reden, anstatt sie zu vögeln, und vielleicht erfährst du mehr über sie."

Kai stürzte sich mit einem Knurren auf Rafe, aber Nikki stellte sich vor ihn, während Jane sich vor Kai stellte. Sie würde sich später definitiv mit Rafe darüber unterhalten müssen, Kai nicht zu provozieren, oder sie könnten auf absehbare Zeit nur noch mit den schlimmsten Aufgaben betraut werden.

Auch jetzt musste sie die Situation schon retten. Nikki wollte den Irland-Auftrag mehr als alles, was sie seit Langem gewollt hatte.

Sie sah zwischen den beiden Männern hin und her und ließ Dominanz in ihre Stimme fließen. „Ihr beide müsst das beenden. Ja, ihr seid beide Alphas. Und ja, ihr interessiert euch beide für Jane. Aber wenn Rafe für eine gewisse Zeit in Stonefire leben wird, müsst ihr den Scheiß lassen und lernen, zusammenzuarbeiten."

Kais Pupillen blitzten zu Schlitzen und zurück. Nikki hielt den Atem an, wich aber nicht von der Stelle.

Mit einem Grunzen stieß Kai den Atem aus. „Wenn er mich nicht absichtlich provoziert, werde ich einen vorübergehenden Waffenstillstand ausrufen. Wenigstens damit er dabei hilft, Jane im Auge zu behalten."

Jane kniff die Augen zusammen. „Kai Sutherland —"

Rafe unterbrach seine Schwester. „Lass Nikki

weiterarbeiten, bis sie es körperlich nicht mehr tun kann, und wir haben einen Deal."

Ihr Mensch drückte Nikkis Hand, und etwas bewegte sich in ihrer Brust. Vielleicht waren Menschenmänner besser, wenn es um schwangere Frauen und Freiheit ging.

Kai streckte eine Hand aus, und Rafe nahm sie. Nach einem Händeschütteln ließ Kai seinen Arm fallen. „Lass mich das heute Bram präsentieren. Wenn er uns grünes Licht gibt und Killian sich bereit erklärt, euch zu treffen, können ihr beide euch vorbereiten und in ein paar Tagen aufbrechen. Ich lasse es dich sobald wie möglich wissen." Kai legte einen Arm um Janes Schultern und drückte sie an sich. „Bis dahin habt ihr zwei einen anderen Job. Melanies und Tristans Zwillinge feiern morgen ihren ersten Geburtstag. Ich war mir nicht sicher, ob ihr dann schon mit dem Rausch durch wärt oder nicht. Aber da ihr es seid, möchte ich, dass ihr beide im Sicherheitsteam seid."

Melanie Hall-MacLeod war ein ehemaliges Opfer und hatte ein Buch über Drachenwandler herausgegeben, das die öffentliche Meinung auf ihre Seite gebracht hatte. Viele Drachenjäger und verbliebene Drachenritter würden nichts mehr lieben, als die Frau durch ihre Kinder zu verletzen. Da Drachenjäger schon einmal ein Baby von Stonefire gestohlen hatten, war es möglich, dass sie es noch einmal versuchten.

Sie erwartete halb, dass Rafe sich gegen die

Aufgabe sträubte, aber ihr Mann nickte nur. „Nikki und ich werden mit den anderen Verantwortlichen sprechen. Kein Kind wird unter unserer Aufsicht gestohlen."

Ihr Drache meldete sich zu Wort. *Sieh dir an, wie heftig er ist, wenn es darum geht, Kinder zu schützen, die nicht seine eigenen sind. Er wird ein wundervoller Vater sein.*

Obwohl Nikki nicht antwortete, musste sie zugeben, dass ihr Tier recht hatte. Rafes Tonfall sagte ihr, dass er diesen Auftrag genauso ernst nahm wie jeden anderen.

Je länger sie bei ihm war, desto mehr begann sie zu sehen, dass er eine weichere Seite unter dem Alpha-Äußeren verborgen hatte.

„Gut dann", erklärte Kai. „Ich weiß, ich habe gesagt, dass ihr den Tag freinehmen sollt, aber ihr könnt heute noch zwanzig Minuten erübrigen. Trefft euch heute Nachmittag mit Aaron und den anderen Beschützern, um die Zwillingsfeier zu planen."

Nikki kannte Kai schon ihr ganzes Leben lang und konnte nicht anders, als zu kommentieren: „Du stützt dich in letzter Zeit immer mehr auf Aaron."

„Als ich ohne Gefährtin war, hatte ich viel mehr Zeit. Ich muss mich jetzt auf ihn stützen, damit ich Zeit mit meiner Gefährtin verbringen kann. Das ist mit der Grund, warum ich ihn aus Italien zurückgerufen habe."

Jane pikste Kai in die Seite. „Bei dir hört es sich an, als ob ich deine ganze Zeit in Anspruch nehme."

„Nicht die ganze Zeit. Aber einen Teil davon."

Oh-oh. Kai schaufelte sich gerade sein eigenes Grab.

Da er wahrscheinlich keine Ahnung hatte, weil ihm die Wahrheit so wichtig war, sprang Nikki ein. „Wenn man bedenkt, dass Kai vorher ein Workaholic war, dann ist das eine gute Veränderung."

Mit gerunzelter Stirn sah Kai auf Jane hinab. „Ich habe nie gesagt, dass es eine schlechte ist. Du bist mein Herz und mein Leben, Jane."

Sie lehnte ihren Kopf gegen Kais Schulter und sah zu ihrem Drachen auf. „Ich liebe dich."

Als die beiden einander anstarrten, lächelte Nikki. Auch ohne wahre Gefährten zu sein, waren Kai und Jane dazu bestimmt, zusammen zu sein. Das Schicksal hatte sich in diesem Fall geirrt.

Als sie einen verstohlenen Blick auf Rafe warf, fragte sie sich, ob es bei ihr richtig gelegen hatte.

Kai küsste Jane und wedelte mit der Hand zur Tür. „Wir werden später reden. Geht jetzt, damit ich den Tag mit meiner Gefährtin genießen kann."

Als Kai und Jane einen liebevollen Blick austauschten, hoffte Nikki, dass sie eines Tages dasselbe haben würde.

Das ließ sie blinzeln. Seit wann wollte sie sich niederlassen?

Ihr Tier lachte nur leise im Hinterkopf, als Rafe Nikki aus dem Zimmer zog und das Cottage verließ.

Rafe konnte nicht schnell genug aus Kais Cottage kommen. Er brauchte auf keinen Fall zu sehen, wie Kai Jane küsste, oder schlimmer noch, sie betatschte. Sein Ende des vorübergehenden Waffenstillstands einzuhalten, würde verdammt schwierig werden.

Nikki blieb stehen, und er sah zurück in ihr Gesicht. „Stimmt was nicht?"

Sie lächelte. „Mir geht's perfekt. Aber es gibt da was, das ich dir zeigen möchte."

„Ist es sicher?"

Sie verdrehte die Augen. „Ziemlich sicher, es sei denn, du verärgerst ihn." Bevor er sie um eine Erklärung bitten konnte, zog Nikki ihn von den Cottages weg. „Hier entlang."

Rafe folgte. Ein paar Drachenwandler blickten ihn auf dem Weg finster an, aber er achtete nicht auf sie. Anstatt sich zurückzuziehen, hielt er Nikkis Hand fest in seiner. Immer, wenn ein Mann in seine Richtung sah, blickte Rafe so finster drein, wie er nur konnte. „Glaubst du, dass jeder es weiß?"

„Was, das mit dem Rausch? Ich glaube schon. Nachrichten verbreiten sich hier schnell."

„Dann sollten die Männer wissen, dass sie dich nicht länger ansehen dürfen."

Einer von Nikkis Mundwinkeln zuckte nach oben, als sie ihn von der Seite ansah. „Ist da jemand eifersüchtig?"

„Ja."

Sie blinzelte. „Wow, ich hatte nicht erwartet, dass du ehrlich wärst."

„Warum nicht? Wie sonst sollst du mein wahres Ich kennen?"

Nikki führte sie einen Pfad zwischen einigen Bäumen hindurch. „Guter Punkt."

Die Bäume öffneten sich zu einer großen Lichtung, direkt am Fuße eines riesigen Hügels. „Was machen wir hier? Ich mag Sex im Freien genauso wie jeder andere, aber es ist Februar und scheißkalt."

Nikki ließ seine Hand los und zog sich zurück, ohne den Blickkontakt zu unterbrechen. „Ich möchte dir meinen Drachen zeigen."

Auch wenn Rafe Nikkis Drachen aus der Ferne gesehen hatte, hatte er sie nie wandeln gesehen. Hieß das, sie begann, ihm mehr zu vertrauen?

Da er sie nicht erschrecken wollte, ging er es praktisch an. „Ist das sicher, wenn du schwanger bist?" Auf den Zorn in ihren Augen hin fügte er schnell hinzu: „Ich versuche nicht, übermäßig beschützend zu sein, aber das Wandeln in einen Drachen wurde in der Broschüre, die mir Dr. Sid gegeben hat, nicht behandelt. Ich habe keine Ahnung."

Erleichterung blitzte in ihren Augen auf. „Ach so? Nun, es ist ziemlich normal bis spät im zweiten Trimenon. Das Baby wandelt mit mir, also in den ersten fünf Monaten oder so, ist es vollkommen in Ordnung, weil ich keine Wehen bekomme, es sei denn, es ist ein seltener Umstand. Danach ist es gefährlich, denn wenn eine Drachenwandlerin in

Drachengestalt die Wehen bekommt, könnte das Baby sterben."

„Warum?"

„Na ja, wir müssen unsere inneren Drachen umarmen, um zu wandeln. Aber auch unsere inneren Drachen werden als Babys geboren und haben erst im Alter von etwa sechs oder sieben Jahren die geistige Fähigkeit, ihre Gestalt zu verändern und zu erhalten. Wenn ein Kind in Drachengestalt geboren wird, wird es nicht verstehen, was passiert, also wird es versuchen zu fliegen und bald abstürzen. Selbst wenn der Babydrache ruhig ist, wird er sich möglicherweise nie in einen Menschen wandeln, da er höchstwahrscheinlich die ersten wieviele-auch-immer Jahre als Drache verbringt. Ohne die vernünftige menschliche Seite, die die Drachenseite in Schach hält, wird das Kind schließlich verrückt."

Er grunzte. „Dann ist es mir egal, wie wütend du wirst, ab dem fünften Monat bleibst du in deiner menschlichen Gestalt. Das ist ein Befehl."

Er erwartete halb, dass Feuer in ihren Augen aufblitzen würde, bevor sie ihre Meinung änderte, ihm ihren Drachen zu zeigen. Aber sie lächelte und überraschte ihn höllisch, als sie antwortete: „In diesem Fall bist du einem Drachenmann definitiv einen Schritt voraus. Die meisten Frauen dürfen nach dem ersten oder zweiten Monat nicht mehr wandeln."

„Und die Drachenwandlerinnen hören einfach darauf?"

Sie neigte den Kopf. „Es geht mehr darum, sich darauf zu einigen, ständige Bauchschmerzen und Weinen zu verhindern. Manche Drachenwandlerinnen schleichen sich jedoch weg und wandeln sich, wenn ihr Gefährte anderweitig beschäftigt ist. Es ist das am schlechtesten gehütete Geheimnis von Stonefire."

„Die Männer denken also, sie bekommen ihren Willen, aber dann geben sie den Frauen ein bisschen Freiheit, ohne schwach zu wirken?"

„Genau."

Rafe schüttelte den Kopf. „Ich beginne zu verstehen, wie schwierig es für Drachenwandlerinnen sein muss." Er zwinkerte. „Es ist gut, dass du solches Glück hattest und einen Menschen abbekommen hast."

Nikki streckte ihre Zunge heraus. „Ich bin mir nicht sicher, ob ‚Glück' die korrekte Bezeichnung ist." Er starrte finster, und Nikki lachte. „Okay, vielleicht ist es ein bisschen Glück. Aber kann ich jetzt wandeln? Drachen fühlen die Kälte nicht so stark wie Menschen, und ich würde gerne anfangen."

„Wenn das bedeutet, dass ich zuerst zusehen kann, wie du dich nackt ausziehst, dann fang auf jeden Fall an."

„Rafe ... wie lautet dein zweiter Vorname? Ich brauche was, das ich zu bestimmten Gelegenheiten benutzen kann."

„Daniel. Meine Eltern waren in ihrer Namens-
wahl ziemlich altmodisch."

„Besser, als nach einem berühmten Erfinder
benannt zu werden, der sich in eine Taube verliebt
hat."

Rafe brauchte eine Sekunde, aber dann erinnerte
er sich, wo er den Namen gehört hatte. „Nikola
Tesla?"

„Eben jener. Mein Vater hatte volle Namens-
rechte und wollte mich nach zwei außergewöhnli-
chen Menschen benennen – Nikola Tesla und
Helen Keller."

„Das ist eine seltsame Kombination."

Nikki zuckte mit den Schultern. „Es hätte um
einiges schlimmer sein können. Ich hätte Rafe
heißen können."

Bevor er auch nur die Augen verengen konnte,
schob Nikki ihre Jacke herunter und warf sie ihm zu.
Rafe fing sie. „Ausziehen lenkt mich nicht immer ab.
Aber nur dieses eine Mal werde ich es zulassen."
Nikki antwortete, indem sie einen Schuh an seinen
Kopf warf und dann den anderen. Rafe wich zur
Seite. „Da wirst du schon besser zielen müssen,
Nikki."

Verschlagenheit tanzte in ihren Augen. „Oh, ich
hebe mir meine besten Tricks für später auf."

Und weg waren ihr Hemd und ihre Jeans. Rafes
Verstand setzte aus, als sie aus ihrem Slip und BH
schlüpfte. Das Sonnenlicht schien auf Nikkis
nackten Körper, und ihm blieb der Mund offenste-

hen. Er würde sie unbedingt nach draußen bringen müssen, wenn es wieder wärmer war.

„Bleib zurück!", befahl Nikki, bevor sie die Augen schloss.

Ihr Körper leuchtete blassviolett, bevor sich ihr Oberkörper ausdehnte und Schuppen wuchsen. Ihre Arme und Beine wurden zu Vorder- und Hinterläufen. Krallen streckten sich aus ihren Fingern. Ihre Nase und ihr Kiefer verlängerten sich zu einer Schnauze, als ein Schwanz hinter ihr wuchs.

Innerhalb von Sekunden stand ein vier oder viereinhalb Meter langer violetter Drache auf der Lichtung, die Flügel hinter sich ausgebreitet.

Vorsichtig legte er Nikkis Kleidung ab und näherte sich ihr. sie senkte ihre Schnauze, und er berührte sanft ihre Nase. Die Schuppen waren glatt wie hartes Leder, aber leicht glänzend. Als er in das große Auge auf seiner Seite blickte, erinnerte ihn die braune Farbe an Nikkis Augen.

Da war eine Frage in ihrem Auge: *Was denkst du?*

Rafe hatte Nikki aus der Ferne in Drachengestalt gesehen, aber noch nie so nah. „Du bist schön."

Sie stieß leicht gegen seine Brust und blies Luft durch ihre Nasenlöcher. Er hatte das Gefühl, dass sie an seinen Worten zweifelte. „Ich meine es ernst, Nikki. Du siehst nicht nur majestätisch aus, sondern auch ziemlich tough. Zeig mir deine Zähne."

Wenn Drachen ihre Augen hätten verdrehen können, das sagte Nikkis Ausdruck ihm, dann hätte sie es getan. Aber einige Sekunden später öffnete sie ihren Mund. Er vertraute Nikki, berührte sanft die scharfe Spitze eines Zahns und stach damit seinen Finger.

Mit einem Fluch steckte er sich den Finger in den Mund. Der lila Drache kicherte, bevor er sich auf die Hinterbeine stellte und die Flügel bis zur vollen Spannweite ausstreckte. Sie schlug sie einmal, und Rafe landete auf seinem Po. „Ich schätze, das sind einige der Moves, über die du gesprochen hast?"

Sie hob ihn sanft in eine ihrer Vorderpfoten und auf Augenhöhe und grinste.

Er schüttelte den Kopf. „Erinnere mich daran, dass ich dich niemals wütend auf mich machen darf." Er sah über seine Schulter. „Von dieser Höhe aus ist es wunderschön, obwohl ich mir sicher bin, dass es noch besser ist, wenn man fliegt."

Bevor er die Hügel und Seen in der Ferne für mehr als ein paar Sekunden genießen konnte, sprang Nikki in die Luft und schlug mit den Flügeln. Sein Magen senkte sich, als sie in den Himmel stieg. Erst als sie an Ort und Stelle schwebte, holte sein Magen den Rest von ihm ein, und er fand seine Stimme. „Du weißt, dass ich mich dafür rächen werde, oder?"

Nikki deutete mit ihrer anderen Vorderpfote und drehte ihn um. Rafe folgte der Richtung mit seinen Augen und hielt den Atem an.

Sonnenlichtstreifen wurden vom nächsten See reflektiert und zeichneten ein gestreiftes Muster aus Licht und Schatten auf den Boden. Die Cottages sahen aus, als wären sie winzige Puppenhäuser. Klar, Rafe hatte Häuser aus einer Höhe in einem Flugzeug gesehen. Aber mit dem Wind, der durch sein Haar wehte und da nichts ihn von der Aussicht trennte, war der Anblick magisch.

Ein grummelndes Geräusch kam von hinten und brach den Zauber. Als er Nikkis Gesicht betrachtete, nickte sie und wartete.

Einer von Rafes Mundwinkeln zuckte nach oben. „Meine Erlaubnis zu verlangen ist definitiv neu." Sie knurrte, und er lachte. „Lass es mich folgendermaßen umformulieren: Ich bin geehrt, dass Sie um Erlaubnis bitten, o große Drachendame."

In Nikkis Augen flackerte Belustigung auf.

Dann tauchte sie in die Tiefe.

Rafe schrie, als sie schneller wurde. Sie mussten sich der Endgeschwindigkeit nähern, aber er hatte keine Ahnung, wie schnell das für einen Drachen in vollem Tauchgang sein würde. Er war bei der Army, nicht der Royal Air Force.

Etwa zehn Meter vom Boden entfernt streckte Nikki ihre Flügel aus und stieg dann nach oben. Während sie auf den Strömungen glitten, pochte Rafes Herz wild. Er würde sich definitiv für ihren kleinen Trick bei Nikki rächen.

Doch als er ihr Gesicht betrachtete, schien die Sonne von ihrer Haut, und sein Zorn ließ etwas nach. Für einen Fremden mochte Nikki in Drachengestalt böse und vielleicht sogar beängstigend aussehen. Aber Rafe kannte die Frau im Inneren, und die

Darbietung von Geschick in Drachengestalt trug nur zu seiner Faszination für diese Frau bei.

Er entschied in dem Moment, dass er sie behalten wollte.

Nikki neigte ihren Körper und ihre Flügel und drehte sie um. Auf dem Rückweg nach Stonefire versuchte Rafe, sich die beste Methode zu überlegen, um sein Ziel zu erreichen.

Kapitel Elf

Nikki hatte ein Zittern kaum unterdrücken können, als sie sich gewandelt und gesehen hatte, wie er sie dabei musterte. Aber als er ihre Schnauze gestreichelt und sie geneckt hatte, hatte ihre Sorge nachgelassen. Das Schlimmste für einen Drachenwandler, gepaart mit einem Menschen, war, dass dieser Mensch Angst vor ihm in seiner Drachengestalt hatte. Rafe, bis jetzt seinem Charakter treu, war nicht von ihrem veränderten Aussehen beunruhigt.

Ihr Tier meldete sich zu Wort. *Du hättest es wirklich besser wissen sollen. Rafe erschreckt sich nicht leicht.*

Das sagst du nur, weil du denkst, jeder will dich anbeten.

Meistens tun sie das. Wir sind doch was Besonderes. Dir mag ja die ganze Aufmerksamkeit, die damit verbunden ist, das Kind des ersten Opfers des Stone-

fire-Clans zu sein, vielleicht nicht gefallen, aber ich genieße sie.

Nikki wollte die Diskussion nicht wiederholen, die sie zuvor schon eine Million Mal hatten, blendete die Stimme ihres Drachen aus und genoss es, nur zu fliegen. Selbst wenn ihr Tier die Kontrolle über ihren Körper hatte, liebte Nikki das Gefühl der Luft an ihren Flügeln. Mehr noch, sie liebte es, die Faszination auf Rafes Gesicht zu beobachten.

Kai würde sie später zurechtweisen, weil sie einen Menschen ohne Korb mitgenommen hatte, aber Nikki hatte viele Stunden mit der Army trainiert, wenn es darum ging, spezielle Pakete zu tragen und sie nicht fallen zu lassen. Im Vergleich zu Vorräten mit einem Gewicht von mehr als 200 Pfund war ein menschlicher Mann nichts. Sie würde ihn nicht fallen lassen.

Obwohl sie, wenn sie sich einmal besser kannten, ihn zum Spaß mal loslassen und auffangen würde.

Sowohl Drache als auch Frau freuten sich auf diesen Tag.

Das geschützte Land des Stonefire-Clans kam in Sichtweite, und sie winkelte ihre Flügel zum Sinkflug an. Als sie sich jedoch darauf vorbereitete, sich sanft tiefer zu manövrieren, standen schon ein goldener und ein violetter Drache mit Narben auf der Haut in der Mitte des Landebereichs.

Finn und Arabella waren angekommen. Zweifellos für Jack und Annabel MacLeods Geburtstagsfeier am nächsten Tag.

Die beiden Drachen begannen, in ihre menschliche Gestalt zu schrumpfen, und Nikki drehte Rafe zu sich. Als er über seine Schulter blickte, machte sie ein grollendes Geräusch tief in ihrem Hals.

Rafe brauchte Arabella nicht nackt zu sehen.

Ihr Tier kicherte. *Für jemanden, der versucht, so zu tun, als wolle er Rafe nicht beanspruchen, bist du ziemlich besitzergreifend. Vielleicht sogar eifersüchtig.*

Ich bin nicht eifersüchtig. Arabella hat manchmal immer noch ein geringes Selbstbewusstsein in Bezug auf ihr Aussehen. Sie ist auch launisch von ihrer Schwangerschaft. Ich bin wirklich überrascht, dass Finn ihr erlaubt hat, zu wandeln und hierherzufliegen. Sie ist fast im fünften Monat schwanger, mit Drillingen noch dazu.

Arabella war lange ohne ihr inneres Tier. Er will es ihr wahrscheinlich bis zum letzten Moment nicht verweigern.

Ihr Drache hatte da einen guten Punkt. Arabella MacLeod war als Teenager von Drachenjägern angegriffen und gefoltert worden. Ein Jahrzehnt lang nach dem Angriff hatte Arabella alles getan, um sich von ihrem inneren Tier zu entfernen und es zu unterdrücken. Erst in den letzten sechs Monaten hatte sie dank Finn Stewarts Unterstützung und Ermutigung wirklich gelernt, ihre Drachenhälfte wieder anzunehmen und zu lieben.

Rafe wand sich in ihrem Griff und erregte ihre Aufmerksamkeit. Sie sah ihm in die Augen, und er schrie gegen den Wind. „Werden wir bald landen? Ansonsten fliege ich lieber, als an Ort und Stelle zu schweben."

Sie wollte nichts mehr als ihrem Menschen die Umgebung vom Himmel aus zeigen. Sie müssten sich jedoch bald treffen und die Sicherheitsdetails für den nächsten Tag besprechen. Nicht nur das, sie hatte das Gefühl, dass sie sich auch um Finn und Arabella kümmern müssten.

Da die Landezone frei war, führte Nikki sie hinunter, bis sie ihre Vorderbeine sanft auf den Boden legen konnte. Sie faltete ihre Flügel auf den Rücken, stellte Rafe auf seine Füße und stellte sich vor, dass sich ihr Körper wieder in ihre menschliche Gestalt verwandelte. Ihr Gesicht schrumpfte, ihr Schwanz verschwand in ihrem Rücken, und ihre Krallen zogen sich zu Nägeln und Fingern zurück.

In dem Moment, in dem sie ganz menschlich war, warf Rafe seine Jacke über sie. „Beeil dich, bevor dich jemand sieht."

Sie schob ihre Arme in die Ärmel und genoss Rafes noch vorhandene Wärme im Stoff. „Drachen sehen Nacktheit nicht so, wie Menschen es tun."

„Ach, wirklich? Warum hast du mich dann vor einer Minute vom Wandlerpaar weggedreht?"

„Weil Arabella nicht gerne nackt gesehen wird."

„Ich habe mich schon gefragt, wer das ist", antwortete Rafe. „Trotz der Monate, in denen ich mit Bram und Finn zusammengearbeitet habe, sehe ich den schottischen Führer selten."

Nikki schloss den letzten Knopf von Rafes Jacke. Der Saum ging bis zur Mitte ihres Oberschenkels. „Wenn man bedenkt, dass Lochguard vor ein paar Wochen angegriffen wurde, bin ich überrascht, dass er überhaupt hier ist."

Rafe legte einen Arm um Nikkis Taille. „Das MDA patrouilliert immer noch in der Gegend um Lochguard, auf der Suche nach Verrätern oder amerikanischen Drachenaufständischen. Finn vertraut auch seinem obersten Beschützer. Ich bin sicher, diese Kombination hat was damit zu tun."

Lochguard war von feindlichen Drachen angegriffen worden, die Bomben auf ihr Land geworfen hatten. Die Angreifer bestanden nicht nur aus ehemaligen Mitgliedern des Lochguard-Clans, sondern auch aus einigen amerikanischen Drachen, die hinter einer amerikanischen Menschenfrau her waren. Während diese Menschenfrau nun mit Finns Cousin Fergus verpaart war, war es immer noch riskant, Stonefire zu besuchen. Die Amerikaner konnten wieder zuschlagen.

Nikki begann zu laufen, und Rafe hielt Schritt. Schließlich antwortete sie: „Es könnte auch daran liegen, dass dies wahrscheinlich Arabellas letzte Chance ist, ihren Bruder und ihre Nichte und ihren Neffen bis nach der Entbindung zu besuchen. Egal, wie fortschrittlich Finn in Bezug auf weibliche Drachenwandler sein mag, er will, dass seine Babys auf seinem Land geboren werden, was bedeutet, dass

Arabella bleibt. Vor allem, weil sie eine harte Zeit damit hatte."

Sich daran zu erinnern, wie elend Arabella in den ersten Monaten ihrer Schwangerschaft gewesen war, ließ Nikki sich fragen, ob es bei ihr das Gleiche wäre. Wenn sie es nach Irland schaffte, nur um kurz darauf nach Hause geschickt zu werden, würde sie nicht wissen, was sie mit sich selbst anfangen sollte.

Rafes Stimme erfüllte ihre Ohren. „Hartley Babys sind in der Regel gute Babys, daher solltest du dir keine Sorgen machen müssen."

Sie sah ihn von der Seite an. „Richtig, denn wenn du sagst, dass es passieren wird, muss es ja wahr werden."

„Hey, man weiß nie. Mit einem halbmenschlichen Baby schwanger zu sein, kann es dir leichter machen, wenn man bedenkt, wie hartnäckig Drachen sind."

„Genau genommen wird das Baby zu drei Vierteln menschlich sein."

„Aber das Gen, das in einen Drachen wandeln lässt, ist immer dominant, oder? Das ist also ein ziemlich irrelevanter Punkt." Er drückte ihre Hüfte. „Obwohl, wenn ich jetzt so darüber nachdenke, Hartleys sind auch sture Bastarde, also ist es eine ziemlich ungewisse Sache, wie unser Baby sich verhalten wird." Rafe hielt inne und fügte dann hinzu: „Weißt du was über deine Mutter?"

Nikki hatte gewusst, dass die Frage kommen würde, hatte sie aber nicht so bald erwartet.

Ihr Tier meldete sich zu Wort. *Mach es ihm nicht unangenehm. Sag es ihm. Danach wirst du dich besser fühlen.*

Wenn das nur wahr wäre. Jedes Mal, wenn Nikki von ihrer Mutter sprach, brach ihre Stimme vor Emotionen, und sie wechselte schnell das Thema, um ihre Gelassenheit wiederzuerlangen.

Doch als sie Rafe jetzt so ansah, erfüllte die Neugier seinen Blick, und seine Worte vom Vortag gingen ihr noch einmal durch den Kopf. *„Ehrlichkeit ist ein guter erster Schritt. Aber sag mir, Nikki, ist Ehrlichkeit alles, was du willst?"*

Sie war sich damals nicht sicher gewesen, aber nachdem er ihren Drachen gesehen und sie über die neuesten Informationen über Simon Bourne in Kenntnis gesetzt hatte, wusste sie, dass er ein seltener Fund war. Die Dinge waren noch neu zwischen ihnen, und sie hatte keine Ahnung, was sie mit dem Baby machen würde, aber wenn es einen Mann gab, den sie mehr wollte als jeden anderen, dann war es Rafe Hartley. Er verdiente es, die Wahrheit zu hören.

Sie atmete tief ein, ließ es heraus, und die Worte sprühten von ihren Lippen. „Ihr Name war Li-Na Wu."

Nikki hielt inne und zwang sich, ihre Emotionen zu lösen, ähnlich wie sie es tat, wenn sie bei einem risikoreichen Einsatz für die Army oder Stonefire war. Sonst würde sie vielleicht nie alles rausbekommen. Es mochte über zwanzig Jahre her sein, dass ihre Mutter sie verlassen hatte, aber Nikki war immer noch stärker davon betroffen, als sie mochte.

Sie fuhr fort: „Li-Na ist in Hongkong geboren, wanderte aber mit ihren Eltern als Teenager nach Manchester aus. Sie waren arm, hatten aber hart gearbeitet, um zu sparen, bis sie ihr eigenes Restaurant eröffnen konnten. Gerade als die Dinge an Fahrt aufnahmen, starb Li-Nas Mutter. Ihr Vater trauerte sehr, und das Restaurant kam ins Straucheln. Wenn sie nicht ein paar tausend Pfund für die Rückzahlung eines kurzfristigen Darlehens hätten zurückzahlen können, hätten sie alles verloren.

Dann kamen Nachrichten über die bahnbrechende Vereinbarung mit den britischen Drachenwandlern, und der erste Aufruf für Opfer wurde veröffentlicht. Drachenblut war damals noch seltener, da es kaum einen Schwarzmarkt gab. Jeder, der ein Fläschchen zum Verkauf hatte, konnte ein kleines Vermögen verdienen. Aber alle hatten Angst vor den Drachen – würden sie die Menschen fressen? Würden sie die Frauen in einen Turm sperren und den Schlüssel wegwerfen? Es war alles verdammt lächerlich, natürlich, aber das Ergebnis war, dass keine Menschenfrau, die sich freiwillig meldete, geistig stabil genug war, um das Programm zu starten.

Ohne andere Optionen bewarb Li-Na sich heimlich, weil sie ihrem Vater und ihrem Bruder keine falschen Hoffnungen machen wollte. Sie bestand alle Tests und wurde nach Stonefire geschickt, wo mein

Vater ihr als Drachenmann zugewiesen wurde. Er war der Bruder des alten Clanführers, und man konnte ihm vertrauen, dass er es nicht vermasselte."

Von allem, was Nikki gehört hatte, war ihr Vater stolz darauf gewesen, der erste Kandidat zu sein. Erst später entdeckte er den Herzschmerz, den das mit sich bringen würde.

Nikki wollte nicht an die Traurigkeit ihres Vaters denken und machte weiter. „Was niemand vorhergesagt hatte, war, dass Li-Na sich als wahre Gefährtin meines Vaters herausstellte. Der Rausch kam nach ihrem ersten Kuss, in einer Zeremonie vor dem ganzen Clan. Mein Vater tat sein Bestes, um seinen Drachen zu kontrollieren, und zum größten Teil gelang es ihm. Aber obwohl Li-Na die Aufmerksamkeit meines Vaters aus Pflichtgefühl nicht ablehnte, erschreckte sie die Erfahrung. Als der Rausch vorbei und sie schwanger war, blieb Li-Na für sich und ging allen aus dem Weg."

Nikki hatte ihre Mutter immer fragen wollen, warum sie der Mut nach dem Rausch verlassen hatte, aber laut MDA-Vertrag war es Nikki verboten, ihre Mutter zu suchen oder zu kontaktieren. Wenn sie es tat, konnte sie in einem Gefängnis des MDA enden. Wenn man bedachte, dass ihr Dad seine wahre Gefährtin verloren hatte, wollte Nikki nicht, dass er auch sein einziges Kind verlor.

Rafe starrte sie nur mit Fragen in seinen Augen an, also erklärte Nikki: „Mein Vater versuchte sein Bestes, sie zu umwerben und sie zum Bleiben zu überreden. Aber Li-Na wollte zu ihrer Familie und zu allem, was vertraut war, nach Hause gehen. Nichts konnte ihre Meinung ändern. Er gab bis zum Ende, bis ich geboren wurde, nicht die Hoffnung auf. Als sie am nächsten Tag davonlief, kannte mein Vater sein Schicksal – er musste mich allein großziehen und sich auch noch von der Ablehnung seiner wahren Gefährtin erholen. Stonefire hat nie wieder von ihr gehört."

Rafe hörte sich Nikkis Geschichte an, und ein ganz neuer Respekt vor der starken Frau erblühte in seiner Brust. Eine Person mit schwächerer Entschlossenheit und Charakter, die von der Mutter verlassen worden war, hätte der Welt gegenüber verbittert sein können. Aber nicht seine Nikki. Sie war fröhlich, entschlossen und witzig. Sie hatte sich wirklich von der harten Wahrheit, von ihrer Mutter aufgegeben worden zu sein, erhoben, um brillant zu werden.

Er begann auch, ihre Kommentare von früher zu verstehen, darüber, dass er nicht weglaufen sollte, wenn es schwierig wurde, und sie allein lassen, um ihr Kind großzuziehen.

Mehr denn je wollte Rafe bleiben und Nikki davon überzeugen, sich nicht nur für ihn zu entscheiden, sondern auch eine Zukunft mit ihnen als Familie zu wählen.

Bei der Trauer in ihren Augen nahm er ihr Kinn

zwischen die Finger. „Ich möchte, dass du dich an eines erinnerst, Nikola Gray. Ich bin nicht Li-Na Wu. Wenn ich eine Verantwortung übernehme, dann ziehe ich es durch.“

„Wir werden sehen, Rafe. Ich will so unbedingt, dass das stimmt.“

Zum ersten Mal gab sie zu, dass er bleiben sollte.

Er beugte sich vor und sagte: „Gut. Dann gib mir ein paar Wochen, und ich lösche alle deine Zweifel.“

„Da ist wohl jemand ein wenig übermütig.“

„Es ist nur die Wahrheit.“

Nikki sah in seine Augen, bevor sie seufzte. „Ich wünschte, wir müssten uns morgen nicht um die Geburtstagsfeier kümmern. Es wäre schön, wenn wir uns die ganze Zeit der irischen Mission widmen könnten.“

Er küsste leicht ihre Lippen. „Du willst nur eine Ausrede, um Zeit mit mir zu verbringen.“

„Vielleicht.“

Er blinzelte, erholte sich aber schnell. „Warum habe ich das Gefühl, dass du Hintergedanken hast?“

Sie legte eine Hand an seine Brust. „Du musst mir noch von deinem Freund erzählen, der gestorben ist, Rafe. Der, der dich dazu gebracht hat, mich und die anderen Drachenwandler in der Einheit anzugreifen.“

Er legte einen Arm um ihre Taille und brachte sie wieder in Bewegung. „Solange wir laufen, beantworte ich alle Fragen, die du stellst.“

„Alle? Was, wenn ich nach deiner tiefsten, dunkelsten Angst frage?"

Rafe wollte Barrieren niederreißen und entschied, was zum Teufel, er würde es ihr sagen. „Ich mag es nicht, im Dunkeln zu tauchen."

„Was? Warum?"

Er zuckte die Schultern. „Als ich ein Kind war, hab' ich mir einen Teil eines Films angesehen, in dem das Haus lebte und versuchte, seine Bewohner zu töten. Nachdem ich die Stelle gesehen hatte, an der ein Kind fast ertrunken wäre, weil der Pool es unter Wasser hielt, begann ich mich zu fragen, ob mir dasselbe passieren würde."

Nikki runzelte die Stirn. „Aber es war ein Film."

„Das weiß ich. Aber seitdem, wenn es dunkel ist oder ich meine Augen unter Wasser geschlossen habe, frage ich mich, ob ein Feind lauert, der mich herunterzieht. Ich habe während des Trainings als Teenager gelernt, wie ich meine Angst auf ein Minimum reduzieren kann. Aber wenn ich es mir aussuchen kann, werde ich nicht ins Wasser gehen, es sei denn, ich sehe, dass das Wasser klar ist oder ich eine Brille habe."

Sie schlang ihren Arm um seine Taille und grinste. „Dann müssen wir wohl mal sehen, wie es dir geht, wenn ich nackt mit dir im Wasser bin. Dann macht es es dir vielleicht nicht so viel aus."

„Das würde ich sehr gerne probieren." Er beugte sich hinunter, um Nikki das Grinsen aus dem Gesicht zu küssen, als die Stimme von Aaron

Caruso, Kais Stellvertreter, dröhnte: „Ich schätze immer eine kostenlose Show. Tut einfach so, als wäre ich nicht hier."

Mit einem Knurren starrte Rafe den Drachenmann mit der getönten Haut an. „Was willst du?"

Aaron ging auf sie zu. „Na, na, da ist aber jemand gereizt. Es ist beinahe, als hättest du einen inneren Drachen." Er senkte die Stimme. „Hast du ein Geheimnis vor uns bewahrt, Hartley?"

Nikki sprach, bevor er es konnte. „Was willst du, Aaron?"

„Du bist ziemlich früh in der Schwangerschaft, um schnippisch zu werden", antwortete Aaron mit einem Grinsen.

„Aaron Caruso, wenn du nicht auf den Punkt kommst, werde ich meine Krallen ausfahren und deinem Arsch nachjagen", spie Nikki.

Aaron sah von Nikki zu Rafe. „Und wie würde dein Freund reagieren, wenn du den Arsch eines anderen Mannes packst?"

Nachdem er Nikki losgelassen hatte, trat Rafe vor sie und sah den Drachenmann mit zusammengekniffenen Augen an. „Du bist vielleicht Nikkis Vorgesetzter, aber nicht meiner. Wenn du keine Clan-Angelegenheiten mitzuteilen hast, dann verzieh dich, oder ich werde dich selbst herausfordern."

„Na, na, da ist aber jemand jähzornig", antwortete Aaron, und sein Gesicht wurde ernst. „Und du irrst dich, Hartley. Ich bin für die absehbare Zukunft dein Vorgesetzter. Also gewöhn' dich besser an Befehle von mir."

„Pardon?"

Das Lächeln kehrte auf Aarons Gesicht zurück. „Du arbeitest nicht nur mit mir für die morgige Feier, sondern ich überwache auch die Mission und fahre mit euch nach Irland. Ich bin mir ziemlich sicher, dass Kai das euch gegenüber bereits erwähnt hat."

Rafes Zorn auf den arroganten Bastard wurde durch Neugier ersetzt. „Hat Bram Killian O'Shea schon erreicht?"

„Ja", antwortete Aaron. „Killian hat gerade mal versprochen, sich mit uns zu treffen und nicht gleich zu töten. Aber es ist ein guter Anfang." Er beugte sich vor. „Also gewöhn dich daran, mich zu sehen, Hartley. Vielleicht kannst du dich bei hinreichender Exposition ein wenig dafür erwärmen."

Nikki trat an Rafes Seite. „Das alles ist ja schön und gut, aber warum bist du jetzt hier? Das hättest du uns später sagen können."

„Nun, ihr beide seid verschwunden, und ich bin ungeduldig, die Pläne für morgen zu überdenken. Finn und Arabella sind früher angekommen, also müssen wir uns beeilen, die Sicherheit zu gewähr- leisten."

Nikki sah an sich herunter. „Kann ich zumindest zuerst ein paar Klamotten anziehen? Es ist eiskalt."

„Ich werde es zulassen, aber du hast nur fünf- zehn Minuten. Wenn ihr trödelt, weiß ich, dass ihr irgendwo vögelt, und ich werde kommen, um euch zu holen", sagte er mit Belustigung, die in seinen Augen tanzte. Dann rieb er sich die Hände. „Das wird eine echte Show."

Rafe ballte seine Finger und ergriff das Wort. „Es ist mir egal, welchen Rang du innehast oder wer du bist. Wenn du Nikki ausnutzt, werde ich dir den Arm brechen, bevor du fertig geblinzelt hast."

Eine Sekunde lang musterte Aaron ihn, bevor er nickte. „Vielleicht tust du das, Hartley." Er hob eine Hand und zeigte dreimal alle Finger. „Fünfzehn Minuten, von jetzt an."

Rafe legte seinen Arm um Nikki und führte sie weg von dem italienischen Drachenbastard zu ihrem gemeinsamen Cottage. „Die Zusammenarbeit mit Caruso wird meine Geduld auf die Probe stellen. Ein paar Wochen mit ihm, und ich werde ihm höchst-wahrscheinlich auf beide Augen schlagen."

„Rafe, hör auf! Aaron macht das absichtlich, weißt du. Es ist seine Art."

Er sah zu ihr hinüber. „Warum verteidigst du ihn? Hast du mal auf ihn gestanden?"

Nikki verdrehte die Augen. „Nein, und du musst lernen, deine Eifersucht zu zügeln, Mensch. Wenn du mich nicht absichtlich verletzt, gehöre ich dir für die absehbare Zukunft."

Sein Herz stolperte bei Nikkis Worten. „Das ist das Vielversprechendste, das du je gesagt hast."

„Ich würde sagen, dass ich wirklich gerne Zeit mit dir verbringe, aber ich fürchte, du wirst dann überheblich."

Er hielt sie auf und zog Nikkis Körper gegen seinen. „Wenn ich verspreche, es nicht zu oft zu verwenden, wirst du es dann noch einmal sagen?"

Sie versuchte, die Stirn zu runzeln, aber am Ende lächelte sie. „Du klingst ziemlich eifrig."

„Nikki."

Sie lachte. „In Ordnung, ich verbringe gern Zeit mit dir. Macht dich das glücklich?"

Er murmelte „Ja", bevor er ihre Lippen mit einem groben Kuss eroberte. „Und wenn wir uns beeilen, kann ich dich vielleicht innerhalb einer Viertelstunde mit meiner Zunge kommen lassen."

„Das klingt nach einer Herausforderung für mich."

„Dann akzeptiere ich." Er legte seinen Arm hinter Nikkis Knie und hob sie hoch. „Um es zu beschleunigen, werde ich dich tragen."

Bevor Nikki protestieren konnte, machte er sich rennend auf den Weg. Nikkis Kichern sandte ein Gefühl des Friedens durch ihn. Sie sollte auf jeden Fall mehr lachen.

Rafe fügte ein weiteres Element zu seiner Liste der Dinge hinzu, die er mit Nikki tun wollte.

Aber er dachte nicht lange daran, weil sie an ihrem Cottage ankamen. Sobald er drinnen war, setzte er Nikki auf die Couch, spreizte ihre Beine und ließ sie seinen Namen schreien.

Kapitel Zwölf

Nikki war an einen Stuhl gefesselt. Da ihr Drache mit Drogen zum Schweigen gebracht worden war, konnte sie nicht wandeln und den Drachenjägern entkommen.

Zwei dieser Jäger starrten sie an. Einer hielt zwei Metallstangen, deren untere Enden mit Kunststoff ummantelt waren. Drähte kamen aus jedem Ende und waren an ein Gerät auf dem Tisch neben ihr angeschlossen.

Er brachte die Enden aneinander, und die Elektrizität sprühte Funken. Vorfreude tanzte in seinen Augen, als er sagte: „Ich frage nochmal. Wo sind die Schwächen in der Verteidigung des Stonefire-Clans?"

Sie schwieg weiterhin. Sie hatte Bram schon einmal im Stich gelassen, indem sie zugelassen hatte, dass Evie, Charlie und sie selbst gefangen genommen wurden. Sie würde lieber sterben, als etwas tun, das ihm oder dem Clan schadete.

Der Klang eines brüllenden Drachen in der Ferne stärkte Nikkis Entschlossenheit nur. Sie würde Charlies Schmerz nicht vergeblich sein lassen.

Der Mann zuckte mit den Schultern. „Dann können wir es auf meine Weise tun."

Er näherte sich ihr, berührte sie aber nicht. Um die Ruhe zu bewahren, atmete Nikki bewusst ein und etwas langsamer aus.

Dann berührte er die Haut ihrer Arme, und Strom lief durch ihren Körper. Sie hielt es aus, solange sie konnte, aber der Schmerz war zu groß, und sie schrie.

„Nikki."

Der Schmerz verschwand und wurde durch eine Hand ersetzt, die sanft ihre Schulter schüttelte. Sie setzte sich im Bett auf und begegnete Rafes Blick im schwachen Licht. „Rafe?"

Er sah ihr in die Augen. „Geht's dir gut? Du hast geschrien."

Verdammt! Nikki musste einen Alptraum gehabt haben. Es waren schon ein paar Monate seit ihrem letzten vergangen. Sie hatte den falschen Eindruck gehabt, sie seien endlich verschwunden.

Ihr Drache sprach mit verschlafener Stimme. *Sie gehen nicht weg, bis du darüber redest.*

Sie hatten das im letzten Jahr schon so oft diskutiert. *Es war mein Versagen, das zu meiner Gefangen-*

nahme und Folter führte. Es ist meine Last und nicht die eines anderen.

Du bist eine Idiotin.

Nikki sperrte ihren Drachen aus, ließ sich auf ihren Rücken fallen und starrte an die Decke. Wie aufs Stichwort erfüllte Rafes Stimme erneut den Raum. „War es was aus deiner Zeit in Afghanistan?"

Sie sah ihm in die Augen. In seinem Blick war Verständnis zu sehen. „Nein, aber ich habe so das Gefühl, dass wir beide schmerzhafte Erinnerungen kennen, die auftauchen, wenn wir es am wenigsten erwarten – im Schlaf."

„Sag, was es ist, Nikki. Posttraumatische Belastungsstörung. Es ist keine Schande zuzugeben, dass du PTBS hast."

„Das sagst du jetzt, wenn du nackt bist und mein Bett teilst. Ich bezweifle sehr, dass du das genauso sehen würdest, wenn du in einem Raum voller männlicher Soldaten wärst."

Rafes leise Stimme antwortete: „Da es mich ein paar Freunde gekostet hat, die sich das Leben genommen haben, habe ich in den letzten Jahren gelernt, es mehr zu akzeptieren. Ich bin sogar selbst ein paarmal bei der Army zu einem Psychotherapeuten gegangen."

Nikki rollte auf ihre Seite und stützte ihren Kopf auf die Hand. „Hat es geholfen?"

Er zuckte die Schultern. „Ein wenig. Ich habe immer noch ab und zu Alpträume, aber nachdem ich mit jemandem über meine Probleme gesprochen habe, konnte ich mich insgesamt besser konzentrieren." Mit einem Finger strich er über ihre Wange und fügte hinzu: „Du kannst mit mir reden, weißt du. Trotz allem, was du vielleicht denkst, bin ich ein ziemlich guter Zuhörer, wenn ich es sein möchte."

Noch vor ein paar Wochen hätte sie es Bullshit genannt. Aber wenn sie daran dachte, wie er ihr vorhin zugehört hatte, als sie über ihre Mutter erzählte, glaubte sie ihm.

Über ihre Gefangenschaft zu reden, würde jedoch bedeuten, die Erinnerungen freizugeben, und sie hatte so hart daran gearbeitet, sie zu unterdrücken.

Ihr Drache schnaubte. *Denk an Charlie.*

Was hat unsere tote Freundin und Mentorin mit irgendwas zu tun?

Du hast Vergeltung geschworen, aber was, wenn eine Panikattacke kommt, wenn wir in dem Versteck eines Drachenjägers sind? Oder einer Gruppe von ihnen gegenüberstehen? Du wirst alle im Stich lassen, auch dich selbst. Ist es das, was du möchtest?

Nikki wollte nicht zugeben, dass ihr Drache da einen guten Punkt hatte. Aber würde Rafe weniger von ihr halten, wenn sie ihm die Wahrheit sagte?

Rafes Stimme unterbrach ihre Gedanken. „Sag mir, was dir durch den Kopf geht, Nikki. Ich fange an, eifersüchtig auf deinen Drachen zu werden."

Ihr Drache summte in ihrem Kopf, aber Nikki ignorierte ihn. „Ich bin mir nicht sicher, ob eifersüchtig das richtige Wort ist. Ein zweiseitiges Gespräch im Kopf kann manchmal ermüdend sein."

„Das sagst du, aber ich garantiere, dass du es nicht für die Welt aufgeben würdest."

„Nein", antwortete sie. „Würde ich nicht."

Rafe berührte ihre Wange und streichelte ihre Haut mit einer sanften Hin- und Herbewegung seines Daumens. „Erzähl es mir, und ich halte dich, bis du einschläfst. Vielleicht kann ich helfen, die Erinnerungen abzuwehren."

Einer ihrer Mundwinkel hob sich. „Du wirst ja noch zu einem ganz schönen Kuschler, Rafe Hartley. Wenn du nicht aufpasst, könntest du deinen Ruf bei den Frauen ruinieren."

„Mir ist mein verdammter Ruf bei den Frauen egal", knurrte er. „Ich versuche, eine bestimmte Frau dazu zu bringen, sich mir zu öffnen, aber es ist manchmal so, als würde man Blut aus einem Stein pressen."

Sie runzelte die Stirn. „Hey, das ist nicht fair. Du hast mir nicht viel über dich erzählt, abgesehen von deiner Arbeit. Ich weiß immer noch nicht, was mit deinem Freund passiert ist, der ums Leben gekommen ist."

„Ich tendiere dazu, nicht mit anderen über persönliche Details zu sprechen. Es wird einige Zeit dauern, das zu ändern."

„Wie wäre es dann damit? Du erzählst mir von deinem Freund, der im Kampf getötet wurde, und ich werde dir sagen, was meinen Alptraum verursacht hat."

Rafe unterdrückte einen Fluch. Nikki war zu schlau.

Nicht, dass er nicht alles mit ihr teilen wollte, aber über Noahs Tod zu sprechen war nie einfach. Vor allem, weil es ihn daran erinnerte, was für ein Bastard er vor vier Jahren Nikki gegenüber gewesen war.

Dennoch erinnerte ihn die leicht feuchte Wange unter seiner Haut an Nikkis Schreien und Um-sich-schlagen. Etwas belastete sie. Das Wissen, dass sie insgeheim leiden konnte, bekam ihm nicht gut.

Obwohl er es hasste, dass die letzten paar Tage, in denen sie noch Spaß hatten und sich gegenseitig necken konnten, durch seine Vergangenheit getrübt werden könnten, wäre es egoistisch, nicht zu helfen, wenn er die Chance hatte. Schließlich würde es nicht nur ihren eigenen Geist heilen, sondern auch Stress für ihr Kind vermeiden.

Und Rafe würde alles für sein ungeborenes Kind tun, auch wenn das bedeutete, seine Seele zu entblößen.

Er räusperte sich, und nahm seinen Blick nicht von Nikkis. „Deal." Er setzte sich in eine bequemere Position, bevor er fortfuhr: „Noah Tucker war von Kindheit an mein bester Freund. Wir haben uns sogar mit sechzehn gemeinsam für die Army gemeldet. Auch wenn wir jahrelang verschiedenen Einheiten zugewiesen wurden, haben wir beide so hart gearbeitet, wie wir konnten, um die Besten zu werden, was uns zu den Special Forces brachte.

Da uns einige der gefährlichsten Missionen übertragen wurden und wir nach neuen Strategien suchten, wurden uns Drachenwandlerbeschützer zugeteilt. Ich gebe zu, dass wir zunächst alle skeptisch waren, ihnen zu vertrauen. Damals war über die Drachen nur sehr wenig bekannt, abgesehen von dem Opferprogramm und den heilenden Eigenschaften ihres Blutes. Obwohl jeder Drachenwandler, der Beschützer werden will, zwei Jahre bei den britischen Streitkräften dienen muss, waren sie noch nie zuvor für kritische Aufgaben eingesetzt worden. Aber zu diesem Zeitpunkt waren wir schon so viele Jahre in Afghanistan, dass das Militär bereit war, was Neues zu versuchen.

Alle protestierten gegen die Arbeit mit den ,unberechenbaren Bestien'. Nachdem jedoch Noah, ich und ein paar andere einige der Drachenwandler getroffen und ihre Fähigkeiten gesehen hatten, glaubten wir, dass die Drachen helfen könnten. Dann kam unser erster koordinierter Auftrag.

Wir sollten einen feindlichen Stützpunkt infiltrieren. Es war ein kleinerer, abgeschiedener Ort, der als Bauernhof getarnt war. Laut Geheimdienst versteckten sich fünfzehn Männer draußen mit einem Vorrat an Waffen und gepanzerten Fahrzeugen, die bald an unsere Feinde geliefert werden sollten. Die Aufgabe war einfach genug – sichert die Feinde und nehmt die Schmuggelware in Besitz. Dadurch würden die feindlichen Streitkräfte in der Region geschwächt, und unsere Seite hätte die Chance, mit minimalen Verlusten und weniger Kollateralschäden anzugreifen.

Unser Team war in drei Gruppen aufgeteilt – eine wurde von mir angeführt, eine von Noah und eine dritte von den Drachenwandlern. Wir alle haben uns nach Einbruch der Dunkelheit genähert, aber jemand muss unsere Pläne entdeckt haben, weil innerhalb von Sekunden eine Reihe von Blitzbomben losgingen, die uns blendeten."

Rafe hielt inne, als das Licht und die Geräusche seinen Kopf füllten, als wäre es am Tag zuvor gewesen. Das Kugelfeuer, das Geschrei, der Geruch von Blut. Es kam alles zurückgerauscht.

Nikki berührte seinen Arm, und er riss sich aus der Erinnerung. Als er erkannte, dass er seine Augen geschlossen hatte, öffnete er sie und sah in Nikkis liebliche mandelförmige Augen. Verständnis gemischt mit Neugier brachte ihn zurück in die Gegenwart.

Sie nahm eine seiner Hände und schob ihre Finger durch seine. Ihre Stimme war leise, als sie sagte: „Sag mir, was als Nächstes passiert ist."

Er drückte ihre Hand und zog Kraft aus ihrer Berührung. „Als ich wieder sehen konnte, hoben die Drachen die Männer hoch, die sie finden konnten. Da die meisten Männer jedoch im Farmhaus oder im

Außenschuppen waren, wusste ich, dass ich mich an den Plan halten und in den Schuppen eindringen musste, wenn wir eine Chance auf Erfolg haben wollten.

Als wir den Rest meines Teams weiterführten, schafften wir es auf fünf Meter an den großen Schuppen heran, als zwei gepanzerte Fahrzeuge an der Seite herausschossen. Es war schon früher entschieden worden, dass die Drachen alle Fahrzeuge ausschalten sollten, damit wir uns nicht mit Raketenwerfern rumärgern mussten.

Also suchten wir Deckung, bis die Bedrohungen bewältigt werden konnten. Leider wurde einer der Drachen vom Himmel geschossen und stürzte zu Boden. Die gepanzerten Fahrzeuge wechselten den Kurs und fuhren geradeaus zu dem verletzten blauen Drachen. Da es beinahe dunkel war, konnte ich kaum sehen, was als Nächstes passierte. Aber als ich die Wahrheit erfuhr, ergaben die Bilder einen Sinn."

Mehr noch, es hatte sein Leben für immer verändert.

Er drängte weiter. „Aber ich bin zu schnell. Noahs Team war näher am Fahrzeug und dem Drachen, da ihr Ziel das Farmhaus gewesen war. Einer der Männer von Noahs Einheit rannte und sprang auf das Fahrzeug. Eine Sekunde später ging eine Granate hoch, und das Fahrzeug explodierte. Die Ablenkung gab dem verletzten Drachen genug Zeit, weiter wegzuspringen und sich wieder in die Luft zu begeben.

So ausgebildet, wie wir waren, wollte ich mich um unseren gefallenen Kameraden kümmern, sobald wir unser Ziel erreicht hatten. Als wir mein Team in das Farmhaus führten, gelang es uns, die drei verbliebenen Männer zu fangen. Die Drachen kümmerten sich um das andere gepanzerte Fahrzeug, und Noahs Team übernahm das Farmhaus. Ich war so damit beschäftigt, unsere Gefangenen zu sichern, dass es fast zwanzig Minuten dauerte, bis ich Gelegenheit hatte, von den Opfern zu erfahren."

Auch wenn Rafe seit der Explosion ein schlechtes Gefühl im Bauch gehabt hatte, hatte er dennoch gehofft, sein bester Freund wäre nicht gefallen.

Nikki drückte seine Hand. „Der Mann, der das gepanzerte Fahrzeug zur Strecke gebracht hatte, war Noah."

Mit Nikkis tröstender Präsenz an seiner Seite und dem Wissen, dass nur er und sie im Raum waren, ließ er Tränen in seine Augen steigen. Seine Stimme war belegt, als er antwortete: „Ja."

„Oh, Rafe. Ich weiß, dass Worte ihn nicht zurückbringen können, aber es tut mir so leid."

Sie nahm seine Wange, und er lehnte sich in ihre Berührung. „Der verdammte Narr war bis zum Ende edel und ehrenvoll gewesen. Seinem Team nach hatte er sein Leben geopfert, indem er scharfe Granaten bei sich getragen hat und in das Fahrzeug gesprungen ist, um den Drachenwandler zu retten. Nicht nur, weil er glaubte, dass der Drache genauso

Teil seines Teams war wie die unter ihm, sondern er wusste, wie kostbar Drachen sein konnten. Er hatte den blauen Drachen heimlich gedatet und war halb in sie verliebt gewesen." Er wandte den Blick ab. „Und der Bastard hatte es mir nie gesagt. Schlimmer noch: Die Drachenwandlerin war mit seinem Kind schwanger."

„Wow! Was ist mit ihnen passiert?"

Er sah Nikki wieder in die Augen und schüttelte den Kopf. „Ich weiß nicht. Niemand wollte seinen Ruf schmälern oder seine posthume Medaille aufs Spiel setzen, deshalb hat niemand Noahs Verbindung zu der Drachenwandlerin bekannt gegeben, geschweige denn die Existenz ihres Kindes. Wegen ihrer Verletzungen wurde der Drache Gwendolen zum Snowridge-Clan zurückgeschickt. Ich habe keine Ahnung, was sie ihrem Clan erzählt hat, aber sie ist nie zur Army zurückgekehrt."

Nachdem sein Hass sich genug gelegt hatte, um ihn an sein Versprechen zu erinnern, hatte Rafe monatelang versucht, was über Gwen herauszufinden.

Es lastete immer noch schwer auf seiner Seele, dass er sein Versprechen gegenüber seinem besten Freund nicht hatte einhalten können.

Nikkis Stimme unterbrach seine Gedanken. „Hattest du jemals die Chance, Noahs Kind zu sehen?"

Rafe schüttelte den Kopf. „Snowridge ist bis auf die Opfer für Menschen immer noch verschlossen.

Ich konnte nichts herausfinden. Bis heute konnte ich mein Versprechen, mich um Noahs Familie zu kümmern, falls ihm was zustoßen sollte, nicht erfüllen."

In Nikkis Augen blitzte Entschlossenheit auf. „Sobald wir die Chance haben, kann ich Kai fragen. Seine Mutter, sein Stiefvater und seine Halbschwester leben in Snowridge. Vielleicht wissen sie was."

Rafe hatte nichts von Kais Familie gewusst. „Ich dachte nicht, dass Clanmitglieder die Clans wechseln, zumindest bis vor Kurzem mit Lochguard."

Nikki zuckte mit den Schultern. „Manchmal passiert es, wenn es sich um wahre Gefährten handelt. Oder ein Drache, der irgendwohin unterwegs ist, braucht eine Unterkunft. Oder wenn sie schwer verletzt sind, kümmern wir uns um sie. Kais Mutter fand ihren wahren Gefährten in einem Snowridge-Drachen. Da Kai von ihrer ersten Paarung und ein Teenager war, beschloss er, hierzubleiben, aber seine Mutter ging nach Wales."

Ihm gefiel die Tatsache, dass Nikki ihm ohne Zögern von ihrem Clan erzählte. Sie musste ihm vertrauen. „So sehr ich es auch hasse, in Kais Schuld zu stehen, es wird sich lohnen, endlich Noahs Kind zu finden und sicherzustellen, dass er oder sie sicher und gut versorgt ist. Wir hatten uns versprochen, auf die Familien und Lieben des anderen aufzupassen. Ich habe bislang versagt." Sie nickte, und er drückte ihre Finger. „Aber ich habe dir noch ein bisschen mehr zu erzählen."

Nikki rutschte ein paar Zentimeter näher und flötete: „Dann erzähl's mir."

Er starrte Nikkis zerzaustes Haar, den scharfen Blick und das wunderschöne Gesicht an und fragte sich, wie er sie jemals nur als eine junge Frau mit einer Schwärmerei hatte abtun können. „Alles mit Noah passierte ein paar Wochen vor deiner Ankunft. Du hast Gwendolen in der Drachenwandlermannschaft ersetzt. Und so sehr ich jetzt verstehen kann, warum Noah sein Leben aufgegeben hat, um seine Frau und sein Kind zu beschützen, zu dieser Zeit habe ich Gwen für Noahs Tod verantwortlich gemacht. Hätte er sich selbst geopfert, wenn sie nicht beteiligt gewesen wären? Oder hätte er sich für was weniger Todsicheres entschieden, wie eine Ablenkung?

Als du mich also angesprochen hast, habe ich den Zorn und die Traurigkeit, die ich aufgestaut hatte, an dir ausgelassen." Er beugte sich hinab und lehnte seine Stirn gegen ihre. „Wenn du dasselbe vor Noahs Tod getan hättest, wäre ich wahrscheinlich auch nicht mit dir ausgegangen, aber ich wäre nicht der gemeine Bastard gewesen, der ich war. Die Tatsache, dass du mir trotz allem eine weitere Chance gegeben hast, bedeutet mir die Welt."

Nikki sah in seine Augen, bevor er schließlich antwortete: „Jetzt, da du mir erzählt hast, was passiert ist, können dir sowohl mein Kopf als auch mein Herz wirklich vergeben. Ich habe letztes Jahr eine vertraute Mentorin und eine andere Beschützerin verloren. Ich verstehe, wie es ist, schweigend zu trauern, während man versucht, der Welt ein starkes Gesicht zu zeigen."

Als sie ihm verzieh, überflutete das Glück seinen Körper. Er war einen Schritt näher daran, Nikola Gray zu gewinnen, dessen war er sich sicher. Und sobald er sie hatte, würde er einen Weg finden, dass sie zusammenbleiben konnten.

Vorausgesetzt natürlich, sie wollte eine Familie. Rafe war sich nicht sicher, was er tun würde, wenn er zwischen Nikki und seinem Kind wählen müsste.

Aber das alles lag in der Zukunft. In der Gegenwart musste er sich auf die Drachenfrau neben sich konzentrieren.

Mit seiner freien Hand nahm er ihre Wange, küsste sie sanft und sagte: „Ist es das, worum es in deinem Alptraum ging? Der Tod deiner Mitbeschützerin?"

Kapitel Dreizehn

Nikki stieß einen Atem aus. „Bist du sicher, dass du darüber reden willst? Das ist keine glückliche Geschichte."

Rafe bewegte seine Hand, um seine Finger durch ihr Haar zu streichen, und zog leicht daran. „Es ist mir egal, ob sie glücklich ist oder nicht. Solange es hilft, dich zu beruhigen, und dir eine bessere Chance auf ein glücklicheres Leben gibt, werde ich gerne auf alles hören, was du dir von der Seele reden musst, Nikki." Sie öffnete den Mund, um zu protestieren, doch er unterbrach sie. „Und du musst es dir von der Seele reden. Versuch nicht, es zu leugnen. Was auch immer deine Träume heimgesucht hat, lastet schwer auf deinen Schultern."

Ihr Drache meldete sich zu Wort. *Er hat recht.*

Das sagst du immer wieder.

Das will ich eigentlich nicht, da ich gerne derjenige bin, der recht hat. Aber ich brauche seine Hilfe, um deinen hartnäckigen Arsch aus dem Weg zu bringen.

„Steht dein Drache auf deiner Seite oder auf meiner?", fragte Rafe.

Sie schoss ihm einen Blick zu. „Woher weißt du, wovon wir sprechen?"

„Nenn es eine glückliche Vermutung." Sie kniff die Augen zusammen, und er schmunzelte. „Okay, immer, wenn es um was geht, über das du nicht reden möchtest, fangen deine Pupillen an zu blitzen. Ihr beide streitet vermutlich viel."

Ihr Drache brüstete sich. *Er ist schlau. Und normalerweise auf meiner Seite. Ich will ihn behalten.*

Sie ignorierte ihr Tier und schnaubte: „Du bist zu verdammt scharfsinnig."

„Natürlich. Es ist mein Job, scharfsinnig zu sein." Er senkte die Stimme. „Das bedeutet nur, dass du dich mehr bemühen musst, um mich zu täuschen."

Sie verdrehte die Augen und seufzte. „Vielleicht habe ich mich vorher geirrt. Deine Arroganz allein ist wie die eines Drachenwandlers."

„Es ist keine Arroganz, wenn es eine Tatsache ist."

Nikki kämpfte gegen ein Lächeln, gab aber nach. „Zu schade, dass du nicht fliegen kannst, sonst könntest du Marcus King vom Skyhunter-Clan, herausfordern. Vielleicht würden sich die südenglischen Drachen dann mit Lochguard und uns zusammentun."

Er ließ ihre Haare los und streichelte sanft ihre Schulter, ihre Taille, ihre Hüfte. „Wie wäre es, wenn du aufhörtest, das Thema zu wechseln, und mir sagtest, was dich stört? Das ist jetzt interessanter für mich, als einen Plan zu entwerfen, wie man einen Drachenclan übernimmt."

Sein intensiver Blick ließ sie den Atem anhalten.

Ihr Tier meldete sich zu Wort. *Sprich mit ihm, und dann können wir ihn bespringen.*

Wovon sprichst du?

Du willst Sex. Aber er wird ihn uns erst geben, wenn du es ihm sagst.

Im Gegensatz zu dir kann ich mich zurückhalten.

Ihr Drache schnaubte. *Richtig. Dann sag mir, warum wir zwischen unseren Beinen feucht sind, und ein Schmerz darauf wartet, gelindert zu werden.*

Nikki war es leid, dass ihr Tier eine allzu ausgeprägte Beobachtungsgabe besaß, und warf ihren Drachen in ein mentales Gefängnis.

Sie sah Rafe in die Augen und erwartete halb, Ungeduld zu sehen. Aber da war Neugier und eine Ruhe, die sie sich selbst in der Gegenwart wünschte.

Rafe drückte ihre Hüfte und sagte: „Ich werde warten, bis du bereit bist, aber du wirst nicht wieder schlafen, bis ich die Wahrheit habe."

„Ich könnte dich in die Kälte werfen und dann schlafen gehen."

Er grinste. „Dann würde ich einfach einen Weg zurück finden. Ich habe schon mehrere Optionen zur Verfügung."

„Hartnäckiger Bastard, der du bist, würdest du einfach immer wieder zurückkommen, oder?"

„Komm schon, Nikki. Du kennst mich gut genug, um das für dich selbst zu beantworten. Hör auf, Zeit zu schinden. Ich habe meinen Teil der Abmachung eingehalten. Jetzt bist du dran."

Die Erinnerung an Rafes Augen, die voller Tränen gewesen waren, als er seine Seele entblößt hatte, ließ Nikki sich etwa fünf Zentimeter groß fühlen, weil sie versucht hatte, ihm nicht von ihrer Zeit mit den Drachenjägern erzählen zu müssen.

Wenn er über einen der schmerzhaftesten Momente seines Lebens sprechen konnte, konnte sie das auch.

Nachdem sie tief eingeatmet hatte, strömten die Worte von ihren Lippen. „Vor etwas mehr als einem Jahr wurde Brams und Evies Adoptivsohn Murray von den Drachenjägern entführt, die damals in Carlisle stationiert waren. Da Evie eines der Ziele der Jäger war, wurde sie an einen sicheren Ort verlegt und eine weitere Beschützerin namens Charlie zusammen mit mir als Wache eingesetzt. Vielleicht hast du schon von einigen allgemeinen Details gehört." Rafe nickte, und sie fuhr fort: „Nun, ganz einfach, Charlie und ich haben es versaut. Bram sagte, dass die Gegend sicher sei, und wir haben es einfach akzeptiert, anstatt es noch einmal zu überprüfen. So konnten uns die Drachenjäger überraschen."

Nikki war zu der Zeit noch in der Ausbildung

gewesen, aber sie hätte Bram oder Charlie darauf aufmerksam machen sollen, noch einmal Ausschau nach Bedrohungen zu halten. Wenn sie es getan hätte, könnte Charlie noch am Leben sein.

Aber sie würde diesen Weg jetzt nicht wieder gehen. Wenn sie nicht jetzt die gesamte Geschichte herausbrachte, würde sie das vielleicht nie tun.

Sie fand ihre Stimme und fuhr fort: „Die Jäger haben uns mit irgendwas betäubt, das Charlie und mich für eine Weile bewusstlos gemacht und uns zwei oder drei Tage lang daran gehindert hat, uns zu wandeln; ich habe jedes Zeitgefühl verloren. Da ich eine jüngere Beschützerin mit einer verletzten Schulter war, entschieden die Jäger jedenfalls, dass ich leichter zu verhören war. Was Charlie angeht ...“

Nikki schluckte, als das Schmerzensgebrüll in ihren Ohren hallte. Selbst in einem Raum weit weg vom Labor eingeschlossen, hatten die Drachen- schreie ihre empfindlichen Ohren erreicht. Und sie war machtlos gewesen, ihrer Freundin zu helfen.

„Nikki.“ Sie begegnete Rafes Blick, und er sagte: „Du musst die Erinnerung nicht allein leben. Teile sie mit mir. Bitte?“

„Dass du bitte sagst, macht mich nervös.“

Er grinste. „Das werde ich mir merken.“ Sein Lächeln verblasste, und er betrachtete ihre Augen. „Was immer du sagst, bleibt unter uns.“

Sie wusste, dass Rafe die Wahrheit sagte, obwohl es die Dinge nicht einfacher machte. Nachdem sie die ganze Qual ein Jahr lang in Schach gehalten hatte, war es schwer, ihre ungeschützten Schwachstellen wieder aufzudecken.

Doch als Rafe ihre Seite streichelte, glaubte sie, dass er nicht weniger von ihr halten würde, egal, was sie ihm sagte. „Charlie war dafür vorgesehen, ausgeblutet zu werden. Sobald sie wieder wandeln konnte, hielten sie sie in einem Käfig fest und schlossen Schläuche an alle ihre Hauptarterien an. Kurz bevor sie die Maschine einschalteten, um das Blut abzupumpen, brachten sie mich zu ihr. Der Mann sagte mir, ich könne alles stoppen, wenn ich ihm nur sagte, wie man Stonefire unentdeckt infiltriert.

Charlie war wach. Sie sah mir in die Augen, und ich konnte die Botschaft dort lesen – beschütze den Clan, immer und ewig. Das ist das Motto der Beschützer, und trotz ihres bevorstehenden Todes hielt Charlie bis zum Ende daran fest." Nikki schloss kurz die Augen, zwang sie aber wieder auf. Sie musste alles rausbringen, bevor Feigheit sie daran hinderte, alles zu erzählen. „Ich sagte dem Mann, er solle sich verpissen, und er nickte. Sein Lakai stellte die Maschine an. Während sie surrte, strömte das Blut langsam durch den Schlauch. Ich starrte direkt in Charlies Augen und sagte ihr, wie sehr ich ihr helfen wollte. Ich schwöre, sie nickte zustimmend, weil ich schwieg. Dann brachte mich der Wächter in einen Verhörraum. Charlie war tapfer, aber schließlich war der Schmerz zu groß, und sie schrie verzweifelt.

Als wäre das nicht schon traumatisch genug,

fesselten sie mich an einen Stuhl und schlugen mir ein paarmal auf die verletzte Schulter. Weil ich die Informationen immer noch nicht preisgeben wollte, holte ein anderer Mann einige seiner Folterinstrumente heraus. Ich versuchte es so sehr wie möglich, aber der Stromschlag war zu viel, und meine schlossen sich Charlies sterbenden Schreien an. Ich weiß nicht, wie lange die wiederkehrenden Stromschläge und das Schlagen meiner Schulter dauerten. Um ehrlich zu sein, ich bin überrascht, dass sie überhaupt geheilt ist. Ich wurde schließlich ohnmächtig und kam erst zu mir, als mich ein Team von Stonefire rettete."

Sie hatte weggeschaut, während sie die Ereignisse erzählte. Nikki konnte ihren Blick abwenden, war aber nicht so weit gekommen, nur um jetzt ein Feigling zu sein. Sie sah zu Rafe und hielt den Atem an, als sie die Wut dort bemerkte. Seine Stimme war kontrolliert, als er fragte: „Sind die Bastarde, die dir und Charlie wehgetan haben, noch am Leben? Denn wenn sie es sind, werde ich einen Weg finden, sie zu jagen und sie für ihre Verbrechen bezahlen zu lassen."

Nikki schüttelte lächelnd den Kopf. „Ich habe keine Ahnung. Sie gehörten nicht zu denen, die bei dem Rettungsversuch gefangen genommen wurden, aber bei all den anderen Angriffen im vergangenen Jahr könnten sie vielleicht dabei ums Leben gekommen sein."

„Ich hoffe irgendwie, dass sie leben. Jeder, der

meine Frau verletzt, wird sich mit mir auseinandersetzen müssen."

Sie sollte es lassen, aber Nikki wollte es klären.
„Deine Frau?"

Er neigte den Kopf und antwortete: „Soll ich
meine Drachenfrau sagen?"

„Rafe, deine Zukunft ist ungewiss und –"

„Vergiss einmal die Gesetze und alle Ausreden."
Er beugte sich vor. „Jetzt, wo nur du und ich in
diesem Raum sind, würdest du mich gern deinen
Mann nennen?"

„Mann ist so ein menschlicher Begriff." Rafe
knurrte, und sie lächelte. „Aber noch eine Frage
zuerst."

„Was?", bellte er.

„Na, na, da kommt aber jemandes Temperament
heraus, um zu spielen." Bei der Intensität seines
Blicks schluckte Nikki ihr Verlangen, ihn zu necken
herunter und antwortete: „Wenn man alles bedenkt,
was mit den Drachenjägern passiert ist, woher weißt
du, dass ich nicht erstarren werde, wenn wir ihnen in
Irland begegnen?"

Rafe zögerte nicht. „Weil du stur, tapfer und
auf Vergeltung für Charlies Tod aus bist. Du hast
einen Anfängerfehler gemacht, als du noch in der
Ausbildung warst. Wer nicht? Du musst daraus
lernen und weitermachen. Andernfalls wirst du nie
in der Lage sein, deine Pflicht oder deinen Job zu
erfüllen. Wenn es eine Erinnerung auslöst, erwarte
ich, dass du es mir mitteilst, und ich werde dich

decken. Gemeinsam können wir uns den Rücken freihalten. Das passiert in der Army, aber auch bei Liebenden."

Ihr Drache kratzte ein Loch in ihr Gefängnis und sagte: *Er hat Vertrauen in uns. Das sollte genug sein.*

Es stimmte, Kai und Bram hatten nie aufgehört, an sie zu glauben. Aber soweit Nikki wusste, hatte keiner der Drachenmänner eine ähnliche traumatische Erfahrung gemacht und sich dem Gegenstand ihrer Alpträume stellen müssen. Rafe schon.

Nikki stand am Abgrund von etwas Gewaltigem. Denn nach allem, was während des Gesprächs passiert war, mochte sie Rafe. Vielleicht sogar ein bisschen zu viel.

Mehr noch, all seine Entschlossenheit, sein Mut und sogar seine versteckte, weichere Seite begannen, sie davon zu überzeugen, dass er ein wunderbarer Vater wäre. Er würde auch sein Wort halten und sie weiterarbeiten lassen und sich mit um ihr Baby kümmern.

Ihr gemeinsames Baby.

Vom Verstand her wusste sie, dass das Kind in ihrem Bauch zu gleichen Teilen von ihr und von Rafe war. Aber zum ersten Mal sah sie vor ihrem inneren Auge, wie ein kleiner Junge oder ein Mädchen einen Weg fand, um aus einem Zimmer zu entkommen und sich zu verstecken. Vielleicht sogar sie und Rafe eine Stunde lang suchen ließ. Sie konnte sich kaum ausmalen, welchen Ärger ihr Kind machen würde, wenn sein oder ihr Drache anfing, mit ihm zu sprechen.

Anders als bei Nikkis Mutter konnte sie sich nicht vorstellen, dass Rafe bei der ersten Herausforderung oder bei Anzeichen von Schwierigkeiten davonlief. Die einzige Frage war, ob sie über Sex und Anziehung hinauskamen und sich tatsächlich verlieben könnten. Nicht nur irgendeine Liebe, sondern eine lebenslange.

Mehr als alles andere wollte Nikki das. Wenn sie einem Mann ihr Herz schenkte und seine Kinder bekam, wollte sie die Sicherheit, dass er bleiben würde.

Ein Leben mit Rafe schien allmählich möglich, vorausgesetzt, das Gesetz änderte sich. In Anbetracht dessen, was Stonefire in den letzten zwei Jahren getan hatte, war Nikki ziemlich zuversichtlich, dass Melanie und Evie einen Weg finden konnten, Rafe dazubehalten.

Ihr Drache meldete sich zu Wort. *Und warum das?*

Weil sie wollte, dass er ihr Mann war.

Nikki legte eine Hand auf ihren Unterleib und blickte hinunter. Wäre sie wirklich in der Lage, ein kleines Stück von Rafe aufzugeben, wenn es soweit war?

Ihr Tier brüllte, aber bevor Nikki antworten konnte, legte Rafe seine Hand über ihre. Bei seiner warmen Berührung zwang sie sich, seinem Blick zu begegnen. Seine tiefe Stimme wusch über sie. „Also, habe ich deine Tests bestanden? Kann ich dich meine Drachenfrau nennen?"

Ihr Herz klopfte schnell in ihrer Brust, und Nikki lächelte langsam. „Nur, wenn ich dich meinen Mann nennen darf."

Mit einem Knurren manövrierte er Nikki auf ihren Rücken. Das schwere Gewicht seines Körpers machte es schwierig, sich auf seine Worte zu konzentrieren. „Ich glaube, das lässt sich einrichten." Er gab ihr einen schnellen, rauen Kuss, bevor er gegen ihre Lippen flüsterte: „Ich denke, es ist Zeit, meine Drachenfrau zu beanspruchen."

Seine Finger strichen zwischen ihre Beine, und sie hielt den Atem an. „Drachen beanspruchen ihre Menschen. Ich bin diejenige, die dich beanspruchen sollte."

Da sie schon feucht und geschwollen war, schob Rafe einen Finger in sie hinein. Sie biss sich auf die Lippe, um nicht zu stöhnen, als er sagte: „Vergiss es. Du kannst mich später beanspruchen." Er fügte einen zweiten Finger hinzu, und sie klammerte sich an seine Arme. „Du gehörst mir, Nikola Gray."

Er entfernte seine Finger, und sie hatte kaum Zeit, ihren Mund zu öffnen, bevor er seinen Schwanz in sie tauchte. „Rafe."

Er zog sich zurück und stieß nach vorn. „Und nach heute Nacht wirst du mir zustimmen."

Während Rafe sich bewegte, überlegte Nikki, ihren Menschen zu provozieren. Aber ausnahmsweise sagte sie: Scheiß drauf.

Außerdem küsste Rafe sie nach weiteren dreißig Sekunden, während er immer wieder in sie hinein-rammte, und Nikki vergaß alles andere als den warmen, muskulösen Mann über sich.

Und das war nicht nur irgendein Mann, sondern ihr Mann.

Kapitel Vierzehn

A m nächsten Tag stand Nikki an der Seite und wachte über ihren Auftrag im Großen Saal – eine Gruppe von Kindern im Alter von zwölf bis siebzehn Monaten.

Da Nikki normalerweise eine viel aktivere Rolle bei Clanfeiern spielte, fragte sie sich, warum Aaron ihr diese Aufgabe zugewiesen hatte. Nikki konnte mit Kindern umgehen, wenn sie es musste, aber sie war nicht gerade ein Naturtalent.

Doch sie war nicht allein. Rafe war ihr Partner bei dieser Aufgabe. Er stand ein paar Meter entfernt und betrachtete den Laufstall, der die Kleinkinder von Unfug abhielt. Nachdem er ihr in die Augen gesehen und gelächelt hatte, erwiderte sie den Ausdruck. Abgesehen von der wenig anspruchsvollen Aufgabe, auf Babys aufpassen zu müssen, war Nikki viel zufriedener, als sie es seit Langem gewesen war. In Rafes Armen aufzuwachen, war nett gewesen. Und noch netter war es gewesen, als sie ihn überrascht hatte, indem sie seinen Schwanz verschlang, während er versuchte, ihr Frühstück zu kochen.

Er war nicht der Einzige, der jemanden dazu bringen konnte, seinen Namen zu schreien, indem er nur Hände und Mund benutzte.

Geräusche aus dem Laufstall erregten ihre Aufmerksamkeit, und Nikki blickte zurück, um sich auf ihre Aufgabe zu konzentrieren. Erinnerungen an Rafe, wie er an ihren Haaren zog, als er kam, mussten warten. Wenn einer der kleinen Teufel entkam und Ärger machte, müsste Nikki sich das ewig anhören.

Alle vier Kleinkinder waren da. Jack und Annabel MacLeod, die Kinder von Melanie und Tristan, waren zweieiige Zwillinge und die gefeierten Gäste. Beide hielten sich am Gitter des Laufstalls fest, und tasteten sich langsam daran entlang. Hinter ihnen saß der kleine Murray, Brams und Evies Adoptivsohn, der etwa fünf Monate älter war. Murray spielte mit Spielzeugdrachen mit Ellas Sohn Devon, der etwa drei Monate jünger war als er.

Die meisten Spielzeuge und die Herausforderung, um den Rand des Laufstalls zu laufen, ohne umzufallen, sorgten für die Unterhaltung der Kleinkinder. Alle Erwachsenen tranken, aßen und plauderten auf der anderen Seite des großen Saals. Die Feier schien mehr zu ihren Gunsten als Jacks und Annabels.

Und wenn man vom Teufel spricht: Jack stieß

seine Schwester. Sie hielt das Gitter fester und stieß zurück. Jack fiel auf seinen Po, aber anstatt zu weinen, zog er sich wieder hoch. Dem Funkeln in seinen Augen nach zu urteilen, hatte er etwas vor.

Jack war definitiv Tristans und Melanies Sohn. Die Sturheit zwischen dem Paar konnte Berge versetzen.

Seufzend flüsterte sie Rafe an ihrer Seite zu: „Ich sage immer noch, Aaron hat das absichtlich getan."

Rafe trat einen Schritt näher zu ihr. „Wie ich das verstehe, schätzen Drachenwandler ihre Kinder, also sollte dies ein ehrenvoller Posten sein."

Nikki beobachtete Annabel, die am Gitter rüttelte, das die Kinder umgab. „Das ist es gewisser-maßen, aber wir hätten sie leicht von außen schützen können."

Rafe streichelte ihre Hand mit seinem Zeige-finger und flüsterte: „Nicht jede Aufgabe oder Pflicht wird glamourös sein, Nikki. Das bedeutet aber nicht, dass sie weniger wichtig ist."

„Ich weiß", murmelte sie, als sie sich für eine Sekunde gegen Rafe lehnte.

Jack hatte nun einen Spielzeugdrachen in einer seiner Hände. Gerade, als er sich seiner Schwester näherte und seinen Arm hob, um sie damit zu schla-gen, beugte sich Rafe hinunter und schob ihn weg. Jack plapperte etwas Unverständliches und hangelte sich am äußeren Rand entlang, von Annabel weg.

Rafe schmunzelte. „Er ist ziemlich entschlossen für einen Einjährigen."

„Bist du angesichts seiner Eltern wirklich überrascht?"

Bevor Rafe etwas sagen konnte, lehnte sich Annabel an das Gitter, aus dem die Einfriedung bestand, und es neigte sich nach vorn. Bevor eines der Stücke brechen und das Kleine entkommen konnte, hockte Nikki sich hin und hob es hoch. Mit freundlicher Stimme und doch voller Autorität sagte sie: „Ich weiß, dass du rauswillst, aber der große Saal ist riesig, und du wirst dich verlaufen. Du musst wirklich dableiben." Das kleine Mädchen grunzte über Nikkis Tonfall, und Nikki lächelte. Sie senkte ihre Stimme und flüsterte: „Außerdem kannst du einen Weg finden, deinen Bruder zu überlisten. Das ist lustiger, nicht wahr?" Sie zeigte hinter Annabel. „Wenn du zu Jack gehen kannst, wirst du ihn überraschen. Dann wirst du gewinnen."

Die grünen Augen des kleinen Mädchens bewegten sich zu ihrem Bruder. Nikki gab ihr einen kleinen Klaps. „Versuch zu gehen. Du schaffst das."

Mit einer Hand am Gitter machte Annabel einen Schritt. Dann ließ sie die andere los und machte einen weiteren wackeligen Schritt. Das Mädchen brauchte eine Sekunde, um das Gleichgewicht zu halten, bevor es einen weiteren ging. Sie war fast auf der anderen Seite, als Melanies Stimme hinter Nikki erklang. „Los, Annabel! Ich wusste doch, dass du die Erste sein würdest, die läuft. Geh zu Jack!"

Als sie die Stimme ihrer Mutter hörte, sah

Annabel sich um und fiel sofort auf den Po. Anstatt zu weinen, ächzte das Mädchen frustriert. Nikki erhob sich und sah zu Melanie. „Ich glaube, sie kommt nach Tristan."

Melanie seufzte. „Ich glaube, das tun sie beide."

Doch trotz Mels Tonfall leuchtete Liebe in ihren Augen.

Als sie Rafes Augen auf sich spürte, drehte sie ihren Kopf. Sie teilten einen Moment des Verständnisses – in weniger als zwei Jahren könnten sie die ersten Schritte ihres eigenen Kindes anfeuern.

Nikkis Drache meldete sich zu Wort. *Du bist besser mit Kindern, als du denkst. Es wird eine Freude sein.*

Die Sache mit den Kindern anderer Leute ist, dass du sie zurückgeben kannst. Mit einem eigenen Baby kann ich das nicht machen.

Natürlich kannst du das. Wir haben Rafe, der für eine Weile übernehmen kann.

Tristan, der zu den Kindern ging, hinderte Nikki daran, ihrem Drachen zu antworten. Melanie bückte sich in den Laufstall, hob Annabel hoch und präsentierte sie ihm. „Sie ist gelaufen, Tristan! Du hast es verpasst, aber ich bin sicher, sie wird es wieder tun. Sobald die Zwillinge etwas lernen, sind sie darauf aus, es zu perfektionieren."

Tristan strich einen Finger über Annabels Wange und lächelte. „Sie sind schlaue Lümmel."

„Tristan", sagte Melanie stirnrunzelnd.

„Was? Mir ist lieber, sie sind kleine Lümmel als

Engel. Das macht mehr Spaß." Annabel streckte ihre
Arme aus, und Tristan nahm seine Tochter. „Ist das
nicht richtig, mein kleiner Lümmel?"

Annabel schlug mit den Händen gegen Tristans
Brust und quietschte begeistert. Tristan schmunzelte.
„Das ist Daddys kleines Mädchen."

Melanie schüttelte den Kopf, trat auf die andere
Seite und hob Jack hoch. „Mach dir keine Sorgen,
Jack. Du kannst Mommys kleiner Junge sein und ihr
später helfen, es Daddy heimzuzahlen. Aber zuerst
sind deine Großeltern und dein Onkel hier. Lass uns
mal sehen, was Onkel Oliver vorhat."

Nikki blickte durch den Raum und sah den Sieb-
zehnjährigen, der sich am Rand des Esstischs herum-
trieb. Zinnia, eine der Drachenwandler-
Teenagerinnen, ging mit einem Lächeln zu ihm. Als
Olivers Wangen rosa wurden und er an der Tisch-
decke neben sich zupfte, biss Nikki sich auf die
Lippe, um nicht zu lachen. Sie sagte zu Melanie:
„Du willst vielleicht deinen Bruder vor Zinnia retten
müssen. Wenn sie es auf ihn abgesehen hat, hat er
keine Chance."

Tristan antwortete: „Sie spricht die ganze Zeit
beim Unterricht davon, bei einem menschlichen
Mann zu landen. Sie scheint zu vergessen, dass das
illegal ist."

Melanie stieß seine Seite an. „Tristan."

Sowohl Melanie als auch Tristan sahen von
Nikki zu Rafe und wieder zurück.

Während Nikki noch versuchte, darüber nachzudenken, wie sie reagieren sollte, trat Rafe an ihre Seite und legte einen Arm um ihre Taille. Bei seiner Berührung lehnte sie sich gegen ihn. Rafes Stimme klang selbstbewusst, als er sagte: „Wenn sie alt genug ist, um bei einem Menschen zu landen, werden die Gesetze andere sein."

Tristan hob die Brauen. „Einfach so?"

„Ja", antwortete Rafe, während er Nikki fester hielt.

Ihr gefiel die Tatsache, dass er sie sichtbar für alle, ohne zu zögern, beanspruchte.

Melanie ergriff das Wort. „Hab' keine Angst, um Hilfe zu bitten. Je eher, desto besser, denn es wird keine einfache Sache sein." Sie rückte Jack auf ihrer Hüfte zurecht, der sich weit zur Seite gelehnt hatte, um heruntergelassen zu werden. „Aber ich werde darüber nachdenken. Ich bin mir sicher, es muss einen Weg geben, es passieren zu lassen."

Nikki nickte. „Danke, Mel."

Ihr Tier meldete sich zu Wort. *Du hättest sie jetzt um Hilfe bitten sollen.*

Die Dinge sind noch neu, und ich will es nicht verhexen.

Ihr Drache grunzte. *Ich bezweifle, dass Rafe das so sehen wird.*

Wenn man vom Teufel spricht: Rafe verspannte sich an ihrer Seite, wartete aber, bis Melanie und Tristan Ausreden vorbrachten und sie allein ließen. Als es nur noch sie beide und die zwei Kleinkinder waren, flüsterte Rafe: „Hast du es bereut? Denn das klang mir nicht sehr zuversichtlich."

„Sei nicht wütend auf mich. Alles ist neu, und ich möchte nicht allen die Gefahr und Schwierigkeiten einer menschlichen Gesetzesänderung zumuten, wenn alles in ein paar Wochen zusammenbrechen könnte."

Rafe nahm ihr Kinn zwischen die Finger und beugte sich vor. „Es wird zusammenbrechen, wenn du denkst, es ist dem Untergang geweiht, bevor wir überhaupt anfangen."

Während sie einander in die Augen starrten, war Nikki hin- und hergerissen, ihm ein Knie in den Schritt zu rammen oder ihn zu küssen.

Rafe hatte die Tendenz, das mit ihr anzustellen.

Bevor sie entscheiden konnte, welche Option attraktiver war, senkte Rafe den Kopf und presste seine Lippen auf ihre. Beim Kontakt knisterte Elektrizität durch ihren Körper. Verflucht sollte der Mann sein und seine Wirkung auf sie!

Sie öffnete den Mund und rang mit seiner Zunge um die Kontrolle.

Während Rafe Nikkis Zunge leckte und umkreiste, zog er sie fest an sich. Die verdammte Frau zweifelte an ihnen, und er würde das nicht zulassen. Er musste sie nur daran erinnern, warum sie zusammengehörten.

Die harten Spitzen ihrer Brustwarzen drückten gegen seine Brust durch alle Schichten von Stoff zwischen ihnen, und er stöhnte. Er vertiefte den Kuss und verschlang Nikkis Mund.

Zwei Tage mit Nikki nach dem Rausch, ohne Pflichten oder Anforderungen, waren nicht annähernd genug Zeit gewesen. Er wollte noch ein paar Tage allein mit ihr. Vielleicht würde sie sich dann seine Beanspruchung zu Herzen nehmen und anfangen, darüber nachzudenken, wie man für sie kämpfte.

Er würde sich später überlegen, wie er sie überzeugen könnte. Im Moment vertiefte er den Kuss. Er schämte sich nicht, Nikki seine Drachenfrau zu nennen, und er wollte sicherstellen, dass der ganze verdammte Raum es auch wusste.

Er schob seine Hand über ihre Taille bis zu ihrem Po und wollte ihr gerade schon einen Klaps geben, als Brams Stimme sich einschaltete. „Ihr wisst schon, dass Murray aus dem Laufstall entkommen ist, oder?"

Er unterbrach den Kuss und sah Bram an, der Murray in den Armen hielt. Ein Blick nach hinten, und tatsächlich: Ein Teil des Gitters des Laufstalls lag am Boden. Rafe ließ Nikki los und hob das verbliebene Kind hoch, während Nikki mit Bram sprach. „Woher wissen wir, dass du das nicht selbst getan hast, um uns was zu sagen?"

Einer von Brams Mundwinkeln zuckte nach oben. „Wenn du meinen Sohn überhaupt kennst, dann weißt du, dass er zuschlägt, wenn niemand hinsieht. Seine Mutter und ich sind überzeugt, dass seine Gutmütigkeit einen hinterhältigen Verstand verbirgt." Er ließ Murray hüpfen. „Stimmt's, Kumpel?"

Murray zeigte auf den Esstisch. „Kuchen."

„Natürlich Kuchen", bemerkte Bram. „Du bist ein Süßschnabel wie Evie."

Obwohl Murray adoptiert und nicht blutsverwandt mit Evie war, konnte Rafe nicht anders, als über Brams Bemerkung lächeln. „Da ist ganz viel Kuchen, Murray. Und auch Kekse."

„Ekse!", rief Murray und wand sich in Brams Armen.

Bram warf ihm einen finsteren Blick zu, aber Rafe zuckte mit den Schultern. Er war nicht zu stolz, ein Kind zu benutzen, um Bram aus den Füßen zu bekommen.

Gerade als Bram auf den Tisch zuging, rief Devon, der kleine Junge in Rafes Armen, „Eks!"

Rafe lachte, als sein Plan nach hinten losging. „Wir müssen deine Mum fragen, ob du Kekse haben darfst, Dev. Ich glaube, es ist Zeit, sie zu suchen."

Er sah über seine Schulter und ertappte Nikki dabei, wie sie ihn anlächelte. Bevor er etwas sagen konnte, sang Devon: „Eks, Eks, Eks."

Er sah sich im Raum um und entdeckte Ella, Devons Mutter, und antwortete: „Du wirst trotzdem deine Mum fragen müssen. Komm schon."

Nachdem Rafe es geschafft hatte, Devon seiner

Mutter zurückzugeben, suchte er nach Nikki. Aber sie war nirgendwo in der großen Halle zu finden. Rafe sah Aaron weiter vorn, der sich gerade mit Süßigkeiten vollstopfte, runzelte die Stirn und näherte sich ihm. „Wo ist Nikki hin?"

Aaron schob sich einen Keks in den Mund und schluckte ihn, bevor er antwortete: „Ich habe sie auf Patrouille zum Drachenflügel geschickt. Sie kommt wieder, wenn sie fertig ist."

Es lag Rafe auf der Zunge, Aaron daran zu erinnern, dass Nikki schwanger war, aber er hielt es zurück. Wenn er ihr nicht erlaubte, ihre Arbeit zu erledigen, wäre sie nie bereit, mit ihm eine Familie zu gründen. Das hier wäre sein erster echter Test.

Nikki war eine kompetente Soldatin; er vertraute ihr, am Leben zu bleiben und nichts Dummes zu tun.

Aaron musterte ihn und fügte schließlich hinzu: „Guter Mensch."

„Ich bin kein Hund, Caruso", brachte er zwischen zusammengebissenen Zähnen heraus.

„Das habe ich auch niemals behauptet. Du hast eine ganz schöne Fantasie, Hartley."

Rafe ballte seine Hand zu einer Faust und zwang sich zu einem neutralen Tonfall. „Sag mir einfach, ob ich andere Aufgaben habe, oder kann ich gehen?"

„Ich habe heute noch eine Aufgabe für dich, und dann kannst du die nächsten Tage damit verbringen, dich an deine Kontakte zu wenden, um Informationen zu sammeln, und sie mit deiner Frau verbringen."

Rafe entspannte sich etwas, als Aaron Nikki als Rafes Frau bezeichnete. „Magst du es mir sagen, oder muss ich zuerst einen lächerlichen Test bestehen?"

Aaron grinste. „Tests würden die Dinge interessanter machen. Leider bezweifle ich, dass Kai es akzeptieren würde, also hast du Glück." Rafe hob fragend die Brauen, und Aaron zeigte hinter Rafe. „Mel und Evie brauchen Hilfe bei den Spielen für die Kinder. Arabella sollte das machen, aber es geht ihr nicht gut."

Rafe sah Arabella an der Seite, wo sie in Finns Schoß saß. Als er ihr blasses Gesicht bemerkte, verging Rafe sein Protest. Er hatte eine Schwäche für Frauen, die Hilfe brauchten.

„Einjährige Kinder können doch wohl bei Spielen nicht so schwierig sein", sagte Rafe.

„Natürlich nicht. Aber erste Geburtstage werden mit allen Kindern des Clans gefeiert. Drachenwandler überstehen das nur, weil sie zusammenarbeiten. Unseren Nachwuchs schon in jungen Jahren miteinander interagieren zu lassen, trägt dazu bei, Beziehungen zu knüpfen, die ein Leben lang halten."

Das Grinsen und das Necken waren verschwunden. Rafe fragte: „Ich erwarte fast eine Pointe."

Aaron schüttelte den Kopf. „Diesmal nicht. Kinder sind unsere Schätze. Sie müssen unter allen Umständen geschützt und gut erzogen werden." Er hielt inne und fügte dann hinzu: „Ich vermute, dass du das selbst herausfinden wirst."

Rafe war niemand, der sein Privatleben mit einem fast Fremden teilte, also deutete er nur mit dem Kopf in Richtung Evie und Melanie auf der anderen Seite des Saals. „Dann gehe ich ihnen helfen."

Rafe gab Aaron keine Gelegenheit zu antworten, sondern ging auf die beiden Frauen zu. Aber Aarons Worte gingen ihm immer wieder durch den Kopf: *Ich vermute, dass du das selbst herausfinden wirst.*

Er zählte darauf. Aber zuerst hoffte er, Nikki Gray erfolgreich zu umwerben.

Während Nikki hoch über Stonefire-Land segelte, schwelgte sie im Wind an ihrer Haut und in der Einsamkeit des Himmels.

Ihr Drache meldete sich zu Wort. *Und was ist mit mir?*

Sie seufzte innerlich. *Ich weiß, dass du da bist. Musst du wirklich meinen Frieden und meine Ruhe stören?*

Ja. Du hättest nicht vor Rafe weglaufen sollen.

Ich bin nicht vor ihm weggelaufen. Sebastian hat erwähnt, er brauche jemanden für die Patrouille, also habe ich mich freiwillig gemeldet.

Sebastian Randall war ein anderer Beschützer und nur wenige Monate jünger als Nikki.

Ihr Tier schnaubte. *Hör auf zu lügen. Sobald du dir vorgestellt hast, wie Rafe unser Kind und nicht Ellas hält, bist du in Panik geraten.*

Nikki hielt inne, gab aber auf, etwas vor ihrem Drachen verbergen zu wollen. *Vielleicht.*

Das braucht Zeit. Wir haben noch viele Monate, um deine Ängste auszuräumen.

Das sind keine Ängste –

Doch, das sind sie, bemerkte ihr Drache. *Aber wenn wir in Irland Erfolg haben, dann wird sich jeder daran erinnern. Wir werden mehr als das erste Kind eines Opfers sein. Du wirst diese Ausrede nicht mehr gebrauchen können.*

Gerade als Nikki kurz davor war zu antworten, flog ein Lichtstrahl haarscharf an ihrem Flügel vorbei. Sie tauchte zur Seite und sah sich nach einem Angreifer um. Eine weitere laserähnliche Explosion schoss auf sie zu, aber sie wich rechtzeitig aus und ließ sie über ihren Kopf sausen. Jetzt entdeckte sie, woher der Angriff kam – von der Seite eines der Hügel, die das Stonefire-Land umgaben.

Nikki brüllte eine Warnung für den Clan und überlegte, was zu tun sei. Noch vor einem Jahr hätte sie versucht, die Drohung selbst anzugehen. Jetzt hingegen wusste sie, dass es niemandem half, wenn sie getötet würde. Besonders nicht Rafe.

Rafe. Nikki wollte ihn nicht um den Verlust einer weiteren Person trauern lassen, an der ihm etwas lag, also faltete sie ihre Flügel und tauchte hinab. Ein paar weitere Explosionen kamen vom Hügel. Sie bewegte sich hin und her und wich ihnen allen aus. Zumindest, bis sie fast am Boden war und eine den Rand ihres Flügels traf.

Schmerz brannte durch ihre linke Seite, aber Nikki biss die Zähne zusammen, um nicht zu schreien. Sie würde den Bastarden nicht diese Befriedigung geben.

Ihr Sinkflug war unbeholfen, da sie ihren rechten Flügel nun mehr belastete. Aber irgendwie gelang es ihr, sich so weit zu verlangsamen, dass sie gebremst auf den Boden stürzte, stieß sich dabei jedoch ihr rechtes Bein und ihren unverletzten Flügel.

Noch während sie blinzelte und eine Bestandsaufnahme ihrer Schmerzen und Verletzungen machte, starteten mehrere andere Drachen in die Luft. So wie sie Kai kannte, waren die fliegenden Drachen eine Ablenkung, damit ein anderes Team den Feind in menschlicher Gestalt zur Strecke bringen konnte. Es war viel einfacher, sich an jemanden heranzuschleichen, wenn man nur eins achtzig groß war, anstatt fünf Meter.

Traurig, dass sie sich ihnen nicht anschließen konnte, aber zufrieden, dass sie sie rechtzeitig gewarnt hatte, um das zu untersuchen, stand Nikki langsam auf. Ihr linker Flügel pochte, und ihr rechtes Bein hatte blaue Flecken, aber sonst ging es ihr gut. Es juckte ihr in den Fingern, wieder zu wandeln, aber sie widersetzte sich. Bis Sid ihr das Okay gegeben hatte, würde sie es nicht riskieren. Bei

Verletzungen zurückzuwandeln konnte zu dauerhaften Schäden führen.

Apropos Sid, sie eilte auf Nikki zu, mit ihrer Arzttasche in der Hand. Ein paar Schwestern waren nicht weit hinter ihr.

Am Boden liegend senkte sie den Kopf und sah Sid in die Augen. Sid gab ihr einen leichten Klaps auf die Schnauze und ging zu ihrem verletzten linken Flügel.

Nikki riskierte einen Blick und sah die Verbrennung auf der dünnen Haut zwischen dem zweiten und dritten Flügelknochen. Obwohl die Explosion nicht ganz durchgebrannt war, würde es mehrere Wochen dauern, bis das verkohlte Fleisch heilte. Wahrscheinlich könnte sie auch mindestens eine Woche lang nicht wandeln.

Alles in allem bedeutete das, dass sie nicht nach Irland gehen würde.

Ihr Herz schmerzte bei dem Gedanken, die Chance ihres Lebens zu verpassen. Wenn es nur darum ginge, dass sie nicht zum Glenlough-Clan gehen könnte, wäre es in Ordnung. Nein, ihre Verletzung würde mehr Ärger verursachen. Und zwar mit Rafe.

Wenn es jemals eine Möglichkeit gäbe, sein Wort darüber auf die Probe zu stellen, dass sie ihrer Arbeit weiter nachgehen durfte, dann wäre es das.

Sids Stimme unterbrach ihre Gedanken. „Das wird jetzt stechen."

Bevor Nikki mehr als nur blinzeln konnte, tupfte

Sid ein Desinfektionsmittel auf ihre Wunde. Sie knurrte und grub ihre Krallen in den Dreck. Obwohl sie diesen Prozess schon oft durchlaufen hatte, schien sich der Schmerz mit dem Alter nur zu verstärken.

Ihr Tier meldete sich schließlich zu Wort. *Vielleicht wirst du alt.*

Vorsicht, Drache! Ich bin nicht in der Stimmung, mich zu streiten.

Warum streiten? Älter zu werden, ist keine Belastung. Im Gegenteil, es bringt Weisheit mit sich. Ohne sie wären wir wahrscheinlich tot, wegen einer übereilten Aktion.

Ihr Drache hatte natürlich recht.

Glücklicherweise unterbrach Sids Befehlston ihre Gedanken. „Diese Verletzung ist schlimm, Nikki. Du hast nur Glück, dass es nicht ganz durchgebrannt ist." Sid tupfte Desinfektionsmittel auf die Wunde, bevor sie ein kühles Gel auftrug, das das Stechen Brennen linderte. „Du darfst eine Woche nicht wandeln. Danach werde ich mir den Schaden noch einmal ansehen."

Eine Woche in ihrer Drachengestalt. Vor Rafe wäre das kein Problem gewesen. Aber wenn er den Alpha raushängen ließ und sie anschrie, würde sie nicht in der Lage sein, etwas dagegen zu sagen.

Manchmal wünschte sie, sie hätte telepathische Fähigkeiten.

Ihr Tier mischte sich ein. *Ich denke, es ist eine brillante Entwicklung. Rafe wird sich um uns*

kümmern, und du wirst endlich aufhören, so stur zu
sein.

Nikki hatte da so ihre Zweifel. Die nächste
Woche sollte der ultimative Test sein, was ihr
Mensch akzeptieren könnte. Mit einem Wandel für
ein paar Stunden sollte er zurechtkommen, aber eine
Woche, in der sie nicht wirklich kommunizieren
konnte, geschweige denn zu irgendwas in der Lage
war, das Küssen oder Sex ähnelte, könnte zu viel
sein.

Nachdem Nikki Sid zustimmend zugenickt
hatte, sah sie sich um. Apropos Mensch, wo zum
Teufel war Rafe?

Kapitel Fünfzehn

R afe folgte Aarons Führung durch den Wald und achtete auf seine Schritte, um so wenig Lärm wie möglich zu machen. Auch wenn Aaron ursprünglich nicht gewollt hatte, dass Rafe Teil seines Teams würde, hatte seine Erfahrung den Drachenmann umgestimmt.

Rafe würde sich auf keinen Fall zurücklehnen und zusehen, wie Stonefire ohne ihn die Bastarde gefangen nahm, die seine Frau verletzt hatten.

Während Rafe in der großen Halle geblieben war, um Melanie und Evie zu helfen, hatten alle das einzigartige Brüllen gehört, das einen Angriff signalisierte. Er hatte es kaum bis zum Fenster geschafft, um Nikkis Drachengestalt in Richtung Boden tauchen zu sehen. Wie sie den Sprengungen auswich, sprach von Geschick, aber eine hatte ihr Ziel getroffen. Die Zeit zwischen dem Moment, als Nikki angeschossen wurde, und bis sie es sicher zu

Boden geschafft hatte, waren die intensivsten Sekunden seines Lebens.

Seine Angst hatte sich in etwas anderes verwandelt: Wut. Sie mussten schnell den Drachenrittern hinterher. Er vertraute darauf, dass Dr. Sid sich um Nikki und den Rest des Clans kümmern und sie pflegen würde, bis er zurückkehrte. Er hatte keinen Zweifel daran, dass Nikki seine Entscheidung verstehen würde, den Feind zuerst zu fangen und später nach ihr zu sehen.

Rafe juckte es in den Fingern, weil er keine Waffe hatte, aber er hatte nachgegeben und sie bei den Stonefire-Beschützern gelassen, als er angekommen war. Aaron hatte es ihm nicht erlaubt, sie sich zu holen, da die Drachenwandler bei ihren Angriffen keine Schusswaffen benutzten. Vielleicht konnte es mit einer späteren Schulung funktionieren. Aber in der Gegenwart war es zu riskant.

Keine Sorge. Rafe konnte einige seiner Nahkampffähigkeiten einsetzen. Das Schwierige wäre, die Bastarde nicht zu töten; sie würden viel mehr Informationen lebendig liefern als tot.

Aaron hob eine Faust und signalisierte, dass sie anhalten sollen. Rafe sah sich in den Schatten nach einer Bewegung um. Aber abgesehen vom Wind durch die Bäume und einem gelegentlichen Vogelschrei sah und hörte er nichts Ungewöhnliches.

Natürlich hatten Drachenwandler ein sehr sensibles Gehör, und Aaron hatte wahrscheinlich etwas bemerkt. Bevor er Nikki kennengelernt und Gefühle für sie entwickelt hatte, hätte Rafe gebrummt und sich darüber geärgert, dass die Drachen besser als er Nikkis Ehre verteidigen konnten. Jetzt jedoch war er dankbar für jede Fähigkeit, mit der sie ihre Beute fangen konnten.

Aaron zeigte auf Rafe und dann auf sich selbst. Dann teilte er die restlichen vier Mitglieder in zwei weitere Teams auf. Mit einem Nicken folgte Rafe Aaron auf ihrem Weg nach Nordwesten.

Als Aaron das nächste Mal stehenblieb, bedeutete er Rafe mit dem Finger näherzukommen. Aarons Stimme war kaum ein Flüstern. „Ich höre mindestens vier Eindringlinge. Menschen, dem Geruch nach. Wir bleiben vier Meter auseinander und greifen sie von den Seiten an. Wenn möglich, möchte ich sie lebend. Ich mache einen Adlerschrei, wenn es Zeit ist, näher heranzukommen, und noch einen, wenn es Zeit ist, anzugreifen."

Mit einem weiteren Nicken ging Rafe in Position. Er atmete gleichmäßig, hockte so regungslos wie möglich da und hörte schließlich einen Zweig unter jemandes Fuß knacken. Er hatte nun zumindest eine grobe Vorstellung davon, wo seine Zielpersonen waren.

Rafe wartete geduldig auf Aarons Signal. Erfolgreiche Operationen waren fast immer eine Frage des Timings.

Beim Geräusch eines kreischenden Adlerschreis blieb Rafe unten, während er sich schnell durch die Bäume bewegte. Innerhalb von sechzig Sekunden sah er zwei Männer und eine Frau, die sich um einen Gegenstand auf Rädern versammelt hatten. Rafe vermutete, dass es sich um die Laserpistole handelte, die gegen Nikki oder mindestens einen von ihnen verwendet worden war, und überdachte seine Optionen.

Der Ast und die kleinen Büsche am Boden würden beim Lärm machen. Er sah nach oben, wo die Bäume jetzt, Ende Februar, noch kahl waren. Einige der größeren Äste erstreckten sich zur kleinen Gruppe hin. Ein Angriff von oben würde ihm ein Überraschungsmoment verschaffen.

Er sprang auf und zog sich in den Baum darüber. Zentimeterweise bahnte er sich den Weg entlang des robusten Zweigs und kroch so weit wie möglich, ohne dass der Ast sich bog. Die drei unten waren so sehr mit ihrer Aufgabe beschäftigt, dass sie nicht hochsahen. Rafe blickte nach rechts und entdeckte einige bewaffnete soldatenähnliche Gestalten weiter unten, deren Kleidung allerdings nach Zivilisten aussah und bei denen vom späten Teenageralter bis Ende fünfzig alles dabei war.

Ein zweiter Adlerschrei unterbrach seine Begutachtung, und Rafe sprang von dem Ast auf die beiden Männer, die ihm den Rücken zugekehrt hatten. Sein Schwung riss sie alle zu Boden.

Rafe ignorierte die Schreie in der Ferne und konzentrierte sich auf die beiden Männer, die unter ihm kämpften. Der eine war übergewichtig und der andere extrem dünn, aber keiner hatte viel Muskulatur, und sie taten nichts als sich zu winden und zu schreien. *Gut.* Das würde die Dinge einfacher machen.

Er zog ihre Köpfe an den Ohren hoch, packte ihre Schädel und schlug sie zusammen. Beide Männer fielen wie Steine zu Boden und rührten sich nicht.

Gerade, als Rafe sich der Frau zuwandte, war sein Gesicht weniger als einen halben Meter vom Lauf der seltsamen Waffe entfernt. Seine Hand juckte, dorthin zu tasten, wo er normalerweise seine Waffe im Holster trug, aber er hielt inne, als er sich daran erinnerte, dass sie nicht da war. Seine Waffe wäre in diesem Moment verdammt praktisch gewesen.

Die Stimme der Frau zitterte, als sie befahl: „Komm näher, und ich schieße."

Aus dem Augenwinkel konnte Rafe sehen, wie die Arme der Frau zitterten. *Mist.* Das gefiel ihm gar nicht.

Seine beste Chance war, mit ihr zu reden. „Wenn du hier bist, weil du die Drachen hasst, dann solltest du wissen, dass ich Mensch und Angehöriger der britischen Army bin."

„Du lügst."

„Tue ich das?" Rafe bemerkte, dass neben ihnen nicht mehr gebrüllt wurde. Aaron könnte in der Nähe sein. Er musste es hinauszögern. „Eure Waffen sind illegal. Dachtet ihr, wir wüssten nicht, dass ihr sie verwenden würdet? Wir haben nur auf den richtigen Zeitpunkt gewartet." Eine Sekunde lang hielt er inne und lauschte auf ein Zeichen von Aaron, aber es kam nichts. Er fuhr fort: „Du solltest dich ergeben und kooperieren, dann musst du vielleicht nicht den Rest deines Lebens im Gefängnis verbringen."

Die Gesichtszüge der Frau entglitten ihr, aber dann blitzte Hass in ihren Augen auf. „Es wird sich lohnen. Die Drachen haben meinen Sohn sterben lassen, obwohl sie ihn hätten retten können. Aber kein Flehen hat sie erweicht."

Bring sie dazu, sich dir zu öffnen, und es ist unwahrscheinlicher, dass sie dich tötet. „Woran ist dein Sohn gestorben?"

„Leukämie."

Rafe wusste, dass Drachenblut Krebs nicht heilen konnte, aber ein Streit mit der Frau würde ihm nicht helfen, am Leben zu bleiben. „Es tut mir wirklich leid, das zu hören, Miss. Mein Beileid."

Tränen füllten die Augen der Frau. „Er war erst acht Jahre alt. Und doch wollten die egoistischen Drachen nicht einmal versuchen, ihn zu retten."

„Wie hieß dein Sohn?"

Für eine Sekunde dachte er nicht, dass die Frau antworten würde. Aber schließlich flüsterte sie: „Alfie."

Rafe bemerkte eine Bewegung direkt hinter der Frau. Er musste sie dazu bringen, sich weiter auf ihn zu konzentrieren. „Ich bin mir ziemlich sicher, dass Alfie nicht wollte, dass du in seinem Namen tötest."

„Woher willst du das wissen? Du hast wahrscheinlich keine Kinder und verstehst nicht, wie es ist, ein Stück seines Herzens zu verlieren."

Gerade als er seinen Mund öffnete, um zu antworten, zog Aaron die Frau zurück, während Rafe zur Seite tauchte. Ein Laserstrahl segelte ein paar Zentimeter über seine Schulter.

Rafe atmete einmal tief durch und stand auf. Aaron drückte die Frau zu Boden und fesselte ihre Hände mit einem Kabelbinder. Ein Klebeband über ihrem Mund brachte sie zum Schweigen.

"Danke!"

Aaron nickte anerkennend, bevor er zu der Waffe ging. "So sehr ich das Ding nicht auf Stonefire-Land will, sollten wir es wahrscheinlich mit zurücknehmen. Dann können deine Kollegen es wegfahren."

Rafe hielt sich vom Ende des Laufs fern und starrte auf die Bedienelemente. Da Aaron sein Leben gerettet hatte, hielt Rafe sich nicht zurück. "Sie wollten so eine haben, seit Tristan MacLeod vor fast zwei Jahren verletzt wurde. Es heißt, jemand in Russland habe sie entworfen und die Blaupausen gegen ein paar Fläschchen Drachenblut getauscht."

Aaron blickte auf die Waffe. "Es ist mir egal, wer sie entworfen hat." Er sah auf. "Solange deine Leute einen Weg finden, wie wir uns dagegen zur Wehr setzen, ist das alles, was mir wichtig ist. Ich hoffe, du hältst mich auf dem Laufenden."

"Das kann ich nicht garantieren, aber ich werde mein Bestes geben, Stonefire in die Forschung einzubeziehen." Rafe richtete seinen Blick auf die Frau am Boden. „Weißt du, mit wem sie sich verbündet haben? Den Drachenrittern oder den Jägern?"

„Ich weiß nicht. Wenn es jemand herausfinden kann, dann Zain." Aaron deutete auf die beiden bewusstlosen Männer. „Fessle sie."

Er folgte Aarons Befehl und fragte: „Was ist mit den anderen?"

Aaron zog sein Handy aus der Gesäßtasche und überprüfte es. „Die anderen Teams sind fertig, obwohl ein Beschützer verletzt wurde und einer der Angreifer entkommen konnte. Die Drachen am Himmel werden uns warnen, wenn sie weitere Feinde in der Nähe finden."

„Gut."

Aaron musterte ihn eine Sekunde, bevor er antwortete: „Nikki wird es gut gehen. Sid hat es mich wissen lassen."

Zum einen der ersten Male in seinem Leben wünschte sich Rafe, er könne einfach weglaufen und einen Auftrag zurücklassen. Aber Nikki würde es nie gutheißen. Und um ehrlich zu sein, Rafe würde sich später dafür hassen.

Trotzdem zählte er die Minuten, bis seine Erleichterung einsetzte. Es war ihm egal, was die anderen von ihm dachten; sobald seine Pflicht erledigt war, rannte er den ganzen Weg bis zur Krankenstation des Stonefire-Clans. Er musste Nikki sehen.

Damit Nikkis Flügel besser heilen konnte, hatte Sid eine Art Schiene angelegt, um ihn gestreckt zu halten. Da er am Boden lag, um ihre Schultermuskeln nicht zu belasten, war es verdammt unbequem. Sie konnte so nur auf dem Bauch schlafen und nicht auf ihrer Seite.

Ihr Drache schnaubte. *So viel dazu, eine Kriegerin zu sein.*

Wenn man bedenkt, dass die Männer mehr jammern als ich, solltest du dich nicht beschweren.

Das Geräusch von stampfenden Füßen erregte ihre Aufmerksamkeit. Da sie in einem Zelt gefangen war, konnte sie nicht sehen, was los war. Gab es einen weiteren Angriff?

Während sie noch darüber nachdachte, wie sie sich am besten bewegen konnte, ohne ihren Flügel zu verletzen, stürzte Rafe in ihr Zelt. Seine Augen schossen zu ihrer Schiene, bevor er langsam um ihren Körper ging. Da sein Gesicht neutral war, hatte sie keine Ahnung, was er dachte.

Schließlich blieb er vor ihr stehen. Nach einer Sekunde schnippte er mit den Fingern an ihre Schnauze, und sie kniff ihre Augen zusammen.

Während sie sich noch für eine Standpauke wappnete, zuckte einer von Rafes Mundwinkeln hoch. „Versuch beim nächsten Mal, nicht verletzt zu werden. Wenn wir daraus eine Herausforderung machen müssen, wer am längsten unverletzt bleiben kann, kann ich das machen."

Nikki stieß einen Atem aus. Rafe hatte sie nicht

angeschrien, nie wieder so ein dummes Risiko einzugehen.

Zumindest noch nicht.

Rafe legte eine Hand auf ihre Schnauze und streichelte sie in langsamen, sanften Bewegungen. „Sieh mich nicht so an. Nur weil du jetzt nicht sprechen kannst, bedeutet das nicht, dass ich nicht lesen kann, was in deinen Augen ist. Hör auf, an mir zu zweifeln, Nikola Gray." Sie grunzte, und er fuhr fort: „Ich werde ehrlich sein und sagen, dass, als ich dich zu Boden stürzen sah, fast mein Herz stehengeblieben wäre. Und wenn ich dich jetzt so in Schmerzen sehe, wünschte ich, was tun zu können, um dir die Last zu nehmen." Er hörte auf, sie zu streicheln und nahm ihre Schnauze in beide Hände. „Möchte ich dich anschreien und knurren? Ich würde lügen, wenn ich Nein sagte. Aber wenn ich dich nie wieder eine Mission fliegen oder dich deine Beschützerposition aufgeben ließe, würde dich das langsam umbringen. Habe ich recht?"

Sie nickte.

„Dann sollst du einfach wissen, dass, wenn ich dir sage, du sollst das nie wieder tun, ich das sage, weil du mir wichtig bist. Nicht, weil ich versuche, Ultimaten zu stellen oder dich in eine Form zu zwingen, die dich zerstören würde."

Tränen stachen in ihren Augen. Sie wollte Rafe glauben. Das tat sie wirklich. Kein Drachenwandlersoldat, den sie je getroffen hatte, wäre so verständnisvoll gegenüber einer schwangeren Frau gewesen.

Ihr Tier meldete sich zu Wort. *Zweifle nicht an ihm. Ihm liegt was an uns. Seine Ehrlichkeit sollte dich überzeugen.*

In dieser Sekunde entschied sie sich, Rafe zu glauben, bis er ihr einen Grund gab, es nicht zu tun. Sie wischte ihre Zweifel und Ausreden beiseite, handelte impulsiv und zog ihn sanft an sich, um ihn zu umarmen. Seine Wärme und sein Duft halfen ihr, den Schmerz in ihrem Flügel zu vergessen.

So wie er ihr geholfen hatte, ihre Angst vor dem Einschlafen zu lindern.

Es schien, als sei ihr Mensch die beste Medizin, die sie sich je hätte erhoffen können.

Rafe schmunzelte und unterbrach ihre Gedanken. „Vorsicht, Nikki. Ich bin Mann genug, um zuzugeben, dass du in dieser Sekunde stärker bist als ich." Sie ließ etwas lockerer, und Rafe sah in eines ihrer Augen. „Aber sobald du dich wieder in einen Menschen verwandeln kannst, fordere ich dich zu einem Sparringmatch heraus, damit ich dich wieder unter mir festnageln kann."

Nikki schnaubte.

Ihr Drache meldete sich zu Wort. *Du willst ihn auch behalten. Gib es zu.*

Lass uns zuerst sehen, wie es diese Woche läuft.

Obwohl, wenn Rafe seine Akzeptanz für sie aufrechterhielte, könnte sie vielleicht mehr tun, als nur für ihn zu schwärmen.

Dann beugte er sich vor und küsste sie. Die Geste berührte sie.

„Deinen Gesichtsausdruck nehme ich mal als ein Ja." Rafe tätschelte ihre Schnauze, und seine Stimme füllte wieder das Zelt. „Jetzt, da ich weiß, dass es dir gut geht, werde ich dich darüber informieren, was passiert ist." Nikki neigte ihren Kopf, und er fuhr fort: „Wir haben eines der Geschütze gefunden, die auf dich gefeuert haben. Wir sind uns nicht sicher, ob es das Einzige ist, aber einer eurer Ingenieure sieht sich das gerade an, bevor ich einige meiner Kollegen von der Army anrufe. Wir hoffen, einen Weg zu finden, damit ihr euch dagegen zur Wehr setzen könnt."

Nikki schüttelte den Kopf, schob ihre Gefühle für Rafe beiseite und konzentrierte sich auf die Arbeit. Mit einer Kralle schrieb sie ein Wort in die Erde. „Wer?"

Rafe schüttelte den Kopf. „Ich weiß noch nicht." Er sah ihr wieder in die Augen. „Aber eine der Frauen, die ich getroffen habe, beunruhigt mich. Sie schien zu denken, Drachenblut könne Krebs heilen. So erfolgreich Melanies Buch im letzten Jahr auch war, ich denke, dass seine Popularität allmählich nachlässt."

Nachdem Nikki ein paar weitere Buchstaben gezeichnet hatte, zog sie ihre Pfote weg, und Rafe sah die Worte „Jane kann helfen", die in den Boden eingekratzt waren.

„Darüber habe ich auch nachgedacht", antwortete Rafe. „Meine Schwester spricht immer wieder davon, ihre Videoübertragung zu starten, hat es aber noch nicht geschafft. Eine Person aus Lochguard, Gina MacDonald, hat begonnen, Marketingideen anzubieten. Aber mit Ginas kleinem Kind und einem beschützenden Gefährten läuft das Projekt nicht so schnell, wie es das könnte." Rafe verzog das Gesicht. „So sehr ich es auch hasse, an die Gefahr zu denken, in der Jane stecken könnte, ich werde ihr vorschlagen, nach Schottland zu gehen, um die Dinge abzuschließen. Das Problem wird sein, Kai an Bord zu holen."

Nikki tippte Janes Namen am Boden an, in der Hoffnung, dass Rafe verstehen würde, was sie meinte. Wenn er zuerst zu Jane ginge, könnte Kai sie vielleicht nicht aufhalten.

Mit einem Seufzen antwortete Rafe schließlich: „Ihr Gefährte wird mich noch mehr hassen, aber manchmal sollte der Drachenmann seinen Beschützerinstinkt im Zaum halten." Nikki neigte den Kopf, und Rafe fuhr fort: „Ich weiß, dass es seltsam ist, wenn es von mir kommt. Aber eine gewisse Drachenfrau hat mich gelehrt, dass es schlicht und einfach dumm ist, Nein zu sagen, ohne die Fähigkeiten und Talente von jemandem zu berücksichtigen. Ich kann nicht versprechen, niemals beschützend zu sein, besonders, wenn deine, Janes oder die Gesundheit irgendeines anderen, der mir wichtig ist, auf dem Spiel steht. Aber ich würde mich lieber ändern, als dich für immer zu verlieren. Und nicht wegen des Babys. Ohne dich wäre das Leben langweilig, Nikki. Der Gedanke, dich zu verlieren, ist heute durch meinen Verstand gerauscht, als du gestürzt bist." Er legte wieder eine Hand auf ihre Schnauze. „Und mir wurde klar, dass es ein Leben war, das ich nicht haben wollte."

Und einfach so verliebte sich Nikki ein wenig in Rafe Hartley.

Ihr Drache lachte leise. *Ich sagte dir ja, er passt gut zu uns. Er ist unser wahrer Gefährte. Er wird uns glücklich machen.*

Nikki stieß sanft mit ihrer Schnauze gegen seine Brust und wünschte, es gäbe eine andere Möglichkeit zu sagen, wie sehr sie Rafes Geständnis schätzte.

Bevor sie jedoch wirklich Gelegenheit hatte, stürzte Ginny, eine der Schwestern von Stonefire, in das Zelt.

Die grauhaarige Drachenfrau war berühmt dafür, mit schwierigen Fällen umgehen zu können. Doch als Ginny von Nikki zu Rafe und wieder zurück blickte, lächelte sie. „Ich hatte erwartet, einen Streit zu finden. Aber es scheint, als hätte ich euch beide falsch eingeschätzt."

Sie hielt Rafe eine Akte hin, und Nikkis Mensch nahm sie. Ginny nickte darauf. „Da drin steht, wie du dich um Nikki kümmern musst und auch, was zu erwarten ist. Ich kann dir die ersten Male zeigen, wie man die Wunde an ihrem Flügel versorgt und verbindet. Aber wenn du das danach tun könntest, würde es mir sehr helfen."

Rafe antwortete: „Ich habe schon eine Menge

Einsatzersthelferschulungen hinter mir. Zeig es mir einmal, und ich kriege es hin."

Ginny lächelte Rafe an, und Nikki wollte ihren Mann an ihre Seite ziehen.

Ihr Tier schnaubte. *Sie ist eine ältere Frau. Es gibt nichts, worüber du dir Sorgen machen musst.*

Aber sie flirtet mit ihm.

Ist doch nur ein Lächeln.

Ginny lachte. „Ich bin in zwei Stunden zurück, um dir zu zeigen, wie. Nach dem Blick in Nikkis Augen zu urteilen, will sie dich ganz für sich."

Rafe warf Nikki einen Blick zu. „Ist das so?"

Nikki starrte nur zurück, und Rafe lachte leise. Er ging wieder auf sie zu und lehnte sich gegen ihre gesunde Seite. „Ich werde ihr Gesellschaft leisten. Wenn es eine Möglichkeit gibt, einen provisorischen Schreibtisch, einen Laptop und einen Platz für mich zum Schlafen zu bekommen, würde ich das sehr schätzen."

Nikki blinzelte. Rafe wollte mit ihr im Zelt wohnen, bis es ihr besser ging?

„Das werde ich weitergeben", antwortete Ginny. „Obwohl ich Aaron Caruso auf dem Weg hierher getroffen hab', und er will mit dir sprechen, sobald ich fertig bin. Er hat versucht, sich vor mir hier rein-zudrängeln, aber ich habe es nicht zugelassen."

Nikki lächelte, so sehr ein Drache das konnte. Ginny war eine der wenigen Frauen, die sich jedem Drachenmann stellen konnten, ähnlich wie Dr. Sid.

Vielleicht konnte sie sich mit den beiden Frauen

verbünden, um einige Änderungen durchzusetzen. Ihr Drache summte zustimmend, bevor er sagte, *Ich mag diese Idee. Vielleicht muss unsere Tochter nicht mit dem gleichen Mist fertig werden wie wir.*

Du weißt auf absolut keinen Fall, dass es ein Mädchen ist. Drachen haben keine telepathischen Fähigkeiten.

Nein, aber ich mag es, auf Rafes Seite zu stehen, um dich wütend zu machen.

Nikki ignorierte ihren Drachen. Nichts ging doch über eine blutige Rebellion im eigenen Kopf.

Ginnys Stimme drang in ihre Unterhaltung. „Zwei Stunden. Vergesst es nicht!" Dann winkte sie und verließ das Zelt.

Rafe lehnte sich weiterhin gegen ihre Seite, während er durch die Akten blätterte. Dass er sich so lässig gegen ihre Drachengestalt lehnte, war gemütlich. Es war eine Vertrautheit, die sie schon immer gewollt hatte, von der sie sich aber nicht sicher gewesen war, ob sie sie jemals haben würde. Sie wünschte, sie könnte es ihm sagen. Von hier an wollte Nikki ihrem Menschen gegenüber genauso ehrlich sein wie er zu ihr.

Eine Woche lang nicht mit Rafe sprechen zu können, war eine Folter, schlicht und einfach.

Ihr Drache meldete sich. *Ich werde es genießen. Ich möchte, dass er jeden Zentimeter unserer Haut streichelt. Es wird sich gut anfühlen.*

Du und das Streicheln. Wir sind doch kein Hund.

Ihr Tier schnaubte in ihrem Verstand. *Natürlich*

nicht. Aber es fühlt sich nett an, und das ist alles, was zählt.

Nikki lächelte innerlich. *Ich möchte zuerst was anderes ausprobieren.*

Bevor ihr Drache sie aufhalten konnte, hob Nikki Rafe sanft hoch, drehte ihn zu ihrem Schwanz und legte ihn auf den Rand ihres Rückens. Da sie nicht wollte, dass er protestierte und sie aufhielt, bewegte sie ihren Schwanz in einen geraden, nach unten gerichteten Winkel und versetzte ihm einen sanften Stoß. Rafe rutschte hinunter und landete auf seinem Po am Boden.

Sie wartete, ob er sie albern nennen und verlangen würde, sich wieder an die Arbeit zu machen.

Als Rafe ihr jedoch in die Augen sah, war es mit einem Grinsen. „Das wollte ich schon immer tun, hatte aber Angst zu fragen. Versuchen wir das nochmal."

Und so spielte Nikki mit ihrem Menschen. Sein Lachen füllte das Zelt, als er wieder über ihren Schwanz rutschte. Es schien, dass selbst ihr menschlicher Soldat ab und zu gern Spaß hatte. Sie fragte sich, zu welcher Art von Unfug sie ihn später wohl noch überreden könnte.

Sie hoffte, dass sie in ihren Siebzigern noch die gleichen Mätzchen machen könnte wie jetzt. Aber um das zu tun, musste sie einen Weg finden, dass Rafe bleiben konnte.

Ihr Drache flüsterte *Endlich*, bevor er Rafe noch einmal den Schwanz hinunterrutschen sah.

Kapitel Sechzehn

Rafe hockte auf Nikkis Rücken, kurz davor, wieder ihren Schwanz hinunterzurutschen, als Aaron Carusos Stimme das Zelt füllte. „Das habe ich seit meiner Kindheit nicht mehr versucht. Glaubst du, Nikki würde es mich probieren lassen?"

Bei Aarons Grinsen runzelte Rafe die Stirn und knurrte: „Was willst du, Caruso?"

„Ich wollte nur einige Informationen weitergeben, die Zain von den Gefangenen hat, aber wenn du lieber herumtollen möchtest, dann auf jeden Fall, nur zu. Die wahren Soldaten können ja die Drecksarbeit erledigen."

Rafe rutschte Nikkis Seite hinunter und ging zu Aaron. So sehr er dem Drachen ins Gesicht schlagen wollte, verlangte er stattdessen: „Sag mir, was du herausgefunden hast."

Nikki grunzte hinter ihm und fügte damit ihre eigene Forderung hinzu.

Aaron antwortete: „Nun, einer der Männer hat zugegeben, dass er mit den Drachenjägern gearbeitet hat. Aber, und es ist ein großes Aber, er sagt, er habe an dem Angriff ohne ihr Wissen teilgenommen."

„Wie ist das überhaupt möglich? Soweit wir wissen, lässt Bourne seine Jäger nicht leben, wenn sie ihn verraten", erklärte Rafe.

„Das stimmt, aber der Mann ist mit einer Jäger-gruppe aus Leeds zusammen, die Bourne nicht kontrolliert. Sie haben ein paar billigere Versionen der Waffe gekauft, die zum ersten Mal gegen Tristan vor fast zwei Jahren eingesetzt wurde. Wie in den Jägergruppen üblich, die nicht mit Bourne verbunden sind, gibt es eine schwache Führung und keine konkrete Richtung. Die zwanzig Menschen vom heutigen Angriff haben die Dinge selbst in die Hand genommen, sich ein paar Waffen besorgt und uns angegriffen", erklärte Aaron.

Rafe runzelte die Stirn. „Aber das ergibt keinen Sinn. Selbst eine dieser Waffen zu beschaffen, würde ein verdammtes Vermögen kosten. Wie sind sie an drei gekommen?"

„Zain versucht, das herauszufinden." Aarons Handy piepste mit einer Textnachricht. Nachdem er nachgesehen hatte, fluchte er. „Wir müssen uns die Nachrichten ansehen."

Er stand auf, damit sowohl Rafe als auch Nikki den kleinen Bildschirm seines Smartphones sehen konnten. Das BBC-Live-Video begann zu streamen, und ein körniges Video, das wahrscheinlich mit einem Mobiltelefon aufgenommen wurde, zeigte einen Laser, der Nikki traf, und ihren anschlie-ßenden Sturz.

Ein männlicher Sprecher kam dann auf den Bildschirm. *„Nachdem der vertrauenswürdigste Drachenclan in Großbritannien erneut angegriffen wurde, hat die Öffentlichkeit das Ministerium für Drachenangelegenheiten mit Anrufen und E-Mails bombardiert und um Maßnahmen gebeten. Viele glauben, dass der Angriff darauf zurückzuführen ist, dass der Premierminister keinen endgültigen Direktor für das MDA ernannt hat, da beide Parlamente nicht in der Lage waren, sich auf einen Kandidaten zu einigen.*

Die Anhörungen für die beiden Kandidaten Jonathan Christie und Rosalind Abbott waren lang und mühsam. Während eine offizielle Stellungnahme von Abbott noch nicht veröffentlicht wurde, ist Christie im Begriff, eine Live-Pressekonferenz zu halten. Sehen wir uns das an.“

Der Feed wechselte vom Fernsehstudio zu einem Podium, das außerhalb des wiederaufgebauten MDA-Hauptquartiers in London gesichert war. Der kahlköpfige Mann in seinen Fünfzigerjahren auf dem Podium war Jonathan Christie. Rafe hasste alles an dem Mann, aber schluckte seinen Zorn herunter, um sich auf seine Worte zu konzentrieren.

Christie begann mit seiner Rede. *„Der Angriff*

auf den Stonefire-Clan ist ein Schlag für uns alle. Der eine Drachenclan, der sich immer wieder als zivilisiert und für Verhandlungen offen erwiesen hat, ist auch zu einem Symbol für Hass und Angst geworden. Ich glaube wirklich, dass der anhaltende Mangel an Führung innerhalb des MDA seit dem tragischen Tod unseres ehemaligen Leiters bei den Terroranschlägen dafür verantwortlich ist. Ich fordere den Premierminister auf, einen Termin für das MDA zu vereinbaren. Mit fester Hand werden die Drachenjäger, der Orden der Drachenritter und alle anderen, die den Drachenwandlern Schaden zufügen wollen, schnell und effizient bekämpft."

Christie hielt inne, und Rafe murmelte: „Verdammter Lügner. Er will, dass die Drachen vor den Menschen kuschen. Er hat das schon einmal gesagt."

Aaron nickte zustimmend, bevor der Applaus erlosch und Christie fortfuhr.

„Leider sind mir die Hände gebunden, um den armen Kreaturen zu helfen. Als stellvertretender Direktor verfüge ich nicht über die erforderliche Autorität, um mich um die Angreifer zu kümmern. Meine lieben Mitbürger, ich fordere Sie auf, Ihren Abgeordneten zu schreiben und sie anzurufen. Sagen Sie ihnen, es ist an der Zeit, jemandem die Verantwortung für das MDA zu übertragen, der wirklich was bewirken kann. Mit etwas Druck könnten sie den Premierminister davon überzeugen, eine Entscheidung zu treffen, bevor weitere Teile von Stonefire

unter den Händen von einheimischen Terroristen leiden müssen."

Mehr Applaus und Jubel kamen, als Christie das Podium verließ. Die Gestalt des Nachrichtensprechers kehrte auf den Bildschirm zurück. „*Christie hat die Wähler aufgefordert, sich Gehör zu verschaffen. Vielleicht wird der Wille der Menschen dazu beitragen, die Probleme innerhalb des MDA zu lösen und den Stonefire-Clan vor weiteren Angriffen zu schützen.*"

Aaron verließ das Streaming-Video und blickte von Rafe zu Nikki und wieder zurück. „Ich weiß ja nicht, wie es euch geht, aber der Zeitpunkt des Angriffs und Christies Mitgefühl scheinen mir verdammt bequem zu sein."

Rafe nickte. „Ich stimme dir zu. Sein plötzlicher Stimmungswandel riecht für mich nach einem politischen Hattrick. Irgendwie muss Christie mit dem heutigen Angriff in Verbindung stehen."

Nikki stieß ein gedämpftes Brüllen aus, und beide starrten auf ihre Kralle, die auf den Boden tippte. Dort stand ein Wort: *Gefangene.*

Rafe sah Nikki verständnisvoll in die Augen. Er drehte sich zu Aaron um. „Überprüfe, ob einer der Gefangenen eine Verbindung zu Christie gesteht. Und bring auch mehr über den Mann in Erfahrung, der entflohen ist – er könnte später eine Spur sein. Wenn wir keinen Beweis finden können, dass Christie mit den Jägern und diesem Angriff in Verbindung steht, wird der Mann wahrscheinlich nach dieser Rede zum Leiter des MDA gewählt werden."

Aaron legte die Hand fest um sein Handy und antwortete: „Ich sollte morgen auch nach Irland gehen. Kai und Zain werden daran arbeiten müssen, solange ich weg bin." Er sah zwischen Rafe und Nikki hin und her. „Ich denke aber, ihr beide solltet helfen. Mit Rafes Armykontakten und Ressourcen könnten wir den Prozess beschleunigen."

„Vorausgesetzt, ich kann meine Vorgesetzten davon abhalten, die wahren Gründe herauszufinden, warum ich einigen Drachenjägern hinterher-schnüffle, könnte es funktionieren."

„Lass dich nur nicht aus der Army werfen, Hartley."

Rafe hob eine Braue. „Das klang ja fast aufrichtig."

„Natürlich meine ich das aufrichtig. Wenn das Verteidigungsministerium schließlich eine Möglich-keit entwickelt, sich gegen die Laserpistolen zu schützen, möchte ich es wissen."

Rafe schüttelte den Kopf. „Und ich dachte, du bewunderst meine Fähigkeiten."

Nikki stupste ihm mit ihrer Schnauze am Rücken an, bevor er sie streichelte. „Ich weiß, dass du sie zu schätzen weißt, Nikki."

Aaron steckte sein Handy in die Tasche. „Gut. Ich lasse euch beide dann mal. Ich hoffe, wenn ich aus Irland zurückkomme, werdet ihr die gesamte Christie-Frage geklärt haben."

„Ich würde fast sagen, dass das eine Herausforderung war."

Aaron lächelte. „Gut. Dann werden wir sehen, wer seine Mission zuerst erfüllt."

Nikki knurrte, und Aaron lachte, als er ging. Rafe wandte sich seiner Drachenfrau zu und widersetzte sich zu lachen, als er den Blick in ihren Augen sah. „Ich weiß, dass du gerade „Männer!" denkst. Aber Herausforderungen und Scherze sind das männliche Äquivalent zu Umarmungen und warmen Gefühlen."

Nikki schüttelte den Kopf, und er schmunzelte.

Sie schrieb ein paar Worte in die Erde und nahm ihre Pfote weg, als sie fertig war. *Können wir Christie kriegen?*

„Das hoffe ich. Denn wenn er MDA-Direktor wird, habe ich das Gefühl, dass meine Zukunft bei Stonefire nicht garantiert ist."

Nikki zischte durch ihre Zähne. Er streichelte die Seite ihres Halses und murmelte: „Keine Sorge. Wenn es etwas gibt, worin ich gut bin, dann sind es Aufklärung und Strategie. Es muss einen Weg geben, Christie zu schnappen. Es muss einfach!"

Während Nikki ihren Kopf an seinen Körper lehnte, achtete Rafe darauf, alle Zweifel für sich zu behalten.

Kapitel Siebzehn

Aaron Caruso hätte es vorgezogen, nach County Donegal in Irland zu fliegen, aber der Anführer des Glenlough-Clans, Killian O'Shea, hatte es verboten.

Anstatt also schnell durch den Nachthimmel zu gleiten, fuhr er mit einer gemieteten Limousine auf den Landstraßen und trommelte mit den Fingern auf das Lenkrad. „Wie halten Menschen es aus, so oft in diesen langsamen Maschinen zu sitzen?"

Einer der Beschützer, die ihn auf der Reise begleiteten, Quinn Summers, lachte leise. „Geduld war noch nie deine Stärke, was deine Berufswahl seltsam macht."

Aarons Drache meldete sich zu Wort. *Warum sagen uns alle das immer wieder?*

Weil es stimmt.

Sein Tier schnaubte. *Wir sind immer noch ein guter Beschützer, was alles ist, was zählt.*

Anstatt dieselbe sinnlose Diskussion zu führen, die er zuvor mit seinem Drachen geführt hatte, antwortete er Quinn. „Ich kann Geduld haben, wenn es erforderlich ist. Aber jede Sekunde, die wir mit dieser lächerlichen Geschwindigkeit verbringen, gibt den Jägern viel mehr Zeit, anzugreifen, bevor wir uns darauf vorbereiten können. Ich weiß vielleicht wenig über O'Shea, aber der Feind meines Feindes ist in diesem Fall mit Sicherheit mein Freund."

Quinn sah auf sein Smartphone. „Wir sind auf jeden Fall fast da, wenn die Wegbeschreibung richtig ist. Bist du dir auch sicher deswegen, Aaron? Ich mag es nicht, mich im Dunkeln einem neuen Clan zu stellen."

Das Handy sagte, er solle rechts abbiegen, also folgte Aaron. „Das ist in Europa häufiger als in Groß-britannien. Das habe ich in Italien herausgefunden. Hat was damit zu tun, menschliche Aufmerksamkeit zu vermeiden. Anderswo ist es nicht so freundlich wie in Nordengland und Schottland."

Aaron hatte fast zwei Jahre beim Clan seiner Mutter in Italien gelebt und war erst kürzlich nach Stonefire zurückgekehrt.

Quinn seufzte. „Es ist nur das verdammte Irland, nicht Italien. Vor einigen Jahrhunderten waren wir Verbündete mit den Bastarden."

„Das war vor der Teilung Irlands. Wenn der nordirische Clan wüsste, dass wir hier sind, würden sie uns dem britischen MDA melden und Ärger machen. Ich möchte nur reinkommen, Killian davon überzeugen, auf unsere verdammte Warnung zu hören, und wieder gehen. Kai kann die Details klären. Er ist viel besser in so was als ich."

Quinn schnaubte. „Dagegen werde ich nichts sagen."

Er schoss seinem Freund einen Blick zu, aber als Quinn mit den Schultern zuckte, konnte Aaron nicht anders, als wieder zu lächeln. „Du bist nur neidisch, weil ich unseren Flugwettbewerb für das sechste Jahr gewonnen habe. Das ist fast zwanzig Jahre her. Ich glaube, es ist Zeit, loszulassen, Qinn!"

„Wenn man bedenkt, dass ich in den folgenden zwei Jahren gewonnen habe, würde man meinen, dass du derjenige bist, der loslassen muss", erinnerte Quinn.

„Ich würde dich ja zu einem weiteren Match herausfordern, aber ich weiß, dass es deiner Gefährtin nicht gefallen würde."

„Vivian hätte sich wahrscheinlich vor einem Jahr nicht darum gekümmert. Aber jetzt mit dem kommenden Baby habe ich versprochen, vorsichtiger zu sein."

„Richtig, vorsichtig. Ich bin überrascht, dass sie dich auf diese Mission hat gehen lassen."

„Ich bin ein Beschützer, Aaron. Außerdem fühlt sie sich immer noch schuldig, weil Murray vor einem Jahr unter unserer Aufsicht entführt wurde. Wenn ich irgendwas tun kann, um die Jäger zu besiegen, wäre sie an Bord."

„Das stimmt, das habe ich vergessen." Aaron

blickte zu seinem Freund und zurück auf die Straße. „Aber keiner von euch sollte sich die Schuld geben. Jeder, dem diese blutige Mischung aus Immergrün und Alraunwurzel gegeben wurde, wäre bewusstlos geworden. Nicht einmal der Flugchampion im siebten und achten Jahr konnte das verhindern."

Quinn schmunzelte. „Du hast natürlich recht."

„Pardon? Ich muss wohl Stimmen hören. Kannst du das noch einmal sagen?"

„Ich werde dein verdammtes Ego nicht füttern, Caruso."

„Nicht ein wenig?", sagte Aaron und zwinkerte. Das Handy meldete, dass sie sich ihrem Ziel näherten. „Ich schätze, du wirst durch die Glocke gerettet. Weck Randall und Rossi auf. Wir lassen sie später Runden fliegen dafür, dass sie eingeschlafen sind, während sie im Dienst sein sollten."

Brenna Rossi und Sebastian Randall waren jüngere Beschützer, aber beide vielversprechend. Aaron war entschlossen, sie eher früher als später glänzen zu lassen.

Als das jüngere Paar aufwachte und Entschuldigungen murmelte, unterbrach Aaron sie. „Ihr könnt euch später entschuldigen. Nach diesem Nickerchen solltet ihr wachsam und bereit sein. Haltet euch an den Plan. Bennett Moore-Llewellyn bürgt für den Clan seiner Gefährtin, aber ich möchte, dass ihr alles beobachtet, bis euer Bauch euch dasselbe sagt."

Das Paar nickte zustimmend.

Aaron fuhr die letzte Kurve und bis zu einer drei

Meter hohen Steinmauer mit einem riesigen Metalltor. Ein dunkles, schwarzes Licht beleuchtete die alte
Struktur, und eine Kamera hing oben an der Wand.
Der Anblick erinnerte ihn an ein altes Gefängnis, das
bald von einem riesigen Gefangenenausbruch zum
größten Teil zerstört werden würde.

Der erste Eindruck des Glenlough-Clans war
nicht gerade Champagner und Cracker.

Trotzdem, County Donegal war entlegener als
Stonefire. Ganz zu schweigen von den vielen
menschlichen Gefechten, die als The Troubles
bekannt waren und weniger als 40 Meilen entfernt
in Derry/Londonderry stattgefunden hatten. Und
schon vorher hatte der Bürgerkrieg im 17. Jahrhun-
dert Gewalt in derselben Stadt ausgelöst. Verteidigung könnte die beste Option für das Überleben des
Glenlough-Clans gewesen sein.

Nicht, dass die meisten Stonefire-Drachen-
wandler zweimal über die lokale Menschenge-
schichte nachdenken würden. Eine von Aarons
geheimen Faszinationen war jedoch die Geschichte
zwischen Großbritannien und Irland. Nicht, dass er
das jemals jemandem erzählen und sein Image als
sorgloser, knallharter Beschützer ruinieren würde.

Oder, schlimmer noch, das britische MDA-
Büro würde ihn als irischen Sympathisanten
markieren, und er musste seinen Beschützer-Job
aufgeben. Er war keiner, aber die Spannungen
zwischen den irischen und nordirischen Drachenclans nahmen wieder zu. Das britische MDA

sperrte definitiv zuerst ein und stellte später Fragen.

Sein Drache schnaubte. *Du machst dir viel zu viele Sorgen. Die Geschichte hilft uns zu verstehen, woher wir kommen. Wie kann das schlecht sein?*

Er schnaubte innerlich. *Wie einfach muss das Leben als Drache sein.*

Aaron errichtete eine vorübergehende Barriere in sein Gehirn, um seinen Drachen zum Schweigen zu bringen. Er stieg aus dem Auto und die anderen drei Beschützer folgten ihm. Es war an der Zeit, seinen Charme einzusetzen und den Glenlough-Clan für sich zu gewinnen.

Wie zuvor vereinbart, klopfte Aaron zweimal an das Metalltor, wartete fünf Sekunden und klopfte wieder zweimal. Die kleine Kamera bewegte sich ein winziges Stück, wahrscheinlich, um in besser aufzunehmen.

Ein Schloss drehte sich, und das Tor schwenkte ein paar Zentimeter nach innen. „Ja?"

„Lager, Chips und Pommes."

Mit einem Grunzen, um das richtige Passwort zur Kenntnis zu bestätigen wurde, bewegte sich die Tür, bis Aaron und sein Team eintreten konnten.

Drinnen war es pechschwarz. Obwohl es üblich war, dass Drachen nach Sonnenuntergang ohne Licht gingen, weil sie nachts ziemlich gut sehen konnten, war nicht einmal eines der Cottages erleuchtet. Es war, als wäre der ganze Clan in Dunkelheit getaucht worden.

Der Mann, der die Tür geöffnet hatte, war in seinen Vierzigerjahren und hatte dunkles Haar. Er deutete mit der Hand. „Hier entlang."

Bevor Aaron auch nur seinen Mund öffnen konnte, um ein Wort zu sagen, war der Anführer schon einige Meter vor ihnen. Er musste sich vielleicht eher auf seinen Verstand und weniger seinen Charme verlassen, wenn ihre Begleitung eine Vorahnung auf den Clan als Ganzen gab.

Aaron und die anderen gingen etwa zehn Minuten, bevor ihr Begleiter vor einem großen, burgähnlichen Gebäude Halt machte. Die großen Glasfenster waren dunkel, aber er hörte ein leises Flüstern von innen. Vielleicht war der Clan in dem versammelt, was er für den Palas des Glenlough-Clans hielt.

Der irische Drachenmann meldete sich schließlich wieder zu Wort. „Sagt nichts, bis ihr Killian trefft. Wenn ihr es versucht, lautet mein Befehl, euch von unserem Land zu werfen und Stonefire zu verbieten, jemals zurückzukehren."

Die Befehle eines Fremden zu befolgen, war nicht das, was Aaron normalerweise tat. Aber in diesem Fall konnte die Existenz eines ganzen Clans auf dem Spiel stehen, also nickte er nur zustimmend.

„Gut, dann lasst uns gehen", sagte der Ire.

Sie traten über eine kleine Seitentür ein und gingen einen Gang und dann einen anderen hinunter, bevor sie eine Treppe hinunterstiegen. Die

Geräusche redender Personen wurden lauter. *Waren alle unter der Erde?*

Der irische Drachenmann öffnete eine Tür und sagte zu einem anderen Drachenwandler auf der anderen Seite: „Sie sind hier."

Die Tür öffnete sich weit, und Aaron erhaschte einen Blick auf den Rand einer Menschenmenge. Als er ihrem Begleiter in den Raum folgte, starb die Heiterkeit zu einer gedämpften Kakophonie aus Flüstern.

Es mussten mindestens 400 Drachenwandler in ihrer menschlichen Gestalt hier sein, von Babys bis zu Alten. Wenn nicht der singende Akzent gewesen wäre und die keltischen Motive an den Wänden, Wandgemälde, die Geschichte des Glenlough-Clans darstellten, hätte die Menge nicht so anders ausgesehen als in Stonefire.

Ein Gang öffnete sich, und Aaron blickte nach vorn. Killian O'Sheas dunkelhaarige Gestalt stand auf einer erhöhten Tribüne am Ende des nun offenen Gangs, seine Arme vor der Brust verschränkt.

Der Mann konnte nicht älter als Ende dreißig sein, aber seine einschätzenden Augen erinnerten ihn an Bram. Vielleicht war ein durchdringender Blick erforderlich, um Clanführer zu werden.

Obwohl Aaron nicht so sicher war, dass Killian im Gegensatz zu Bram Sinn für Humor hatte.

Aaron wurde angewiesen, vor dem Podest stehenzubleiben. Er knirschte mit den Zähnen und sah in Killians grüne Augen auf. Der Bastard sprach endlich. „Ihr seid spät."

„Es gibt nicht wirklich Straßenschilder, die einem sagen, wie man hierherkommt. Nicht einmal das Navi war sich ganz sicher, wohin wir müssen."

Quinn an seiner Seite meldete sich zu Wort. „Obwohl wir uns geehrt fühlen, auf den Ländereien eures Clans willkommen geheißen zu werden."

Killians Blick ging zu Quinn. „Wenigstens hat einer von euch Manieren." Aaron war versucht, etwas darauf zu erwidern, aber Killians Stimme unterbrach ihn. „Egal, Bennett hat sich für euch verbürgt. Das hat euch zumindest ein Treffen mit dem Anführer des Glenlough-Clans ermöglicht." Er machte ein Zeichen, und Bennett trat an Killians Seite. „Zeig ihnen den Weg zum Besprechungsraum. Ich werde mich gleich zu euch gesellen."

Nickend stieg Bennett die Treppe zur Hauptetage hinab und deutete mit dem Kopf. „Hier entlang."

Nur weil das Überleben des gesamten irischen Clans an diesem Treffen hängen konnte, hielt Aaron seinen Mund. Eine Sache, die er in Italien genossen hatte, war die Freiheit, zu sagen, was er wollte, wann immer er wollte, sogar dem Clanführer. Die italienischen Drachenclans hassten alles andere als die absolute Ehrlichkeit. Dem Anführer des irischen Clans war es jedoch nicht einmal zu dumm, über sich selbst in der dritten Person zu sprechen.

Sein Drache meldete sich zu Wort. *Aber wir sind nicht mehr in Italien.*

Glaub mir, das weiß ich.

Bennett öffnete schließlich eine Tür und führte sie in einen fensterlosen Raum, nicht mehr als vier mal vier Meter groß. Sobald Bennett die Tür geschlossen hatte, sprach Aaron wieder. „Was hatte es für einen Sinn, uns durch den Clan zu führen, wenn Killian die Dinge privat besprechen will?"

Bennett zuckte mit den Schultern. „Er wollte dem Clan eure Gesichter zeigen. Ihr müsst hier vorsichtig sein, vor allem angesichts der jüngsten Nachrichten."

„Apropos, wird er zuhören? Er hat kaum zwei Worte zu Bram gesagt, die über die Zustimmung zu diesem Treffen hinausgingen."

Bennett senkte die Stimme. „Er ist ein schwer zu lesender Bastard. Aber ihm liegt etwas an seinem Clan. Dafür werde ich bürgen. Wenn es eine Bedrohung gibt, wird er alles Erforderliche tun, um sie zu vernichten."

Bevor Aaron noch eine Frage stellen konnte, öffnete sich die Tür. Killian trat in den Raum, gefolgt von einer Frau mit den gleichen dunklen Haaren und grünen Augen.

Sein Drache meldete sich zu Wort. *Sie ist hübsch.*

Und mehr als tabu.

Wenn es eine Feier gibt, könnten wir vielleicht mit ihr plaudern.

Fang nicht damit an, Drache.

Die Pupillen der Frau blitzten ebenfalls auf, aber ihr Gesicht blieb stoisch, als sie neben Killian Platz nahm. Aaron nahm das als Zeichen, es ihr gleichzutun, und signalisierte seinen Leuten, dass sie sich ebenfalls setzen sollten.

Sobald sich alle am Konferenztisch niedergelassen hatten, sprach die irische Frau als Erste. „Seid ihr noch Verbündete des Northcastle-Clans?"

Aaron erwartete halb, dass Killian die Frau rügen würde, weil sie eine unpassende Bemerkung gemacht hatte. Aber alles, was der irische Anführer tat, war nicken. „Antworte ihr."

„Wir sind weder Verbündete noch Feinde. Stonefire hat seit den Siebzigerjahren keinen Kontakt mit dem nordirischen Clan." Und weil Aaron sich nicht zurückhalten konnte, fügte er schnell hinzu: „Aber das wusstest du schon, nicht wahr?"

Einer der Mundwinkel der Frau hob sich. „Natürlich. Unterschätzt uns nicht, nur weil wir nicht der allmächtige Stonefire-Clan sind."

„Und doch nimmst du an, dass wir Lügner sind?", fragte Aaron und hob seine Augenbrauen.

Die Frau zuckte mit den Schultern. „Bei den Engländern kann man nie vorsichtig genug sein, ob Menschen oder Drachenwandler."

Killian ergriff das Wort: „Genug, Teagan."

Sein Tier meldete sich wieder zu Wort. *Teagan.*

Der Name passt zu ihr. Ich wette, sie ist lebhaft, wenn sie sich entspannt.

Wir haben keine Zeit zu flirten. Lass es.

Während sein Drache in seinem Hinterkopf schmollte, sah Aaron zwischen Killian und Teagan hin und her. Es gab definitiv eine Ähnlichkeit. „Ich bin Aaron Caruso und das sind Quinn, Brenna und Sebastian." Er zeigte auf Killian. „Du bist Killian O'Shea." Er zeigte auf Teagan. „Und du bist Teagan wer?"

Sie grinste. „O'Shea. Wenn du das noch nicht herausgefunden hast, dann solltest du noch einmal zur Ausbildung zurückgehen, Aaron Caruso."

Er erwartete immer noch, dass Killian etwas sagen würde, aber der Mann schwieg. Aarons Verwirrung musste sich auf seinem Gesicht gezeigt haben, denn Teagans Stimme füllte wieder den Raum. „Wenn du darauf wartest, dass mein Bruder mir sagt, ich soll die Klappe halten, wirst du eine ganze Weile warten."

Aaron runzelte die Stirn. „Frauen können ihre Meinung frei äußern. In der Regel aber spricht der Clanführer bei einem wichtigen Treffen."

Teagan beugte sich vor. „Ah, aber der Clanführer spricht ja gerade."

„Wovon redest du?"

Teagan deutete um sich. „Willkommen in meinem Clan, Aaron Caruso. Ich hoffe, dass eine Anführerin deine Pläne nicht durchkreuzen wird."

Er richtete den Zeigefinger auf sie. „Du bist der Anführer des Glenlough-Clans."

Teagan warf ihre lockigen, dunklen Haare über die Schulter. Aarons Augen schossen zu ihrem nackten Hals, doch er fing sich schnell, als sie antwortete: „Die Einzige." Sie betrachtete ihn eine Sekunde, bevor sie hinzufügte: „Wenn du auch nur daran denkst, mich in einem Wettbewerb herauszufordern, hör auf. Ich habe jeden Mann in meinem Clan besiegt. Ich bin mir sicher, dass ein englischer Drachenwandler keine Chance hätte."

Sein Tier meldete sich zu Wort. *Faszinierend. Eine weibliche Führungspersönlichkeit. Ich will mehr wissen.*

Aaron ignorierte seinen Drachen und knurrte. „Nicht, dass es wichtig wäre, aber ich bin halb Italiener."

Teagans Lächeln wurde breiter. „Das sollte es sogar noch einfacher machen, dich zu besiegen."

Aaron ballte die Finger einer Hand unter dem Tisch. Vielleicht bekäme er eines Tages die Chance, Teagan herauszufordern und ihr das Lächeln aus dem Gesicht zu wischen. Für die Gegenwart gab es wichtigere Fragen. „Zurück zum Thema: Warum hast du uns getäuscht? Bram wird das sicherlich nicht gefallen."

Teagan lehnte sich in ihrem Stuhl zurück. „Es ist gängige Praxis für Glenlough, eine weibliche Führungspersönlichkeit zu haben. Wir haben jedoch gelernt, dass unsere Feinde uns als verwundbar sehen und häufiger angreifen, wenn es öffentlich bekannt wird. Ein Mann wird also immer öffentlich als Anführer benannt. Wenn jemand angreift, funktioniert es gut, denn der falsche Anführer ist immer einer unserer besten Beschützer und ein ausgezeichneter Köder."

Aarons Einschätzung von Glenlough ging um einige Kerben nach oben.

Er warf Bennett einen Blick zu, aber der Stone-fire-Mann zuckte die Achseln. „Ich war zu Verschwiegenheit verpflichtet."

Als er zu Teagan zurückblickte, murmelte er: „Clevere Frau!"

„Ich bin clever, Aaron Caruso, aber auch strate-gisch. Wenn du Glenlough verlassen und unser Geheimnis mit deinem Clanführer teilen willst, dann überzeuge mich, dass du mit ehrlichen Absichten hier bist und warum es dich interessiert, ob wir einen Drachenjägerangriff überleben oder nicht."

„Woher wissen wir, dass ihr euch nicht gegen uns wendet? Schließlich habt ihr uns schon einmal angelogen. Es ist möglich, dass ihr es noch einmal tut."

Killian sprach schließlich wieder. „Wir haben Aufnahmen von dem gesehen, was die Drachenjäger und Drachenritter in England und Schottland getan haben. Unabhängig von der Vergangenheit trauern wir um den Verlust eurer Clanmitglieder. Niemand möchte, dass das hier geschieht."

Aaron musterte Killian. Sein Drache meldete sich zu Wort. *Ich glaube, er ist ehrlich.*

Ich wünschte, seine Schwester wäre besonnener.

Ich weiß, dass du auf ihren Hals und ihre Lippen starrst. Vielleicht wäre sie besonnener, wenn sie nicht an uns in einer anderen Situation mit viel weniger Kleidung denken würde.

Wovon zum verdammten Teufel redest du?

Ich denke, wir sollten sie küssen.

Oh, nein! Nein, nein, nein! Ich will nicht für SIE mein Schicksal aufs Spiel setzen.

Seine Bestie schnaubte. *Aber sie ist interessant.*

Und das ist alles.

Die Stimme der betreffenden Frau füllte den Raum. „Ich bin neugierig, was dein Drache zu dir sagt."

Als er Teagans moosgrünen Augen begegnete, weigerte er sich absolut, zuzugeben, dass sie auffällig waren. „Er hat mir nur gesagt, dass Killian aufrichtig scheint."

Sie hob eine dünne, dunkle Augenbraue. „Und was ist mit mir?"

„Das möchtest du nicht wissen."

Teagan lachte schallend. „Ich weiß, wie das läuft." Ihr Gesicht wurde wieder ernst. „Lass es uns noch mal probieren. Was ist eure wahre Absicht, wenn ihr uns helfen wollt?"

Aaron weigerte sich, darüber nachzudenken, dass Teagans Drache sich ihn nackt vorstellen könnte, und antwortete: „Es gibt zwei Gründe.

Erstens: Stonefire sucht immer nach neuen Allianzen."

„Und zweitens?", fragte Teagan.

„Wir würden alles tun, um den Jägerbastarden einen Sieg zu verweigern. Selbst wenn es bedeutet, ein verdammtes Auto über die Insel zu fahren, obwohl Fliegen viel effizienter wäre."

Teagan tauschte einen Blick mit ihrem Bruder aus, bevor sie zu Aaron zurückblickte. „Dann werdet du und dein Team für die nächsten Tage mit Killian zusammenarbeiten."

„Und was ist mit dir?"

„So sehr ich weiß, dass du meine Gesellschaft liebst, ich habe noch ein paar andere wichtige Dinge zu erledigen." Teagan stand auf. „Ich bin sicher, wir werden uns wieder treffen."

Damit drehte die Irin sich um und ging aus dem Zimmer. Trotz aller Gründe, aus denen er das nicht tun sollte, konnte Aaron nicht anders, als ihren Po anzustarren, während ihre Hüften schwangen. Er mochte ihr Selbstvertrauen.

Sein Drache schmunzelte. *Warte einfach.*

Killian überlegte, was er dazu sagen sollte, und räusperte sich. „Das ist meine Schwester, die du da anstarrst, Caruso. Mach nur so weiter, und ich werfe dich in eine der Arrestzellen."

Er sah Killian in die Augen. „Kein Grund, so extrem zu werden. Kommen wir zum Geschäft. Je eher wir die Jäger daran hindern, anzugreifen, desto eher seid ihr uns los."

Während Killian erzählte, was er von Eindringlingen in der Gegend wusste, wanderte Aarons Gedanken zu der Clanführerin. Die Frau hatte Geheimnisse, er war sich dessen sicher. Aber er war sich nicht sicher, ob er sie herausfinden oder verdammt nochmal davonlaufen wollte, bevor sein Drache andere Ideen hatte.

Während sein Tier selbstgefällig schweigend dasaß, konzentrierte Aaron sich auf seinen Hass auf die Drachenjäger. Er würde seine ganze Energie auf den Feind konzentrieren. Je eher er wieder in Stonefire war, desto besser.

Kapitel Achtzehn

Schon fünf Tage lag Rafe neben Nikkis warmer Drachenhaut zusammengerollt, als er vor dem Zelt ein Rascheln hörte. Er bewegte sich nicht und öffnete die Augen einen Spalt weit, um zu sehen, wer da war. Auch wenn in den Tagen, seit Nikki verletzt worden war, niemand mehr angegriffen hatte, würde er kein Risiko eingehen.

Doch als die frühe Morgendämmerung Dr. Sids große Gestalt umriss, entspannte sich Rafe, öffnete seine Augen ganz und setzte sich auf. Nikki raschelte neben ihm.

Sid schaltete die einzelne Glühbirne, die von der Mitte des Zeltes hing, an und ging zu Nikkis verletztem Flügel. „So ungeduldig wie du warst, dachte ich, ich sehe nach dir, bevor ich zu meinen anderen Patienten gehe. Sonst würde mich Rafe hier mit Anrufen und Textnachrichten belästigen, bis ich es täte."

Er runzelte die Stirn. „Ich habe dich nicht belästigt. Du hast gesagt, ich sollte alle Bedenken melden. Das habe ich."

Sid schüttelte den Kopf und entfernte vorsichtig die Bandage von Nikkis Wunde. „Bist du sicher, dass du ein Mensch bist und nicht zum Teil Drachenwandler?"

„Warum fragen mich die Leute das immer wieder?", fragte er. Nikki begegnete seinem Blick, und Belustigung tanzte in ihren Augen. Er stupste sie verspielt an. „Bis du vollständig geheilt bist, kannst du nichts sagen. Das war unsere Vereinbarung."

Sie grinste breit.

Er tätschelte sanft Nikkis Haut. So sehr er ihre Drachengestalt liebte, er vermisste es, mit ihr zu sprechen. Sicher, er hatte sie auf dem Laufenden gehalten, was an wenigen Informationen über Irland von Aaron gekommen war, aber er wollte mehr als nur ein offenes Ohr; er wollte Nikkis Beiträge, Vorschläge, Analysen und sogar ihr Necken. Verdammt, er vermisste ihre Diskussionen.

Allerdings musste es für Nikki viel schwieriger sein, auf ihre Drachengestalt beschränkt zu sein. Schließlich saß sie hier fest, während sich ein Stonefire-Kontingent mit Killian O'Shea getroffen hatte. Er hoffte nur, dass Dr. Sid Nikki nach der aktuellen Untersuchung das Okay gab, wieder zu wandeln.

Aaron sollte später am Nachmittag wiederkommen, und Rafe wollte, dass sie an der Nachbesprechung teilnehmen konnte.

Sid sah sich Nikkis Flügel genauer an. Ein paar Sekunden vergingen, und Rafe konnte nicht länger schweigen. „Und?"

Die Ärztin hob nur die Augenbrauen. „Dieser Tonfall wird mich nicht schneller arbeiten lassen, Rafe Hartley."

Er knurrte, aber Nikki wickelte ihren Schwanz um seine Mitte, um ihn an Ort und Stelle zu halten.

Sid packte ihre Arzttasche sorgfältig zusammen und sprach nicht mehr, bis sie fertig war. „Ich kann dich zwar noch nicht für den Dienst freistellen, aber ich denke, dein Flügel ist so geheilt, dass du wandeln kannst. Ich gebe euch eine halbe Stunde Privatsphäre, während ich nach einem anderen Patienten sehe. Dann komme ich zurück, um deinen menschlichen Körper zu untersuchen und sicherzustellen, dass alles in Ordnung mit deiner Schwangerschaft ist." Sid sah zu Rafe. „Du musst ihre Schiene entfernen, bevor sie wandelt."

Er teilte einen Blick mit Nikki und nickte dann. „Das werde ich."

„Gut. Dreißig Minuten und nicht mehr. Denkt daran, denn ich werde alles unterbrechen, was ihr zu diesem Zeitpunkt vielleicht tut."

So sehr Rafe Nikkis nackten menschlichen Körper gegen sich ziehen und sie beanspruchen wollte, er wollte zuerst ihre Stimme hören.

Sid ging, und Nikki ließ ihn los. Er eilte zu ihrem Flügel und sagte: „Ich werde den in einer Sekunde abhaben. Sobald du dich dann wandelst, sag mir, was du tun willst oder brauchst, und ich werde dafür sorgen, dass es passiert. Weil ich noch nicht fertig damit bin, mich um dich zu kümmern, bis du für den Dienst freigegeben bist."

Er löste die Bänder und Verschlüsse, mit denen die Schiene an Nikkis Flügelknochen befestigt war. In dem Moment, in dem er alles abgenommen hatte, was abgenommen werden musste, trat er zurück und sah zu. Nikkis Schnauze schrumpfte zu einer Nase, während ihre Gliedmaßen zu Armen und Beinen wurden und ihr Schwanz und ihre Flügel sich in ihren Rücken zurückzogen.

Innerhalb weniger Sekunden stand Nikki aufrecht und schlank in ihrer menschlichen Gestalt da, mit ihren dunklen Haaren, die um ihre Schultern fielen. Sie flüsterte „Rafe" und stürzte in seine Arme.

Mit einem Arm hielt er sie fest und erkundete mit seiner freien Hand ihre Schultern, ihr Haar, ihren Po. „Ich liebe deinen Drachen, aber ich habe dich vermisst."

Sie schmiegte sich an seine Schulter. „Ich habe dich auch vermisst. Nicht mit dir reden zu können, war die reinste Folter." Sie löste sich von ihm. „Und doch bist du geblieben. Die ganze Zeit bist du bei mir geblieben und hast mich über alles auf dem Laufenden gehalten – über die Reise nach Irland und die Waffe, die ihr konfisziert habt." Tränen füllten ihre Augen. „Du weißt gar nicht, wie viel mir das bedeutet."

Er streichelte ihre Wange und murmelte: „Ich kann mir einen Weg vorstellen, wie du das wiedergutmachen kannst. Schließlich schuldest du mir noch was dafür, dass Kai vor anderthalb Wochen zu meinen Gunsten entschieden hat."

Nikki runzelte die Stirn. „Du willst das jetzt einfordern?"

„Ja. Weil ich keine Ausreden darüber hören möchte, dass du gerade deine Zähne putzt oder eine Dusche brauchst." Er drückte sie noch fester an seine Brust. „Küss mich, Nikki, und dann werde ich dich beanspruchen. Denn nach der letzten Woche lasse ich dich nie mehr gehen."

Das Gesicht seiner Drachenfrau wurde unlesbar, und er fragte sich, ob er einen Fehler gemacht hatte. Hatte die letzte Woche das Gegenteil für sie bewirkt? Hatte sie nur die Unterschiede zwischen ihnen hervorgehoben, und sie dachte jetzt, dass es nie funktionieren könnte?

Wenn ja, musste er nur noch mehr daran arbeiten, sie davon zu überzeugen, dass sie zusammengehörten. Denn Rafe konnte sich nicht vorstellen, mit jemand anderem zusammen zu sein.

Dann zuckte Nikkis Mundwinkel hoch, und sein Herz begann wieder zu schlagen. „Dann solltest du dich besser beeilen. Sid hat das nicht zum Spaß gesagt, dass sie in genau dreißig Minuten wiederkommen werde. Ich weiß nicht, was mit dir ist, aber ich würde ihr lieber keine kostenlose Show bieten. Vor allem, weil ich sie von deinem nackten Körper wegjagen müsste."

Rafe berührte ihre Wange und sagte: „So eifersüchtig und besitzergreifend. Du verhältst dich genau wie ein Drachenwandler."

„Ich bin ja auch einer", knurrte sie.

Rafe grinste breit, beugte sich hinab und küsste sie. In dem Moment, als Nikkis Lippen seine berührten, legte sich ein Gefühl der Richtigkeit über ihn. Aber es wurde schnell durch Hitze und das Verlangen ersetzt, viel mehr zu tun, als ihre Lippen zu berühren.

Er unterbrach den Kuss, hob Nikki auf seine Arme und legte sie vorsichtig auf das Lager am Boden. Trotz der Tatsache, dass die Uhr tickte, lehnte er sich zurück und strich Nikkis über Schlüsselbein, hinunter zwischen ihre Brüste, über ihren Bauch, und schließlich neckte er den Schlitz zwischen ihren Beinen. „Für jemanden, der so abweisend ist, bist du schon verflucht feucht für mich."

„Rafe, hör auf, Zeit zu verschwenden —"

Ihre Worte wurden zu einem Stöhnen, als er einen Finger in sie stieß. Während er ihn weiter hinein- und herausbewegte, beobachtete er, wie sich Röte über Nikkis Brust und ihre Wangen ausbreitete. „Verdammt, du bist schön."

Nikki öffnete ihre dunkelbraunen Augen und sah ihn an. „Du auch." Sie streckte eine Hand an seinen Arm und kratzte ihre Nägel über seine Haut. „Zieh dich aus und zeig es mir."

Rafe war kein Narr, also zog er seinen Finger heraus, zog sein Hemd aus und ließ die Hose fallen. Gerade als er sich hinunterbeugen und Nikkis Körper bedecken wollte, legte sie eine Hand an seine Brust, um ihn aufzuhalten. Das ließ ihn die Stirn runzeln, aber Nikki zog die definierten Muskeln seines Oberkörpers nach, und ihre Stimme füllte das Zelt. „Wenn wir einen Jungen bekommen, hoffe ich, er sieht genauso aus wie du, auch wenn das bedeutet, dass wir die unwürdigen Frauen vertreiben müssen, wenn er älter ist."

Rafe hörte auf zu atmen. „Nikki?"

Sie sah ihm mit einem Lächeln in die Augen. „Ich hatte viel Zeit zum Nachdenken in der letzten Woche. Und mit jedem Tag, den du an meiner Seite verbracht und dich um mich gekümmert und mir die neuesten Nachrichten über die Beschützer mitgeteilt hast, wurde es für mich immer schwieriger, meine Ängste vor dem Großziehen eines Kindes zu rechtfertigen. Du bist engagiert, loyal, fürsorglich und beschützend. Unabhängig davon, was die Zukunft bringt, verstehe ich jetzt, dass du unser Kind niemals freiwillig verlassen wirst."

Er ließ sich auf ihrem Körper nieder und nahm ihr Gesicht in seine Hände, während er ihre Augen betrachtete. „Bist du dir auch sicher deswegen? Du hattest eine schwierige Woche, und ich möchte nicht, dass du dich in dieser Entscheidung in die Ecke gedrängt fühlst."

Sie rieb ihre Wange an seiner Hand. „Ich habe die Entscheidung nicht getroffen, weil ich mich in die Ecke gedrängt fühle. Ich habe sie deinetwegen getroffen, Rafe Hartley. Ich will, dass du für unser Kind ein Vater bist."

Da er nicht mehr widerstehen konnte, küsste er Nikki und schob seine Zunge zwischen ihre Lippen.

Während er streichelte und erkundete, hielt er ihren Kiefer sanft in seiner Hand. Er wollte nichts anderes, als Nikki als Frau zu haben und mit ihr ein Kind großzuziehen.

Rafe weigerte sich, Zweifel über die Zukunft des MDA seinen Verstand benebeln zu lassen, und konzentrierte sich auf das Positive. Er war näher denn je daran, die Familie zu haben, von der er nie gewusst hatte, dass er sie schon immer wollte. Und er würde darum kämpfen, das Geschenk zu behalten, das Nikki ihm gerade gemacht hatte.

Nachdem Nikki ihre Entscheidung getroffen hatte, einen Vertrauenssprung zu machen und ihr Kind zu behalten, war es reine Folter gewesen, es Rafe nicht sagen zu können, während sie in Drachengestalt war. Vielleicht hätte sie bis später warten sollen. Doch als sie seinen harten, muskulösen Körper nachverfolgte, waren die Worte einfach so herausgerutscht.

Rafe hatte seitdem angefangen, sie zu küssen, ihren Mund zu verschlingen, als ob er verhungern würde, und sie wäre das Einzige, das seinen Hunger stillen könnte. Seine Begeisterung schürte ihr eigenes Feuer, und sie grub ihm ihre Nägel in den Rücken, während sie ihn streichelte.

Eine von Rafes Händen strich zwischen ihre Beine, und Nikki stöhnte in seinen Mund. Sie hatte seine entschlossene, besitzergreifende Berührung vermisst.

Ihr Drache summte. *Ich auch.*

Rafes Finger waren verschwunden, stattdessen stieß sein Schwanz in sie. Sie stöhnte, weil er sich so dick und gut in ihr anfühlte. Rafe hörte jedoch nicht auf, ihrem Mund Aufmerksamkeit zu schenken. Sie kratzte mit ihren Nägeln über seinen Rücken und packte eine seiner Pobacken. Dabei bewegte Rafe seine Hüften kurz langsamer und wurde mit jeder Bewegung schneller.

Schließlich ließ er ihre Lippen los. Nikki unterbrach nicht den Blickkontakt, als er seine Hüften weiter bewegte. Lust mischte sich mit Intensität, als ob er tief in ihr Wesen hineinblickte, sowohl auf ihre menschliche als auch auf ihre Drachenhälfte. Nie hatte sie gedacht, dass ein Mensch so verständnisvoll für ihre zwei Persönlichkeiten sein könnte.

Mit einer Hand strich er ihre Brust hinunter, kniff ein paarmal in ihre Brustwarze, und alle ernsthaften Gedanken flohen aus ihrem Geist, als ihr Körper sich erhitzte und sogar noch feuchter wurde.

Als er seine Aufmerksamkeit unterbrach, schrie sie auf und wollte fragen, warum. Aber als seine Hände ihren Po packten und ihn hoben, drang sein Schwanz noch tiefer ein, und ihr Protest verstummte. „Rafe."

„Du gehörst mir, Nikola Gray." Er stieß härter zu. „Und ich werde jedes Mittel verwenden, das nötig ist, um dich zu behalten."

In jedem anderen Moment hätte sie diskutiert. Doch der Druck wuchs. Sie war zu nah dran, um sich um sich darum zu scheren, dass er den Alpha raushängen ließ.

Nikki packte seine Unterarme und bewegte sich mit seinen Stößen. „Ich bin so nah dran. Härter!"

Ohne zu zögern bewegte Rafe sich schneller, als hinge ihr Leben davon ab.

Er beugte sich vor und saugte einen ihrer Nippel in den Mund. Er biss zu, bevor er den Schmerz mit seiner Zunge linderte. Wenn er es nur noch einmal tun würde ...

Als er dann noch fester in ihre Brustwarze biss, tanzten Lichter vor Nikkis Augen, während ihr Orgasmus hart zuschlug. Welle für Welle der Lust durchströmte ihren Körper, und Rafes Bewegungen verstärkten das Gefühl nur noch.

Gerade als sie allmählich von ihrem Hoch herunterkam, hielt er inne und brüllte Nikkis Namen. Sein Orgasmus brachte sie dazu, selbst in einige weitere zu wirbeln.

Als der letzte Krampf ihren Körper packte, brach

Rafe auf ihr zusammen. Seine Hitze, sein Gewicht und sein Geruch beruhigten sie. Irgendwie war Rafe in den letzten Wochen zu einem Felsen in ihrem Leben geworden.

Sie schlang ihre Arme um ihn und hörte seinem rasenden Herzschlag zu. Sie hoffte nur, dass sie den Rest ihrer Tage darauf lauschen könnte. Weil sie viel mehr wollte, als nur ihr Baby behalten; Nikki wollte ihren Menschen behalten.

Das Schwierige wäre, herauszufinden, wie das ging. Vor allem, weil es immer komplizierter wurde, die wachsenden Gefühle zu ignorieren, die sie für ihn hatte. Nikki war weit über das bloße Schwärmen einer jungen Frau hinaus. Mit der Zeit könnte sie sich leicht in ihn verlieben.

Aber hätte sie die Gelegenheit, diesen Punkt zu erreichen, oder würden die menschlichen Gesetze sie auseinanderreißen?

Sie wollte den Moment nicht mit Zweifeln an der Zukunft ruinieren, deswegen schmiegte sie sich an seine Schulter und beschloss, die Stimmung zu lockern. „Du weißt schon, dass jeder im Umkreis von einer halben Meile wahrscheinlich gehört hat, wie du meinen Namen geschrien hast."

Ein Lachen grummelte in seiner Brust. „Gut."

Seufzend drückte sie ihn fester an sich. „Du benimmst dich wie ein Kerl."

Er drehte seinen Kopf, um ihrem Blick zu begegnen, und zog einen Finger über ihre Wange. „Weil ich einer bin."

Sie lachte. „Und so sehr ich das später bedauern mag: Ich bin froh darüber."

Sein Grinsen ließ ihr Herz noch weiter schmelzen. Obwohl die Stoppeln auf seinen Wangen sie an seine ständige Wachsamkeit erinnerten und die Tatsache, dass Dr. Sid bald wiederkommen würde.

„Ich sehe die Räder in deinem Kopf rattern, Nikki. Woran denkst du gerade?"

Sie runzelte die Stirn. „Weißt du, ich glaube, du bist jetzt ein bisschen zu sehr auf meine Körpersprache abgestimmt."

„Und das ist ein Problem, weil? Ich dachte, Frauen wollten, dass Männer besser verstehen, was ihnen am Herzen liegt."

Sie konnte ihr Lächeln nicht zurückhalten. „Manchmal. Aber eine Frau muss auch Geheimnisse haben."

Rafe gab ihr einen langsamen, sanften Kuss, bevor er antwortete: „Viel Glück dabei! Denk daran, ich habe den größten Teil meines Erwachsenenlebens damit verbracht, Geheimnisse herauszufinden."

Sie verdrehte die Augen und drückte gegen Rafes Brust. „Du bist vielleicht gut darin, aber mein Gehör ist besser. Ich höre, wie sich jemand dem Zelt nähert. Wenn du also nicht auf frischer Tat ertappt werden willst, solltest du ein paar Klamotten anziehen."

„Was ist mit dir?"

„Meine Nacktheit sollte keine Rolle spielen, aber

wenn du mir dein Hemd gibst, werde ich das tragen, damit du nicht knurrst."

Rafe zog sich widerwillig zurück. Nikki wollte nichts mehr, als ihn wieder an sich zu ziehen, aber die Schritte wurden lauter.

Er warf ihr sein Hemd zu. Gerade als sie es über den Kopf zog und Rafe seinen Reißverschluss hochzog, stand Kai im Eingang. Da Nikki nicht wollte, dass die beiden sich gegenseitig umbrachten, stellte sie sich vor Rafe. „Hi, Kai."

Ihr Boss musterte sie kurz. „An dir ist noch alles dran."

Sie lehnte sich an Rafes Brust und schnaubte. „Wenn du Zeit hast, Witze zu machen, kann es nicht so schlimm sein."

Kais Ausdruck wurde neutral, und Nikki versuchte, sich keine Sorgen zu machen. „Ich würde nicht ‚schlimm' sagen, aber sie sind sicherlich nicht ideal."

Rafes Arme umschlossen ihre Taille, als er zu erfahren verlangte: „Wovon sprichst du, Sutherland?"

„Nicht hier", antwortete Kai und schüttelte den Kopf. „Sobald Sid ihre Abschlussuntersuchung gemacht hat, möchte ich, dass ihr beide was esst, euch säubert und mich in meinem Cottage besucht."

Nikki sah ihren Boss an. „Ich bin mir nicht sicher, dass mir gefällt, wie sich das anhört."

„Wir werden später reden. Ich erwarte, euch beide in anderthalb Stunden zu sehen."

Kai verließ das Zelt ohne ein weiteres Wort. Nikki sah Rafe über ihre Schulter an. „Hat er dir im Laufe der Woche etwas zu dir gesagt, das du vergessen hast, mir gegenüber zu erwähnen?"

Rafe schüttelte den Kopf. „Ich habe keine verdammte Ahnung, wovon er redet."

„Ich auch nicht", antwortete Nikki.

Beiden standen schweigend da und fragten sich, was passieren würde. Vielleicht waren Nikkis Zweifel daran, dass Rafe auf Stonefire blieb, berechtigt.

Als ob er ihre Gedanken gelesen hätte, zog er sie fester an sich und lehnte seine Wange gegen ihre. „Was auch immer es ist, wir stellen uns dem gemeinsam."

Nikki zweifelte nicht einmal eine Sekunde an seinen Worten.

Kapitel Neunzehn

Rafe stand vor Kais und Janes Cottage mit seinem Arm um Nikkis Schultern und klopfte noch einmal. „Man sollte doch meinen, er könnte uns hören. Ihr Drachenwandler prahlt schließlich oft genug mit eurem verdammten Gehör."

Nikki pikste in seine Seite. „Es ist kein Prahlen, wenn es die Wahrheit ist. Wer weiß, vielleicht sind sie gerade fertig und müssen sich noch anziehen."

„Igitt, nein. Ich möchte nicht daran denken, dass meine Schwester Sex hat."

Nikki schüttelte kaum merklich den Kopf. Ihr dunkles Haar, das um ihr Gesicht hüpfte, betonte nur die Blässe ihrer Haut. Während er darauf wartete, dass jemand öffnete, flüsterte er: „Bist du sicher, dass das okay für dich ist? Du hast eben noch das Essen von dir gegeben und siehst blasser aus, als ich es mir wünschte."

„Mir geht's gut, Rafe. Sid sagte, das Baby ist in Ordnung, und ich hatte gerade einen Anfall von Morgenübelkeit. Das einzig Gute daran, eine Woche lang in Drachengestalt zu verbringen, war, dass ich mir keine Sorgen machen musste, mich übergeben zu müssen. Unseren Drachenseiten wird nicht schlecht, wenn sie schwanger sind."

Er sah sie an. „Wenn du meinst."

Nikki öffnete den Mund, um zu antworten, aber die Tür schwang nach innen, und Jane stand in der Tür. Rafe kniff die Augen zusammen, als er ihre geröteten Wangen sah, und sagte: „Du hast dir ganz schön Zeit gelassen, Janey."

Sie strich mit einer Hand durch ihr zerzaustes Haar und trat zur Seite. „Es ist nicht meine Schuld, dass ihr ein paar Minuten zu früh seid. Kais Zeit ist begrenzt. Außerdem kommt ihr normalerweise pünktlich."

Nikki reagierte, bevor er es konnte. „Ignoriere deinen Bruder. Er hat in der letzten Woche nicht gut geschlafen und ist schlecht gelaunt."

„Ich bin nicht schlecht gelaunt", brummte Rafe.

Nikki drehte ihr Gesicht in seine Richtung. „Doch, bist du, aber ich würde die letzte Woche gegen nichts eintauschen wollen."

Rafe zwinkerte. „Ich hätte geschworen, dass nicht reden oder mich beschimpfen zu können, dich verrückt machen würde."

„Und so kann man eine schöne Erinnerung ruinieren, Rafe", antwortete Nikki.

Jane ging in Richtung Halle. „Ihr könnt später weiterschäkern. Kai wartet auf euch und hat Neuigkeiten, die ihr hören müsst."

Rafe führte Nikki vorsichtig durch die Halle. „Wenn du weißt, was es ist, dann sag es uns einfach, Jane."

„Nein", erwiderte Jane ihn mit einem Kopfschütteln. „Kais Arbeitszimmer ist der am besten schallisolierte Raum im Cottage. Ihr könnt es euch da anhören."

Die Tatsache, dass sie einen schalldichten Raum brauchten, linderte Rafes Ängste nicht gerade.

Nikki drückte ihn mit dem Arm, den sie um seine Taille geschlungen hatte, und erinnerte ihn daran, dass sie bei ihm stehen würde, egal was passierte. Letzten Monat hätte es keinen Unterschied gemacht. Aber im Moment linderte Nikkis Zusicherung seine Sorge tatsächlich etwas

Nachdem er sie in ihrer Drachengestalt gepflegt und sie ihm gesagt hatte, sie wolle ihr Kind behalten, wurde es schwieriger, sich sein Leben ohne sie vorzustellen. Verdammt, er verliebte sich schon in sie. Wenn Rafe nicht aufpasste, konnte er tatsächlich anfangen, romantischen Mist auszuspucken.

Doch als Nikki ihren Kopf an seine Schulter lehnte, lächelte er und dachte, es wäre nicht so schlimm. Er liebte es, Nikkis Augen vor Glück oder Vergnügen leuchten zu sehen. Er war sich nicht sicher, welche Emotionen sie fühlen würde, wenn er versuchte, romantisch zu sein.

Ja, Rafe Hartley, der harte Soldat mit Alpha-Ruf wurde weich wegen einer bestimmten Drachenfrau. Und es machte ihm überhaupt nichts aus.

Jane klopfte zweimal an die Bürotür, und Rafe wurde in die Gegenwart zurückgebracht. Alle romantischen Gedanken an Nikki und den Versuch, es nicht zu vermasseln, mussten warten.

Seine Schwester öffnete die Tür mit gedämpfter Stimme. Kai stand am Fenster, drehte sich jedoch um, um jeden von ihnen nacheinander anzusehen. „Macht die Tür zu."

Rafe war versucht zu sagen, dass er das ohnehin vorhatte. Aber der ruhige, ernste Ausdruck und Ton von Kais Stimme ließen seinen Nacken kribbeln. Kais Nachrichten würden keine guten Nachrichten sein.

Nikki schloss die Tür und war die Erste der beiden, die sich zu Wort meldete. „Erzähl uns einfach, was los ist, Kai."

Mit einem Seufzer wandte Kai sich ihnen zu. „Ich habe gestern Abend einige Neuigkeiten erhalten, die für uns alle relevant sind. Es ist noch nicht öffentlich bekannt, aber Jonathan Christie wurde zum neuen Direktor des Ministeriums für Drachenangelegenheiten gewählt."

Rafe kniff die Augen zusammen. „Du meinst, der Bastard, von dem wir ziemlich sicher sind, dass er diese Gruppe von ehemaligen Jägern angeheuert hat, auch wenn wir es noch nicht beweisen können?"

Jane antwortete: „Genau der. Der öffentliche

Druck hat die Hand des Premierministers dazu gezwungen. Seit seinem Auftritt hat sich die Öffentlichkeit um Christie versammelt und auf die Parlamentsmitglieder eingeredet, sie sollten ihn wählen, um Stonefire zu retten."

Rafe sprang ein. „Erinnert sich denn niemand an seine früheren öffentlichen Äußerungen? Darüber, dass die Drachen den Menschen dankbar sein sollten, weil sie ihnen helfen? Und dass, wenn sie die Regeln des MDA nicht mögen, die Drachen Großbritannien einfach verlassen sollten?"

„Ich weiß", antwortete Kai. „Aber die Medien haben es als einen Sinneswandel angepriesen. Denk daran, dass die meisten Menschen uns noch vor zwei Jahren gefürchtet haben. Sie meinen, dass, wenn sie sich ändern können, dann auch Christie."

Jane winkte in Richtung Rafe. „Seine Ernennung bedeutet, dass deine Zukunft jetzt ungewiss ist, Rafe. Ich bezweifle, dass Christie versuchen wird, sich wegen deiner Entsendung hierher mit der Army anzulegen, aber ich weiß, dass er das Gesetz nicht ändern wird, um dir das Bleiben zu erlauben."

Wut kochte in seinem Magen. „Dann können wir nur eins tun."

Nikki runzelte die Stirn. „Und das wäre?"

Rafe sah hinab, um ihr in die Augen zu blicken. „Konkrete Beweise dafür finden, dass Christie mit den Drachenjägern in Verbindung steht."

Nikki hatte Kais Informationen über den neuen Direktor des MDA noch kaum verdaut, als Rafe seinen Vorschlag machte. Kai öffnete den Mund, um etwas zu sagen, doch sie kam ihm zuvor. „Und wie zum Teufel werden wir das tun? Der einzige Gefangene, der sagte, Christie habe die Waffen gespendet, hat seine Meinung geändert. Und ich bezweifle, dass die Army dir die Erlaubnis geben wird, den MDA-Direktor auszuspionieren."

„Ich habe vielleicht ein paar Kontakte, die helfen können. Ich habe auch vor, den Jäger zu finden, der uns letzte Woche im Wald entkommen ist. Alles, was die anderen uns gesagt haben, deutet darauf hin, dass er der Drahtzieher des Angriffs ist." Rafe sah zu Kai. „Obwohl wir, wenn wir zusammenarbeiten, ihn wahrscheinlich schneller finden."

„Da wir beide Christie entlarven wollen, ist das in Ordnung. Obwohl ich mit Bram sprechen muss, um das zu bestätigen."

Jane meldete sich zu Wort. „Du hast ziemlich schnell nachgegeben, Kai."

Kai zuckte die Schultern. „Nur weil dein Bruder eine Nervensäge ist, bedeutet das nicht, dass ich seine Fähigkeiten nicht erkennen kann."

Nikki blinzelte. Dass Kai Rafe quasi-Komplimente machte, war seltsam. Hatte sich die Welt seit ihrer Verletzung so sehr verändert?

Ihr Drache grunzte. *Nicht alle Änderungen sind schlecht.*

Nikki fand ihre Stimme wieder und sagte:

„Wenn Bram Ja sagt, dann werde ich Rafe auch helfen. Zusammen könnten wir die Dinge schneller herausfinden, als wenn er allein arbeitet. Ich weiß, bei wem ich in Stonefire darauf vertrauen kann, dass auch er bei der Jagd hilft. Durch die Bündelung unserer Ressourcen sollte alles schneller funktionieren."

Kai hob die Brauen. „Geht's dir gut genug dafür?"

„Natürlich tut es das", erklärte Nikki. „Mein Flügel mag noch empfindlich sein, aber es gibt viel, was ich ohne Fliegen tun kann. Ich bin sicher, dass Dr. Sid mir da zustimmen würde."

Rafe zeichnete Kreise auf ihrem unteren Rücken. Die Kreisbewegung lockerte einige ihrer Spannungen. Ohne dass er ein Wort sagte, wusste sie, dass Rafe sie unterstützen würde.

Eine Sekunde lang musterte Kai sie, bevor er nickte. „In Ordnung, dann muss ich Bram meinen Vorschlag machen. Ich möchte, dass ihr beide euch ausruht, bis Aaron heute Nachmittag aus Irland zurückkommt. Ich möchte außerdem, dass ihr beide an diesem Briefing teilnehmt. Wenn ihr keine weiteren dringenden Fragen habt, könnt ihr gehen."

„Wann wirst du Brams Antwort bekommen, Kai?", fragte Nikki.

„Bald", antwortete Kai. „Ich werde nach Aarons Briefing mit dir sprechen." Er hielt eine Sekunde inne, bevor er hinzufügte: „Aber in der Zwischenzeit könnt ihr gerne Ideen sammeln. Ihr zwei seid wie ich: Wenn ihr einmal eine mögliche Mission habt, dann wollt ihr einfach anfangen.“

Nikki sah Kai an. „Ich freue mich über dein Verständnis, aber ich bin überrascht, dass du nicht protestierst oder Befehle bellst.“

„Die Tatsache, dass du den Clan vor dem Angriff gewarnt hast, anstatt es selbst mit ihnen aufzunehmen, selbst bei deiner Vergangenheit, die ja mit den Drachenjägern zusammenhängt, hat mir gezeigt, dass du bereit bist, mehr Verantwortung zu übernehmen. Enttäusche mein Urteil nicht, Nikki“, antwortete Kai.

Ihr Drache meldete sich zu Wort. *Es sieht so aus, als ob du endlich die Anerkennung bekommst, die du so unbedingt wolltest.*

Du scheinst ein bisschen unterfordert zu sein.

Das bin ich. Ich brauche nicht die Zustimmung des Clans, um zu wissen, dass ich brillant bin, und du auch.

Da alle auf ihre Antwort warteten, hörte sie auf, mit ihrem Tier zu sprechen. „Ich werde dich nicht enttäuschen, Kai. Die Tatsache, dass du bereit bist, mir zu helfen, einen Mann zu behalten, an dem dir wenig liegt, bedeutet mir viel.“

Kai bemerkte: „Hartley ist gar nicht so schlecht.“

Rafe schnaubte. „Kling bloß nicht zu begeistert.“

Jane runzelte die Stirn. „Rafe, mach die Situation nicht noch schlimmer. Dein Verhalten in dieser Woche hat Kais Einstellung dir gegenüber erheblich verbessert.“

Kai grunzte, und Nikki biss sich auf die Lippe, um nicht über den Blick in seinem Gesicht zu lachen. Anscheinend hatte Jane zu viel erzählt.

Nikki betrachtete Rafes Profil. Sie würde darum kämpfen, die gleiche Geborgenheit und das gleiche Vertrauen mit ihrem Menschen zu haben, wie Kai mit seinem.

Ihr Tier knurrte. *Niemand wird ihn uns wegnehmen. Er gehört uns.*

Sie brauchte den Trost von Rafes Berührung. Deswegen lehnte sie sich an seine Seite, und er tätschelte ihre Hüfte. Rafe nickte Kai zu. „Wir werden bei dem Meeting sein. In der Zwischenzeit werde ich mich um Nikki kümmern."

„Gut. Wir sehen euch dann heute Nachmittag."

Nachdem Jane sich verabschiedet hatte, führte Rafe Nikki aus Kais und Janes Cottage. Als sie weit genug von allen Häusern entfernt waren, flüsterte sie: „Glaubst du wirklich, dass wir Beweise finden können, die Christie mit den Jägern in Verbindung bringen?"

„Wenn es etwas gibt, egal wie klein, werde ich es finden."

Nikki hasste es zu zweifeln, aber sie konnte nicht widerstehen zu erwidern: „Woher weißt du das?"

Rafe blieb stehen und berührte ihre Wange. „Weil ich um den größten Preis meines Lebens kämpfe. Und ich will verdammt sein, wenn ich dich jemals aufgebe."

Sie legte eine Hand an ihren Unterleib. „Für unser Kind."

„Nicht nur unsere Tochter, sondern auch für dich. Ich beabsichtige, dich zu meiner Familie zu machen, Nikki. Und ich werde alles tun, um das Recht zu gewinnen."

Die Ehrlichkeit in seinem Blick ließ ihre Augen kribbeln. Sie konnte versuchen, es den Schwangerschaftshormonen zuzuschreiben, aber sie würde es nicht. „Du solltest mich vielleicht fragen, ob du das Recht gewonnen hast. Denn wenn du das tätest, dann wüsstest du schon, dass ich dich auch als meine Familie will, Rafe Hartley."

Er strich mit den Fingern über ihre Wange und verlangte: „Sag es mir nochmal."

Sie legte ihre Hände an seine Brust, beugte sich vor und flüsterte: „Ich möchte eine Familie mit dir gründen."

„,Gründen' könnte das falsche Wort sein, da wir schon einen Braten in der Röhre haben."

„Musst du immer so genau auf die Details achten?"

Er grinste. „Natürlich. Das ist mein Job."

Nikki verdrehte die Augen und antwortete: „Gut, dann mache ich eine Familie mit dir. Ist das besser?"

„Ja", flüsterte er, bevor er sie sanft küsste. „Obwohl wir in Zukunft noch viel mehr ,machen' machen müssen. Natürlich nur, um zu üben. Ich finde, die nächsten neun Monate sollten uns zu Experten machen."

„Wie wäre es dann, wenn wir jetzt, wo wir doch Zeit haben, ein bisschen üben?"

„Und ich dachte, du würdest dir Gedanken darüber machen wollen, wie wir Beweise gegen Christie finden können."

Nikki beugte sich noch näher, bis die harten Spitzen ihrer Brustwarzen Rafes Brust berührten. „Wer sagt, dass wir nicht beides gleichzeitig tun können? Es sei denn, du kannst nichts anderes tun, wenn du deinen Schwanz benutzt."

„Natürlich kann ich das." Er packte ihren Po besitzergreifend. „Aber ich brauche vielleicht ein bisschen Übung, um meine Fähigkeiten zu verbessern. Ich gebe dir die Erlaubnis, mich mit deiner Zunge zu foltern, bis ich Fragen schlüssig beantworten kann. Egal, wie lange es dauert."

Sie schnaubte. „Klar, das ist der Grund."

„Okay, vielleicht hat mich deine Vorschau heute Morgen neugierig gemacht, was du sonst noch so kannst. Folter erfordert schließlich Geschick." Rafe schnaubte. „Tut mir leid, Nikki. Ich wollte das nicht sagen. Ich bin ein Arschloch."

„Irgendwann könnte das Wort vielleicht eine Erinnerung ausgelöst haben. Aber im Moment erinnert es mich nur daran, wie du mich mit deiner Zunge folterst."

Er sah ihr in die Augen und sagte: „Dann sollte ich

vielleicht noch ein bisschen mehr tun, nur um die Verbindung zu festigen. Ich möchte nur glückliche Erinnerungen für dich, Nikki. Lass mich sie dir geben."

Sie hob die Brauen. „Wird Rafe Hartley etwa weich? Ich hätte nie gedacht, dass ich diesen Tag jemals erleben würde."

„Frau, sei still. Ich versuche doch, dir zu helfen."

Rafe küsste sie wieder. Als er sanft ihren Mund erforschte, seufzte Nikki.

Während er seine wahren Gefühle mit seiner Berührung zum Ausdruck brachte, nahm sie sich die Zeit, sich seinen Geschmack und die Art und Weise, wie er sich anfühlte, so gegen ihre Hitze gedrückt, zu merken. Sie würde die Erinnerungen brauchen, um sich in der Zukunft zu motivieren, weil sie das Gefühl hatte, dass die Zeiten, die vor ihr lagen, hart werden würden.

Dann werden wir kämpfen, knurrte ihr Tier.

Ja, ja, das würden sie.

Einige Stunden später saß Rafe mit Nikki an seiner Seite in Brams Büro. Ebenfalls anwesend waren Kai, Jane, Bram und Evie. Alle warteten darauf, dass Aaron Caruso auftauchte. Rafe verschränkte die Arme vor der Brust. „Er kommt zu spät."

Bevor jemand antworten konnte, betrat Aaron Caruso zusammen mit Quinn und Sebastian den

Raum. Mit so vielen Drachenwandlern um sich herum fühlte er sich viel kleiner, als er wirklich war.

Aaron nickte Kai und Bram zu. „Es gab eine Last-Minute-Anfrage von Glenlough, deshalb sind wir zu spät."

Rafe verschränkte die Arme vor der Brust. „Aye, aber wo ist Brenna? Ihr solltet doch alle zu diesem Treffen kommen."

Aaron tauschte einen Blick mit Quinn aus, bevor er schließlich antwortete: „Sie ist immer noch in Glenlough."

„Erklär' das", verlangte Bram.

Aaron zögerte nicht. „Die Iren haben einen ‚Gast' verlangt, damit wir gehen und ein bestimmtes Geheimnis weitergeben konnten. Wenn ich es den falschen Leuten sage, wird Brenna hingerichtet."

Kai hob die Brauen. „Und was ist dieses Geheimnis?"

Aaron sah zu Rafe und dann zurück zu Kai. „Möchtest du sicher, dass der Mensch es hört?"

Rafe öffnete den Mund, um etwas zu erwidern, doch Bram unterbrach ihn. „Rafe hat sich sein Recht verdient, hier zu sein. Was auch immer du zu sagen hast, es wird in diesem Raum bleiben."

Aaron warf Rafe noch einen weiteren zweifelnden Blick zu, bevor er mit den Schultern zuckte. „Wenn du meinst. Das Geheimnis ist jedoch riesig."

Kai grunzte. „Spuck es einfach aus, Aaron."

„Gut, gut." Aaron streckte seine Hände aus. „Killian O'Shea ist nicht der Anführer des Glenlough-Clans."

„Was?", fragten alle gleichzeitig.

Aaron lächelte. „Ich habe doch gesagt, dass es ein riesiges Geheimnis ist."

„Aaron", sagte Bram warnend und machte einen Schritt in Richtung des Drachenwandlers. „Komm auf den Punkt."

„Ihr Anführer ist eigentlich Killians Schwester Teagan. Anscheinend hat Glenlough eine Geschichte weiblicher Führungspersönlichkeiten", antwortete Aaron.

„Eine Anführerin", sagte Nikki. „Ich hatte immer gedacht, das seien Mythen."

„Komm nicht auf dumme Ideen, Nikki. Zumindest, bis ich tot bin", sagte Bram. Dann blickte er zu Aaron. „Was ist der Grund für die Täuschung?"

„Für die meisten Männer bedeutet ‚Frau' auch gleichzeitig ‚schwächer.' Um sich nicht immer wieder beweisen zu müssen, ist immer ein Mann das öffentliche Gesicht des Clans."

„Nur noch ein Punkt mehr, den wir zu ändern versuchen müssen", brummte Nikki.

Jane beugte sich vor. „Du glaubst doch nicht, dass ich mal mit dieser Teagan reden könnte, oder?"

Bevor Aaron antworten konnte, sprang Kai ein. „Zuerst sagt uns, ob die Mission erfolgreich war. Ich vermute, dass Glenlough keine elektronische oder auch nur sprachliche Kommunikation wollte, falls jemand zuhört."

Aaron nickte. „Es gab viele Gründe für die Beschränkungen, die ich noch nicht offenlegen kann. Ich habe jedoch mit Killian zusammengearbeitet, der oberste Beschützer des Glenlough-Clans ist, und wir haben die wenigen Drachenjäger, die nach Rekruten suchten, gefunden. Sie hatten keine Ahnung, dass wir nach ihnen gefahndet haben." Er sah zu Rafe. „Dafür kannst du dich bei deiner Quelle bedanken." Rafe nickte, und Aaron fuhr fort: „Wenn Bourne dachte, Glenlough zu erobern wäre einfach, sollte er jetzt anders denken."

„Ich mag die Geheimhaltung nicht, aber ich bin froh, dass die Jäger bei Glenlough nicht erfolgreich waren", antwortete Bram. „Was sind die Bedingungen für Brennas Rückgabe? Ich habe das Gefühl, dass sie annehmbar waren, sonst hättet ihr sie nie verlassen."

Rafe begann zu sehen, wie sehr Bram bestimmten Mitgliedern seines Clans vertraute. Es brauchte viel Vertrauen, um Aufgaben und Entscheidungen mit hoher Priorität zu delegieren.

„Teagan möchte ein persönliches Treffen mit dir. Bis dahin hat sich Brenna freiwillig gemeldet zu bleiben." Aaron lächelte. „Nicht, dass es sie Überwindung gekostet hat, sich freiwillig zu melden, denke ich. Brenna war von der Idee einer weiblichen Führungspersönlichkeit sehr angetan."

„Ich werde so schnell wie möglich ein Treffen arrangieren. Aber wir haben ein paar dringendere Probleme zu lösen." Bram entließ Quinn und Sebastian. Nachdem die beiden weg waren, berichtete Bram von Jonathan Christies Ernennung und Rafes Idee, konkrete Beweise zu finden, die Christie mit den Jägern in Verbindung brachten.

Es sah so aus, als wäre Rafes und Nikkis Plan genehmigt worden.

Bram fuhr fort: „Der menschliche Mann, den wir finden müssen, hat einen falschen Namen verwendet, aber Zain hat ein Phantombild erstellt, bevor die Gefangenen den menschlichen Behörden übergeben wurden."

Aaron sah sich im Raum um. „Also willst du die Person mit der höchsten Autorität über unsere Art mit einem inszenierten Jägerangriff verbinden und alles, was wir haben, ist ein verdammtes Phantombild von einem Haufen Rebellenjäger?"

„Aye", antwortete Bram.

Rafe erwartete fast, dass Aaron stöhnen würde, aber stattdessen klatschte der Drachenmann in die Hände und rieb sie. „Wann fangen wir an?"

Bram legte seinen Arm um Evie und drückte sie. „Evie versucht, was beim MDA herauszufinden." Er deutete auf Jane. „Und Jane versucht, die Quelle für die Videoaufnahmen davon zu finden, wie Nikki angeschossen wurde, die in der Sendung verwendet wurden." Er zeigte auf Nikki und Rafe. „Du arbeitest mit diesen beiden zusammen, um den Mann zu identifizieren, der hinter dem Angriff steckt."

Rafe sah Aaron in die Augen. Nachdem der Drachenmann ihn eine Sekunde lang gemustert hatte, blickte er zu Nikki. „Das heißt also, du wirst mein Boss bei diesem Auftrag sein?"

Nikki lächelte. „Ich bin für das Stonefire-Kontingent verantwortlich, also schätze ich, ja, das macht mich zu deinem Boss."

Aaron zwinkerte, und Rafe war versucht zu knurren. Nikki lehnte sich jedoch gegen seine Seite und kühlte seine Eifersucht auf den flirtenden Drachen. Nikki hatte nur Augen für ihn. Daran musste Rafe sich erinnern.

Bram meldete sich wieder zu Wort. „Alles, was heute hier gesagt wird, bleibt in diesem Raum. Zain kann miteinbezogen werden, da er das ohnehin schon weiß und wahrscheinlich mehr Informationen von seinen Verhören liefern kann. Aber niemand sonst."

Nikki meldete sich zu Wort: „Nicht mal Melanie? Wenn es jemanden gibt, der sich was einfallen lassen könnte, um zu helfen, dann sie."

Bram schüttelte den Kopf. „Noch nicht. Das Letzte, was ich brauche, ist, dass ihre Kinder ins Visier genommen werden, weil sie uns hilft."

„Aber du und Evie helft, und ihr habt zwei Kinder", betonte Nikki.

Bram starrte Nikki direkt an. „Melanie wird später informiert, wenn ich denke, dass sie helfen kann. Im Moment liegt das in unseren Händen."

Sogar Rafe bemerkte die Dominanz in Brams Stimme und war nicht überrascht, als Nikki nickte.

„Das Schicksal aller Drachenwandler im Vereinigten Königreich beruht also auf unserer Fähigkeit zu beweisen, dass der MDA-Direktor ein Bastard ist?", fragte Aaron. „Gut, dann. Wir sollten das in einer Woche erledigt haben."

Rafe seufzte. Die Zusammenarbeit mit Aaron war der ultimative Test seiner Geduld.

Doch als er Nikkis Blick begegnete, wusste er, dass es viel schlimmer hätte kommen können, als mit einem nervigen Drachenmann zu arbeiten, um bei ihr bleiben zu können. Noch vor einem Monat hätte er sich nie vorgestellt, dass Stonefire sein Zuhause werden könnte. Doch bei seinen Gefühlen für Nikki, mit Brams und Kais Vertrauen in seine Fähigkeit, der Zukunft des Clans zu helfen, und da er sogar anfing, den Gefährten seiner Schwester zu mögen, fühlte Rafe sich zu Hause. Jetzt musste er es nur noch mit seinem Leben verteidigen.

Kapitel Zwanzig

Aaron streckte sich auf Nikkis und Rafes Couch aus. Ausgehend von dem Stirnrunzeln im Gesicht des Menschenmannes, gelang es Aaron, ihn wütend zu machen.

Sein Drache schnaubte. *Wir sollen mit ihm zusammenzuarbeiten. Je eher wir es tun, desto eher können wir versuchen, ein Treffen mit Teagan zu vereinbaren.*

Nicht das schon wieder!

Wir haben sie erst direkt vor unserer Abreise gesehen. Sie ist faszinierend. Ich will mehr wissen.

Unsere Pflicht ist hier. Vergiss die verdammte Frau.

Du bemühst dich zu sehr, sie zu vergessen.

Nein, tue ich nicht.

Sein Tier schnaubte und schwieg. Aaron versuchte selten, seinen Drachen anzulügen, aber die irische Anführerin war ein Problem, das er definitiv

Jessie Donovan

nicht brauchte. Die Politik zwischen den Clans war bestenfalls dürftig.

Um also die große Frau mit den rabenschwarzen Haaren und den moosgrünen Augen zu vergessen, arbeitete er härter daran, Hartley zu nerven, indem er sich auf die Couch legte, mit schmutzigen Schuhen und allem.

Rafe meldete sich schließlich zu Wort. „Nimm deine verdammten Stiefel von meinen Möbeln!"

Aaron räkelte sich auf seinem Platz. „Aber es ist so gemütlich. Ich bin versucht, mir ein Nickerchen zu gönnen. Ich habe über einen Tag nicht geschlafen, weißt du."

„Das ist nicht mein verdammtes Problem. Du bist hier, um uns zu helfen, Zains Informationen zu durchforsten. Wenn du nicht durch Osmose lernen kannst, dann heb deinen Arsch hoch und hilf!"

Er erwartete fast, dass Nikki Rafe sagen würde, er solle milde mit ihm umgehen, aber sie sagte: „Du musst vielleicht nicht auf Rafe hören, aber ich bin für diese besondere Mission verantwortlich. Entweder steh auf oder verschwinde, Aaron. Rafe wütend zu machen ist nicht Teil deiner Arbeitsplatzbeschreibung."

Mit einem Seufzen setzte er sich auf. „Bist du dir sicher? Ihr beide seid im Moment solche Turteltäubchen, dass ich dachte, irgendjemand muss ihn mal auf die Palme bringen. Andernfalls könnte er noch auf die Idee kommen, stärker zu sein als ein Drachenwandler."

Rafe knurrte, aber Nikki legte ihm eine Hand auf die Schulter. „Du hast vielleicht nicht viel bei dieser Mission zu tun, aber ich schon. Also hilf oder geh, Aaron, denn dein Verhalten raubt mir Zeit, meine Zukunft zu sichern."

Aaron musterte Nikki eine Sekunde, bevor er aufstand und antwortete: „Du klingst mehr wie Kai als die Nikki Gray, die ich kenne."

Nikki hob ihr Kinn. „Es hat sich viel verändert. Also, was soll es sein?"

Mit einem Seufzen setzte sich Aaron an den Küchentisch. „Was habe ich zu tun?"

Nikki nahm eine Akte und hielt sie ihm hin. Bevor er sie sich schnappen konnte, zog sie sie zurück. „Wirst du das ernst nehmen?" Er nickte, und sie übergab ihm die Informationen. „Wir haben das Phantombild des entflohenen Jägers und wissen, dass er einen Yorkshire-Akzent hat. Wir müssen jedoch unsere Suchparameter einschränken. Zain hat Details zu einer Reihe von Verstecken gesammelt, Treffpunkten und sogar Adressen von Jägern aus Leeds. Zweifellos sind einige inzwischen woanders. Aber wir müssen die Liste auf eine überschaubarere Zahl beschränken." Sie deutete auf die Akte. „Also markiere, was deiner Meinung nach der beste Ort für den entflohenen Jäger ist, der als Toby bekannt ist, um von der Bildfläche zu verschwinden."

Aaron blätterte durch den Papierstapel. „Was passiert, wenn ich die Informationen zuerst finde?"

Nikki kniff die Augen zusammen: „Dann beförö-
dere ich deinen Arsch nicht aus meinem Haus."

Er grinste. „Na gut."

Rafe trat ihn unter dem Tisch. „Hör auf, die
Mutter meines Kindes anzugrinsen, und mach dich
an die Arbeit."

Aaron überlegte, Rafe noch weiter zu provozieren, aber sein Drache seufzte. *Nikki ist blass. Wenn
du ihn neckst, wird es sie irritieren. Sei nett zu der
schwangeren Frau. Soll jemand das Gleiche tun,
wenn es deine Frau wäre?*

Wahrscheinlich nicht.

*Gut. Dann benimm dich. Denn wenn wir eine
schwangere Partnerin haben, wirst du Rafes Sicht-
weise verstehen.*

Aaron hörte auf, die Vernehmungsprotokolle zu
überfliegen. *Wir haben nicht einmal eine Freundin.
Du bist vorschnell, Drache.*

Als Reaktion darauf setzte sein Tier sich selbst-
zufrieden in seinen Hinterkopf.

Mist! Sein Drache hatte die Idee, eine Frau
schwängern zu sollen, und Aaron hatte das Gefühl,
er wusste, wen sein Drache wollte.

Er würde sich einfach auf die Arbeit konzentrieren müssen. Denn wenn es sich um eine
bestimmte grünäugige Frau handelte, brauchte
Aaron diese Kopfschmerzen nicht. Egal, wie hübsch
oder temperamentvoll sie sein mochte.

Nikki tat ihr Bestes, um ihr Mittagessen bei sich zu behalten. Bei dem Vanilleduft, der durch das Haus zog, musste sie sich übergeben. Was seltsam war, wenn man bedachte, dass es einmal ihr Lieblingsduft gewesen war.

Ihr Tier meldete sich zu Wort. *Dann setz dich neben Rafe. Sein Duft wird unseren Magen beruhigen.*

Aber vor Aaron? Ich glaube, er nimmt mich endlich ernst. Ich möchte nicht schwach erscheinen.

Ihr Drache schnaubte. *Du kannst hartnäckig oder praktisch sein. Der eine Weg hilft euch dabei, euer Ziel schneller zu erreichen als der andere.*

Rafe legte eine Hand an ihren Rücken und schob sie sanft zum Tisch. Er sah nicht von den Papieren vor sich auf.

Ihr Mensch drängte sie, es ruhig angehen zu lassen, ohne sie vor Aaron zu blamieren.

Manchmal war es schwer zu glauben, dass Rafe Hartley jemals ihr Herz gebrochen hatte.

Ihr Drache meldete sich wieder zu Wort. *Er hat sich verändert. Für uns.*

Rafe legte seine Hand auf ihren Po und drückte. Sie musste sich zusammenreißen, ihn nicht dafür anzulächeln, dass er sie vor Aaron betatschte. Dieses Spiel konnte sie auch.

Sie legte eine Hand auf sein Bein und kam damit seiner Scham gefährlich nahe. Seine Muskeln spannten sich an. Sie drückte kurz, nahm ihre Hand dann weg und konzentrierte sich auf die Arbeit vor sich. Als sie immer noch das Gefühl hatte, den Inhalt ihres Magens von sich geben zu müssen, rutschte Nikki näher an Rafe. Sobald der Duft ihres Mannes den Vanillegeruch ersetzte, beruhigte sich ihr Magen.

Gerade als sie den Stapel vor sich aufnahm, tippte Rafe auf die Papiere, die vor ihm lagen. „Ich glaube, ich hab' was gefunden."

„Was?", fragte Nikki und beugte sich näher.

Rafe sah ihr in die Augen und dann in Aarons, während er antwortete: „Die meisten von denen, die wir gefangen genommen haben, kommen aus Seacroft."

Aaron runzelte die Stirn. „Bedeutet das was?"

„Wahrscheinlich nicht für Drachenwandler. Aber für die Menschen in Großbritannien ist es ziemlich bekannt als ein zwielichtiger Teil von Leeds." Nikki hob ihre Augenbrauen, und Rafe fuhr fort. „Da gibt es hohe Arbeitslosigkeit, Kriminalität und mehr als ein paar verbretterte Wohnungen. Die Jäger neigen dazu, junge Menschen aus wirtschaftlich benachteiligten Gebieten Großbritanniens anzuwerben. Seacroft passt auf jeden Fall in die Rechnung."

„Aber glaubst du wirklich, dass dieser Flüchtige, Toby, nach Seacroft zurückkehren würde? War er überhaupt von da?", fragte Nikki.

Rafe schüttelte den Kopf. „Keiner der Gefangenen, die Zain befragt hat, wusste, woher er in Yorkshire kam, obwohl einige an Leeds dachten. Aber wenn ich er wäre und einen Ort zum Verstecken suchen würde, dann gäbe es in Seacroft viele Orte, um das zu tun. Der Yorkshire-Akzent ist unverwechselbar, würde aber da nicht auffallen. Es wäre auch leicht, umzuziehen, wenn er das Gefühl hätte, dass jemand ihm auf den Fersen ist, besonders im Unterschied zu einer Farm auf dem Land oder einem Cottage."

Nikki stellte eine weitere Frage. „Und wie groß ist der Stadtteil? Gibt es da viele Leute?"

„Tatsächlich ist es ein bevölkerungsreiches Gebiet mit über 10.000 Menschen", erklärte Rafe.

Aaron wedelte mit einer Hand zu dem Papier. „Selbst wenn sich dieser Toby dort versteckt, gibt es da noch was in diesen Notizen, das ein wenig einschränkt, wo er sein könnte?"

„Ich habe noch nichts gefunden. Aber ich denke, es ist an der Zeit, dass Nikki und ich uns an unsere Kontakte wenden und sehen, was wir finden können. Während wir das tun, kannst du den Rest der Mitschriften durchgehen. Unterstreich' alle Orte, such' dir eine Karte und markiere sie. Vielleicht ergibt sich ein Muster. Vielleicht finden wir dabei sogar eins der Jägerverstecke."

Aaron seufzte. „Ich hatte ganz vergessen, wie es ist, Routinearbeit zu machen."

Nikki sah Aaron in die Augen. „Nicht jede Arbeit, die wir leisten, ist glorreich, aber das macht sie nicht weniger wichtig."

Sie spürte Rafes Blick auf sich. Ja, sie benutzte

seine Worte zur Aufmunterung. Er konnte sie später damit aufziehen.

Aaron breitete einige Papiere aus und nickte. „Gut, dann mache ich mich an die Arbeit. Haltet mich auf dem Laufenden, wenn ihr was findet."

„Natürlich", antwortete Nikki. Rafe stand auf, und sie folgte ihm. „Wir treffen uns in zwei Stunden wieder." Aaron nickte, und Nikki legte ihren Arm um Rafes Taille. „Die sicheren Leitungen sind in der Kommandozentrale."

Rafe warf Aaron einen durchdringenden Blick zu. „Verwüste mein Haus nicht, während ich nicht hier bin."

„Würde mir nicht im Traum einfallen", antwortete Aaron mit einem Zwinkern.

Rafe stöhnte. Als Nikki bewusst wurde, dass die beiden noch lange streiten konnten, zog sie an Rafes Taille. „Komm. Du darfst ihn nicht an dich ranlassen. Er macht das absichtlich."

Ihr Mann überraschte sie, indem er ihr folgte. Sobald sie aus der Tür waren, sah sie zu ihm auf. „Das war ziemlich einfach."

„Je eher wir den Bastard finden, desto eher kannst du dich ausruhen und ich mich um dich kümmern."

„Rafe –"

„Nein, lehn das nicht ab! Du warst vorhin grün im Gesicht und stehst kurz davor, dich zu übergeben. Bei deinen Verletzungen und deiner Schwangerschaft könntest du dich ein bisschen verwöhnen lassen."

Sie seufzte. „Vielleicht. Aber es gibt zu viel zu tun. Und ich kann nicht auch noch auf das verzichten, Rafe. Irland konnte ich verstehen, aber diesmal geht's mir gut genug, um zu helfen. Außerdem will ich nicht, dass andere leiden, bevor wir diesen Toby finden."

Er küsste ihre Stirn und murmelte: „Werden sie nicht. Wir sind schlau und kriegen das raus."

„Ich spüre ein ‚Aber'."

„Aber du musst es mir sagen, wenn du meine Hilfe brauchst. Ich habe viel über das Lesen von Gesichtsausdrücken und Körpersprache gelernt, während du fast eine Woche lang in deiner Drachengestalt warst. Aber ich bin kein verdammter Gedankenleser."

Einer ihrer Mundwinkel hob sich. „Und ich dachte, du könntest alles."

„Nikki", knurrte Rafe.

Sie schmunzelte. „Okay. In meinem Privatleben um Hilfe zu bitten ist schwierig, aber ich werde es versuchen."

„Nicht versuchen. Tu es!"

Nachdem sie ihm die Zunge rausgestreckt hatte, ging Nikki schneller, und Rafe passte sich ihrem Tempo an. Sie wechselte das Thema. „Ich denke, wir sollten Jane einbeziehen."

Einer von Rafes Mundwinkeln zuckte nach oben. „Ich habe genau dasselbe gedacht. Sie könnte

323

hilfreiche Verbindungen haben, da sie einige Geschichten in diesem Bereich gemacht hat."

Nikki entging nicht Rafes absichtlicher Versuch, vage zu bleiben, um es vor unerwünschten Ohren zu schützen, was sie angesichts seines Soldatenhintergrunds erwartet hatte. „Wenn sie zustimmt und verdeckt ermitteln möchte, würde ich gerne Kais Gesicht sehen, wenn sie ihm von ihrem Plan erzählt."

Rafe zuckte mit den Schultern. „Jane kann sehr überzeugend sein, selbst bei deinem ach, so wundervollen obersten Beschützer."

„Natürlich. Sie muss nur ein wenig Dekolleté zeigen." Rafe stöhnte, und Nikki lachte. „Dich kann man so leicht aufziehen."

Im nächsten Moment zog Rafe sie fester an sich und kitzelte mit der anderen Hand ihre Seite. Nikki musste unwillkürlich lachen. Aber als er fortfuhr, wurde ihr schwindlig.

Ihr Drache meldete sich zu Wort. *Sag ihm, er soll aufhören.*

„Rafe."

Er hörte das Flehen in ihrer Stimme und hörte sofort auf. „Was ist los, Liebes? Geht's dir gut?"

Nikki lehnte sich an seine Seite und versuchte, nicht daran zu denken, dass er sie Liebes nannte. „Ich bin mir nicht sicher, ob ich ohnmächtig werde oder mich übergeben muss. In jedem Fall wird dein Kitzeln warten müssen."

Er sah ihr in die Augen. „Natürlich. Ich kann warten, solange du willst."

„Nicht für immer, Rafe. Nur für eine kurze Weile. Ich mag deine verspielte Seite. Es hat lange gedauert, bis sie rausgekommen ist, und ich will nicht, dass du sie jemals unterdrückst."

Während er ihr den Rücken streichelte, murmelte er: „Ich war als Junge viel verspielter, hatte aber nie einen Grund, es als Erwachsener zu sein. Bis du es aus mir rausgekitzelt hast. Im wahrsten Sinne des Wortes im Haus deines Vaters, als du mich festgehalten und gekitzelt hast."

Sie schnaubte. „Ich habe nur versucht, dich zu überlisten." Er grunzte, und sie blickte in seine Augen. „Aber im Ernst: Ich schätze die Tatsache, dass ich die lustige Seite von dir wieder herausbringen könnte. Es wird dich viel besser auf unser Kind vorbereiten, wenn er oder sie nach mir kommt."

Er lächelte langsam und legte seine Hand über ihren Bauch. „Ich hoffe auf ein kleines Mädchen wie du."

Sie legte ihre Hand über seine, starrte nur und lächelte ihren Menschen an.

Noch vor einer Woche hätte der Gedanke, ein Baby großzuziehen, Nikki hektisch Reißaus nehmen lassen. Doch als sie dem Mann, den sie liebte, jetzt in die Augen starrte, freute sie sich auf das Abenteuer.

Eine Sekunde lang brach bei der Erkenntnis, dass sie Rafe Hartley liebte, Panik in ihr aus. Doch als er einen sanften Kuss auf ihre Lippen drückte, erinnerten sie seine Berührung und sein Geschmack an alles, was er in den letzten Wochen für sie getan hatte. Ihr Bauchgefühl sagte ihr, dass Rafe ihr Kind niemals im Stich lassen würde. Er hatte noch nicht ausgesprochen, dass er sie liebte, aber vielleicht würde er eines Tages genauso empfinden wie sie. Dann müsste Nikki nicht das Gleiche erleben, was ihrem Vater passiert war, und würde ihr Happy End finden.

Ihr Drache grunzte. *Wurde aber auch Zeit, dass du erkennst, dass er uns glücklich machen wird. Als Nächstes musst du ihn paaren.*

Gib mir Zeit, Drache. Mir sind verdammt nochmal meine Gefühle gerade erst klargeworden. Ich werde ihn jetzt nicht vergraulen und unsere Mission ruinieren.

Dann kämpfe einfach für ihn. Andernfalls werde ich dir das Leben extrem schwer machen.

Ihr Drache hatte sie noch nie direkt bedroht. *Ist das eine Drohung?*

Ja. Vermassle nicht unsere Chance auf ein glückliches Leben wegen dem, was unsere Mutter getan hat.

Als sie noch versuchte, einen Weg zu finden, darauf zu reagieren, unterbrach Rafes Stimme das Gespräch mit ihrem Drachen. „Ich würde ja gerne den ganzen Tag hier stehen und dich knutschen, aber je früher wir Informationen finden, um diesen Bastard zu fangen, desto eher können wir uns auf den Weg machen, Jonathan Christie zu outen und an unserer Zukunft arbeiten."

Ihr Herz pochte heftig, und sie fragte: „Möchtest du also bleiben?"

„Natürlich tue ich das, Frau. Wie oft muss ich das denn noch sagen?" Er streichelte sanft ihre Wange, und seine Stimme wurde sanfter, als er hinzufügte: „Schließlich möchte ich die Wette gewinnen, dass unser Kind ein Mädchen ist."

Knurrend schüttelte sie den Kopf. „Das haben wir nie gewettet."

„Ich denke aber, wir sollten. Weil ich immer meine Schulden begleiche, und wenn ich wirklich verliere, werde ich hier sein, um zu zahlen."

Sie seufzte. „Schön. Ich sage Junge, weil Drachenwandler dazu neigen, mehr Jungen als Mädchen zu haben."

„Ah, aber was, wenn der Vater ein Mensch ist? Das könnte meine Chancen verbessern."

„Daran habe ich noch nicht gedacht."

Er hob die Brauen. „Machst du einen Rückzieher?"

Sie kniff die Augen zusammen. „Natürlich nicht. Dann gilt die Wette."

Er küsste sie, und Nikki schmolz gegen ihn. Rafes Küsse neigten dazu, sie vergessen zu lassen, worüber sie stritten; sie musste sicherstellen, dass er nie herausfand, dass das seine Geheimwaffe war.

Ihr Drache lachte nur leise.

Als Rafe sie so manövrierte, dass sie weitergehen

konnten, schlang er einen Arm um ihre Taille. „Nun lass uns einen Weg finden, unsere Wette in die Tat umzusetzen."

Während sie durch die Kommandozentrale der Beschützer gingen, atmete Nikki tief durch, um ihren Magen zu beruhigen. *Zeit, sich an die Arbeit zu machen, Baby. Mach's deiner Mummy nicht so schwer.*

Ihr Drache schnaubte. *Ja, denn das wird ja auch funktionieren.*

Es könnte aber, Drache. Schließlich werde ich, wenn wir Christie nicht loswerden, den Mann verlieren, den ich liebe, unser Kind wird einen Vater verlieren, und er wird uns verlieren. Ich würde sagen, das ist Motivation genug für jeden, besonders für ein kluges Kind von mir.

Anstatt zu streiten, zuckte ihr Tier mit den Schultern und ließ sich hinten in ihrem Kopf nieder. Nicht einmal ihr Drache wollte sich mit einer zukünftigen Mutter auseinandersetzen, deren Mission es war, die Zukunft ihres Kindes zu sichern.

Kapitel Einundzwanzig

Zwei Tage später trat Rafe in einem der Besprechungsräume der Kommandozentrale vom Tisch zurück. „Wir kommen verdammt nochmal nicht weiter. Zwei Tage, und niemand hat je von diesem Toby gehört."

Nikki runzelte die Stirn. „Sag mir lieber nicht, dass du aufgibst."

„Natürlich nicht", bellte Rafe. „Aber es könnte an der Zeit sein, die Taktik zu ändern." Er winkte dem Fernseher zu, dessen Ton stumm geschaltet war. „Christie wird heute vereidigt. Je länger er im Amt ist, desto leichter wird es für ihn sein, Lügen zu spinnen und die Verteidigung aller zu verringern. Dann wird er zuschlagen, und wir werden nichts dagegen unternehmen können."

Aaron zuckte am gegenüberliegenden Ende des rechteckigen Tisches mit den Schultern. „Oder es wird leichter sein, ihn zu erwischen, wenn er einen Fehler macht."

„Optimismus wird unserem Fall nicht helfen, Caruso. Wir brauchen einen neuen Ansatz", antwortete Rafe.

„Rafe." Er sah zu Nikki, aber sie zeigte auf den Fernseher hinter ihm. „Schau!"

Er folgte ihrem Finger und beobachtete den Bildschirm. Die Kamera folgte Christie und drei weiteren Männern, als sie vor dem Londoner MDA-Büro auf das Podium zugingen.

Einer der Männer, die hinter Jonathan Christie gingen, sah ihrem Bild von Toby erstaunlich ähnlich.

Rafe wischte das Phantombild nach oben und hielt es an den Fernseher. Der Typ war das genaue Ebenbild. „Das ist er." Er sah zu Nikki. „Schalte den Ton ein."

Sie gehorchte, und die Stimme des Sprechers füllte den Raum.

„Nach einer langen Vakanz wird das Ministerium für Drachenangelegenheiten seinen jüngsten Direktor vereidigen. Jonathan Christie, der ehemalige stellvertretende Direktor, hat versprochen, für diejenigen, die Waffen gegen die Drachenwandler einsetzen, strengere Maßnahmen und Strafen einzuführen. Die überwiegende Mehrheit der Bevölkerung begrüßt seine Bemühungen.

Die Drachenjäger und der Orden der Drachenritter schweigen jedoch bisher über die Neuernennung. Um den neuen Direktor zu schützen, wurde die

Sicherheit für die heutige Veranstaltung verdoppelt. Wie wir uns alle erinnern sollten, wurden die Büros des MDA in London und Manchester im vergangenen Jahr bombardiert bzw. angegriffen und kehren erst jetzt wieder zum normalen Geschäftsbetrieb zurück."

Während der Sprecher weiterhin Details über die neuen MDA-Büros und deren Ziele von sich gab, sah Rafe den Mann, den er als Toby kannte, mit Christie sprechen. Was würde er nicht dafür geben, eine Fliege auf einer ihrer Schultern zu sein. Soweit sie wussten, konnten die beiden gerade triumphieren, mit ihrem Angriff durchgekommen zu sein.

Rafe hatte vielleicht noch keinen Beweis, aber sein Bauch sagte ihm, er könne ihn irgendwie finden.

Dann sah er Aaron an. „Du musst Evie Marshall anrufen. Sie soll beantragen, dass die Angreifer hierher zurückgebracht werden, um weitere Fragen zu beantworten."

Aaron nahm sein Handy heraus, wählte aber nicht. „Wir brauchen einen Grund, um sie zurückzuholen."

Nikki meldete sich zu Wort: „Sag ihnen, dass wir neue Beweise gefunden haben und sie brauchen, um sie zu bestätigen. Gemäß den Abkommen mit der britischen Regierung haben wir das Recht, eine vorübergehende Überstellung von Gefangenen zur Befragung zu beantragen, wenn neue Beweise vorliegen."

Mit einem Nicken wählte Aaron und ging zur anderen Seite des Raumes.

Nikki stand auf und trat an Rafes Seite. Er legte einen Arm um sie, als der Sprecher die Männer auf der Bühne vorstellte.

„Neben dem neuen Direktor stehen einige neue Rekruten. Der Mann direkt links ist Tobias White, ein ehemaliges Mitglied der Royal Air Force. Er wird eine neu geschaffene Position als Direktor der inländischen Terrorismusbekämpfung besetzen. Die neue Abteilung innerhalb des MDA wird sich auf terroristische Handlungen gegen Drachenwandler konzentrieren. Der Mann zu Whites Linken ist ...“

Den Rest der Namensgebung hörte Rafe nicht. „Verdammter Verräter. Die Drachen haben der RAF in den letzten Jahren genauso geholfen wie der Army. Er wird wahrscheinlich eher den neuen Terroristen helfen, nicht gefangen zu werden.“

Nikki tätschelte seine Brust. „Wenn wir nur einen der Angreifer von vor zwei Wochen dazu bringen könnten, Toby oder Tobias als ihren Anführer zu bestätigen, könnten wir dafür sorgen, dass er zur Vernehmung nach Stonefire gebracht wird. Wenn Christie ihn beauftragt hat, den Angriff einzuleiten, wird Zain es herausfinden können.“

Bevor er antworten konnte, kam Aaron zurückmarschiert. „Evie spricht gerade mit dem MDA. Wir sollten ihre Antwort bald haben.“ Aaron hielt inne, fügte aber schließlich hinzu: „Ich hasse es, der Advocatus diaboli zu sein, aber was, wenn das MDA sich weigert, zu kooperieren?"

Rafe hielt Nikki noch fester. „Dann werden wir einen anderen Weg finden. Der schwierige Teil war, den Bastard zu finden. Aber jetzt wissen wir, wo er arbeitet. Ihn zu entführen sollte einfach genug sein."

Nikki runzelte die Stirn. „Das ist illegal. Wenn wir erwischt werden, wird es nicht gut enden und unserem Fall mehr schaden als nützen. Vor allem, wenn Toby sich weigert, zu reden. So hart es auch sein wird, Rafe, ich denke, wir sollten zuerst die Überwachung einrichten. Jeder geringfügige Verstoß reicht aus, um ihn verhören zu lassen. Und wenn das nicht funktioniert, könnte Jane einen ihrer Journalistenfreunde ein falsches Interview anberaumen lassen und so versuchen, was herauszufinden."

Er streichelte Nikkis Wange und lächelte. „Ich liebe deine Klugheit, Nikki Gray."

Sie erwiderte das Lächeln, aber Aarons Telefon klingelte und ruinierte den Moment. Aaron ging ran. „Evie?"

Rafe war zu weit weg, um die andere Seite des Gesprächs verstehen zu können, aber nach einer Minute platzte Nikki heraus: „Nein!"

„Was?"

Sie begegnete seinem Blick. „Das MDA hat keine Aufzeichnungen darüber, dass jemals Gefangene gemacht wurden, geschweige denn, sie von Stonefire übernommen zu haben. Es ist, als wären sie verschwunden."

Rafe fluchte. „Ich verwette mein Leben darauf, dass Christie seine Hand im Spiel hatte."

„Aber Rafe, wir brauchen Beweise", betonte Nikki.

„Dann holen wir sie uns. Tobias White ist der Schlüssel, um Jonathan Christie auszuschalten." Rafe sah zu Nikki, Aaron und wieder zurück. „Ich habe einen Plan."

Eine halbe Stunde später stand Nikki neben Rafe und wartete auf Brams Antwort. Endlich seufzte der Anführer des Stonefire-Clans. „Mir gefällt das nicht. Ich kann nichts tun, um zu helfen, während Rafe in London ist."

Rafe nickte seiner Schwester zu. „Jane wird bei mir sein, und ich habe ein Netzwerk, auf das ich mich verlassen kann. Es ist einfacher für uns, in London verkleidet herumzulaufen, als für jeden Drachenwandler."

Nikki meldete sich zu Wort. „Ich bin aber kleiner als die meisten Drachenwandler. Ich würde auch nicht auffallen."

Rafe berührte ihre Wange. „Wir haben doch darüber gesprochen. Der Skyhunter-Clan betrachtet London als Teil seines Territoriums. Zusätzlich zu den Jägern und Rittern kann sich Stonefire keinen weiteren Feind leisten. Lass Jane und mich unseren menschlichen Status für etwas nutzen." Er zwinkerte. „Es kann dazu beitragen, unser minderwertiges Gehör und Sehvermögen auszugleichen."

Nikkis Wut ließ angesichts seines Versuchs, lustig zu sein, etwas nach. „Einer der wenigen Pluspunkte, ein Mensch zu sein, nehme ich an."

Evies Stimme unterbrach Rafes Antwort. „Ihr solltet nur wissen, dass, wenn ihr erwischt werdet, ich mir nicht sicher bin, wie viel ich tun kann. Christie hat schon für einiges Stühlerücken beim Personal gesorgt. Die wenigen Personen, denen ich vertraue, werden gerade weniger wichtigen und einflussreichen Positionen innerhalb des MDA zugewiesen."

Rafe sah zu Evie. „Ich werde mein Bestes geben, um nicht erwischt zu werden. Aber wenn doch, ist die Liste der von dir angegebenen Namen äußerst hilfreich. Ich weiß jetzt, wem ich vertrauen kann."

Jane meldete sich zu Wort: „Außerdem kenne ich noch viele einflussreiche Menschen beim BBC und der *Times*. Ihr würdet staunen, wie nützlich es in einer schwierigen Situation sein kann, inoffizielle Dinge zu wissen."

Kai grunzte. „Denkt einfach daran, euch an Rafes Plan zu halten." Jane öffnete den Mund, aber Kai kam ihr zuvor. „Du bist schlau und brillant, aber Rafe weiß, wie man eine Operation durchführt. Folge seinen Anweisungen, damit du zu mir zurückkommst."

Jane seufzte. „Du machst dir viel zu viele Sorgen, Kai. Aber ich verspreche, mein Bestes zu geben.

Wenn Rafe mir jedoch sagt, ich solle von der Tower Bridge springen, werde ich nicht hören."

Kai schüttelte den Kopf, aber es war Bram, der darauf antwortete. „Ich schätze Humor und Necken, wenn es darum geht, die Nerven zu beruhigen, aber wir müssen schnell handeln, bevor es zu einem weiteren Angriff kommt. Ich habe so das Gefühl, dass einer oder mehr bevorstehen." Er sah nacheinander jeden im Raum an. „Du hast eine Stunde, bis es dunkel ist und ihr aufbrechen müsst. Verbringt Zeit mit euren Gefährten, verabschiedet euch und meldet euch dann beim versteckten Hintereingang. Alles, was ihr braucht, wartet da auf euch."

Als Nikki und Rafe nickten und sich zum Gehen wandten, fügte Bram hinzu: „Wenn du das machst, Hartley, werde ich mit allem kämpfen, was ich habe, um dich in Stonefire zu behalten."

Nikki atmete tief durch. „Selbst, wenn sich das Gesetz nicht ändert?"

„Selbst dann", antwortete Bram. „Ich bin selbst ziemlich von der Liebe begeistert und möchte, dass alle meine Clanmitglieder die gleichen Chancen haben, unabhängig davon, ob sie männlich oder weiblich sind."

Nikki hatte nicht das Herz, Bram zu sagen, dass Rafe sie noch nicht liebte. Stattdessen flüsterte sie: „Danke."

Bram bedeutete ihnen zu gehen. „Dann los! Die Uhr tickt, und ihr wollt doch eure kostbare Zeit nicht mit mir verschwenden."

Rafe sagte: „Danke, Bram", bevor er Nikki aus dem Raum begleitete.

Als sie Brams und Evies Cottage verließen, pochte Nikkis Herz doppelt so schnell. Rafe war ein versierter Soldat. Im Vergleich zu einigen seiner früheren Aufgaben war das in London relativ einfach.

Und doch ...

Ihr Drache meldete sich zu Wort. *Du solltest ihm sagen, wie wir empfinden.*

Ich möchte ihn nicht vergraulen.

Ihr Tier seufzte. *Er verehrt uns. Er wird nicht gehen.*

Nikki wusste das vom Kopf her, aber manchmal hatte sie es immer noch schwer, es zu glauben. Von ihrer Mutter verlassen worden zu sein, hatte ihr gelinde gesagt eine Menge angetan.

Rafes Stimme unterbrach ihre Gedanken. „Wenn wir eine Tochter haben, solltest du sie Rafelia nach mir benennen, wenn ich nicht wiederkomme."

Sie ignorierte den lächerlichen Namen, um sich auf das zu konzentrieren, was wichtiger war. „Natürlich kommst du zurück. Ich werde nicht ein Jahr oder länger allein Windeln wechseln."

Er grinste. „Das ist also der einzige Grund, weswegen ich hierbleiben soll? Um Windeln zu wechseln?"

„Vielleicht hast du auch noch einen anderen Nutzen", schmunzelte sie.

Rafe lachte. „Dann sollte ein anderer sein,

meinen Namen als Inspiration für unsere Tochter zu verwenden. Sie würde sich nie Sorgen machen müssen, dass jemand anders den gleichen Namen hat."

„Genau. Das arme Kind müsste ziemlich schnell ein starkes Rückgrat entwickeln oder würde sich in den meisten ihrer Jugendjahre verstecken müssen."

„Keinem unserer Kinder wird es an einem Rückgrat mangeln. Da bin ich mir ziemlich sicher."

Nikki konnte die Unbeschwertheit nicht aufrecht halten. „Mach keine Scherze darüber, dass du nicht zurückkommst. Du wirst zurückkommen, schlicht und einfach."

„Für mehr als nur Windeln wechseln?", fragte er neckend.

Nikki blieb stehen und stellte sich vor ihren Menschen. „Ich meine es ernst. Ich bin mir nicht sicher, ob ich einen weiteren Herzschmerz überstehen kann, vor allem, weil ich dich diesmal liebe."

Rafe hielt inne, und Nikki fluchte innerlich. Warum, oh warum nur, hatte sie ihm das gesagt?

Ihr Drache schnaubte. *Die Wahrheit ist immer am besten.*

Rafe berührte ihre Wange und flüsterte: „Sag mir das noch einmal."

Sie konnte kaum etwas hören, so laut pochte ihr Herz. Sie schluckte und entschied: Wer A sagt, muss auch B sagen. „Ich liebe dich, Rafe Hartley. Und der Gedanke, dass du nicht zu mir zurückkommst oder siehst, wie unser Kind geboren wird, zerbricht mein Herz."

Fünf lange Sekunden vergingen, und Nikki fragte sich, ob sie gerade den größten Fehler ihres Lebens begangen hatte. Dann lächelte Rafe langsam, und sie atmete endlich wieder.

Er lehnte sich näher, und sein Atem kitzelte ihre Lippen, als er sprach. „Du bist stur, eigensinnig, ein bisschen herrisch und mutig. Du bist anders als jede Frau, die ich je kennengelernt habe." Nikkis Glück verwandelte sich in einen langsam brennenden Zorn. Auf ihre negativeren Qualitäten hinzuweisen, musste ein Scherz sein. Vielleicht brauchte Rafe einen Tritt in den Schwanz. Sie war von seinen Worten verletzt und brauchte es nicht nochmal.

Aber Rafe fuhr fort, bevor sie ein Wort sagen konnte. „Und ich liebe all diese Qualitäten an dir."

Sie sah ihn an. „Ich bin mir nicht sicher, was ich dazu sagen soll. Sollte das ein Kompliment sein?"

Er streichelte ihre Wange. „Es bedeutet, du verdammte Frau, dass ich alles an dir liebe. Ich könnte sagen, du bist wunderschön, fürsorglich, lustig und nett. Aber jeder Mann könnte das sagen. Du sollst wissen, dass es das ist, was dich anders macht, das ich am meisten liebe." Er legte eine Hand auf ihren Bauch. „Und so verrückt es auch sein mag, ich hoffe, dass alle unsere Kinder dieselben Qualitäten teilen, denn die Welt braucht mehr Menschen wie dich, Nikki. Ich liebe dich."

Nikki öffnete den Mund und schloss ihn.

Rafe Hartley liebte sie. Und nicht nur ihre Fähigkeit, sich zu vermehren oder Soldatin zu sein, sondern alles an ihr.

Ihr Tier streckte die Flügel aus. *Natürlich tut er das. Warum auch nicht?*

Tränen brannten in ihren Augen. „Sag mir jetzt, ob es dir ernst ist, Rafe. Ich kann nicht damit umgehen, wenn du mir vor einer Mission sagst, dass du mich liebst, und es dann, wenn du zurückkommst, nur vortäuschst."

Er knurrte, als er seine Hand an ihren Rücken drückte und sie an sich zog. „Wir müssen wirklich an deinen Vertrauensproblemen arbeiten. Du bist verdammt schön, schlau und so geformt, dass du perfekt zu mir passt." Er schmiegte sich an ihre Wange und begegnete dann wieder ihrem Blick. „Ich will dich als meine Gefährtin, Nikki Gray, wenn du mich nimmst. Denn selbst wenn es meine gesamte Lebensdauer braucht, um dich davon zu überzeugen, wie verdammt wunderbar du bist und wie sehr ich dich liebe, werde ich es tun. Ich habe nicht vor, dich gehen zu lassen und einem anderen eine Chance zu geben."

Ihr Drache summte. *Vertrau ihm.*

Da sie nicht den besten Mann verlieren wollte, den sie je gekannt hatte, wagte sie den Sprung und nickte. „Ich werde dich paaren, Rafe Hartley. Aber unter einer Bedingung."

Er runzelte die Stirn. „Was?"

„Der Name Rafelia ist vom Tisch."

Er grinste. „Damit kann ich leben."

Bevor sie noch ein Wort sagen konnte, küsste Rafe sie. Als seine Zunge zwischen ihre Lippen glitt, grub Nikki ihre Nägel in seinen Rücken und in seine Kopfhaut, um ihn näher zu ziehen. Sie musste ihn daran erinnern, was auf ihn warten würde, wenn er zurückkam. Denn, verdammt, Rafe würde zurückkommen und ihr Gefährte sein. Sie weigerte sich, eine Alternative zu akzeptieren.

Kapitel Zweiundzwanzig

Nikki liebte ihn.

Als Rafe sie küsste und sie mit seiner Zunge beanspruchte, konnte er ihre Worte nicht aus seinem Kopf bekommen: *Ich liebe dich, Rafe Hartley.*

Er hatte mit etwas Romantischerem geantwortet, als er beabsichtigt hatte, aber er war endlich durch Nikkis Barrieren gedrungen. Die Erkenntnis, dass er die Frau in seinen Armen liebte, war ziemlich plötzlich gekommen.

Aber es war die Wahrheit. Die Drachenfrau hatte sich in kurzer Zeit in sein Herz gewunden. Und nicht nur das – sie brachte das Beste an ihm zum Vorschein. Nikki machte ihn zu einem besseren Mann. Er konnte sich ein Leben ohne ihr Lächeln, ihr Necken oder auch nur ihr Stirnrunzeln nicht vorstellen.

Sie zu küssen war nicht annähernd genug, aber

da sie sich in einer Gruppe von Cottages befanden, unterbrach er den Kuss. Nikkis blitzende Pupillen sagten ihm, dass ihr Drache mit von der Partie war. Und er hatte überhaupt nichts dagegen. „Wir haben fünfzig Minuten. Ich möchte in dir sein und noch einmal hören, dass du mich liebst. Geht's dir gut genug?"

Sie runzelte die Stirn, und er wollte sie zwischen ihre Brauen küssen. „Hör auf, dir um mich Sorgen zu machen. Du verschwendest Zeit."

Er grinste. „Dann nehme ich das mal als Erlaubnis, dies zu tun."

Er legte seinen Arm schwungvoll an ihre Kniekehlen, hob Nikki gegen seine Brust und rannte. Anstatt sich zu beschweren, knabberte sie an seinem Hals und leckte das Brennen weg. Ihr Atem war heiß auf seiner Haut, als sie sagte: „Ich kann es kaum erwarten, zu sehen, wie du das in etwa achteinhalb Monaten versuchst, wenn ich Wehen habe, und du zu ungeduldig bist, um auf Dr. Sid zu warten."

Ihm entging nicht, wie wichtig es war, dass Nikki über das Baby und ihre Zukunft scherzte. Er drückte sie an sich und antwortete: „Keine Sorge, ich werde eine Schubkarre direkt vor der Tür parken. Dann werde ich mir nicht den Rücken brechen."

„Rafe Daniel Hartley, ich überlege ernsthaft, ob ich mich wirklich mit dir ausziehen soll."

Schmunzelnd küsste er ihre Wange. „Hartley-Babys sind große Babys. Ich war selbst knapp unter zehn Pfund. Wir können meine Gene für dein Gewicht verantwortlich machen. Fair?"

Sie schnaubte. „Wie wäre es, wenn wir all die Unannehmlichkeiten auf deine Hartley-Gene schieben? Wenn du versuchst, die Unannehmlichkeiten auszugleichen, dann ist das mehr als fair."

„Ich dachte, du wolltest während deiner Schwangerschaft keine Sonderbehandlung? Ich versuche doch nur, meine Dame zu erfreuen."

Nikki schüttelte den Kopf. „Charme gehört definitiv nicht zu deinen Stärken."

Ihr Cottage kam in Sicht, und Rafe beschleunigte sein Tempo und achtete darauf, Nikki so stabil wie möglich zu halten. „Ich ziehe es vor, die Dinge körperlich zu regeln. Ich freue mich schon wieder aufs Sparren."

„Ich bin erst seit zwei Wochen schwanger. Ich kann problemlos die nächsten Monate noch sparren."

„Richtig, dann ist das das Erste, was wir tun werden, wenn ich aus London zurückkomme."

„Wow, ich dachte nicht, dass das das Erste wäre."

Seine Stimme war rau, als er antwortete: „Das Sparring wird dich aufwärmen. Ich habe viele, viele Dinge vor, die ich nach London mit dir tun möchte. Ich denke, wir sollten uns drei Tage freinehmen, nur um genügend Zeit zu haben."

„So gerne ich mich auch drei Tage lang mit dir verkriechen würde, weg von der Welt, was ist mit der

Army? Sie könnten dich rausschmeißen, wenn du keine Fortschritte im Fall Bourne zeigst."

Er wollte seine kostbare Zeit nicht mit Ungewissheiten verbringen und antwortete nur: „Irgendwann wird alles funktionieren."

Nikki öffnete den Mund, um darauf etwas zu erwidern, doch er erreichte die Tür ihres Cottage. Er setzte sie ab, öffnete die Tür und zog sie hinein. Dann schloss er die Tür von innen und presste Nikki dagegen. Er nahm ihre Hände und hielt sie über ihren Kopf. „Wir können später weiterreden." Er küsste sie vorsichtig. „Ich möchte die nächsten zweiundvierzig Minuten damit verbringen, dir mit Taten zu zeigen, wie sehr ich dich liebe." Er schmiegte sich an Nikkis Körper und rieb seinen harten Schwanz gegen ihren Bauch. „Weil ich dich wirklich liebe, Nikola Gray, und ich möchte alle Zweifel auslöschen, die du haben könntest, bevor ich gehe."

Sie neigte den Kopf. „Dann fang endlich an."

Mit einem Lächeln presste er seine Lippen auf ihre. Er nahm ihre Unterlippe zwischen seine Zähne und knabberte an dem weichen Fleisch dort, bevor er sich auf die Oberlippe konzentrierte. Jedes Stöhnen sandte einen Ansturm durch seinen Körper und machte seinen Schwanz noch härter.

Doch er wollte ihre Haut spüren. Er trat zurück, zog sein Hemd aus und befahl: „Zieh dich aus!" Nikki hob eine Braue. Und er fügte hinzu: „Bitte."

Als sie aus ihren Schuhen stieg und ihre

Leggings herunterzog, lächelte sie. „Das war doch nicht so schwer, oder?"

Rafe zog seine Stiefel und Socken aus. „Jetzt kannst du gern herablassend sein, aber sobald du nackt bist, wirst du diejenige sein, die bitte sagen wird."

Belustigung vermischt mit Hitze tanzte in ihren Augen. „Mal sehen, ob du deinen Worten auch Taten folgen lässt!"

Rafe zog seine Cargo-Hose aus und trat näher an Nikki heran. Er half ihr, die Tunika über den Kopf zu ziehen, bevor er ihren Hals küsste. „Zuerst müssen wir dich nackig machen."

Rafe richtete sich auf und zog einen Finger über Nikkis Brust, bis er zu dem dünnen Stoff ihres BHs kam. Er strich um ihre harte Brustwarze, aber achtete darauf, sie nicht zu berühren. Nach ein paar weiteren Sekunden stockte Nikkis Atem. Er sah ihr in die Augen. „Gibt es was, das du mir sagen möchtest?"

Er bewegte seinen Finger eine Spur näher an ihre erigierte Brustwarze, zog sich dann aber zurück. Nikki biss sich auf die Lippe und schüttelte den Kopf. „Natürlich nicht."

Einer seiner Mundwinkel zuckte hoch. „Dann muss ich mich einfach noch mehr darum bemühen, deine Sturheit zu durchbrechen." Er entfernte seinen Finger. „Dreh dich um!"

Sie warf ihm einen neugierigen Blick zu, fügte sich aber. Rafe nahm vorsichtig ihr langes, dunkles

Haar und schob es über ihre Schulter, um die Narbe auf ihrem Rücken freizulegen, die das Ergebnis ihrer Flügelverletzung war. Er beugte sich hinunter und küsste sie sanft. „Beweis deiner Tapferkeit."

Er öffnete den Verschluss ihres BHs am Rücken und fuhr mit der Hand hinab, bis er den Bund ihres Höschens erreichte. Langsam schob er eine Hand hinein, packte eine ihrer Pobacken und drückte den festen Muskel. „Beweis deiner Kraft."

Sie sah über ihre Schulter. „Hör auf, albern zu sein."

Er massierte ihren Po in langsamen Kreisen und sagte: „Willst du, dass ich aufhöre?"

Er zwickte sie, und sie hielt den Atem an. „Nein."

„Gut."

Er zog den dünnen Stoff an ihren Beinen hinab und rieb seine stoppelige Wange an ihrem Oberschenkel. Er würde nie genug von der weichen Haut oder dem femininen Duft bekommen, der einzigartig Nikki war.

Nachdem der Slip weg war, strich Rafe mit den Händen außen an Nikkis Oberschenkeln nach oben, über ihre Taille und ihren Brustkorb. Obwohl ihr BH jetzt zur Seite geworfen war, berührte er ihre Brüste nicht. Stattdessen zog er sie gegen sich und legte seine Hände besitzergreifend über ihren Bauch. „Ein weiterer Beweis für deine Tapferkeit und Stärke."

Sie sah über ihre Schulter. „Wovon zum Teufel sprichst du?"

„Du hast deine Ängste und Zweifel überwunden, um mir ein unbezahlbares Geschenk zu machen. Eins, das ich den Rest meines Lebens damit verbringen werde, zurückzuzahlen." Er küsste vorsichtig ihre Lippen. „Eine Familie."

Nikkis Stimme brach, als sie seufzte: „Rafe."

„Ich liebe dich, Nikki. Lass es mich dir zeigen."

Sie drehte sich in seinen Armen um und legte ihre Hände hinter seinem Nacken ineinander. „Und woran hattest du gedacht?"

„So viel zu einem ‚Ich liebe dich auch, Rafe'", knurrte er mit einer höheren Stimme.

„So höre ich mich gar nicht an." Sie grinste, als er wieder knurrte. „Aber du hast recht – ich liebe dich auch." Sie rieb ihre Brustwarzen an seiner Brust und flüsterte: „Also, zeig mir, wie sehr du es tust."

Er nahm ihre Lippen in einem groben Kuss, bewegte seine Hände zu ihrem Po und hob ihn. Nikki schlang ihre Beine um seine Taille, und er bewegte sich in Richtung Wohnzimmer.

Er hörte lange genug auf, seine Frau zu küssen, um ein paar Kissen auf den Boden zu werfen. Dann legte er Nikki vorsichtig hin, sodass die Kissen unter ihrem unteren Rücken lagen, und hob ihre schöne Pussy zu sich.

Er spreizte ihre Beine und sagte: „Fangen wir an."

Nikkis Herz trommelte in ihrer Brust. Ihre Emotionen liefen auf Hochtouren, von Liebe über Zärtlichkeit bis hin zu Trauer. Wie sie jemals ohne Rafe leben würde, wenn ihm etwas zustieße oder das MDA ihn von ihrer Seite riss, sie wusste es nicht.

Ihr Tier grunzte. *Hör auf, so zu denken. Alles wird gut. Hör auf, dir Sorgen zu machen.*

Bevor Nikki antworten konnte, führte Rafe sie zu Boden. Kissen hoben ihre Hüften, und er spreizte ihre Beine. Als er die Innenseite ihrer Oberschenkel auf und ab streichelte, begegnete sie Rafes Blick. Die Hitze und die Liebe in seinen Augen raubten ihr den Atem.

Sie ignorierte alles Necken und flüsterte: „Ich liebe dich."

Er streckte seine Hand aus und berührte ihre Wange. „Ich weiß, meine schöne Drachenfrau."

Rafes Worte sandten einen Hitzerausch durch ihren Körper. Seine nur auf sie konzentrierte Aufmerksamkeit gab ihr das Gefühl, die schönste Frau der Welt zu sein.

Ihr Tier schnaubte. *Ja, ja! Er liebt uns. Ich möchte, dass er es uns endlich zeigt.*

Ungeduldiges Tier!

Bei Sex fühlen wir uns gut. Warum es also aufschieben?

Mit einem Seufzen sagte Nikki zu Rafe: „Mein Drache ist ungeduldig."

„Bist nicht für romantische Worte zu haben, oder?"

Sie schnaubte. „Auf keinen Fall."

„Dann denke ich, es ist an der Zeit, eine Sprache zu sprechen, die dein Drache versteht." Er nahm seinen Schwanz in die Hand und massierte ihn langsam auf und ab. „Bist du bereit?"

Sie spreizte ihre Beine weiter und wurde in Erwartung noch feuchter. „Immer."

Rafe ließ seinen Schwanz los, beugte sich hinunter und blies Luft zwischen ihre Schamlippen. Als er sie leckte und die Zunge um ihre Klitoris kreisen ließ, stöhnte Nikki und krallte ihre Hände in die Kissen unter ihrem Rücken.

Rafe lachte leise gegen ihren Oberschenkel. „Ich wollte das in die Länge ziehen, aber ich denke, meine Frau ist ungeduldig."

Ihr Drache brüllte. *Ja, er muss sich beeilen. Ich will seinen Schwanz.*

Nikki lächelte. „Ist eher so, dass mein Drache ungeduldig ist."

„Nun, dann will ich den Lady-Drachen nicht warten lassen." Rafe nahm seinen Schwanz strich ihn über ihre Scham. „Scheiße, du bist so feucht."

„Immer. Für dich."

Mit einem Knurren stieß Rafe in ihre Pussy, und sie bog den Rücken. Aber sie hatte kaum Zeit, in der wunderbaren Fülle von Rafe in sich zu schwelgen, bevor er sich bewegte. Zuerst langsam, aber als er ihre Hüften packte, bewegte er sich schneller.

Wegen ihrer Position konnte sie seine Pobacken nicht greifen. Sie wollte seine Haut spüren, packte stattdessen seine Unterarme und grub ihre Nägel hinein.

Rafe befahl: „Ich möchte, dass du meinen Rücken markierst."

„Ich komme nicht dran." Er erhöhte sein Tempo, und Nikki stöhnte, bevor sie noch etwas hinzufügen konnte. „Beug dich weiter vor."

Er gehorchte und umfing sie mit seinen Armen. Dann nahm er ihre Brustwarze und saugte, bevor sie auch nur seinen Rücken berühren konnte. Als er sie tiefer einsaugte, kratzte sie ihre Nägel über seine Haut. Rafe grunzte zustimmend und biss sanft zu. Nikki schrie auf und krallte ihre Nägel tiefer. „Ja."

Er ließ sie los und begegnete ihrem Blick. „Mehr. Ich will eine Erinnerung an dich auf meinem Rücken."

Sie erfüllte ihm den Wunsch. „Mein herumkommandierender Mensch."

„Verdammt richtig."

Er nahm ihre Lippen in einem harten, sondierenden Kuss und hörte nicht auf, seinen Unterleib zu bewegen. Einer seiner Arme schlängelte sich zwischen sie. Als er ihre Klitoris mit dem Daumen massierte, stöhnte sie in Rafes Mund. Sie war so nah dran.

Inzwischen war ihr Mensch gut darin, ihre Signale zu lesen, und er erhöhte den Druck auf ihre feste Knospe.

Rafe unterbrach den Kuss, um ihr in die Augen

zu blicken. „Ich möchte sehen, wie du für mich kommst, Liebes."

Nikki war sich nicht sicher, ob es der Mensch oder die Drachenhälfte war, die antwortete: „Dann fick mich härter."

Rafe bewegte sich, als ob sein Leben davon abhing, und hörte nicht auf, ihr Aufmerksamkeit mit seinem Daumen zu widmen. Der Druck baute sich auf.

Nikki schaffte es, herauszubringen: „Sag mir noch einmal, dass du mich liebst."

„Ich liebe dich, Nikola Helen Gray. Und sobald ich aus London zurückkomme, werde ich dich paaren."

Die Liebe, die in seinen Augen glänzte, kombiniert mit seinen Stößen und der Aufmerksamkeit für ihre Klitoris, trieb Nikki in den Wahnsinn. Als die Lust durch ihren Körper strömte, umklammerte sie Rafes Schwanz und ließ ihn los. Sie schrie seinen Namen, und Rafe hielt in ihr inne, während er brüllte. Sein Orgasmus vergrößerte ihren, und sie konnte an nichts als den Mann in sich denken.

Schon bald hob Rafe ihre Hüften, entfernte das Kissen, rollte sich dann auf seinen Rücken und nahm sie mit. Sie lauschte auf sein Herz und schwelgte im Gefühl seiner Brustbehaarung unter ihrer Wange und seiner starken Arme um sie herum.

Sie hatte schon immer Sex genossen, aber ihn mit dem Mann zu haben, den sie liebte, hatte ihn so viel besser gemacht.

Sie hielt ihn fester, küsste seine Brust und sagte: „Ich wünschte, ich könnte mit dir gehen."

„Aber das wirst du, Liebes. Die Spuren auf meinem Rücken sind ein Stück von dir. Gemeinsam werden wir einen Weg finden, diesen Christie-Bastard zu erledigen."

Sie stützte ihr Kinn auf seine Brust und blickte auf. „Für jemanden, der schwört, dass er keinen ‚romantischen Mist' von sich geben kann, machst du das ziemlich gut."

Rafes Lachen vibrierte unter ihrem Kinn. „Ich schätze, es brauchte eine hartnäckige, eigensinnige und herrische Frau, um es aus mir herauszuholen."

Sie seufzte. „Und das war's mit der romantischen Stimmung."

Er streichelte ihren Rücken und antwortete: „Wenn ich immer nett und romantisch bin, wird das Leben ziemlich schnell langweilig. Ich muss dich doch auf Trab halten. Denn in fünfzig Jahren möchte ich immer noch mit dir in meinen Armen am Boden liegen, genau wie jetzt."

Nikki legte ihre Wange zurück auf seine Brust, lauschte dem Herzschlag ihres Menschen und hoffte auf dasselbe.

Rafe strich mit seinen Fingerspitzen an ihrem Rücken hinauf und hinab. Schließlich sprach er wieder. „Mit Jane und Kai sowie dir und mir müssen meine Eltern endlich zu Besuch kommen."

Sie sah auf. „Du hast nie wirklich über deine Eltern gesprochen."

Er zuckte die Schultern. „Meine Mutter kommt aus Australien und hat meinen Vater vor ein paar Jahren überzeugt, dorthin zu ziehen. England zu besuchen ist nicht gerade einfach von der anderen Seite der Welt aus."

„Vielleicht könnten wir dorthin reisen. Ich war noch nie in Australien und würde gerne einige der Drachen dort treffen. Oder zumindest etwas über sie erfahren, da wir nicht wirklich wissen, ob sie potenzielle Verbündete oder potenzielle Feinde sind."

„Das ist meine Frau, die immer daran denkt, wie sie ihre Liste an Verbündeten erweitern kann", sagte er mit einem Lächeln.

„Nun, ich habe es verpasst, den irischen Clan zum ersten Mal zu treffen, also muss ich mir einen neuen Plan überlegen, wie das mit einem anderen Clan geschehen kann."

Er strich ihr die Haare von der Wange und antwortete: „Vielleicht eines Tages, wenn die Dinge ruhiger sind. Ich glaube nicht, dass um die halbe Welt reisen derzeit sicher ist."

„Wir haben das in der Army gemacht."

„Das war anders. Ihr hattet Schlachtschiffe und Zerstörer, die euch nach Indien brachten, und von dort seid ihr geflogen. Kreuzfahrtschiffe geben bessere Zielscheiben ab."

Sie seufzte. „Ich schätze, das bedeutet, dass deine Eltern hierher fliegen müssen." Dann grinste sie. „Ich freue mich darauf, wenn deine Eltern meine kennenlernen."

Während er mit ihren Haaren spielte, hob er seine Augenbrauen. „Es ist eher so, dass sich dein Dad gegen meine Mum behaupten muss."

Nikki schnaubte. „Dann müssen wir es definitiv geschehen lassen."

Er zog sie an seiner Brust hoch und küsste sie. „Sobald ich zurückkomme, planst du die Paarung, und ich werde meine Eltern hierher bringen."

„Klingt, als hätte es jemand eilig, sich zu paaren."

Er grunzte. „Ich will es tun, bevor du deine Meinung änderst."

Sie warf ihm einen erhitzten Blick zu. „Dann nutze die Zeit, die wir haben, besser, um mich zu überzeugen, dich zu behalten."

Mit einem Grinsen rollte Rafe sie herum, bis er Nikki mit seinen Armen und Beinen umfing. „Frau, du wirst nicht mehr in der Lage sein, zwei Sätze rauszubringen, wenn ich mit dir fertig bin."

„Nun, Hartley, ich nehme deine Herausforderung an."

Rafe küsste sie und machte sich daran zu gewinnen.

Noch nie war Nikki so glücklich und zufrieden gewesen, sie selbst zu sein. Ein Beschützer oder auch nur das erste Kind zu sein, das von einem Opfer geboren wurde, war in diesem Moment egal. Alles, was wichtig war, war, dass sie ihren wahren Gefährten gefunden hatte und ihr Happy End in Reichweite war.

Kapitel Dreiundzwanzig

Etwa eine Stunde nach Sonnenaufgang am nächsten Morgen spazierte Rafe lässig eine der Straßen von der Vauxhall Bridge Road in London entlang. Die Leute liefen auf dem Bürgersteig in beide Richtungen und gingen zur Arbeit in einem der nahegelegenen lokalen Unternehmen. Einige von ihnen gingen vielleicht sogar einen Umweg, um in Westminster oder einem der anderen Regierungsgebäude in der Nähe des Flusses zu arbeiten.

Rafe rückte seine Krawatte zurecht und konnte es kaum erwarten, aus dem verdammten Anzug herauszukommen, den er trug, um nicht aufzufallen. Er begriff nicht, wie die Leute so etwas Tag für Tag anziehen konnten. Er würde lieber für fünf weitere Jahre in Afghanistan sein Leben riskieren, als vierzig Jahre lang fünf Tage die Woche unter einer Krawatte zu leiden.

Als er um eine Ecke bog, kam Rafes Ziel in Sicht, und seine Gedanken an Anzüge verschwanden. Das wiedereröffnete Hauptquartier des Ministeriums für Drachenangelegenheiten befand sich am Ende der Straße. Ein paar Leute gingen die Stufen zum Haupteingang hinauf. Wenn seine Informationen richtig waren, wären zwei Sicherheitsbeamte direkt am Eingang, um nach Waffen oder Sprengstoff zu suchen.

Laut Evie kamen die meisten MDA-Mitarbeiter gegen 8:00 Uhr an, um mit der Arbeit zu beginnen. Es war jetzt fast zehn vor acht.

Er machte sich keine Sorgen um die, die früher da waren oder die Möglichkeit, dass Tobias White schon hineingeschlüpft war. Vorsichtshalber war Jane schon seit halb sieben in der Gegend.

Rafe betrachtete die Straße, ohne allzu auffällig zu sein, und sah Jane mit ihrer blonden Perücke, ihrem engen Rock und dem offenen Oberteil. Selbst von der anderen Straßenseite aus konnte Rafe mehr vom Dekolleté seiner Schwester sehen, als er je hatte sehen wollen. Er hatte das Gefühl, dass Kai Janes Outfit für ihre verdeckte Rolle nicht genehmigt hätte, aber Rafe könnte in der Lage sein, Jane in Zukunft damit zu necken. Obwohl seine Schwester es vielleicht nicht als necken betrachten würde, da es Kai verärgern würde, aber so ein Pech!

Dennoch, Tobias White wechselte die Frauen, wie die meisten Leute ihre Socken; man musste ihm nur ein hübsches Gesicht zeigen, ein wenig mit ihm

flirten, und der Mann war hinter einem her. Jane
fungierte als Köder.

Die Akten über Tobias waren dünn, aber
Arabella MacLeod hatte einige von Orten, die im
Internet unbekannt waren, auftreiben können. Rafe
hatte so das Gefühl, dass Arabella ein ziemlich guter
Hacker war, aber er wollte es nicht in Frage stellen,
solange sie nicht erwischt wurde. Die Akten waren
während der Autofahrt von Stonefire angekommen.
Rafe und Jane hatten ihren Plan etwas geändert, um
Tobias' Schwäche für Frauen besser zu nutzen.

Er hoffte nur, dass es nicht nach hinten losging,
da Rafe und Jane sich gegen eine Verstärkung
entschieden hatten. Die Operation war zu wichtig,
um ein Leck zu riskieren.

Vor allem wünschte er sich, Nikki könnte hier
sein und ihm den Rücken freihalten.

Apropos Rücken, seiner brannte, aber er wollte
es nicht anders haben. Allein die Erinnerung daran,
dass Nikki die Kratzer gemacht hatte, während sie
am Tag zuvor gestöhnt hatte, brachte ihm ein
Lächeln ins Gesicht. Ihre letzten Worte hallten noch
in seinem Kopf wider: *Du solltest lieber zu mir
zurückkommen, Rafe Hartley, sonst finde ich dich
und werde dir eine Lektion erteilen.*

Als er Jane endlich wieder sah, trank sie ihren
Kaffee und stolzierte langsam auf der gegenüberliegenden Straßenseite den Bürgersteig hinunter, und
er verdrängte seine Erinnerungen an Nikki. Die
Mission brauchte seinen vollständigen Fokus.

Nach einigen Minuten näherte sich Jane dem Hauptquartier des MDA. Als sie schneller ging, sah sich Rafe nach ihrer Zielperson um. Ein Mann mit einem ähnlichen Körperbau wie der entflohene Jäger kollidierte mit Jane. Ihr Kaffee spritzte überallhin. Sie zog ein Taschentuch heraus, tupfte seine Vorderseite ab und dann hinunter Richtung Hose des Mannes.

Ja, es war definitiv eine gute Sache, dass Kai in Stonefire war.

Er wartete ungeduldig darauf, dass Jane die Wanze anschaltete und sie in die Hosentasche des Mannes steckte. Der Koffer in Rafes Hand würde die Übertragung aufzeichnen, aber es wäre nutzlos, wenn Jane das Abhörgerät nicht in einem Kleidungsstück verstecken konnte, das er anbehalten würde.

Als der Sender in seinem Ohr ein Signal empfing, überflutete ihn die Erleichterung. Janes Stimme mit einem amerikanischen Akzent drang in sein Ohr. *Oh, das tut mir so, so leid! Ich versuche immer noch, mich an die Größe Londons zu gewöhnen und habe nicht darauf geachtet, wohin ich gelaufen bin. Sie sollten mich wirklich die Reinigung bezahlen lassen."*

Ein Mann antwortete mit einem Londoner Akzent: *„Keine Sorgen, Miss. London ist eine große Stadt."* Der Blick des Bastards fiel an Janes Bluse hinunter. *„Aber wenn Sie es wirklich wiedergutmachen wollen, dann lassen Sie mich Sie zum Abendessen ausführen."*

Tobias alias Toby hatte für seine Zeit bei den Drachenjägern wohl einen falschen Yorkshire-Akzent aufgesetzt.

Jane legte eine Hand an Whites Brust. *„Ich liebe Ihren Akzent und hätte nichts dagegen, Sie ein paar Stunden reden zu hören."*

Rafe bezweifelte, dass der Mann reden wollte, angesichts der Art, wie Jane seine Brust streichelte.

Zum ersten Mal seit einiger Zeit schätzte er die Schauspielkunst seiner Schwester.

Whites Stimme wurde rau. *„Gut. Ich kann es nicht abwarten, Sie in einem engen kleinen Kleid zu sehen. Ich weiß das perfekte Lokal. Geben Sie mir Ihre Nummer, dann schreibe ich Ihnen."*

Rafe beobachtete, wie sie vermutlich Telefonnummern austauschten. Jane lächelte schüchtern, und ihre Wege trennten sich.

Leider konnte Rafe White immer noch hören, als der murmelte: *„Ich kann es kaum erwarten, diese Tussi auszuziehen und ihre Titten hüpfen zu sehen."*

Mit geballten Fäusten musste Rafe sich beherrschen, um White nicht nachzugehen und ihm ins Gesicht zu schlagen. Nur die Erinnerung an das, was auf dem Spiel stand – seine Zukunft mit Nikki und die von Stonefire – erlaubte es ihm, weiterzugehen. Er musste sich in zwanzig Minuten mit Jane treffen. Vielleicht hörte er bis dahin etwas, das Jonathan Christie belasten könnte. Je eher sie solche Typen wie Tobias White von der Straße bekamen, desto besser.

Fünf Stunden später war Rafe froh, dass er keinen Regierungsposten in einem Büro hatte.

Tobias White verbrachte viel Zeit damit, auf einem Computer zu schreiben, mit Frauen zu flirten und an Meetings teilzunehmen. So ziemlich die einzige nützliche Information, die Rafe bisher bekommen hatte, war, dass das MDA das Innenministerium aufgefordert hatte, die Ausstellung von Besucherpässen an Menschen auszusetzen, bis die Bedrohung besser eingeschätzt werden konnte.

Jane räusperte sich. Sie saß auf einer Bank hinter ihm, unweit des MDA-Büros. Jeder von ihnen sah von dem anderen weg, während sie ihr Mittagessen beendeten, nur für den Fall, dass jemand sie identifizierte. Rafe hatte sich den Kopf rasiert und trug eine falsche Brille, und Jane trug eine blonde Perücke, aber es bestand immer noch eine geringe Wahrscheinlichkeit, dass sie erkannt werden konnten.

Seine Schwester flüsterte: „Irgendwas?"

„Noch nicht. Vielleicht musst du doch mit dem Typen auf ein Date gehen."

Aus dem Augenwinkel sah Kai, wie Jane schauderte. „Ich hoffe verdammt nochmal, dass das nicht nötig ist. Er denkt, ich bin ein Paar wandelnde, sprechende Brüste. Erzähl Kai nicht, dass ich das gesagt habe, aber ausnahmsweise vermisse ich sein schützendes Knurren. Dieser Mann hätte mich nie zweimal angeschaut, mit Kai an meiner Seite."

Rafe lächelte und senkte die Stimme. „Beschüt-zer-Drachen haben ihren Nutzen."

„Das ist es. Wir werden in naher Zukunft defi-nitiv auf ein Doppel-Date gehen. Ich möchte zur Abwechslung mal sehen, wie du mit einem überfür-sorglichen Drachen umgehst. Ich bin neugierig, ob die Frauen so schlimm sind wie die Männer."

Rafe war dabei zu antworten, als das Tippen der Tasten in seinem Ohr stoppte, weil ein Telefon klin-gelte. Tobias White ging ran, und seine Stimme kam wieder. „*White.*" Eine Pause, und dann fuhr White fort: „*Ich werde gleich da sein, Jonathan.*"

Der Name ließ Rafe hellhörig werden, und er lauschte aufmerksam, als White sich auf den Weg irgendwohin im Gebäude machte. Nachdem er an eine Tür geklopft hatte, hörte Rafe, wie sie geöffnet wurde. Kurz darauf klickte ein Schloss und White fragte: „*Du wolltest mich sehen?*"

Jonathan Christies Stimme antwortete. „*Ich muss wissen, ob der Job erledigt ist. Ich kann vorher nicht weitermachen.*"

„*Alle Bedrohungen wurden beseitigt. Wir können die neue Richtlinie umsetzen, wann immer du möchtest.*"

Rafe klopfte sich auf den Oberschenkel. Ihr Gespräch war zu vage. Er wäre nicht in der Lage, dem Paar was anzuhängen, wenn sie nicht über die Details sprachen.

Christies Stimme füllte wieder seine Ohren. „*Wo wurden sie hingebracht? Ich habe ein paar*

Sergeants und Inspektoren unter meinem Einfluss, die helfen können, die Aufmerksamkeit abzulenken."

„In den South Downs. Unser Kontakt dort wird nächste Woche anrufen."

Rafe setzte sich aufrecht hin. Jane hob fragend ihre Augenbrauen, aber er schüttelte kaum merklich den Kopf. Im South Downs National Park lebte der Skyhunter-Clan. Anscheinend hatten sie mindestens einen Verräter in ihrer Mitte.

Christie antwortete: *„Gut. Sorg' dafür, dass alle Polizeiberichte über sie auf die übliche Station umgeleitet werden."*

„Und die Geiseln?"

Rafe widerstand einem Stirnrunzeln. *„Kümmere dich nächste Woche um sie. Ich möchte Zeit zwischen den beiden Säuberungen."*

Verdammt, hatte Christie gerade den Mord an weiteren Menschen angeordnet? Rafe hörte kaum den Abschied der beiden, bevor er sein Ohr berührte, aufstand und davonging. Jane würde das Signal verstehen.

Rafe nahm eine Straße und dann eine andere und ging einen Umweg zum Hotel. Sobald er in seinem Zimmer war, überprüfte er, ob das Gespräch aufgezeichnet worden war, und lud eine Sicherungskopie auf den Laptop in seiner Aktentasche herunter. Als er fertig war, hatte Jane das Zimmer betreten und die Tür verschlossen.

Rafe nahm ein Scrambler-Gerät heraus, um sicher zu sein, und stellte es an, bevor er endlich sprach. Nachdem er das Audio für Jane abgespielt hatte, das er zwischen Christie und White gehört hatte, fügte er hinzu: „Sag mir, wie diese Informationen am besten verwendet werden können, Janey. Ich möchte es einfach an jede Nachrichtenagentur schicken und hoffe, es reicht, um einen Skandal zu verursachen. Aber was wird die größte Wirkung haben?"

Jane tippte sich ans Kinn. „Ich habe ein paar Ideen. Aber zuerst sollten wir vielleicht Bram fragen, was er tun will. Der Skyhunter-Clan hat sich bisher jeder Art von Zusammenarbeit widersetzt. Das hier könnte jedoch Marcus King zwingen, etwas zu unternehmen. Oder zumindest wird jemand seine Führung herausfordern."

„Ich vergesse manchmal, wie clever du bist."

Jane runzelte die Stirn. „Wer bist du, und was hast du mit meinem streitsüchtigen Bruder gemacht?"

„Zieh mich später auf. Aber jetzt stehen wir kurz davor, meine Zukunft zu sichern, und das ist nicht zum Lachen." Rafe rieb die Stoppeln seines rasierten Kopfes. „Muss ich deiner professionellen journalistischen Meinung nach wissen, ob das, was wir aufgenommen haben, ausreicht? Oder müssen wir mehr sammeln?"

„Selbst der Anschein eines Skandals reicht in der Regel aus, um einen Politiker zu Fall zu bringen. Während ich normalerweise versuche, Vermutungen zu vermeiden, bin ich in diesem Fall mehr als glücklich, es zu tun. Vor allem, wenn dieser Bastard dabei ist, eine weitere Gruppe von Leuten zu ermorden."

„Richtig, dann müssen wir schnell handeln, bevor Christie seine neuen Richtlinien einführt. Er hat schon das Ausstellen der Besuchspässe ausgesetzt. Wer weiß, was als Nächstes kommt."

Jane nickte. „Ich bin nur traurig, dass wir ihn nicht mit den Drachenjägern in Verbindung bringen konnten. Mein Bauch sagt mir, dass er schon einmal mit Simon Bourne zusammengearbeitet hat."

„Wir haben vielleicht noch die Möglichkeit, sie miteinander zu verbinden. Wenn Christie abgesetzt ist, wird Rosalind Abbott wahrscheinlich die Führung übernehmen. Sie könnte es Stonefire erlauben, Tobias White zu befragen."

„Guter Punkt", antwortete Jane. „Also, was nun?"

Rafe steckte einen USB-Stick in seinen Laptop und lud eine Kopie der Audiodateien darauf herunter. „Aus Sicherheitsgründen schlage ich vor, dass wir nach Stonefire zurückkehren. Vorausgesetzt, du kannst deine Magie von dort aus entfalten?"

„Das sollte ich. Wenn ich wirklich ein persönliches Treffen mit einem meiner journalistischen Kontakte brauche, dann möchte ich mehr Unterstützung als nur dich. Nicht, dass du kein fantastischer Soldat bist, aber wenn man es mit Verrückten zu tun hat, je mehr Schutz, desto besser."

Nachdem er Jane den USB-Stick übergeben

hatte, schloss Rafe seine Aktentasche. „Denke ich auch."

Jane sah ihn eine Sekunde an, bevor sie sagte: „Nikki ist gut für dich."

Bei der Erwähnung von Nikkis Namen sehnte er sich danach, ihr Gesicht zu sehen. Er war so nahe daran, für immer bei ihr zu bleiben, dass er es schmecken konnte.

Rafe räusperte sich und wechselte das Thema. „Fahren wir zurück nach Stonefire. Du hast dir den Umweg gemerkt, um zurück zu unserem Auto zu kommen, richtig?" Jane nickte, und Rafe wies zur Tür. „Gut, dann ist jetzt Zeit zu gehen."

Nachdem Jane als Erste hinausgegangen war, wartete Rafe sechzig Sekunden, bevor er ihr folgte.

Er hoffte nur, dass seine Schwester recht hatte und sie genug hatten, um den MDA-Direktor zu stürzen. Andernfalls würde Christie seine Sicherheit erhöhen und Rafe hätte die Oberhand verloren.

Nein. Wenn jemand wusste, wie die Medien funktionierten, war es seine Schwester. So sehr er es auch hassen würde, dass Jane später überheblich wäre, Rafe würde sich gerne ihr Necken gefallen lassen, wenn das bedeutete, dass er bei Nikki bleiben könnte.

Kapitel Vierundzwanzig

Zwei Wochen später lehnte Nikki sich in einem der Besprechungsräume an Rafes Seite, während sie mit Bram, Evie, Tristan, Melanie, Kai und Jane in der Kommandozentrale der Beschützer standen. Die Augen aller klebten auf dem Fernsehgerät.

Rosalind Abbot wurde gerade als neue Direktorin des MDA vereidigt.

Als die Zeremonie beendet war, dröhnte die Stimme des Berichterstatters: *„Nachdem nun Rosalind Abbott vereidigt wurde, können alle Drachenwandler erleichtert aufatmen. Das aufgezeichnete Gespräch zwischen Jonathan Christie und einem seiner Assistenten, identifiziert als Tobias White, war ein Schock für die Nation. Besonders nachdem Ermittlungen durchgeführt wurden und Beweise für einen Mord auftauchten. 19 menschliche Leichen waren in einem Massengrab am Rande der Lände-*

reien des Skyhunter-Clans im South Downs National Park verscharrt. Sie wurden als Angreifer auf den Stonefire-Clan identifiziert. Angeheuerte Männer, die sich als MDA-Vollstrecker ausgaben, hatten die Personen von Stonefire abgeholt. Wir wissen jetzt, dass sie von Tobias White rekrutiert wurden.

Während Christie noch auf den Prozess und das Ergebnis weiterer Untersuchungen wartet, haben Premierminister und Parlament ihn von seinen Aufgaben als Direktor des MDA entbunden. Die ehemalige Kandidatin Rosalind Abbott war die offensichtliche Wahl als seine Nachfolgerin. Die neu vereidigte Direktorin Abbott wird gleich sprechen, hören wir uns das an."

Die Kameraeinstellung wechselte zu einer Nahaufnahme von Abbott, als sie anfing zu sprechen: „Vielen Dank, dass Sie heute hergekommen sind, und danke auch an diejenigen, die von zu Hause aus zusehen. Ich hoffe wirklich, dass dies für uns alle einen Neuanfang bedeutet.

Wie ich schon mehrfach während meiner Kampagne um den Posten der MDA-Direktorin erwähnt habe, möchte ich die Beziehungen zu allen Drachenwandler-Clans im Vereinigten Königreich stärken. Ich hoffe, dass wir gemeinsam die Terroristen ausrotten und gleichzeitig eine engere Allianz bilden können. Um dies zu erreichen, werden in den kommenden Wochen einige Vorschläge angekündigt. Ich hoffe sogar, bald eine öffentliche Zeremonie in Treu und Glauben abhalten zu können, um mit Taten zu zeigen, was meine Ziele für die Zukunft sind. Unter meiner Führung wird das Ministerium für Drachenangelegenheiten wieder zu einer vertrauenswürdigen Institution. Ich hoffe nur, dass die menschliche Öffentlichkeit ihre Unterstützung zeigen wird."

Die Menge auf dem Bildschirm klatschte. Als der Lärm nachließ, fuhr Abbott fort: „Zusätzlich zu den Änderungen innerhalb des MDA möchte ich Sie, die britische Öffentlichkeit, bitten, meiner Sache zu helfen. Wenn Sie Missbrauch gegenüber einem Drachenclan sehen, melden Sie es. Wenn Sie in der Nähe von einem leben und eine offene Feier abgehalten wird, eine der Veränderungen, die ich hoffe, realisiert zu sehen, dann nehmen Sie bitte daran teil. Nur wenn wir einander verstehen, können wir voranschreiten, um eine bessere Zukunft zu schaffen."

Applaus brach aus, und der Sprecher fasste die Leistungen von Abbott zusammen. Der Fernseher wurde dunkel, und Nikki sah Bram an. Ihr Clanführer deutete auf den leeren Bildschirm. „Jetzt, da Abbott ihre Rede gehalten hat, kann ich einen ihrer Vorschläge teilen." Er sah von Nikki zu Rafe und wieder zurück. „Er betrifft euch beide."

Nikkis Herzschlag beschleunigte sich, aber sie schaffte es, ihre Haltung entspannt wirken zu lassen. „Wie?"

„Wollt ihr gepaart werden?"

Rafe antwortete, bevor sie es konnte: „Absolut."

Die Zuversicht, die Rafes Antwort ausstrahlte, ließ sie sich noch ein wenig mehr an ihn lehnen.

„Aber wie, Bram? Sicher hat Rosalind Abbott es doch noch nicht geschafft, die Gesetze für weibliche Drachenwandler zu ändern, die menschliche Männer paaren? Sie ist seit weniger als einer Viertelstunde im Amt."

„Das mag sein", antwortete Bram. „Sie hofft jedoch, dass ihr beide bei der Zeremonie in Treu und Glauben öffentlich mit einer speziellen Lizenz vor laufenden Kameras verbunden werdet."

Nikki hörte auf zu atmen. Rafe drückte ihre Hüfte, bevor er antwortete: „Aber was ist mit den anderen? Es fühlt sich nicht richtig an, dass Nikki und ich besondere Privilegien bekommen sollten, während andere Drachenfrauen nicht die gleiche Option haben."

Wenn sie Rafe Hartley nicht schon geliebt hätte, hätte Nikki sich jetzt in ihn verliebt. „Rafe hat recht. So sehr ich meinen Menschen auch will, es scheint unfair zu sein."

Nikki sah Jane an, als die das Wort ergriff. „Ob fair oder nicht, es könnte der Katalysator für den Wandel sein. Ohne meinen und Kais Fall oder Hollys und Frasers Fall in Lochguard wären die speziellen Lizenzen für unsere Clans, die es Drachenmännern erlauben, menschliche Frauen zu paaren, möglicherweise nie Wirklichkeit geworden."

Melanie fügte hinzu: „Ich kann verstehen, dass es egoistisch erscheinen mag, diesen Deal zu akzeptieren, aber Jane hat recht. Außerdem hat die menschliche Öffentlichkeit noch nie eine Paarungszeremonie live gesehen. Der Artikel über Bram und Evie war der erste Schritt, aber Bilder können viel mächtiger sein." Sie warf Jane einen mitleidigen Blick zu. „Obwohl es bedeutet, dass der Start deines Videocasts weiter verzögert wird. Ich weiß, dass du es mit deiner und Kais Paarungszeremonie starten wolltest."

Jane zuckte mit den Schultern. „Ich bin schon offiziell mit Kai verpaart. Es ist nur die Zeremonie, die wir nicht durchgeführt haben." Sie grinste zu ihrem Drachenmann hoch. „Ich weiß, wie sehr er seinen Namen auf meinem Arm sehen möchte."

Kai grunzte, zog Jane aber näher. „Wir können es heute tun, wenn du willst, Liebes."

Jane blinzelte. „Was ist mit deiner oder meiner Familie? Willst du sie nicht dabeihaben?"

„Ich war geduldig, Jane, aber ich möchte dich als die meine vor dem Clan beanspruchen", erklärte Kai.

Bram ergriff das Wort. „Ihr könnt euch später darüber streiten, wann eure Paarungszeremonie stattfinden soll. Sagt es mir, dann werde ich da sein. Doch im Moment wartet Direktorin Abbott auf unsere Antwort." Bram starrte Nikki an. „Ich brauche eine Antwort. Werdet ihr eine öffentliche Zeremonie vor laufenden Kameras zulassen?"

Nikki sah zu Rafe auf. „Was denkst du? Wenn wir das tun, könnte es den anderen helfen. Aber gleichzeitig könnte die Army dich wegen Voreingenommenheit entlassen."

Rafe drehte sie in seinen Armen um, bis sie ihm

gegenüberstand. „Ich habe meinem Land fast achtzehn Jahre lang gedient. Wenn sie glauben, dass es Zeit ist, mich zu entlassen, dann wird es sich lohnen, wenn ich dafür bei dir bleiben kann." Er streichelte ihre Wange. „Außerdem habe ich immer noch den Namen Xenia für unsere Tochter und muss bleiben, um zu sehen, ob du ihn wählst oder nicht."

Nikki verdrehte die Augen. „Wenn es ein Mädchen ist, benenne ich sie nicht nach der Kriegerprinzessin."

„Dann paare mich, Nikki, und wir werden Monate haben, um zu entscheiden, wie wir unser Kind nennen sollen." Er berührte ihre Wange und murmelte: „Und ich verspreche, das ganze Kochen zu übernehmen, wenn es das ist, was es braucht."

Sie lächelte. „Nun, in diesem Fall ..."

Rafe schnaubte. „Schön zu sehen, wo deine Prioritäten liegen."

Nikki legte die Hände hinter seinen Nacken und grinste. „Dein Kochen ist ein Bonus, aber selbst, wenn du Toast anbrennen ließest, würde ich dich trotzdem gerne paaren, Rafe Hartley." Sie küsste ihn. „Dann lass es uns tun."

Als Rafe nickte, füllte Brams Stimme den Raum. „Gut, dann wende ich mich an Abbotts Assistenten und bestätige es. Die Zeremonie wird in drei Tagen stattfinden."

Nikki sah Bram an und blinzelte. „Drei Tage?"

„Aye, drei Tage. Sag Dylan, was du brauchst, und er wird sich direkt an die Armreifen machen."

Bram deutete auf Evie. „Komm, Liebes. Du kannst mir dabei helfen, das einzurichten."

Bevor Bram gehen konnte, sagte Nikki: „Und was ist mit meinem geheimen Plan? Habe ich für morgen das Okay?"

„Wenn ihr rechtzeitig zur öffentlichen Zeremonie zurücksein könnt, du zustimmst, die neue Schutzdrachenrüstung zu tragen und Kai erlaubst, euch zu begleiten, dann ja. Es ist alles bereit für euch", antwortete Bram.

Rafe warf Nikki einen neugierigen Blick zu, als Bram und Evie gingen, aber Melanie kam zu ihnen, bevor er etwas fragen konnte. „Lass mich wissen, wenn ich dir irgendwie helfen kann."

Sie nickte, und Mel ging mit Tristan. Nur Kai und Jane waren noch im Raum bei Nikki und Rafe.

Nikki drehte sich in Rafes Armen um und lehnte sich gegen seine Brust. „Es tut mir leid, dass wir deine Pläne für die Übertragung der Paarungszeremonie haben entgleisen lassen."

Jane wedelte mit einer Hand. „Keine Sorge. Kai war ohnehin nicht so interessiert an Öffentlichkeit. Er hat nur zugestimmt, weil er mich liebt." Sie sah zu Kai, und er zuckte die Achseln. Janes Blick kehrte zu Nikkis zurück. „Außerdem könnte der anstehende Führungswettbewerb bei Skyhunter eine bessere Möglichkeit sein, meine Serie zu starten. Vorausgesetzt, der Gewinner ist offen für die Idee und ein Interview."

Marcus King, der ehemalige Anführer des Skyhunter-Clans, war einer von einer Handvoll Leuten gewesen, die mit White gearbeitet hatten. Sie hatten anscheinend einige Vereinbarungen getroffen, um eine günstige Behandlung und Verlegung auf eine abgelegene Insel zu ermöglichen, um einen neuen Clan zu gründen, im Austausch dafür, dass er den größten Teil seines Clans den sprichwörtlichen Wölfen zum Fraß vorwarf. Marcus war zusammen mit seinen Kohorten in einer MDA-Einrichtung inhaftiert. In den kommenden Wochen sollte ein neuer Anführer gewählt werden.

Nikkis Drache zischte. *Sich gegen den eigenen Clan zu wenden ist eines der unehrenhaftesten Dinge, die ein Drachenwandler tun kann.*

Glaub mir, das weiß ich. Aber das einzig Gute daran ist, dass wir einen neuen Verbündeten im Süden haben könnten.

Ihr Tier schnaubte. *Darauf würde ich nicht wetten.*

Rafes Stimme unterbrach das Gespräch mit ihrem Tier. „So gerne ich auch von euren zukünftigen Plänen höre, Schwesterchen, vielleicht könnten wir später mehr darüber reden? Schließlich hat die Frau, die ich liebe, gerade zugestimmt, mich zu paaren. Ich könnte sie, ich weiß nicht, verdammt nochmal küssen wollen."

Jane grinste. „Schätze schon. Obwohl, weißt du, dafür schuldest du mir irgendwie was."

„Jane", sagte Rafe gereizt.

Jane lachte. „Na schön, ich werde gehen. Außerdem haben Kai und ich selbst was zu planen."

Jane sah ihren Gefährten an, und Nikki sah die Liebe in beiden Augen leuchten.

Mit Kais und Janes bevorstehender Paarungszeremonie sowie Nikkis und Rafes würde Stonefire wahrscheinlich eine riesige Versammlung zu feiern haben. Der einzige Nachteil war, dass Nikki aufgrund der Schnelligkeit des Ganzen darauf würde warten müssen, Rafes und Janes Eltern kennenzulernen.

Kai führte Jane aus dem Raum und hielt nur inne, um Nikki zustimmend zuzunicken. Sobald sie mit Rafe allein war, sah sie ihn wieder an. „Ich weiß, was du fragen wirst, und bevor ich es erkläre, sollst du wissen, dass es eine Überraschung war. Das ist der einzige Grund, warum ich dir nicht von meinem Plan erzählt habe."

„Sag mir einfach, was es ist, Frau."

Nikki neigte den Kopf. „Bist du dir sicher, dass es keine richtige Überraschung sein soll?"

„Nein, ich möchte vorbereitet sein. Soweit ich weiß, könnten wir nach Irland fahren, um die irische Führungspersönlichkeit zu treffen und sie davon zu überzeugen, dass wir gute Verbündete werden."

Nikki schnaubte. „Nein, obwohl ich das später versuchen könnte." Sie legte ihre Hand an seine Brust. „Was meine Überraschung betrifft, so habe ich Gwendolen Price gefunden, und wir haben die Erlaubnis, sie zu treffen."

Eine Million Fragen rasten durch Rafes Kopf, aber er konnte nur „Wie?" hervorbringen.

Nikki polierte sich die Nägel an ihrer Brust und sah sie sich dann an. „Natürlich bin ich brillant. Wenn du das immer noch nicht weißt, solltest du es dir jetzt besser merken."

Er kitzelte ihre Seite, und Nikki brach in Lachen aus. Er hielt seine Finger still. „Sag mir, wie, oder ich höre nicht auf, bis deine Seiten vom Lachen wehtun."

Sie versuchte, sich zurückzuziehen, aber hielt sie fest. Seine Drachenfrau seufzte schließlich. „Ich habe Kai um Hilfe gebeten. Während ihr in London wart, haben wir die Dinge in Gang gesetzt. Bram hat erst heute von Rhydian Griffiths, dem Anführer von Snowridge, gehört. Gwen weiß, dass jemand in Stonefire ein Treffen will, aber sonst nichts. Ich wollte, dass du sie überraschst."

Rafe war froh, dass er sein Versprechen an seinen besten Freund nun erfüllen konnte. Aber auch unruhig. „Ich bin mir nicht sicher, ob das klug ist. Ich war nicht gerade Mr. Nice Guy, als ich sie das letzte Mal gesehen hab'. Noahs Tod hat mich hart getroffen, und ich habe es irgendwie an ihr ausgelassen, so wie ich es bei dir getan habe."

Nikki berührte seine Wange und lehnte sich gegen ihn. „Selbst wenn sie dich anschreit, weiß ich, dass du sie sehen willst, Rafe. Und man weiß nie, vielleicht freut sie sich über eine Verbindung zu ihrem toten Geliebten. Schließlich hat Gwen nach Noahs Tod nie einen Gefährten gefunden, sagt Kais Mutter."

„Sie muss Noah geliebt haben."

„Es scheint so."

Rafe hätte sagen können, dass er Gwen oder ihr Kind nicht sehen wollte. Sie mussten sich auf die öffentliche Paarungszeremonie vorbereiten. Ganz zu schweigen davon, dass er, solange er noch bei der Army beschäftigt war, daran arbeiten musste, Simon Bournes Aufenthaltsort zu ermitteln.

Aber Rafe war kein Feigling. Er schuldete es auch Noah, sein Versprechen einzuhalten.

Rafe nickte. „Dann treffen wir uns mit ihr. Wann können wir aufbrechen?"

„Gleich nachdem du mich geküsst hast, können wir gehen. Ich werde dich hinfliegen."

„Wales ist weit entfernt. Wird es dir gut gehen?"

Sie runzelte die Stirn. „Auch wenn mir in Drachengestalt nicht schlecht wird, habe ich mich seit einer Woche nicht übergeben. Unser Baby benimmt sich, ich bin stark, und Dr. Sid hat mich letzte Woche zum Fliegen freigegeben. Mir geht's mehr als gut, um dich dorthin zu bringen."

Rafe blickte in ihre Augen und sah Wahrheit und Entschlossenheit in ihnen. Wenn Nikki sagte, sie könne damit umgehen, würde er sie beim Wort dafür nehmen. Er nickte. „Okay, obwohl ich neugierig auf diese neue Rüstung bin. Ich dachte, die

Jessie Donovan

Army hätte noch nichts gegen die Laserwaffen entwickelt."

„Das haben sie auch nicht", antwortete Nikki. „Seit Tristan vor fast zwei Jahren angegriffen wurde, hatten wir verschiedene Prototypen. Wir ziehen sie nicht oft an, weil sie die Manövrierfähigkeit im Kampf behindert, aber es ist nicht so schlimm für jemanden, der mit mäßigem Tempo fliegt."

„Ich kann mir irgendwie nicht vorstellen, wie Kai eine trägt."

Nikki lächelte. „Wird er wahrscheinlich auch nicht. Ich gebe nur nach, weil ich kürzlich angegriffen wurde und weil ich unser Baby schütze."

Er hob die Brauen. „Also ist mein Knurren endlich bei dir angekommen?"

Sie streckte ihre Zunge heraus. „Natürlich nicht. Ich habe die Entscheidung für mich selbst getroffen. Um unser Kind zu schützen, trage ich sogar eine lächerliche, klobige Rüstung." Sie stieß einen Atem aus. „Was ich alles auf mich nehmen muss! Als Nächstes muss ich noch eine Weile auf Sparring verzichten."

Er zog sie näher an sich und sagte: „Nicht, bis es nicht absolut notwendig ist. Ich möchte unser nächstes Spiel gewinnen und das Unentschieden beenden."

Ihre Finger berührten seinen Nacken. „Ach so? Du bist zuversichtlich, dass du mich nächstes Mal schlagen kannst, was?"

„Natürlich. Welcher Mann würde nicht die schönste Frau der Welt unter sich halten wollen?"

„Hübsche Worte werden mich nicht unvorsichtig machen, nur, dass du es weißt."

„Und da dachte ich, ich wäre clever", antwortete er mit einem Zwinkern.

Lachend tätschelte sie seine Brust. „Du wirst dir mehr Mühe geben müssen, Hartley."

Rafe schmunzelte. Er lehnte sich hinunter und hielt einen Zentimeter von ihren Lippen an. „Ich liebe dich, Nikola Gray."

Sie lächelte. „Ich liebe dich auch, Rafe."

Er nahm ihre Lippen in einem groben Kuss. Rafe zog sie enger an seinen Körper und zeigte Nikki, wie sehr er sie liebte.

Kapitel Fünfundzwanzig

Rafe legte die Wärmedecke enger um seinen Körper, als Nikki über den Snowdonia-Nationalpark in Wales flog. Kai flog ein Stück vor ihnen, das blasse Sonnenlicht tanzte über seine goldene Haut.

Nach stundenlangem Fliegen näherten sie sich endlich ihrem Ziel, das in eine Gruppe von Bergen eingebettet war.

Als der kalte Märzwind wehte, fluchte Rafe. Er hatte keine Ahnung, wie jemand hier leben konnte. Clan Snowridge musste aus harten Seelen bestehen.

Trotz Kälte und Wind genoss Rafe jedoch den gleichmäßigen Rhythmus von Nikkis Flügeln. Als er auf Nikkis Unterseite schaute, bewunderte er das verblassende Sonnenlicht, das von ihrer nicht von einer Rüstung bedeckten Haut schimmerte. Vielleicht könnte er eines Tages ein Gurtzeug machen und auf ihrem Rücken reiten. Er musste nur vorsichtig sein, wie er seine Idee seiner zukünftigen Gefährtin vorschlug. Zaumzeug zu tragen war wahrscheinlich nicht ihre Vorstellung von Spaß. Aber wenn er darauf hindeutete, dass sie dann freie Hand hatte, zu tauchen und ihn zu Tode zu erschrecken, könnte sie sich auf seinen Vorschlag einlassen.

Es war schwer zu glauben, dass sie in etwas mehr als zwei Tagen Gefährten sein würden. Eine öffentliche Zeremonie war nicht seine erste Wahl, aber wenn es bedeutete, bei Nikki bleiben zu können, würde er gerne eines der traditionellen Drachenwandler-Kilt-Dinger vor ganz Großbritannien und bei Regenwetter tragen.

Als Nikki den Rhythmus ihrer Flügel verlangsamte, durchsuchte Rafe seine Tasche nach seinem Geschenk. Die solide Kontur sagte ihm, dass es noch da war. Er hoffte nur, dass Gwen lange genug zuhören würde, damit er sich entschuldigen und Noahs Geschenk an sie und ihr Kind geben konnte.

Als sie das ebene Landegebiet erreichten, landete Kai zuerst und wandelte sich zurück zu einem Menschen. Glücklicherweise hatte Kai sich etwas angezogen, bevor Nikki landete.

Nikki manövrierte ihren Körper und stellte den Korb mit Rafe an Bord vorsichtig auf den Boden. Dann bewegte sie sich zur Seite. Kai entfernte ihre Rüstung und drehte sich um, bevor Nikki schließlich wieder zu einem Menschen wandelte. Rafe verschwendete keine Zeit damit, ihr eine lange, warme Jacke überzuwerfen.

Gerade als Rafe aus dem Korb stieg, näherte sich ihnen eine ältere Frau. Rafe betrachtete ihre Gesichtszüge und bemerkte die Ähnlichkeit mit Kai in der Form ihrer Augen und der Farbe ihres Haares.

Die Drachenfrau lächelte jeden von ihnen einzeln an. „Willkommen in Snowridge, Rafe und Nikki!" Sie stellte sich vor Nikki. „Kai hat mir viel über dich erzählt. Schön, dich endlich kennenzulernen. Ich bin Lily Owens, Kais Mutter und eure offizielle Reiseleiterin während eurer Zeit hier." Sie drehte sich zu Rafe um. „Und Rafe Hartley. Kai hat beim letzten Mal gut von dir gesprochen."

Kai grunzte, und Rafe versuchte, nicht zu lachen. Er fand es schwer zu glauben, dass Kai irgendetwas an ihm loben würde, aber er wollte die Mutter des Mannes nicht hinterfragen. Er nickte. „Mrs. Owens. Danke, dass Sie sich mit uns treffen." Er blickte hinter sie, aber es war niemand anderes da. „Bringen Sie uns zu Gwen?"

Mrs. Owens nickte. „Gwens Tochter ist gerade aus einem Nickerchen aufgewacht, und sie wollte Cora nicht gleich in die Kälte bringen."

Noahs Mutter hieß Corinne, und Rafe hatte das Gefühl, dass Gwen ihre Tochter nach ihrer Großmutter benannt hatte.

Nicht, dass er das mit Mrs. Owens besprechen wollte. „Bringen Sie uns jetzt zu ihr?"

„Sicher." Sie sah zu Kai. „Du kannst deine Schwester besuchen gehen, während ich sie begleite. Sie werden bei mir sicher genug sein."

Kai verschränkte die Arme vor der Brust. „Meine Aufgabe ist es, über sie zu wachen."

Mrs. Owens hob ihre Augenbrauen. „Glaubst du, ich würde sie in Gefahr bringen, Kai Wilbur Sutherland? Gwen ist süß und in letzter Zeit ein bisschen ruhig. Sie ist schon lange keine Soldatin mehr. Sie wird sie nicht verletzen. Außerdem erzählt Delia von ihren Reporterträumen. Ich glaube, sie will zur Übung Undercover gehen. Du kannst es ihr vielleicht ausreden. Schließlich ist sie erst sechzehn." Kai hob seine Brauen, und seine Mutter seufzte. „Okay, Rhydian hat mich beauftragt, Nikki und Rafe zu beobachten. Aber ich habe nicht über Delias halbherzige Pläne gelogen. Geh und red' es ihr aus, Kai. Sie hört auf dich."

Kai drehte sich zu Rafe und Nikki um. „Seid vorsichtig, ihr zwei. Auch wenn ich meiner Familie vertraue, kenne ich nicht alle in Snowridge."

Rafe nickte. „Natürlich. Es wird uns schon gut gehen."

Mrs. Owens deutete mit den Händen. „Dann folgt mir."

Nikki war gleich an seiner Seite, und Rafe legte einen Arm um ihre Schultern. Selbst als sie schweigend gingen, war er dankbar, dass Nikki dort war. Rafe war bislang nur auf Stonefire-Land gewesen und hatte keine Ahnung, was auf dem Land eines anderen Drachenclans zu erwarten war.

Der flache Landeplatz verwandelte sich bald in einen schmalen, zwischen die Felsen gehauenen

Gang. Mrs. Owens bog nach rechts ab, und sie folgten ihr in den Berg.

Im Gegensatz zu Stonefire, einer Sammlung von Cottages, hatte Snowridge Wohnhäuser, die in den Berg gehauen waren. Zumindest war das seine beste Vermutung über die Türen, die so häufig in dem Gang zu sehen waren. Er wunderte sich über die Unterschiede und fragte sich, wie sie sich im Winter warmhielten. Bevor er sich noch länger davon ablenken konnte, an das Treffen zu denken, hielt Mrs. Owens an, um an eine Tür zu klopfen. Eine gedämpfte weibliche Stimme sagte ihnen, sie sollten eintreten. Die ältere Drachenfrau lächelte, bevor sie die Tür öffnete.

Nikki drückte seine Taille und ließ sie los, damit sie einzeln hineingehen konnten.

Drinnen stand die große, dunkelhaarige Gestalt von Gwendolen Price. Sie war ein paar Jahre älter, aber Rafe bemerkte es kaum. Seine ganze Aufmerksamkeit galt dem jungen Mädchen auf Gwens Hüfte.

Die hellbraune Haut des Mädchens war eine perfekte Mischung aus Noahs dunkler und Gwens blasser Haut. Ihre festen, dunklen Locken waren in zwei Zöpfen auf ihrem Kopf geteilt. Ihre dunkelbraunen Augen, die so sehr wie die ihres Vaters aussahen, starrten ihn an, während sie ihren Daumen lutschte.

Gwen räusperte sich, und Rafe zwang seinen Blick weg von dem Kind zu Gwen. Die Augen der

Drachenfrau waren vorsichtig, und ihre Stimme fest, als sie sagte: „Hallo, Hartley."

Obwohl es so viel zu sagen gab, brachte Rafe nur heraus: „Deine Tochter ist wunderschön."

Gwen nickte und antwortete: „Danke." Sie sah zwischen Nikki und Rafe hin und her. „Aber ich bin neugierig, warum ihr hier seid."

Nikki berührte seinen Arm, und Rafe schöpfte Kraft aus ihrer Liebe. „Zuerst möchte ich mich dafür entschuldigen, dass ich ein Bastard dir gegenüber war. Ich hatte keine Ahnung, wie viel Noah dir bedeutet hat, bis du weg warst. Ich hätte dich nie anschreien sollen, geschweige denn, dich für seinen Tod verantwortlich machen."

„Ich habe ihn geliebt, weißt du", flüsterte Gwen.

Rafe nickte und machte einen Schritt in ihre Richtung. „Das habe ich schon bald erkannt, nachdem du nach Wales zurückgekehrt warst." Er zog einen Umschlag aus seiner Tasche und hielt ihn Gwen entgegen. „Noah hatte mir einen Brief hinterlassen, den man mir geben sollte, falls er starb. Darin war eine versiegelte und an dich adressierte Notiz. Ich möchte, dass du beides hast."

Gwen nahm behutsam den Umschlag und versuchte nicht, ihn zu öffnen und zu lesen. Er hatte das Gefühl, dass sie nicht vor Fremden weinen wollte, und Noahs Worte würden der Drachenfrau auf jeden Fall Tränen in die Augen bringen. Verdammt, sie hatten selbst Rafe Tränen in die Augen getrieben.

Stattdessen nahm er Noahs Erkennungsmarke heraus. Sie war zwar durch die Explosion verbogen, aber Rafe hatte die Kanten so gut wie möglich geglättet und sie an einer neuen Kette befestigt. Er wandte sich der kleinen Cora zu. „Ich habe ein Geschenk von deinem Dad, Cora." Er schwang die Kette, und das kleine Mädchen beobachtete sie. „Dies ist ein Symbol für die Tapferkeit deines Vaters. Er starb, als er deine Mum beschützte. Er kann zwar nicht hier sein, aber er würde wollen, dass du das bekommst. Es wird dich immer an ihn erinnern."

Cora streckte die Hand aus, um das gravierte Metall zu berühren. „Das hat meinem Daddy gehört?"

„Ja. Möchtest du es tragen?"

Cora nickte. „Das ist wie von meiner Mum. Sie sagt, sie wird mich beschützen. Wenn ich die von meinem Daddy auch noch habe, bin ich richtig sicher."

Gwens Atem stockte ihr im Hals, und Rafe wagte einen Blick. Sie bedeutete ihm, weiterzumachen. Rafe konzentrierte sich wieder auf das kleine Mädchen und legte die Kette vorsichtig über Coras Kopf. „Jetzt solltest du wirklich sicher sein." Er wagte es, Coras Wange zu streichen. „Dein Dad war mein bester Freund, und du solltest stolz auf ihn sein. Ich bin sicher, dass er dich sehr geliebt hat, bevor du geboren wurdest."

Cora hörte auf, mit der Kette um ihren Hals zu

spielen. „Vielleicht kannst du mein neuer Daddy sein."

Rafe blinzelte. „Was?"

Gwen brachte Cora zum Schweigen. „Achte nicht auf sie. Sie sagt jedem Mann, den sie mag, dass er ihr neuer Dad sein sollte."

Lächelnd blickte Rafe zu Cora zurück. „Ich bin sicher, dass deine Mum jemanden finden wird. Aber ich habe schon meine eigene Gefährtin." Cora sah zerbrochen aus, also fügte Rafe hinzu: „Und wir bekommen unser eigenes Baby Ende dieses Jahres. Vielleicht könnt ihr Freunde werden, wenn deine Mutter es erlaubt."

Cora sah zu ihrer Mutter. „Ich habe keinen englischen Drachenfreund. Das wäre lustig."

Gwen lächelte, und Rafe richtete sich auf. Gwen antwortete: „Wir werden sehen, Cora. Mr. Hartley und ..."

Nikki meldete sich: „Nikki Gray."

Gwen fuhr fort: „Miss Gray werden sehr beschäftigt sein."

Nikki trat an Rafes Seite. Sie verflocht ihre Finger mit seinen und lächelte Gwen an. „Ich bin mir sicher, wir werden Zeit finden."

Eine peinliche Stille trat ein, aber Rafe wollte Gwen nicht zu weit drängen. Doch nachdem er die Traurigkeit in den Augen der Drachenfrau gesehen und ihm Coras Charme gefallen hatte, hoffte er wirklich, dass ihre Kinder Freunde sein könnten. Und nicht nur, weil es den zukünftigen Beziehungen zwischen den beiden Clans helfen könnte, obwohl das ein Bonus wäre.

Lily Owens ergriff das Wort. „Gut. Wenn ich Kai einfach davon überzeugen kann, mir ein Enkelkind zu schenken, könnten wir eine Spielgruppe gründen." Mrs. Owens lächelte Nikki an. „Vielleicht könntest du Kai und Jane gegenüber andeuten, sie sollen loslegen?"

Nikki lachte. „Ich glaube nicht, dass meine Worte Wirkung haben werden. Das Paar könnte es mit der Welt aufnehmen und gewinnen, wenn es wollte."

Mrs. Owens seufzte. „Ich weiß." Ein Lächeln kehrte auf ihr Gesicht zurück. „Aber genug von der fernen Zukunft. Ihr bleibt für die Nacht bei meiner Familie, bevor ihr morgen zurückfliegt. Ich zeige euch mein Quartier, wenn ihr bereit seid."

Rafe sah noch einmal in Gwens Augen. „Wenn du den Brief gelesen hast, kannst du gerne zu mir kommen. Ich weiß, wie es ist, jemanden zu vermissen und Erinnerungen teilen zu wollen, um ihn am Leben zu erhalten."

Mrs. Owens kam Gwen mit ihrer Antwort zuvor. „Du und Cora solltet zum Essen kommen."

„Ich möchte nicht stören", antwortete Gwen.

„Sei nicht albern. Gareth und ich lieben nichts mehr als ein volles Haus mit viel Lachen. Ihr solltet kommen."

Rafe starrte die ältere Drachenfrau an und fragte

sich, wie verdammt nochmal diese Frau Kais Mutter sein konnte.

Bevor er jedoch zu lange nachdenken konnte, wackelte Cora in den Armen ihrer Mutter. „Bitte, Mummy. Ich möchte mit den englischen Drachen spielen. Sie sprechen so lustig, und sie haben wahrscheinlich neue Spiele zu spielen."

Gwen nickte schließlich. „Ich nehme an, solange es Lily nichts ausmacht."

„Lass die Formalitäten, Gwen. Du bist jederzeit willkommen. Gut, dann ist das abgemacht. Wir sehen euch um sieben." Sie ging zur Tür. „Kommt, Nikki und Rafe. Wir nehmen den langen Weg nach Hause, damit ich euch einen Rundgang durch die öffentlichen Bereiche bieten kann. Rhydian sagte, diese Teile dürfte ich euch zeigen. Aber wenn man bedenkt, wie oft der Mann seine Meinung ändert, sollten wir uns beeilen."

Als Mrs. Owens zur Tür hinausging, sah Rafe zu Gwen zurück. „Dann sehen wir dich beim Abendessen."

Cora winkte. „Bye!"

Mit einem Schmunzeln winkte Rafe zurück, bevor er Nikki aus Gwens Quartier führte. Auf dem Weg zu Mrs. Owens flüsterte Nikki: „Ich glaube, sie trauert noch immer um Noah."

Er drückte seine Frau fester an sich. „Das denke ich auch. Wenigstens hat sie nicht geschrien oder mich ins Gesicht geschlagen. Das muss ein gutes Zeichen sein."

„Mir hat dein Angebot gefallen, dass unsere Kinder Freunde sein könnten. Auch wenn ich deine Alpha-Seite liebe, gewinnt deine sich zeigende Vater-Persona zukünftige Bonuspunkte." Sie hielt inne, bevor sie hinzufügte: „Zum ersten Mal wünschte ich, ich würde nächste Woche entbinden, damit ich sehen könnte, wie du unser Baby hältst und ganz weich wirst."

„Aber wenn du jetzt im neunten Monat schwanger wärst, würdest du im Fernsehen bei unserer Paarungszeremonie riesig aussehen."

Sie stieß ihm in die Seite. „Und das war's mit deinen Bonuspunkten. Ich werde nicht riesig sein. Ich werde nur eine winzige Person in mir haben. Das ist ein Unterschied."

Er schmunzelte. „Ich möchte mehr sagen, aber selbst ich weiß, dass man eine schwangere Drachen-frau nicht zu weit drängen sollte. Du könntest mich auf dem Heimweg ‚versehentlich' fallen lassen."

„Das ist ja mal eine gute Idee."

Sie sahen einander an und lachten. Ein Teil von Rafe fühlte sich schuldig, dass er die Liebe seines Lebens und den besten Freund an seiner Seite hatte und Gwen nicht. Aber gleichzeitig konnte er die Vergangenheit nicht ändern. Er konnte nur das Beste aus seiner Zukunft und den Menschen um sich herum machen.

Rafe gab Nikki einen schnellen Kuss und entschied, dass er alles geben würde, um die ihm nahestehenden Menschen glücklich zu machen, einschließlich Gwen. Irgendwie, auf irgendeine Weise würde er versuchen, sich um die Familie seines toten Freundes zu kümmern.

Aber in der Gegenwart würde er sich um seine eigene kümmern, was bedeutete, einen Abend mit Lily Owens zu überstehen und rechtzeitig für die Paarungszeremonie nach Stonefire zurückzukehren.

Kapitel Sechsundzwanzig

Nikki glättete zum hundertsten Mal den dunkelvioletten Stoff ihres traditionellen Kleides. Der Stoff war über eine Schulter drapiert, umschmiegte ihre Brust und floss dann zu Boden. Unter normalen Umständen würde sie im März in Nordengland nicht so wenig draußen tragen unter kaum mehr als einem Stoffzelt als Schutz, aber der Tag war etwas Besonderes.

Sie war im Begriff, Rafe Hartley zu paaren – vor Millionen von möglichen Zuschauern der Zeremonie an ihren Fernsehern.

Ihre Stiefmutter Delphine stürzte in den Teil, wo Nikki auf ihr Zeichen wartete, nach draußen zu kommen. Die Drachenfrau berührte Nikkis Wange. „Du siehst so schön aus."

„Du hättest mich vor fünfzehn Minuten mit meinem Kopf in der Toilette sehen sollen", sagte Nikki gedehnt.

„Nikola Helen Gray, das ist dein Paarungstag. Versuchen wir, nicht darüber zu reden, dass du dich in eine Toilette übergibst."

Sie zuckte die Schultern. „Das ist ja nicht meine Schuld. Der zukünftige Hartley-Herzensbrecher in mir hat entschieden, dass da was stinkt."

Delphine lächelte. „Hartley-Herzensbrecher. Das gefällt mir."

Das Lächeln ihrer Mutter war ansteckend. „Übrigens, ich wollte dir danken, dass du mein Kleid gemacht hast, Mum. Nähen gehört definitiv nicht zu meinen Fähigkeiten." Sie hielt ihren Rock von sich. „Ich fühle mich darin fast wie eine normale Frau."

„Natürlich bist du eine normale Frau." Das Stirnrunzeln ihrer Mutter ließ nach. „Aber ich würde alles für dich tun, Nikki. Ich habe dich vielleicht nicht geboren, aber du wirst immer meine Tochter sein. Und ich bin so froh, dass du deinen wahren Gefährten gefunden hast."

Die Tränen in Delphines Augen ließen auch Nikkis Augen feucht werden. Sie schniefte. „Bring mich nicht zum Weinen. Ich bin schon verquollen, weil ich Wasserablagerungen habe. Ich brauche nicht auch noch roten Augen."

Delphine zog sie in ihre Arme und flüsterte: „Du könntest eine Glatze haben und einen Müllsack tragen, und Rafe würde es nicht interessieren."

„Vielleicht." Sie zog sich zurück und wischte ihre Augen. „Aber ich möchte, dass mein erster und hoffentlich letzter Fernsehauftritt in meiner menschlichen Gestalt gut ist."

Delphine lachte. „Es wird schon in Ordnung sein, Liebes."

Nikkis Vater trat mit finsterer Miene in das Zelt. Aber sie erhellte sich, als er Nikki und Delphine sah. „Da sind ja meine beiden schönen Frauen!"

Nikki seufzte. „Wo sollte ich sonst sein, Dad? Ich habe nicht vor, wegzurennen."

„Gut", antwortete Hector. „Ich bin größtenteils mit Rafe zufrieden und würde es hassen, wenn er allein dastehen würde. Da ist eine Menschenmenge, weißt du."

Nikkis Magen drehte sich um. Als sie einmal tief durchatmete, ergriff ihr Drache das Wort. *Gut. Ich möchte, dass alle uns bemerken.*

Ha! Ich wäre nicht überrascht, wenn du direkt nach der Zeremonie wandeln würdest, damit jeder deine Haut bewundern kann.

Ich habe darüber nachgedacht. Aber ich hasse es, wenn Menschen kreischen, und ich habe das Gefühl, dass sie es tun würden.

Ich bin froh, dass du das verstehst, Drache.

Aber keine Sorge. Es wird schon alles gut gehen. Außerdem können wir auch andere Drachenwandler mit unserer Paarung inspirieren. Heute ist wichtig.

Obwohl sich das Gesetz nicht für alle geändert hatte, hatte Rosalind Abbott zugestimmt, besondere Privilegien für Clans mit gutem Verhalten zu berücksichtigen.

Es war noch weit von Gleichheit entfernt, aber wenn man bedachte, wie viel schlimmer es hätte sein können – zum Beispiel, dass Rafe von ihrer Seite hätte gerissen werden können –, würde Nikki das nehmen, was sie bekommen könnte. Sie hatte ein Leben lang, um für ihre Kinder dauerhaftere Veränderungen zu bewirken.

Ihr Drache meldete sich erneut zu Wort. *Denkst du schon an mehr Babys? Na, na, da hat aber jemand ganz schön seine Melodie geändert.*

Halt die Klappe, Drache.

Als ihr Tier kicherte, sah Nikki ihren Dad an. „Keine Sorge, ich behalte Rafe." Wenn du hier bist, muss das bedeuten, dass fast Showtime ist."

„Ja. Ich muss nur deine Mutter abholen und das tun." Ihr Vater zog sie in eine Umarmung. „Ich bin so froh, dass du dein Glück gefunden hast, wie dass ich meins endlich gefunden habe."

„Danke, Dad." Hector ließ sie los, und Nikki blinzelte kurz. „Ihr beide solltet wirklich gehen, sonst werde ich noch anfangen zu weinen. Und das würde definitiv mein Beschützer-Image ruinieren."

Ihr Dad schnaubte. „Es könnte zu deinem Vorteil sein, wenn sie dich unterschätzen."

Delphine hakte sich bei Hector ein. „Bring sie nicht auf dumme Ideen. Komm, setzen wir uns. Ich kann immer noch nicht glauben, dass wir eine Reihe vom menschlichen Premierminister entfernt sitzen werden."

Hector tätschelte seiner Gefährtin die Hand. „Nur das Beste für unsere Nikki."

Ihre Eltern winkten und ließen Nikki wieder allein.

Sie ging noch ein paar Minuten auf und ab, bis Rosalind Abbotts Stimme durch das Soundsystem dröhnte. „Danke, dass Sie sich uns heute anschließen! Ob zu Hause oder bei uns an einem unbekannten Ort in Nordengland, ich danke Ihnen.

Die turbulenten Veränderungen des vergangenen Jahres haben die Beziehungen zwischen Menschen und Drachenwandlern belastet. Ich glaube wirklich, dass unsere Zukunft besser sein wird, wenn wir zusammenarbeiten. Um einen Neuanfang zu symbolisieren und zu zeigen, wie sehr ich möchte, dass unsere beiden Völker miteinander auskommen, möchte ich meine Amtszeit als Direktorin des Ministeriums für Drachenangelegenheiten mit einer Paarungszeremonie beginnen. Und nicht nur irgendeiner Paarungszeremonie, sondern einer zwischen einem menschlichen Mann und einem weiblichen Drachenwandler." Beifall erklang, bevor Abbotts Stimme fortfuhr: „Da für eine Drachenwandler-Paarungszeremonie nur zwei Personen nötig sind, nehme ich nun meinen Platz ein und lasse sie beginnen."

Mehr Klatschen, und Nikki spähte durch den Spalt zwischen den Stoffbahnen. Sie sah Rafe die Stufen zur Bühne hinaufgehen. Er war in einem traditionellen männlichen Drachenwandler-Outfit gekleidet. Mit dem dunkelroten Stoff, das über seine Schulter geworfen und um seine Taille gewickelt war, ähnlich einem schottischen Kilt, wollte sie ihn lecken.

Nicht nur, weil er sexy war, obwohl er das natürlich war. Sondern auch, weil er sich freiwillig bereit erklärt hatte, die traditionelle Kleidung ihrer Art trotz der kühlen Märztemperaturen zu tragen. Sie waren in einem riesigen Zelt, aber es war nicht gerade gemütlich.

Ihr Drache grunzte. *So kalt ist es nicht. Können wir uns beeilen? Ich möchte ihn ausziehen und beanspruchen.*

Erst, wenn ich ihn zuerst beanspruche.

Dann mach schon.

Gut dann. Nikki atmete tief ein, richtete sich hoch auf und trat durch den Spalt. Alle Augen wandten sich ihr zu, aber sie vergaß alles andere, als sie Rafes Blick begegnete. Mit zurückgezogenen Schultern ging sie zu ihrem Gefährten. Es war Zeit, sich für immer an ihn zu binden.

Rafe nahm seinen Platz in der Mitte der Bühne ein, neben einem Hocker, wo die beiden Armreifen in einer Schachtel lagen.

Wie es seine Art war, sah er sich kurz um. Er achtete kaum auf den Premierminister, MDA-Direktorin Rosalind Abbott oder auch nur seine Schwester. Rafe war mehr besorgt um unbekannte Bedrohungen.

Der Ort war einer von drei vorgeschlagenen, und die Entscheidung war in letzter Minute getroffen worden, sie in der Nähe von Keswick abzuhalten, was zugänglicher war, als Rafe lieb war.

Dennoch waren Kai und alle Beschützer von Stonefire, zusätzlich zu vielen von Rafes Kameraden der Army, anwesend und hielten nach Ärger Ausschau. Er vertraute darauf, dass sie ihm den Rücken freihielten.

Als er die Menge ein letztes Mal betrachtet hatte, kam Nikki durch die kleine Trennwand hinter dem riesigen Zelt, und er hörte auf zu atmen. Das dunkle Violett ihres Kleides ließ ihre Haut erstrahlen, und ihre weichen, geschwungenen schwarzen Locken um ihre Schultern machten ihr Gesicht weich und betonten ihre Augen.

Nikki war immer schön für ihn, aber genau in diesem Moment konnte er kaum zwei Gedanken miteinander verbinden.

Als hätte sie seine Gedanken gelesen, lächelte Nikki langsam. Er konnte sich kaum davon abhalten, die Stirn zu runzeln. Zweifellos würde seine Frau ihn später mit seiner Reaktion aufziehen.

Nicht, dass ihm das was machte. Er war nur wenige Minuten entfernt von der legalen Bindung an Nikki.

Sie näherte sich, und Rafe streckte ihr eine Hand entgegen. Nachdem sie ihre in seine Hand gelegt hatte, brachte er sie an seine Lippen und küsste ihren Handrücken. Er war sich vage eines „Ah" bewusst, das von einigen Anwesenden ausging, aber seine ganze Aufmerksamkeit galt seiner Drachenfrau. Er seufzte: „Du bist schön."

Nikki zwinkerte und versuchte, nicht zu kichern. Sie flüsterte: „Die Welt schaut uns zu, Rafe. Du solltest dich besser zusammenreißen."

„Undankbare Frau", schnaubte er.

Nikki grinste, und er tat dasselbe.

Jemand in der ersten Reihe räusperte sich ziemlich laut und brach den Zauber. Er sollte die Zeremonie beginnen lassen, bevor irgendwer noch seine Meinung änderte. Die Sonderlizenz wurde erst nach der Zeremonie ausgestellt.

Rafe ließ Nikkis Hand los und nahm den kleineren der beiden silbernen Paarungsarmreifen. Auch wenn er die seltsame Schrift nicht lesen konnte, wusste er, dass es sein Name war, der in der alten Drachensprache Mersae dort geschrieben stand.

Er atmete tief durch und ließ seine Stimme ertönen. „Nikola Helen Gray, du bist schlau, fürsorglich, freundlich, hartnäckig und wunderschön. Ich liebe all diese Dinge an dir und mehr. Ich könnte mir keine perfektere Frau vorstellen, wenn ich mir eine erträumt hätte. Ich liebe dich und werde dich immer lieben. Vor allen möchte ich meinen Anspruch geltend machen. Willst du meine Gefährtin sein?"

Nikki nickte, und Rafe schob den Armreifen über ihren tätowierten oberen Bizeps.

Sie nahm den größeren silbernen Armreif, in den ihr Name in der alten Drachensprache eingraviert war. Sie hielt seinen Blick fest und sagte: „Rafe Daniel Hartley, du bist mutig, intelligent, stark und entschlossen. Oh, und stur genug, um einen Ochsen zu übertreffen." Es gab ein paar Lacher, und Nikki fuhr fort: „Du bringst das Beste aus mir heraus und zeigst mir die Welt auf eine Weise, die ich nie für möglich gehalten habe. Ich liebe dich, Rafe, und schätze die Tatsache, dass ich einen Menschen als Gefährten nehmen kann. Wirst du meinen Anspruch akzeptieren?"

„Ja." Er drehte seinen Bizeps zu ihr. „Beeil dich!"

Nikki verdrehte ein die Augen und schob das silberne Band über seinen muskulösen Bizeps. Er zog sie an sich und küsste sie langsam.

Er war versucht, ihr Bein um seine Taille zu heben, aber er wusste, dass die Welt zusah. Er musste Nikki einfach später richtig beanspruchen.

Er unterbrach den Kuss, verflocht seine Finger mit ihren und sah der Menge entgegen. Es kamen Jubel und Beifall. Als er Nikki ansah, teilten er und seine Gefährtin ein privates Lächeln.

Trotz aller Widerstände hatten ein männlicher Mensch und ein weiblicher Drachenwandler die Liebe und einen Weg gefunden, zusammenzubleiben. Der nächste Schritt wäre, die Welt für ihre Kinder zu verändern, und mit Nikki an seiner Seite, daran hatte er keinen Zweifel, würden sie einen Weg finden, dies zu tun.

Epilog

Etwas weniger als acht Monate später

Rafe wischte den Schweiß von Nikkis Braue. „Du machst das brillant, Liebes."

Seine Gefährtin knurrte ihn an, während ihre Pupillen aufblitzten. „Wenn dieses Baby so groß ist, wie es sich beim Rauskommen anfühlt, werde ich die Wette gewinnen. Nur ein Mann kann so verdammt riesig sein."

„Vielleicht, vielleicht auch nicht. Wir hätten diese Wette schon längst geklärt, wenn es nicht Drachenwandler-Tradition wäre, darauf zu warten, das Geschlecht erst bei der Geburt zu erfahren."

Nikki grunzte, und es brauchte alles, was er hatte, um sie zu knuddeln. Seine Gefährtin hasste das. Nicht nur das, es würde seine Sorge signalisieren.

Er würde sie stattdessen anspornen. „Aber du bist eine Soldatin, die mit allem umgehen kann. Weißt du noch?"

„Rafe Hartley, ich bin so nah dran, dir in die Hoden zu schlagen."

„Das bezweifle ich irgendwie. Alles, was ich tun muss, ist dies" – er trat keinen halben Meter zurück – „und ich wäre sicher."

„Bring deinen Arsch hierher zurück, oder ich bitte einen der Ärzte, dich an Ort und Stelle zu halten, damit ich dich schlagen kann."

Dr. Gregor Innes schmunzelte. „Ich bin mir nicht sicher, ob du viel Zeit dafür haben wirst, Mädel. Das Kleine steht kurz vor der Ankunft."

Dr. Sid schnaubte. „Nikki könnte in einer Sekunde gebären und trotzdem die Energie finden, Rafe in der nächsten zu schlagen. Unterschätz sie nicht, nur weil sie eine Frau ist, Gregor."

„Ist das eine Warnung vor dem, was kommen wird, Cassidy?", fragte Gregor.

Sid hob eine Braue. „Du wirst abwarten und sehen müssen."

Nikki grunzte erneut, und Gregor konzentrierte sich auf seine Aufgabe. „Das ist eine weitere Kontraktion. Zeit zu pressen, Mädel."

Rafe nahm Nikkis Hand, und er machte keinen Mucks, als sie ihm die Finger zerquetschte.

Gregor nickte. „Genauso, nur ein bisschen mehr."

Nikki legte den Kopf zurück, und die Sehnen in ihrem Nacken traten hervor, als sie presste. Rafe wünschte, er hätte die Macht, seiner Gefährtin einige Schmerzen abzunehmen. Aber er befand sich in einem seltenen Umstand, in dem er nichts tun konnte, um ihr zu helfen, außer, ihr seine Unterstützung anzubieten.

Gerade als er sich fragte, wie lange Nikki noch pressen müsste, durchbohrte der Schrei eines Babys die Luft. Bald hielt Gregor ihr kleines, rosa Kind hoch. „Sag hallo zu deiner Tochter."

Rafe beugte sich hinab, um seine Gefährtin zu küssen. Er glättete ihr die Haare aus dem Gesicht und lächelte. „Eine Tochter."

„Ich bin überrascht, von dir nicht: „Ich hab's dir ja gesagt" zu hören", bemerkte Nikki.

„Im Moment ist mir die Wette verdammt egal", antwortete Rafe.

Sie sahen nur zu, wie Sid ihr Kind untersuchte und reinigte.

Als Sid schließlich ihre Tochter brachte, legte sie das Bündel vorsichtig in Nikkis Arme. Nikki strich dem Baby zärtlich über die Wange. „Sie ist wunderschön."

Rafe legte seine Hand über Nikkis auf dem kleinen Bündel. „Und wenn man bedenkt, dass sie hier ist, weil ich mich endlich dem Charme einer hartnäckigen Drachenfrau ergeben und sie geküsst habe."

Nikki begegnete seinem Blick. „Ich bin froh, dass du das getan hast, Rafe. Sonst würde es unser liebes kleines Mädchen nicht geben." Sie hielt inne und küsste die Stirn ihrer Tochter. „Obwohl – bist du bereit für unser nächstes Abenteuer? Es könnte unsere bisher schwierigste Aufgabe sein."

Er grinste. „Ich denke, wir können mit der kleinen Louisa Catherine Hartley-Gray fertig werden."

„Unsere kleine Kriegerin."

Louisa bedeutete „Kriegerin" und Catherine stand für Katharina die Große von Russland. Sowohl er als auch Nikki hatten große Hoffnungen für ihre Tochter.

Rafe küsste Nikkis Stirn, ließ sich neben ihr auf dem Bett nieder und hielt seine neue Familie fest.

Der Stress seiner neuen Aufgabe als Verbindungsmann, die jüngsten Angriffe auf Stonefire und die erprobten Allianzen mit den verschiedenen Drachenclans waren unwichtig. In diesem Moment war er bei der Frau, die er liebte, und ihrer Tochter. Alles andere konnte warten.

Vom Drachen geheilt

Die Stonefire-Drachen #8

Dr. Cassidy „Sid" Jacksons innerer Drache ist vor über zwanzig Jahren verstummt. Seitdem hat sie mit Episoden gekämpft, die ihren Verstand auf die Probe gestellt haben. Da sie weiß, dass ihr nicht mehr viel Zeit bleibt, bereitet sie alles für einen neuer Arzt vor, der zum Stonefire-Clan kommen und ihren Platz einnehmen soll. Doch bevor dieser Arzt eintrifft, wird Sid angegriffen.

Dr. Gregor Innes hat seine Gefährtin und seinen Sohn vor mehr als einem Jahrzehnt im Kindbett verloren und widmet jetzt sein Leben der Gesundheit seines Clans. Seine Hingabe ist nur gewachsen, seit er vor einigen Monaten eine gewisse Drachenärztin getroffen hat. Auf keinen Fall wird er eine neue Gefährtin nehmen und ihr Leben riskieren. Er ist entschlossen, Abstand zu wahren.

Als der Stonefire-Clan ihn um Hilfe bittet, hat Gregor keine andere Wahl, als die Frau zu sehen, die sein Drache will. Die Anziehung wird immer stärker, aber Gregor und Sid halten sich beide zurück. Werden sie einen Weg finden, ihre jeweiligen Hindernisse zu überwinden, um zusammen zu sein? Oder werden externe Kräfte sie auseinanderreißen?

Bücher von Jessie Donovan

Die Drachenfamilie

Die Entdeckung des Drachen

Das Streben des Drachen

Das Drachenkollektiv

Die Chance des Drachen

Die Erinnerung des Drachen - erscheint demnächst

Stonefire Drachen Universum

Skyhunter gewinnen

Snowridge Verwandeln

Die Gefährten der Tahoe-Drachen

Die Wahl des Drachen

Das Bedürfnis der Drachenfrau

Ein Drache zum ersten, zum zweiten...

Die Bürde des Drachen

Die Schwäche des Drachen

Der Fund des Drachen

Die Überraschung des Drachen - erscheint demnächst

Die Zusammenkünfte der Drachenclans

Sommer in Lochguard

Über die Autorin

Jessie Donovan hat mehr als eine halbe Million Bücher verkauft, Hunderttausende weitere kostenlos an ihre Leser*Innen verschenkt und es sogar auf die Bestsellerlisten der *NY Times* und *USA Today* geschafft. Sie ist vor allem für ihre Drachenwandler-Serie bekannt, schreibt aber auch über Elfenhexen, Vampire, Alien-Krieger und hat sogar eine verrückt-komische Liebesromanreihe aufgelegt, die in Schottland spielt. Wenn sie nicht gerade ein Buch liest, auf ihrem Laufband joggt oder mit nur wenigen Groschen in der Tasche durch ein fremdes Land reist, findet man sie oft auf Facebook oder TikTok, wo sie mit ihren Lesern interagiert. Sie lebt in der Nähe von Seattle. Dort regnet es zwar oft, doch der Regen macht auch alles grün.

Besuchen Sie ihre Website unter: www.JessieDonovan.com